KB043556

# 사랑은 폭풍처럼

사랑은
폭풍처럼

Love Like a Storm

이상원 장편소설

가하)

**지은이** 이상원
**펴낸이** 이형기
**펴낸곳** 도서출판 가하

**초판인쇄** 2012년 1월 5일
**1판 2쇄** 2014년 7월 1일
**출판등록** 2008년 10월 15일 제 318-2008-00100호

**주소** 서울 영등포구 양평로 67, 1209 (당산동5가, 한강포스빌)
**전화** 02-2631-2846 **팩스** 02-2631-1846

www.ixbook.co.kr

ISBN 978-89-6647-169-0 03810

값 9,000원

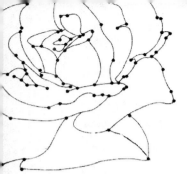

## Contents

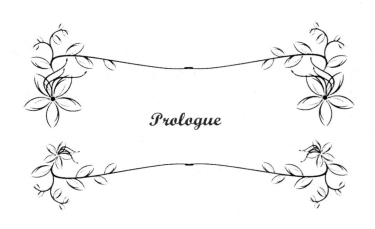

"바람이 상쾌하군."

콘스탄틴이 나무에 등을 기대며 나른하게 말했다. 조나단은 자신의 귀를 의심하며 젊은 총수를 응시했다. 바람이 상쾌하기는커녕 하늘은 을씨년스러웠고 바람도 심상치 않았다. 그럼에도 그는 곧 한숨을 내쉬며 고개를 끄덕이고 말았다. 두 사람의 거리라고 해봐야 고작 서너 발자국이었지만 주변의 공기가 확연히 달랐기 때문이다. 그의 주위의 바람이 거친 초겨울 바람이라면 콘스탄틴을 희롱하는 그것은 부드러운 봄바람으로 한없이 달콤했다.

바람에 넘실거리는 금발을 보며 조나단은 콘스탄틴 요한 로랑 아서가 특별한 존재임을 새삼 실감하지 않을 수 없었다. 콘스탄틴이 그룹 IMC의 총수이자 유럽 왕실의 피가 섞인 로열 패밀리이기 때문에 하는 말이 아니었다. 막대한 부와 천재적인 두뇌,

7

아름다운 외모를 차치하고라도 콘스탄틴에게는 눈에 보이지 않는 '특별한 그 무엇'이 존재했다. 수호신이 곁에 있는 것처럼 콘스탄틴은 지금껏 실패를 몰랐고 원하는 것을 항상 손쉽게 얻어왔다.

"이사장실보단 역시 여기가 좋겠어. 조세피나도 여기에서 기다리지. 수업이 몇 시에 끝난다고?"

"12시 50분입니다."

콘스탄틴의 눈이 손목시계로 향했다.

"그럼 40분 정도 남았단 얘긴데……."

콘스탄틴의 미간이 살짝 구겨졌지만 조나단은 콘스탄틴이 질녀를 위해 기꺼이 시간을 할애하리라는 것을 알고 있었다.

빈에서 개최된 경제인 포럼을 마친 그가 영국이 아닌 스위스로 전용기를 띄운 것은 오로지 1년 전, 보트 사고로 부모를 잃은 조세피나를 보기 위해서였다.

조세피나가 명문 사립학교의 학생회장직을 맡고 있는 재원이라도 콘스탄틴의 눈에는 여전히 위태로운 아이였다. 조세피나가 18세로 부모의 동의 없이 결혼을 할 수 있는 나이라는 것도 콘스탄틴에게는 중요하지 않았다. 2년 후, 조세피나가 법적 권리를 행사할 수 있는 성인이 되어도 콘스탄틴은 지금의 후견인으로서의 권리를 계속 행사하리라.

단순히 가족에 대한 의무감 때문은 아니었다. 진심으로 그는 조세피나를 사랑했고, 갑작스럽게 고아가 된 소녀를 측은히 여겼다. 그럼에도 자주 방문을 하지 못한 것은 그가 세상에서 가장 바쁜 사람 중의 한 명이기 때문이다.

천재 투자가답게 대학에 입학할 당시의 콘스탄틴은 영국 최고의 명문가로 꼽히는 아서 가로부터 받을 상속분 이외에 본인 명의의 재산을 상당히 축적한 상태였다. 지난 3년간 콘스탄틴은 포춘지 선정 세계 50대 부자에 어김없이 이름을 올려놓았고, 그의 투자 전문회사 IMC는 매년 기록적인 성장세를 이루어냈다. 그 상황에서 형 알렉산더가 아내와 함께 비운의 사고로 사망하자 작위까지 이으며 집안의 모든 의무를 도맡게 되었다.

조나단은 지친 날개를 쉬듯 잠시 평화롭게 눈을 감은 콘스탄틴을 보며 앞으로의 일을 점검해나갔다. 우선은 눈에 띄지 않게 경호원을 배치하고 수업이 끝날 시간에 맞춰 조세피나를 데려와야겠지. 물론 중간에 이사장에게 두 시간 정도 이 부근에 다른 사람들이 얼씬하지 못하도록 요청을 해야 하리라.

샛길 사이로 사라지는 조나단을 반쯤 감긴 눈으로 지켜보는 콘스탄틴의 입에서 혀를 차는 소리가 흘러나왔다. 가끔은 긴장을 풀고 자연이 주는 선물을 즐길 법도 한데 조나단은 스스로에게 너무 엄격했다. 콘스탄틴은 지금도 보좌관이 1분을 60초로, 다시 1초를 60으로 나눠 움직이는 것을 확신했다. 다시 불러들인다고 주위를 즐길 위인도 아니고…….

어깨를 으쓱한 콘스탄틴은 평화로운 정경에 집중했다.

확 트인 공간과 신선한 공기는 그가 당면한 골치 아픈 사안들이 별것 아니라고 속삭였다. 비겁한 현실 도피가 아니라 콘스탄틴은 진심으로 홀가분했다. 조세피나를 위로할 목적으로 왔는데 오히려 자신이 위로를 받는 기분이랄까?

부스럭 소리에 눈을 뜨자 웬일인지 전방의 풀더미가 움직이고 있었지만 그는 무시하며 눈꺼풀을 내렸다. 다리가 달린 것도 아니고, 풀더미가 움직이다니, 그런 일이 있을 리 없으니까. 한데 착각이 아니다.

화들짝 등을 떼며 눈을 부릅뜨자 풀더미가 있던 자리에 개구멍이 나타났다. 외부로부터 학생들을 지켜야 할 벽이 무방비의 허점투성이라는 사실이 드러나는 순간이었다.

대체 누가 감히 저런 짓을!

그는 저 구멍의 용도를 알고 있었다. 필시 떳떳하지 못한 목적으로 이용되고 있겠지.

대답처럼 머리 하나가 불쑥 튀어나왔다.

"윽, 좀 더 밀어봐, 스테파니. 아니, 아프다니까! 도저히 안 되겠어. 엉덩이가 안 빠져!"

인기척을 죽이며 콘스탄틴은 다가갔다. 교복 대신 평범한 검은색 니트 스웨터 차림이지만 이 대담한 문제아가 세인트 맥 칼리지의 학생이라는 것은 자명했다. 물론 담 밖에서 엉덩이를 꾹꾹 밀고 있는 공범자도!

콘스탄틴은 눈앞의 광경을 철없는 소녀들의 사소한 탈선으로 간과할 수 없었다.

역사는 짧지만 전교생 기숙제 학교인 세인트 맥 칼리지는 명문 중의 명문이었다. 매년 세계 유수의 명문가 영애들이 몰려들었고, 그러다 보니 유감스럽게도 범죄의 타깃이 되기도 용이했다. 세인트 맥 칼리지는 최고의 교육을 제공할 뿐 아니라 외부로부터 학생을 안전하게 보호하는 학교로도 유명했다. 그런 의미에서 눈앞의 광경은 학부모들이 학교에 대해 갖고 있던 신뢰를 철저히 배신하는 행위였다.

콘스탄틴이 할 일은 간단했다. 당장 학교 책임자를 불러 어떻게 이런 일이 벌어질 수 있는지 강력하게 항의할 것. 대형 참사는 항상 사소한 실수에서부터 비롯되기 때문이다. 지금까지 이렇다 할 사고가 없었다고 해서 이 구멍을 이용하는 학생들이 매번 무사히 돌아온다는 보장은 없었다. 그러나 실제 콘스탄틴은 나사 하나가 빠진 것처럼 비어져 나오는 웃음을 참기 위해 근육을 실룩거리고 있었다.

누군가에게 들켰다는 것은 상상도 못 한 채 빠져나오려고 사투를 벌이는 소녀.

그는 주근깨가 깨알같이 박혀 있을 것 같은 소녀가 이상하리만치 흥미로웠다.

뜻대로 일이 안 풀리자 소녀는 공범자에게 원망과 불만을 쏟아냈다.

"돌겠네. 나가는 건 됐는데 왜 들어오는 게 안 되냐고! 뭐? 그렇게 먹는데 살이 안 찌냐고? 그럼 나가는 것도 안 돼야지. 앞뒤가 안 맞잖아, 앞뒤가! 암튼 불평할 시간 있으면 힘이나 더 써보셔! 이러다 들키면 반성문으로 안 끝나!"

반성문으로 끝날 게 아니다라……. 그렇다면 초범이 아니군.

신중하게 한쪽 무릎을 꿇은 것과 달리 콘스탄틴은 덥석 소녀의 손목을 움켜쥐었다.

그에게 반응하듯 헝클어진 고수머리도 휙 뒤로 젖혀졌다.

그 순간, 이후 수없이 자문해도 설명할 길이 없는, 불가사의한 일이 벌어졌다.

바람이 그치고, 시간이 멈추는…….

그는 더 이상 웃을 수 없었다.

도자기처럼 매끈한 피부에 오똑한 코, 장밋빛 뺨. 고집 세 보이는 입술은 붉은 장미 꽃잎을 박아놓은 듯했고, 잔뜩 화가 나 번뜩이는 금빛 눈은 이카로스의 날개를 사정없이 태워버린 태양처럼 이글거렸다.

"이거 놔요!"

독이 바짝 오른 빨강머리가 그의 손을 뿌리치려 했다.

콘스탄틴은 손에 더욱 힘을 주는 것으로 놓아줄 뜻이 없음을 분명히 했다. 금빛 눈동자가 불안하게 일렁였다. 그럼에도 빨간 입술을 뚫고 나오는 음성은 카랑카랑했다.

"놓으란 말 안 들려요?"

콘스탄틴은 손목을 앞으로 잡아당기며 현실을 상기시켰다.

사랑은
폭풍처럼

"지금 들키면 반성문으로 끝날 게 아니라며? 내가 너라면 일단 하던 것부터 마저 할 것 같은데. 엉덩이가 끼어 버둥거리는 건 보기 좋은 광경이 아니잖아?"

적어도 지금은 제3자의 개입이 달갑지 않았다. 왜 이렇게 가슴 언저리가 간지러운지, 왜 또 이렇게 실없이 웃음이 나오는지 일단 이 궁금증부터 풀고 볼 일이었다.

금빛 눈동자에서 현란한 광채가 뿜어 나왔다. 분노, 혐오감, 그럼에도 반론을 제기하지 못하는 데서 오는 무력감. 살벌했다.

그는 위험천만한 분위기를 누그러뜨리기 위해 일부러 장난스럽게 윙크를 했다.

"절대 수상한 사람이 아니거든. 안심해도 좋아."

"웃겨, 수상한 사람이 자기 입으로 수상하다고 말하는 거 봤어요?"

하지만 수상한 놈치고는 그의 태도가 너무 느긋했는지 말괄량이는 기세를 누그러뜨렸다.

"당신 누구죠?"

"그건 내 질문 같은데?"

"난 여기 학생이에요."

"여기 학생이 이 시간에, 그것도 이런 사복 차림으로……."

콘스탄틴은 검은색 스웨터를 느릿느릿 시선으로 훑어 내리며 길게 말을 끌었다.

"뭘 하고 있었을까? 내 조카는 지금 한창 수업 중인데."

"당신 조카가 여기 학생이에요?"

"아님 내가 학교 관계자였음 좋겠어?"

학교 관계자라는 말에 움찔한 빨강머리가 입술을 꽉 깨문다.

콘스탄틴은 영악하게 제안했다.

"내가 교장실로 가지 않은 건 몇 가지 확인할 게 있어서야. 협조해준다면 여기에서 본 건 못 본 척해줄 수 있어."

덥석 미끼를 물 줄 알았는데 빨강머리는 의외로 신중했다. 내용부터 듣고 판단하겠다는 듯 고집스럽게 함묵했다. 칭찬해줄 만한 태도였으나 시간을 끌 수 없기에 그는 실력행사에 나섰다.

"밖에 친구는 걱정 안 돼?"

금빛 동공이 격렬한 불꽃으로 일렁였다.

"내 친구는 잘못 없어요! 맘이 약해 거절⋯⋯."

"그래도 교칙을 어겼단 사실은 변함없지."

"⋯⋯."

"친구를 팔라는 게 아니야."

손목을 놓은 콘스탄틴은 한 발자국 떨어지며 달콤하게 속삭였다.

"몇 가지 확인할 게 있는데 네가 대답해줬으면 해."

"곤란한 질문은 대답 안 할 거예요."

이를테면 친구를 배신하는 것 말이지?

빙그레 웃은 콘스탄틴은 휴전의 의미로 손을 내밀었다.

"내가 당기면 훨씬 수월하게 나올 수 있을 거야."

사랑은
폭풍처럼

망설였지만 빨강머리가 결국 손을 건넸다.

물끄러미 손을 응시하던 콘스탄틴은 서슴없이 겨드랑이 사이에 양손을 집어넣었다.

"미, 미……쳤!"

말괄량이가 기겁하며 밀어내려 했지만 그는 오히려 팔에 힘을 주며 끌어당겼다.

거짓말처럼 몸이 쑥 빠져나왔다.

어리둥절해하는 말괄량이와 키를 맞추며 콘스탄틴은 장난스럽게 웃었다.

"내 말이 맞지?"

하지만 그의 여유는 딱 여기까지였다.

짙은 장미향에 흠칫 놀라 뒷걸음질을 친 순간, 앞날을 예고하듯 강하게 돌풍이 몰아쳤다.

무의식중에 손등으로 바람을 막던 콘스탄틴은 눈앞의 광경에 또다시 숨을 죽였다.

메두사의 머리처럼 살아 춤추는 머리카락, 도전적인 눈, 조소를 머금은 입술.

전쟁터에서 막 빠져나온 아마존의 여전사처럼 당당하지만 지독할 정도로 거만한 여자에게서 눈을 뗄 수 없었다.

고장 난 펌프처럼 격렬하게 뛰는 심장, 손에 고이는 땀.

낯선 감각이 퍼지며 스스로도 인식하지 못했던 광기가 화염처럼 타올랐다.

우윳빛일 게 분명한 피부를 감추고 있는 천들이 끔찍했다. 당장 저 혐오스러운 것들을 갈가리 찢어 뽀오얀 살을 해방시키고 싶었다. 함께 알몸이 되어 뒹굴며 원시적인 열정에 자신을 맡기고 싶었다.

어느새 그는 실오라기 하나 걸치지 않은 여자를 취하고 있었다. 작열하는 태양빛 아래에서 대지와 하나가 되어 비옥한 씨를 뿌리고, 절정에 오른 여자는 자지러지는 교성을 터뜨리는 것이다.

거기에 있는 사내는 세상이 아는 콘스탄틴 요한 로랑 아서가 아니었다. 폭력과 지배의 기쁨에 종속되어 그저 암컷을 탐닉하는 순수한 수컷만이 있을 뿐이었다.


"그래서 뭘 확인하고 싶은데요?"

뭘 확인하고 싶어?

멍하니 상대의 질문을 자문하던 콘스탄틴은 꿀꺽 마른침을 삼켰다.

비로소 정신이 들며 현실 감각이 돌아왔다.

"그러니까, 내가 궁금한 건……."

억지로 음성을 짜내는데 문득 여자가 말을 잘랐다.

"잠깐만요!"

여자가 벽 쪽으로 움직이더니 곧이어 허둥지둥 뛰어가는 발소리가 들렸다.

사랑은
폭풍처럼

여자는 다시 그에게 다가왔다. 콘스탄틴은 무슨 일이 벌어지고 있는지 짐작했다. 비상사태 발발이니 친구에게 숨어 있다 오라는 것이리라.

"알고 싶은 게 뭐죠?"

"이름부터 말해주지 않겠어?"

"당신 바보예요?"

어이없다는 듯 빨강머리가 대놓고 반문했다.

"내가 그걸 말할 것 같냐구요!"

대답 대신 콘스탄틴은 가만히 상대를 응시했다. 때로는 수백, 수천의 말보다 침묵이 더 강력하다는 것을 알기에. 그리고 지금은 바로 그 침묵의 힘을 이용할 때였다.

역시나 빨강머리가 먼저 반응을 보였다.

"그게 왜 궁금해요?"

"곤란한 질문이면 넘어가지."

그가 순순히 물러서는 게 수상한지 빨강머리의 눈이 가늘어졌다.

콘스탄틴은 성의 없이 어깨를 으쓱했다.

"이름이야 사실 얼마든지 알아낼 수 있으니……."

"무슨 뜻이죠?"

콘스탄틴은 천연덕스럽게 대꾸했다.

"교장에게 물어보면……."

"교자앙?"

"인상착의를 설명하고 몇 가지를 덧붙이면……."

"지금 나 협박해요?"

"설마. 그렇게 들렸다면 유감이야."

물어뜯을 듯 그를 노려보던 여자가 내뱉듯이 말했다.

"빅토리아!"

"……!"

"빅토리아 코렌이에요!"

콘스탄틴은 반쯤 정신이 나가 폭소를 터뜨렸다.

이렇게 이름과 외모가 꼭 들어맞을 수 있는 것도 신기했다.

그렇더라도 그게 이렇게 미친놈처럼 웃을 일인가 하면 대답은 '절대!' 아니었다. 그럼에도 웃음을 그칠 수 없었던 그는 한동안 여자의 경멸 어린 시선을 견뎌야 했다.

"나이는?"

간신히 감정을 추스른 그가 묻자 마지못한 목소리가 돌아왔다.

"열일곱."

"……!"

"근데 이딴 게 왜 중요하죠? 혹시 다른 꿍꿍이가 있는 거 아니에요? 경고하는데 날 속일 생각이면……."

하지만 이미 콘스탄틴의 머릿속은 패닉이었다.

열일곱이라니, 말도 안 된다. 한눈에 격렬한 욕망을 불러일으킨 상대가 조세피나보다 어리다는 사실을 그는 받아들일 수 없었다.

그러나 곧 충격을 받을 게 아님을 인정해야 했다. 이 대담한 말괄량이를 만난 곳은 그를 초대하기 위해 안달이 난 여느 명사들의 파티가 아니었다.

세인트 맥 칼리지! 최고 학년이라고 해봤자 열아홉 살이 고작인 애송이들의 집합소였다.

콘스탄틴은 날카롭게 빅토리아를 관찰했다. 그리고 시간이 갈수록 자신이 얼마나 멍청한 짓을 저질렀는지 깨달았다.

늘씬한 키와 베어 물면 달콤한 과즙이 흘러나올 것 같은 몸매에 홀려 놓쳤는데 앳된 얼굴만 놓고 보면 조세피나보다 한 살이 아니라 세 살이 어리다 해도 곧이들을 것 같았다.

혐오감으로 얼굴이 뜨거워졌다. 잠깐이었다 해도 이런 어린애를 상대로 더러운 상상을 한 자신에게 구역질이 났다.

다행히 껄끄러운 상황에 종지부를 찍을 기회가 찾아왔다.

멀리서 조세피나와 조나단이 걸어오고 있었다.

"아쉽지만 대화를 끝내야겠군."

콘스탄틴의 시선을 좇아 고개를 돌리던 빅토리아가 기겁을 했다.

"학생회장이…… 조카였어요?"

"안 돼?"

콘스탄틴은 고개를 갸웃했다. 그러다 곧 알 만하다는 쓴웃음을 지으며 혀를 찼다. 빅토리아가 문제아라면 학생회장과 마주치는 것은 충분히 껄끄러운 상황이었다.

빅토리아는 벌써 슬금슬금 뒷걸음질을 치고 있었다. 그러면서도 용의주도하게 당부하는 것을 잊지 않았다.

"정말 여기에서 본 거 못 본 척해줄 거죠?"

콘스탄틴은 고개를 끄덕였다.

"절대! 아무한테도 말하면 안 돼요."

"그래."

"당신 조카도 예외는 아니에요."

"물론이야."

"고마워요."

처음으로 빅토리아가 환하게 웃었다. 그 순간 아찔한 현기증이 밀려들며 콘스탄틴의 의식이 아득해졌다. 무의식중에 그는 빅토리아의 팔을 잡았다.

빅토리아의 얼굴이 일그러졌다.

"뭐죠?"

"아니."

손을 놓자 빅토리아는 자유를 찾은 새처럼 거침없이 시야에서 사라졌다.

"콘스탄틴!"

어느새 다가온 조세피나가 그의 가슴으로 뛰어들었다.

웃고 있었지만 콘스탄틴의 마음은 무거웠다. 이미 조카를 보는 데서 오는 즐거움은 사라졌다. 신경은 오로지 빅토리아가 사라진 곳으로 쏠렸다.

　당장이라도 그는 빅토리아를 뒤쫓고 싶었다.

　"왜 여기에서 기다려요? 학교 정원도 다과를 즐기기엔 나쁘지 않아요."

　조세피나가 재잘거리며 팔을 잡아끈다.

　어색하게 웃은 콘스탄틴은 마지못해 걸음을 옮겼다.

# Chapter 1.

"비키, 내 평생 소원이라구. 그냥 날 봐서 졸업식에 참석하면 안 돼?"

두 시간째라는 것도 개의치 않고 스테파니는 계속 그녀를 설득했다. 하지만 빅토리아는 짐을 꾸리는 데에만 집중했다.

"너무해! 우리 사이가 고작 이 정도니? 넌 네 졸업식만이 아니라 내 졸업식에도 안 오겠다는 거야!"

"미안한데 스테파니……."

대꾸를 하면서도 빅토리아는 가방에서 눈을 떼지 않았다.

"이건 네가 포기해. 개목걸이를 채워도 안 돼."

빅토리아는 스테파니의 어리광을 받아줄 수 없었다. 졸업식, 환언하자면 숨소리도 낼 수 없는 공간에서 지겨운 식순에 따라 끝없이 이어질 설교를 들어야 하는 형벌. 그런 철창 없는 감옥에 스테파니만 밀어 넣는 게 양심에 걸렸지만, 빅토리아는 자신에게 떨어진 행운을 놓칠 수 없었다.

사실 아버지가 졸업식에 참석을 하겠다는 통고를 해왔으면 그녀도 죽은 척 참석을 해야 했다. 그런데 아버지는 물론이고 이복오빠 섀넌마저 이틀 전 갑자기 불참 소식을 전해왔다. 내일 있을 졸업식에 참석하는 사람은 새언니인 사라뿐이었다.

그러자 악마가 빅토리아의 머릿속에 은밀한 제안을 해왔다. 지금이 바로 몇 년 전부터 별러온 유럽 여행을 떠날 찬스라고. 멋대로 행동하다가 권위적인 아버지가 대학 입학을 없던 걸로 하면 어쩌냐는 천사의 만류로 있었지만 악마는 다시 나타나 집요하게 설득했다.

"일어나지도 않은 일 때문에 언제까지 망설이려고? 이러다간 평생 아버지 손에서 못 벗어날걸? 혹시 아버지 손에서 벗어나고 싶다는 건 새빨간 거짓말이니?"

빅토리아는 짐을 싼 가방들을 뿌듯하게 바라보았다.

그녀는 이틀 전 결단을 내렸고, 이제 근사한 출격을 몇 시간 앞두고 있다.

빅토리아가 황홀해하면서 가방만 응시하자 스테파니는 결국 울음을 터뜨렸다.

"너무해! 넌 어쩜 애가 이렇게 잔인하니? 널, 친구로 생각한 건……, 나뿐이었어……."

정신을 차린 빅토리아는 잽싸게 화장실로 도망쳤다. 매정한 게 아니라 이건 모두 7년간 룸메이트로 지내오면서 얻은 노하우였다.

스테파니가 저렇게 울 때에는 줄행랑부터 치고 볼 일이었다. 사슴 같은 눈이 그렁그렁 물방울을 단 채 "빅토리아, 응? 응? 응?" 하며 코맹맹이 소리로 재촉하면 열에 아홉은 백기를 들기 때문이다. 유럽 여행을 가고 싶다면 모험을 할 게 아니었다.

화장실로 뛰어든 그녀는 문을 잠갔다.

비겁해도 지금은 스테파니가 울음을 그칠 때까지 기다리는 게 최선이다.

얼마나 지났을까? 무릎을 껴안고 바닥에 앉아 있던 빅토리아는 살그머니 일어나 문에 귀를 갖다 댔다. 다행히 스테파니의 흐느낌은 잦아들고 있었다.

가슴을 쓸어내리며 빅토리아는 속으로 백을 세기 시작했다. 숫자를 다 세고 나면 친구도 안정을 찾을 것이다. 정확히 백을 센 후 그녀는 문을 열고 나갔다. 근데 뭘까?

이럴 애가 아닌데 마치 아무도 없는 것처럼 방이 조용했다.

그때 '철컥!' 하는 소리와 함께 문고리가 돌아갔다.

"스테파니……."

친구라고 여겼던 빅토리아는 생글거리며 고개를 돌렸다. 하지만 문가에 서 있는 것은 친구의 사랑스러운 얼굴이 아니었다.

섀넌 코렌! 꿈에서도 마주치고 싶지 않은 일곱 살 연상의 이복 오빠. 그 망할 인간이 야비한 웃음을 흘리며 다가오고 있었다.

"섀넌? 정말……, 오라버니예요?"

사랑은
폭풍처럼

"섭섭한데? 그새 내 얼굴을 잊었어?"

아니, 잊지 않았다. 더불어 빅토리아는 눈앞의 현실이 꿈이 아니라는 것을 인정해야 했다.

특유의 느물거리는 웃음과 야비한 음성은 누구도 흉내 낼 수 없는 섀넌의 전매특허였으니까! 그녀의 불쌍한 친구는 섀넌의 뒤에서 사색이 되어 있었다.

빅토리아의 얼굴이 굳었다.

그녀와 섀넌의 사이가 좋지 않다는 것은 친구도 알고 있었다. 하지만 말로 듣는 것과 실제로 눈앞에서 일어나는 광경을 목격하는 것은 차원이 달랐다.

과연 코렌 남매가 벌이는 골육상잔 지옥도를 스테파니가 견딜 수 있을까?

견디지 못하더라도 할 수 없다며 빅토리아는 험악하게 따졌다. 그녀는 왜 이 시간에 섀넌이 여기에 있는지 알아야 했다.

"여기에서 뭐 하는 거예요?"

"오빠가 하나뿐인 누이동생 졸업식에 오는 게 그렇게 이상해?"

"일 때문에 못 온다고 했잖아요. 그리고 졸업식은 내일이에요."

"여동생이 너무 보고 싶어 하루 일찍 왔다면……."

"닥쳐! 이 웬수야!"

빅토리아가 발톱을 드러내자 섀넌의 얼굴에서 가식적인 웃음이 사라졌다.

그는 경멸적으로 작은 방과 빅토리아를 노려보았다.

최고의 명문을 자부해도 세인트 맥 칼리지는 이 야생마를 길들이는 데에 실패한 것 같았다. 그럼에도 기가 막힌 것은 유럽 최고의 혈통과 능력을 자랑하는 남자가 이 망할 계집애에게 청혼을 했다는 것이다.

IMC 제국을 이끄는 콘스탄틴 요한 로랑 아서와 빅토리아는 나이, 국적, 행동반경 등 무엇 하나 공통점을 찾을 수 없었다. 굳이 연결고리를 찾는다면 IMC 총수의 질녀가 이 세인트 맥 칼리지에 다닌다는 것뿐. 하지만 그 질녀도 이미 1년 전에 졸업을 했다.

"분명 조카를 보러 왔다가 아가씨한테 반한 거예요."

사라가 눈을 반짝이며 주장했지만 섀넌은 아내의 어린애 같은 발상에 코웃음을 쳤다.

한눈에 반하다니, 그런 게 있을 리 없잖아. 설사 있더라도 그 대상이 빅토리아라면 재론의 여지가 없다.

제 생모를 닮아 얼굴은 좀 반반할지 몰라도 나머지는 모두 낙제점이었으니까. 지랄 맞은 성격에 신분도 미성년자라 손을 댈 수 없었다. 자칫 욕망을 이기지 못하고 손을 댔다가는 그대로 감옥행이다.

그럼에도 최고의 혈통과 막대한 부를 자랑하는 그 남자는 이 빌어먹을 누이에게 청혼을 했다. 그것만은 부정할 수 없는 현실이었다.

섀넌은 제 성질을 이기지 못해 씨근덕거리는 여동생을 심각하게 응시했다.

요 앙큼한 고양이는 지난 며칠간 코렌 가에 어떤 광풍이 불어닥쳤는지 상상도 못 하리라. 실제로 그 광풍을 불러들인 원흉임에도 말이다.

아직은 자신에게 일어난 일을 모르고 있지만 빅토리아가 알게 되는 것도 시간문제다.

그는 콘스탄틴의 청혼으로 이제 자신이 곧 대단한 지위의 여자가 될 것이라는 말을 들었을 때 빅토리아가 보일 반응을 상상했다. 필시 제 세상을 만난 것처럼 기고만장하겠지.

더 이상 상상하면 속이 뒤집힐 것 같아 섀넌은 본래의 역할 수행에 집중했다.

"재회 인사는 이쯤으로 하고, 짐 싸. 아버지 기다리신다."

"설마 아버지까지 왔단 말이에요?"

대답으로 섀넌은 손가락을 튀겼다. 문밖에서 신호를 기다리던 파비오와 존이 들어왔다. 빅토리아는 재빨리 입을 막았다. 파비오와 존은 제라르의 경호원이자 유능한 심복으로 두 사람이 여기에 있다는 것은 아버지 제라르도 근처에 있다는 의미였기 때문이다.

섀넌이 고개를 까딱했다. 파비오와 존이 즉각 행동에 돌입했다.

이렇게 끌려가려고 싸놓은 짐이 아닌데 고릴라 같은 두 남자가 뻔뻔하게 손을 대자 그녀의 눈에서 불꽃이 일었다.

"만지지 마!"

빅토리아는 가방을 온몸으로 감싸며 으르렁거렸다.

하지만 코렌 남매가 달리 앙숙인가? 서로가 서로에게 원하는 것을 준 적이 한 번도 없는 주인공들답게 섀넌은 이번에도 여동생에게 악랄함의 진수를 보여주었다.

"뭐 하는 거야. 회장님 기다리시게 할 거야?"

비열한 자식! 파쇼! 독재자!

빅토리아는 성난 고양이가 되어 달려들었다. 하지만 오라비로서의 아량을 손톱만큼도 갖고 있지 않았던 섀넌은 단 한 대도 맞아주지 않았다. 오히려 여동생의 손목을 자국이 날 정도로 움켜쥐며 심술궂게 이죽거렸다.

"예전과 마찬가지로 넌 날 이길 수 없어. 선택해. 얌전히 따라나설래, 아니면 친구 앞에서 개처럼 끌려갈래?"

고개를 돌리자 하얗게 질린 스테파니가 보였다.

빅토리아는 억지로 숨을 고르며 허리를 폈다.

그래, 여기에서 섀넌을 족쳐봐야 나올 건 없었다. 아버지의 꼭두각시인 섀넌은 행동대장일 뿐이다. 일의 자초지종을 알고 싶다면 본인에게서 직접 듣는 길밖에 없다.

여동생의 휴전을 받아들인 섀넌은 손목을 풀어주며 뒤로 물러섰다.

"나중에 전화할 테니 걱정 마. 그리고 하루 이르지만 졸업 축하해."

"너, 너도, 빅토리아."

마지막으로 친구에게 웃어 보이며 빅토리아는 총칼 없는 전쟁터로 향했다.


"나가요, 나가! 혼자 있겠다고 했잖아!"

자신이 덫에 걸린 게 사라 탓이 아니라는 걸 알면서도 빅토리아는 히스테릭한 비명을 지르며 베개를 던졌다. 피하려면 못 피할 것도 없는데 사라는 얼굴에 베개를 정통으로 맞았다. 눈물범벅이 된 시누이와 초라하게 뒹구는 베개를 번갈아 보던 사라가 힘없이 고개를 떨군다.

"도움이 못 돼 미안해요, 아가씨."

사라가 침울하게 문을 닫고 나갔다.

빅토리아는 침대에 쓰러지듯 누우며 얼굴을 묻었다.

사라를 쫓아냈지만 치미는 화는 가라앉지 않았다.

그냥 콱 죽어버릴까?

빅토리아는 살벌하게 주먹을 움켜쥐며 입술을 깨물었다.

이제야 대학생이 되어 자유롭게 살 줄 알았는데 모르는 남자와 결혼을 한다니, 이건 그녀가 감당할 수 있는 현실이 아니었다. 이런 거지같은 현실이 기다리는 것도 모른 채 졸업을 고대했던 자신이 한심했고, 여기까지 순순히 끌려온 것이 억울했다.

왜 난 뭔가 잘못됐다는 직감을 무시했을까!

사실 불길한 전조는 여기저기에서 포착됐다.


기숙사 정문 앞에서 기다리는 제라르에게 갔을 때, 그는 "어떻게 오셨느냐?"는 딸의 말에 대꾸조차 하지 않았다. 무슨 신기한 생물이라도 보듯 딸을 유심히 관찰하더니 뜻 모를 한숨만 내쉬다 턱으로 지시했다.

"타거라."

빅토리아는 경호원들의 일사불란한 손에 떠밀려 차에 태워졌고, 역시나 대기 중이던 자가용 비행기에 짐짝처럼 내던져졌다. 무슨 일이냐는 질문에 돌아온 대답은 "나중에. 필요한 얘기는 집에 가서 해주마."가 전부였다.

그때였다. 비행기가 이륙하기 전에 무슨 핑계라도 대서 도망치라는 경고음이 들린 것은.

하지만 그녀는 눈을 감아버렸고, 다시 눈을 떴을 때에는 기겁을 하며 몸을 일으켰다. 혹시 꿈을 꾼 걸까? 그녀가 누워 있는 곳은 비행기의 좁은 간이침대가 아니었다.

플로리다 본가, 바로 그녀의 방 침대였다!

귀신에 홀린 눈으로 익숙한 가구와 창문의 커튼을 보는데 노크소리가 들렸다.

대답도 듣지 않고 사라가 문을 열고 들어왔다.

"아가씨! 일어났군요. 목마르죠? 목부터 축여요."

침대 옆 선반에 레모네이드 잔을 내려놓는 사라의 얼굴은 흥분으로 반짝거렸다.

　레모네이드 잔을 들면서 빅토리아는 날카롭게 물었다.

　"어떻게 된 거예요?"

　"뭐가요?"

　"내가 왜 여기에서 자고 있죠?"

　"기억 안 나요? 아무리 깨워도 일어나지 않아 경호원들이 옮겼잖아요."

　유감스럽게도 기억이 나지 않았다.

　그녀는 남은 레모네이드를 단숨에 들이켜며 신음을 흘렸다.

　"대체 얼마나 잔 거죠?"

　"후훗, 여덟 시간요."

　믿기지 않아서 빅토리아는 하마터면 컵을 떨어뜨릴 뻔했다.

　"그동안 한 번도 안 깼다고요?"

　"설마요. 비행기에서 내릴 때랑 침대에 눕힐 때 잠깐 깼지만 피곤하다면서 쓰러졌잖아요. 진짜 기억 안 나요?"

　빌어먹게도 진짜로 기억이 안 났다. 하지만 아무럼 어떠랴!

　"못 온다던 두 사람이 학교에 왔어요. 무슨 바람이 분 거죠?"

　지금은 아버지와 새넌이 왜 그런 수상쩍은 행동을 했는지 알아내는 게 관건이었다. 하지만 사라는 과장된 몸짓으로 빅토리아를 실망시켰다.

　"아아, 난 심장 떨려서 얘기 못 해요."

"사라!"

"진정해요. 아가씨가 얼마나 답답한지 모르는 건 아닌데 그래도 이건 아버님한테서 직접 들을 얘기예요. 내가 해줄 수 있는 건 절대 아가씨한테 나쁜 얘기가 아니라는 거. 자, 정신 들었으면 얼른 옷 갈아입고 내려와요. 안 그래도 아버님께서 아까부터 기다리고 계세요."

귀신에 홀린 듯한 시누이를 뒤로하고 사라는 바람처럼 방을 나갔다.

서두른다고 서둘렀지만 빅토리아가 제라르를 상대할 만한 옷으로 갈아입고 거실로 내려간 것은 한 시간이 지난 후였다. 놀랍게도 거실에는 새넌도 있었다.

때아닌 가족회의 분위기에 긴장해 엉거주춤 서 있는데 제라르가 느닷없이 물었다.

"영국의 아서 가문이라고 아느냐?"

빅토리아는 얼굴을 찌푸리며 소파에 앉았다.

유감스럽게도 알고 있었다. 그 재수 원단 조세피나의 집안이 아닌가. 아서 가는 영국 명문가이자 왕실과도 인척 관계인 로열 패밀리였다. 특히 IMC의 총수이자 아서 가의 현 당주인 콘스탄틴 요한 로랑 아서는 세계적인 명사였다. 투자의 귀재, 세계 최고 갑부 중의 한 사람. 능력뿐만이 아니라 잘생긴 외모로 전 세계 여자들에게 러브콜을 받으며 그들의 심장을 조종했는데 그건 세인트 맥 칼리지도 예외가 아니었다.

사랑은
폭풍처럼

예외라면 빅토리아 하나뿐이었다. 스테파니마저 얼굴을 붉히게 하는 남자였지만 빅토리아는 관심이 없었다. 관심은커녕 가능하다면 기억에서 싹싹 지우고 싶은 인물이 그 잘나빠진 사내였다. 개구멍에 엉덩이가 끼어 낑낑대는 꼴을 보였는데 기억하고 싶겠는가?

더더군다나 그 남자와 만난 후 빅토리아는 답답할 때마다 이용하곤 했던 개구멍을 더는 이용할 수 없게 되었다. 처음부터 그런 구멍은 존재하지 않았다는 듯 어느 날 갑자기 완벽하게 메워져 사라졌던 것이다. 증거는 없지만 빅토리아는 이 모든 게 조세피나의 삼촌 짓이라는 의심을 떨칠 수 없었다. 하지만 그런 건 이제 중요하지 않다고, 이를 악물며 그녀는 제라르를 응시했다. 그보다 왜 그 망할 집안의 이야기가 다른 곳도 아닌 이 플로리다 거실에서 나와야 하는지 들어야 했다.

딸의 표정에 답하듯 제라르 코렌의 두툼한 입술이 천천히 움직였다.

아니, 메가톤급 폭탄을 터뜨렸다는 게 더 정확했다!

"아서 가의 콘스탄틴 요한 로랑 공작께서 네게 청혼을 해오셨다. 그분이 IMC 그룹의 총수인 건 알고 있지? 이런 혼처는 평생을 기다려도 없을 게야. 난 이 청혼을 받아들일 생각이니 너도 그리 알고 준비하거라. 곧 약혼식이 있을 거고, 그날 결혼 날짜를 공표할 게다."

"지금 뭐라고 하셨어요?"

설마 했지만 딸의 표정에서 부정적인 대답을 읽은 제라르는 단호하게 못을 박았다.

　"거절은 없다. 이 제라르 코렌의 딸로 태어난 이상 결혼은 네 개인의 문제가 아니야. 지금껏 내 딸로 부족한 것 없이 살아왔으니 이젠 빚을 갚거라."

　드르륵, 의자를 뒤로 밀친 제라르 코렌은 성큼성큼 서재로 들어가버렸다. 퉁퉁 부어터진 얼굴로 자리를 지키던 섀넌도 신경질적으로 머리를 쓸어 넘기며 나갔다. 뭐가 그렇게 거슬리는지, 나가기 전에 여동생을 쏘아보았지만 빅토리아는 마주 쏘아보기는커녕 눈을 흘기는 사소한 복수도 할 수 없었다.

　넋이 나간 그녀를 대신하듯 사라가 폭포수처럼 말을 쏟아냈다.

　"어때요, 아가씨. 굉장하죠? 정말 축하해요! 근데 어떻게 그분을 만났죠? 내 짐작대로 조카분을 만나러 왔다가 아가씨한테 반한 거예요? 그런 거라면 정말 낭만적이에요. 분명 세기의 결혼식이 될 거예요."

　빅토리아는 사라의 말을 끊었다.

　"내가 지금 결혼을 한다고 했어요?"

　"네에!"

　"누구하고요?"

　"그야 콘스탄틴 요한 로랑 아서 님이죠. 그분은 공작, 자작, 후작까지 작위가 자그마치 세 개나 있대요. 아가씬 미국인이지만 이제 진정한 로열 패밀리의 일원이 되는 거예요.”

“나한테 청혼한 게 정말 그 IMC 총수예요?”

사라가 깔깔 웃었다.

“아가씨도 믿기지 않나 봐요. 하지만 착오가 아니에요. 아가씨가 생각하는 그분이 맞아요.”

숨이 막혔던 빅토리아는 가슴을 쥐어뜯다가 소파에 엎어졌다.

“아가씨!”

사라가 비명을 지르며 조심스럽게 어깨를 잡았지만 통증은 더욱 심해졌다.

“어디 아파요? 의사 부를까요?”

“됐으니 물이나 갖다 줘요.”

사라는 안절부절못했지만 빅토리아는 단호하게 말했다.

“젠장, 목이 마르다고요!”

“알았어요. 하지만 정말 괜찮아요? 의사를 부르는 게…….”

빅토리아는 제발 부탁이니 어서 가서 물이나 가져오라는 손짓을 했다. 사라는 방에서 나갔다.

빅토리아는 힘겹게 숨을 골랐다. 혼자서 방으로 돌아가려면 못 갈 것도 없지만 외부 자극에 깜짝 놀란 조개처럼 일단은 둥글게 몸을 말고 웅크렸다.

아무것도 떠올리고 싶지 않았다. 지금까지 들은 것을 깨끗이 지워버리고 싶었다. 하지만 피는 흘리지 않았을지언정 그녀는 분명 지금 전쟁을 치렀고 완벽하게 패배했다. 아버지가 던진 폭탄에 그녀의 가슴은 만신창이가 된 것이다.

"거절은 없다. 이 제라르 코렌의 딸로 태어난 이상 결혼은 네 개인의 문제가 아니야. 지금껏 내 딸로 부족한 것 없이 살아왔으니 이젠 빚을 갚거라."

귀를 막아도 거머리처럼 달라붙는 잔인한 음성을 떨칠 수 없었다.

'너무해. 어떻게 이렇게 재수 없을 수 있지?'

일밖에 모르는 권위적인 부모지만 빅토리아는 아버지가 자신을 사랑한다고 믿어왔다. 누가 뭐라 해도 사랑했던 여자가 남긴 유일한 핏줄이 아닌가?

JK 인디펜던트의 후계자지만 섀넌은 제라르가 정식 결혼으로 낳은 자식이 아니었다. 오히려 처음에는 아들이 태어난 것조차 몰랐다. 제라르가 아들의 존재를 알게 된 것은 태어나고 무려 11년이 지나 후였다. 하지만 그렇다고 해도 크게 달라지는 것은 없었다. 제라르는 섀넌을 인정하지 않았고 그 흔한 유전자 검사조차 하려 들지 않았으며, 두 모자에게 매년 상당한 액수의 돈을 보내기는 했지만 양육비 차원이 아님을 분명히 했다. 아내, 이사벨라에게 상처를 줄 수 없다는 것이 이유였다.

제라르가 섀넌을 아들로 인정한 것은 이사벨라가 죽고 난 후였다.

빅토리아는 자신에게 오빠가 있다는 것을 여덟 살이 되어서야 알게 됐지만 첫 대면에서 이미 섀넌과는 친해질 수 없다는 것을 본능적으로 직감했다. 두 사람의 나이 차 때문이 아니었다. 처음부터 섀넌은 이복누이에 대한 적의를 감추지 않았다.

아이러니하게도 빅토리아는 섀넌과 한 지붕 밑에서 같이 살게 되면서 엄마에 대해 보다 많은 것을 알게 되었다. 아니, 아버지를 좀 더 다른 눈으로 보게 되었다고나 할까?

밖에서는 대단한 인물일지언정 제라르는 결코 빅토리아에게 좋은 아버지가 아니었다. 제대로 한 번 안아준 적이 없었고, 웃어주는 것 역시 상상할 수 없었다. 그런 사내였지만 아내에게는 좋은 남편이었다는 것만은 빅토리아도 인정하지 않을 수 없었다. 아내가 살아 있을 때에는 물론이고 죽어서도 그 사랑을 멈추지 않았던 것이다.

제라르는 일 년에 한 번은 반드시 이사벨라를 처음 만났던 스페인을 방문했다. 이사벨라가 죽은 날을 전후해서는 애도를 하듯 모든 업무에서 손을 뗐다. 몇 년째 찾아가지 못했으면서도 엄청난 유지비가 드는 이탈리아의 별장을 처분하지 않았다. 오로지 이사벨라가 생전에 자주 찾던 장소라는 것이 이유였다.

빅토리아는 싫다는데도 아버지가 기숙사 학교에 자신을 입학시켰을 때 세상이 무너진 것처럼 울었다. 어쩌면 이렇게 자신의 인생을 마음대로 좌지우지할 수 있는지, 차라리 아버지라는 존재가 없었으면 좋겠다고 진심으로 기도했다. 그때 그녀를 위로한 것이 코렌 가에서 가장 오랫동안 일한 애니였다.

"주인님은 아가씨를 사랑하시지 않는 게 아니랍니다. 그저 남들보다 표현이 서투실 뿐이죠. 그분이 아가씨를 사랑하지 않으시다니, 지나가던 개가 다 웃을 겁니다. 아가씬 돌아가신 마님을 빼다 박았는걸요? 두고 보세요. 주인님은 몇 년 안 있어 아가씨 주변에 기라성 같은 경호원을 붙이실 테니까. 절대 시시한 남자에겐 딸을 줄 수 없기 때문이죠. 그건 사랑이 아니면 불가능한 일이랍니다."

하지만 애니가 틀렸다. 제라르 코렌은 딸을 사랑한 게 아니었다. 아내를 사랑했을지는 몰라도 빅토리아는 아니었다. 그녀는 오로지 투자의 대상으로, 섀넌처럼 역시 JK 인디펜던트의 성공과 영광을 위해 움직여야 하는 부속품에 불과했다.

아니라면 이렇게 억지로 결혼을 시킬 수 없다.

이제는 정말 꿈에서 깰 때인 것이다.


사라가 나간 문을 매섭게 노려보던 빅토리아는 구르듯 침대에서 내려왔다. 퉁퉁 부어 여전히 눈을 뜨기가 힘들고 머리도 쪼개지는 것처럼 아팠지만 이렇게 맥을 놓고 있을 수만은 없었다. 옷소매로 힘차게 눈두덩을 누르며 빅토리아는 드레스 룸으로 들어갔다. 반항적으로 문을 열자 처음에 놓쳤던 것들이 하나 둘 눈에 들어왔다. 값비싼 드레스, 가방, 구두, 심지어 눈이 튀어나올 만큼 커다란 다이아몬드까지!

빅토리아의 얼굴이 일그러졌다. 이 모든 게 누구를 위한 것인지 알고 있었다. 24시간 후면 바로 코렌 본가에 발을 들여놓을 콘스탄틴 요한 로랑 아서. 오로지 그를 위한 것이었다. 가족들은

사랑은
폭풍처럼

그녀가 이것들을 걸치고서 그를 맞기를 고대하고 있었다. 다른 날도 아닌 그녀의 스무 살 생일에! 그랬다. 기가 찰 노릇이지만 오늘은 그녀의 생일이었다.

부서져라 문을 내팽개친 빅토리아는 욕실로 들어갔다. 거침없이 옷을 벗고 전신 거울 앞에 서자 약간이지만 기분이 풀렸다.

청혼을 받은 여자가 울어서 퉁퉁 부은 얼굴로 나타나면 그 잘난 사내가 어떤 표정을 지을지 궁금했다. 다른 이의 분노와 고통을 먹고 자라는 악마처럼 빅토리아는 콘스탄틴의 난처한 얼굴과 아버지의 시뻘게진 얼굴을 상상하자 새로운 투지가 솟는 것을 느꼈다.

그래, 질질 짜며 싫다고만 할 때가 아닌 것이다. 그 늙은 남자가 무슨 이유로 청혼을 했는지 모르지만 모든 수단을 동원해 알려줘야 했다. 빅토리아 코렌과 결혼하면 본인뿐 아니라 가문을 위해서도 이로울 게 없다는 것을!

문제의 옷을 떠올리며 빅토리아는 샤워기 버튼을 눌렀다.


롤스로이스가 코렌 가로 들어서고 있었다. 초조하게 창밖을 내다보던 콘스탄틴은 성마르게 머리를 쓸어 넘겼다. 2년 넘게 기다렸는데 마냥 기뻐할 수만은 없는 현실이 답답했다.

가능한 한 이런 일이 일어나지 않기를 바랐건만, 우려대로 빅토리아는 그의 청혼을 반기지 않았다. 그저 반기지 않았다는 수준이 아니라 중간에 정신을 잃었고, 깨어났을 때에는 눈물을 뿌리며 난리를 피웠다고 했다.

콘스탄틴도 빅토리아가 순순히 청혼을 받아들이지 않으리라는 것은 각오하고 있었다.

처음부터 특별한 여자라는 것을 알고 있지 않았나. 규칙 따윈 안중에 없었고, 겁 같은 건 약에 쓰려 해도 없는 여자였다. 여자건 남자건, 지위가 높건 낮건 콘스탄틴의 앞에 서면 대부분은 눈도 마주치지 못하는데 빅토리아는 달랐다. 똑바로 시선을 마주치며 화를 냈다. 부당하다고 느끼면 서슴없이 그를 비난했다.

그런 주인공이 여느 여자들처럼 그의 배경에 혹해 청혼을 받아들인다? 천만의 말씀이다.

그렇더라도 그의 청혼에 빅토리아가 보인 반응은 충분히 실망스러웠다. 물론 그것이 빅토리아를 아내로 맞겠다는 그의 결심을 꺾을 수 없었지만.

오히려 그의 아내가 되어 빅토리아가 겪을 고생을 생각하면 그가 더 미안했다.

빅토리아가 아서 가의 안주인으로 어울리지 않는다는 것은 누구보다 그가 제일 잘 알고 있었다. 화려한 위상과 달리 아서 가의 안주인에게는 누릴 수 있는 권리보다 수행해야 할 의무가 더 많았고 그 엄청난 양은 상상을 초월했다. 세인트 맥 칼리지에서의 생활조차 힘들어했던 빅토리아로서는 답답하고 고루한 아서 가의 생활이 고역일 것이다. 콘스탄틴 요한 로랑 아서라는 사내를 사랑한다면 얘기가 달라지겠지만 빅토리아는 그를 사랑하지

사랑은
폭풍처럼

않았다. 빅토리아에게 콘스탄틴이란 남자는 세상 밖으로 나가려 하는 날개를 무참히 꺾으려는 악당일 뿐이었다.

그럼에도 콘스탄틴이 청혼을 강행한 것은 선택의 여지가 없어 서였다. 시간이 지나면 사라질 거라는 기대와 달리 빨강머리 마녀에 대한 감정은 고통스러울 정도로 커져만 갔다.

회의 도중 금빛 눈동자가 떠올라 이사들을 당황하게 했고, 중요한 계약에서는 돌이킬 수 없는 실수도 했다. 빅토리아를 연상시키는 화려한 꽃이 눈에 들어오면 저도 모르게 멈춰 서서 멍하니 바라보았고, 빅토리아 또래의 소녀가 눈에 띄면 바보처럼 얼굴을 붉혔다.

처음부터 특별했지만 지난 2년간 소녀에서 여인으로 성장해가는 빅토리아를 지켜보는 것은 콘스탄틴을 많은 부분에서 변화시켰다.

빅토리아를 만나기 전까지 콘스탄틴은 자신의 인생에 대해 티끌 한 점의 의문도 없었다.

IMC의 총수 외에 형이 죽으면서 떠맡게 된 가문의 수장 자리.

거미줄처럼 얽히고설킨 스케줄은 매일매일이 전쟁을 방불케 했지만 그는 거침없이 의무를 수행해나갔다. 회사와 가문을 위해 돌아가는 자신을 당연히 받아들였다. 심지어 평생을 같이할 아내조차 예외일 수 없었다. 아내를 선택하는 데에 성적인 욕망은 우선순위가 될 수 없었다. 중요한 문제임에도 첫째와 둘째, 셋째, 넷째…… 모두 아서 가의 안주인에 걸맞은가 아닌가가 관건이었다. 성적으로 끌리지 않아도 아서 가의 안주인이라는 자리에 맞는다면 기꺼이 선택할 터였다.

한데 빅토리아는 이런 그의 믿음을 뿌리째 뒤흔들었다.

그는 그 빨강머리가 갖고 싶었다. 아직 어떤 남자의 손길도 닿지 않았을 그 안으로 들어가 마음껏 욕망을 발산하고 싶었고, 남자를 기쁘게 하는 기술을 가르쳐 그에게 꼭 맞는 여자로 빚고 싶었다. 그를 기쁘게 하기 위해 대담한 행동도 서슴지 않는 모습을 보고 싶었고, 그의 품 안에서 쾌락에 들떠 지르는 교성을 듣고 싶었다.

그 여자를 갖지 못한다면 평생 동안 진실한 의미의 행복과 만족감은 맛볼 수 없을 것 같았다. 빅토리아가 다른 남자에게 웃음을 보이고 그 남자의 아이를 낳는다고 상상하는 것만으로 심장이 뜯기는 것처럼 고통스러웠다. 반면 그의 아이를 가진 빅토리아가 그의 공간에서 그가 돌아오기를 기다리는 모습을 상상하면 뭐라 형용할 수 없을 정도로 가슴이 벅찼다.

세상을 손에 넣는 것 따윈, 그에 비하면 무의미했다.

죽어라 고민했지만 답은 변하지 않았다. 빅토리아를 잊기 위해 노력하는 것보다는 갖기 위해 노력하는 것이 훨씬 더 가치 있고 성공확률이 높다는 것을 인정할 수밖에 없었다.

결론이 나오자 모든 게 일사천리로 흘렀다. 예상대로 어머니를 비롯해서 많은 반대가 있었지만 그는 모든 장애를 딛고 여기까지 왔다.

문을 열면 빅토리아를 볼 수 있는 코렌 본가까지 온 것이다.

콘스탄틴은 냉정하게 자세를 바로잡았다.

실패 따윈 있을 수 없다. 그는 반드시 빅토리아를 설득해 영국으로 데려갈 것이다.


속도를 줄인 차는 코렌 가 저택 본관 앞에서 멈췄다. 경호원이 먼저 일사불란하게 내렸다. 콘스탄틴은 창밖으로 시선을 던졌다. 제라르 코렌을 위시해 저택의 고용인들이 죽 늘어서서 그가 내리기를 기다리고 있었다. 그들 중에 빅토리아의 모습은 없었다.

역시 화가 나서 토라졌나?

씁쓸하게 웃으며 콘스탄틴은 밖으로 나왔다.

만면에 웃음을 짓고 다가온 제라르가 깊이 허리를 숙인다.

"이렇게까지 안 하셔도 되는데 제가 괜한 수고를 끼치는군요."

콘스탄틴은 곤란하다는 얼굴로 말문을 열었다.

"당치 않습니다. 오시느라 고생하셨습니다. 우선……."

제라르가 옆에 서 있는 남녀 한 쌍을 가리켰다.

"제 가족부터 소개를 하지요. 아들 섀넌과 며느리 사라입니다. 섀넌, 사라. 인사 드리거라. 콘스탄틴 요한 로랑 아서 공작님이시다."

"뵙게 되어 영광입니다. 섀넌 코렌입니다."

알고 있다. 빅토리아의 이복오라비로 빅토리아와는 앙숙이라지?

훤칠한 키에 잘생겼지만 신경질적으로 보이는 갈색 머리 남자의 손을 잡으며 콘스탄틴은 고개를 끄덕였다.

"사라 코렌입니다."

그래. 이 여자는 오만하고 차가운 남편과 달리 정이 많고 심성도 착하다고 했다. 하지만 시아버지와 남편의 기에 눌려 빅토리아를 제대로 챙기지 못한다는 평가도 보고서에 붙어 있었다.

"만나서 반갑소."

섀넌과의 악수는 냉랭했지만 사라의 손에 입을 맞추는 태도에는 호의가 넘쳤다. 일순 어색한 분위기가 흘렀다. 남편의 앞인데도 사라는 소녀처럼 얼굴을 붉혔고, 섀넌은 그런 아내에게 어이없다는 시선을, 콘스탄틴에게는 '뭘 알고 있나?'는 도전적인 시선을 던졌다.

긴장된 분위기를 바꾼 것은 제라르였다.

"그럼 안으로 드시지요. 빅토리아도 준비가 끝났을 겁니다."

빅토리아라는 이름에 여지없이 콘스탄틴의 가슴이 뛰었다.

누구나 알 수 있을 만큼 분위기가 눈에 띄게 누그러지고 있었다.

옆에서 걷고 있는 제라르에게 콘스탄틴은 의미심장한 눈길을 던졌다. 그의 앞에서 굽실거린다고 해서 마음을 놓을 게 아니었다. 미국 굴지의 미디어 재벌 JK 인디펜던트를 이끄는 총수답게 제라르는 만만치 않은 인물이었다. 지금 '빅토리아'의 이름을 언급한 것은 모두 계산에서 나온 행동이었다.

사랑은
폭풍처럼

어쩌면 제라르 코렌은 그가 예상한 것보다 훨씬 더 성가신 존재가 될지 몰랐다.

그렇더라도……, 현관 로비로 첫걸음을 옮기며 콘스탄틴은 어깨를 으쓱했다.

그렇더라도 그는 받아들일 수밖에 없었다.


현관 로비에서부터 장식되어 있던 각종 그림과 조각품들은 코렌 가의 부와 권위를 유감없이 드러냈다. 콘스탄틴은 새삼스러운 눈길로 남편을 따르는 갈색 머리 여자를 관찰했다. 외모는 평범할지 몰라도 상류층 출신답게 사라 코렌은 고용인들을 제대로 다루고 있었다. 미술품을 보는 안목도 수준급이었고 안주인의 손길이 미친 실내는 먼지 하나 없이 완벽했다.

사라 코렌의 진가는 중앙 응접실로 들어서자 더욱 빛을 발했다. 로비와 달리 원형 구조의 확 트인 응접실은 세련되면서도 고상했다.

"빅토리아는 아직인가?"

제라르가 메이드에게 못마땅한 시선을 던졌다.

"조금 전 미시즈 마샤가 올라갔습니다."

"그럼 곧 내려오겠군."

그러나 모두의 기대를 비웃듯 차가 나오고 한참이 지나도 2층으로 통하는 나선 계단은 조용했다.

"제발, 아가씨."

"시끄러워, 마샤! 자꾸 귀찮게 굴면 확 밀어버리는 수가 있어!"

콘스탄틴이 꿈에서도 듣고 싶어 했던 목소리가 들린 것은 폭발 직전의 제라르가 뛰어 올라가기 전이었다. 하지만 안심할 것은 아닌 게, 우아함과 고상함의 상징이어야 할 미래의 아서 가 안주인이 천박한 핫팬츠에 어깨가 몽땅 드러나는 호피 무늬 톱 차림으로 내려오자 실내는 아예 폭탄이 투하된 것처럼 얼어붙었다. 조나단과 경호실장 막스마저 사색이 되었다. 담담한 것은 콘스탄틴뿐이었다.

갤러리들의 반응이 마음에 드는지 계단을 내려오는 빅토리아의 얼굴이 한층 의기양양하게 변했다.

"비…… 비익……."

제라르가 심장마비라도 일으킨 것처럼 헐떡였다.

아버지에게 힐끗 눈길을 준 빅토리아는 콘스탄틴에게 시선을 옮겼다. 그의 반응이 약간 실망스럽다는 듯 아랫입술이 미세하게 뒤틀렸지만 곧 거만한 미소를 흘리며 그와의 거리를 유유히 좁혔다.

"손님을 맞기엔 너무 무례한 차림인가요?"

그의 눈앞에서 딱 멈춘 빅토리아가 허리에 손을 얹는다. 콘스탄틴은 미소를 흘리며 빅토리아의 손을 정중하게 입으로 가져갔다.

"그럴 리가, 미스 코렌. 기대 이상의 환영 인사입니다. 못 본 사이에 더욱 아름다워지셨군요."

빈말이 아니다. 처음 만났을 때와는 다른 아름다움에 그의 숨이 막혔다. 사진이나 영상은 빅토리아의 장점을 전혀 살려내지 못했다. 빅토리아는 그 또래의 생기발랄한 모습을 잃지 않으면서도 농염한 여인의 향기를 풍기고 있었다.

콘스탄틴이 손을 놓지 않자 금빛 눈동자를 에워싼 긴 속눈썹이 떨리며 눈 밑이 굳었다. 당장이라도 그의 정강이를 한 대 걷어차고 싶다는 표정이다. 하지만 그녀는 성질을 폭발시키는 대신 예의를 차리며 우아하게 대꾸했다.

"과찬이십니다."

아무래도 2년 8개월이라는 시간은 빅토리아를 약간이나마 성장시킨 듯했다. 콘스탄틴은 능청스럽게 팔짱을 끼며 제안했다.

"코렌 가의 실내 정원이 아름답다고 들었는데 괜찮다면 안내해주시겠습니까?"

"물론이에요."

아버지의 눈을 피할 수 있다는 가능성에서 빅토리아는 냉큼 동의했다.

하지만 정원으로 가는 내내 그녀의 마음은 어지러웠다.

세인트 맥 칼리지에서 다른 아이들이 지금 옆에서 걷고 있는 남자의 사진을 놓고 꺅꺅거릴 때만 해도 빅토리아는 코웃음을 쳤다. 어떤 아이가 이 남자와 한 번이라도 좋으니 실제로 만나서 하루를 보낼 수만 있다면 죽어도 여한이 없을 거라는 말을 했을 때에는 여자 망신 그만 시키고 그냥 콱 죽어버리라는 말을 참기 위해 입술을 깨물어야 했다.

그녀는 콘스탄틴 요한 로랑 아서에게 미친 애들을 이해할 수 없을뿐더러, 이해하고 싶지도 않았다. 그녀가 실제로 본 그는 그저 약간 잘생긴 남자에 불과했다. 물론 그 외모도 그녀를 문제아 취급하는 태도 때문에 퇴색되고 말았지만.

그런데 지금은 그때와 느낌이 달랐다.

이 남자의 금발이 이렇게 눈부셨던가? 모든 것을 꿰뚫을 것같이 파란 눈동자는 사파이어보다 짙고 투명했다. 어떤 조각가도 이렇게 완벽한 얼굴을 빚을 수는 없고 어떤 화가도 이 남자의 초상화를 있는 그대로 그려낼 수는 없을 것 같았다. 이런 남자가 그녀를 보고 웃자 믿을 수 없는 일이 벌어졌다. 학교의 멍청한 계집애들이 지껄였던 것처럼 그녀의 다리에서 힘이 빠지며 가슴 부위가 뻐근해진 것이다.

미쳤어! 빅토리아는 씩씩거리며 자신을 나무랐다. 이 남자 때문에 겪은 며칠간의 악몽, 이 남자 때문에 빼앗기게 될 미래의 자유를 떠올리면 이건 옳지 않은 반응이었다.

정원에 도착하기가 무섭게 빅토리아는 필요 이상으로 쌀쌀맞게 콘스탄틴의 팔을 뿌리쳤다.

충분히 모욕감을 느낄 행동인데 사내의 반응은 달랐다. 불쾌감을 표시하는 대신 약간 난처한 웃음을 던지며 자국이 난 손등을 다른 손으로 쓸었다.

"나한테 화가 났군."

"무슨 대답을 원하시죠?"

"군더더기 없는 솔직한 대답."

"후회하실 텐데요?"

"당신을 거짓말쟁이로 만드는 것보단 나아. 적어도 내 앞에서만큼은 솔직했으면 해."

"그렇다면 좋아요. 난 화가 난 게 아니에요. 난 당신이……."

그간의 원망과 증오를 담아 빅토리아는 매섭게 쏘아붙였다.

"당신이 너무 미워!"

눈앞의 남자가, 세상이 알아주는 대단한 남자라도 이 사단을 초래한 원흉이니 이 정도의 모욕은 당연했다. 하지만 남자는 담담했다.

"왜?"

세상에, 얼굴색 하나 변하지 않았다.

빅토리아는 왠지 몇 년 전으로 되돌아간 느낌 때문에 더욱 기분이 상했다. 그녀는 여전히 손을 쓸 수 없는 문제아였고, 남자는 그런 그녀를 한심하다는 눈빛으로 보는 어른처럼 느껴지는 것이다.

"그걸 몰라서 물어요? 난 결혼 같은 건 생각해본 적도 없고 하고 싶지도 않아요. 근데 당신이 청혼하는 바람에 내 계획이 다 틀어졌어요. 아버진 당신 청혼을 받아들이겠대요. 당신과는 결혼하지 않는다고 했더니 빚을 갚으라더군요. 이제까지 부족한 것 없이 살게 해줬으니 대가를 치르라는 거예요."

남자의 눈빛이 흔들렸다. '빚을 갚으라'는 부분에서는 시리도록 파란 동공이 짙은 암녹색을 띠었다. 어쩌면 지금이 기회라는 직감에서 빅토리아는 도도한 태도를 버렸다.

   "말해줘요. 왜 나한테 청혼했죠? 아버지와 한 거래가 뭐예요? 그거 다른 사람하고 하면 안 돼요?"

   그가 머뭇거리자 그녀는 아예 자존심까지 던지며 매달렸다.

   "말해줘요, 제발!"

   "내가 당신에게 청혼한 건……."

   콘스탄틴은 빅토리아의 어깨에 손을 올려놓았다. 움찔했지만 빅토리아는 그의 손을 거부하지 않았다.

   그는 고백했다.

   "당신을 사랑해서야."

   "……!"

   빅토리아의 얼굴에 황망한 감정이 내려앉았다. 말도 안 된다는 듯 고개를 저으며 그를 밀어내려 했지만 콘스탄틴은 더욱 세게 여자의 어깨를 움켜쥐며 단호하게 눈을 마주쳤다.

   "난 당신을 사랑해, 빅토리아."

   "미쳤군요!"

   "그렇게 보여?"

   "아니면 이게 말이 된다고 생각해요?"

   "왜 말이 안 되지?"

   "우린 딱 한 번 만났을 뿐이에요. 난 당신이……, 그러니까, 이

사랑은
폭풍처럼

결혼은 사업상의 정략결혼인 줄 알았어요."

"틀렸어, 빅토리아. 난 당신을 사랑해. 사랑하기 때문에 청혼하는 거야."

"아버지도 알고 있나요?"

"그래."

"그럼 내 대답이 어떻다는 것도 들었겠군요."

"유감스럽게도."

"유감스러울 거 없어요. 다시 한 번 말하는데 내 대답은 '노'예요."

"왜?"

빅토리아의 어깨를 가볍게 앞뒤로 흔들며 콘스탄틴은 다시 대답을 요구했다.

"왜 내 청혼을 받아들일 수 없지?"

"지금까지 내가 한 말을 어디로 들은 거예요? 난 결혼에 대해선 생각해본 적이 없다고요!"

"그럼 이제부터 생각해줘."

"내가 왜 그래야 하는데요? 아니, 생각하나 마나예요. 이 나이에 유부녀라니, 농담 말아요. 난 봄부터⋯⋯."

콘스탄틴은 기분 나쁘지 않도록 부드럽게 말을 끊었다.

"스탠퍼드에 입학할 예정이라는 건 알아. 물론 입학을 많이 기다린 것도. 하지만 대학이 꼭 스탠퍼드일 필요는 없잖아? 공부가 하고 싶다면 학교는 어디라도 상관없을 것 같은데. 아님 스탠퍼드에 따로 사사받고 싶은 교수라도 있나?"

"지금 무슨 말을 하고 싶은 거예요?"

"옥스퍼드, 케임브리지. 영국에도 명문이라 일컫는 대학은 많아. 당신이 공부를 하고 싶다면 결혼해서도 다닐 수 있도록 수속을 해놓겠어."

빅토리아의 얼굴로 열기가 몰렸고, 콘스탄틴은 속으로 웃었다. 빅토리아가 공부를 하기 위해 대학을 가는 게 아니라는 사실을 아는 탓이다. 지난 7년간 세인트 맥 칼리지에서 당했던 억압을 마음껏 발산하겠다는 것이 진학의 1차 목적이었다. 그가 사랑하는 여자는 지금 독립에 대한 기대와 열기로 다른 것은 아무것도 눈에 들어오지 않는 상태였다.

"당신 말도 일리가 있지만 내 대답은 변하지 않아요."

한결같은 대답에 약간 맥이 빠졌지만 콘스탄틴은 안내심을 잃지 않았다.

"왜?"

"당신을 사랑하지 않으니까. 우리 부모님처럼 결혼은 사랑하는 사람과 하고 싶어요."

"혹시 지금 사랑하는 남자가 있어?"

어떡하지?

그냥 있다고 둘러댈까 싶었지만 금방 들통 날 것 같은 예감 때문에 빅토리아는 솔직하게 털어놓았다.

"없어요. 하지만 곧……."

사랑은
폭풍처럼

"그럼 그 이유도 받아들일 수 없군."

빅토리아는 발끈했다.

"왜요?"

"내가 당신을 사랑하는 것처럼 당신도 날 사랑할 수 있으니까."

"자만이 지나치시군요!"

처음부터 끝까지 냉정한 남자에 비해 소리만 빽빽 지르는 자신이 유치하고 바보처럼 보였지만 그럼에도 그녀는 냉정을 찾을 수 없었다.

내가 당신을 사랑하는 것처럼 당신도 날 사랑할 수 있으니까.

왜 그런 오만한 말에 동요하는지 알 수 없지만 그녀는 도둑질을 하다 들킨 고양이처럼 가슴이 철렁했다. 게다가 저주스러운 그 증상, 다리에서 힘이 풀리며 의식이 멀어지는 증상이 다시 찾아왔다. 답답했지만 그녀는 혼란과 동요를 목소리를 높이는 것으로 감췄다.

"혹시 세상 여자들이 전부 당신을 사랑하거나 사랑할 수밖에 없다고 생각해요?"

"그런 생각은 한 적도 없을뿐더러 바라지도 않아. 난 그저 우리가 함께한다면 그럴 수 있지 않을까, 가능성을 열어둔 거야."

"하지만 내가 당신이 아닌 다른 남자를 사랑하게 되면요? 그땐 어떡할 거죠?"

어머니는 물론 자부심으로 똘똘 뭉친 아서 가 사람들이 들으면 발칵 뒤집힐 말이었으나 콘스탄틴은 담담하게 대꾸했다.

"그땐 이혼해주겠어."

"진심이에요?"

빅토리아가 반쯤 넋이 나가 머리를 흔들었다. 그는 크게 고개를 움직였다.

"그래."

"믿을 수 없어요. 왜 이렇게까지……."

그는 빅토리아의 턱을 손가락으로 들어 올렸다. 불에 덴 것처럼 화들짝 놀란 빅토리아가 또다시 그를 밀어내려 했지만 콘스탄틴은 오히려 여자의 뺨을 손으로 감싸며 자신을 바라보게 했다.

"솔직하게 말해줘. 뭐가 문제지?"

빅토리아가 눈을 내리깔았다.

"미래가…… 불안해?"

"아니라고는 말 못 해요."

성이 난 듯 빅토리아가 눈을 마주치며 퍼부었다.

"말했잖아요. 난 결혼에 대해선 생각해본 적 없다고. 누군가와 결혼해서 사는 내 자신을 상상할 수 없어요. 그 자리가 또 아서가의 안주인이라면……, 싫어요. 난 이제 스무 살이라고요."

"그럼 '예비' 안주인 자리는 어때?"

"……?"

"일단 약혼부터 하는 거야."

기대감으로 일렁이던 금빛 눈동자가 낙심으로 가라앉았다.

사랑은
폭풍처럼

"싫어?"

"그런다고 뭐가 달라지죠?"

"……?"

"약혼기간이 지나면 결혼하는 거잖아요."

차분하지만 콘스탄틴은 진지하게 강조했다.

"당신이 싫다면 그 이상은 진행시키지 않을게."

비로소 구미가 당기는지 빅토리아가 재촉했다.

"좀 더 자세히 말해봐요."

"약혼은 하되 결혼날짜는 잡지 않는다는 거야. 당신이 나에 대해 알 시간을 주겠어."

"정말이에요?"

"그래."

"얼마나?"

"1년."

"너무……."

"짧다는 소리는 듣지 않겠어."

"그냥 1년 정도 사귀는 걸로 하면 안 돼요? 약혼은 너무……."

콘스탄틴은 고개를 저었다.

"사귀는 것만으론 부족해. 그걸론 결혼했을 때 당신이 어떤 위치에 있게 되는지 경험할 수 없어."

"백번 양보해서, 좋아요, 내가 당신과 약혼한다고 쳐요. 근데 1년이 지나도 내가 당신이 싫다면 어쩔 거죠?"

"그땐 파혼해주겠어."

뭔가가 걸린 것처럼 목이 막혔으나 콘스탄틴은 흔들리지 않았다.

그를 희대의 악당처럼 노려보던 빅토리아가 미지의 생물과 마주한 것처럼 고개를 갸웃했다.

"당신이란 사람, 진짜 이상해요."

"뭐가?"

"이혼이든 파혼이든 당신한테는 큰 흠 아니에요? 근데, 뭐랄까, 그런 것치고 너무 태연해요."

콘스탄틴은 어깨를 으쓱했다.

"당신 말처럼 이혼이나 파혼은 내게 적지 않은 타격이 될 거야. 하지만 그게 무섭다고 당신을 포기할 순 없어. 그러니까 이 자리에서 약속해주겠어?"

빅토리아의 손을 입술로 가져가며 콘스탄틴은 속삭였다.

"날 알기 위해 노력한다고. 무조건 색안경을 끼고서 보진 않겠다고."

두 사람의 눈이 강하게 부딪쳤다. 몇 초도 안 되는 짧은 순간이지만 빅토리아는 왠지 세상에 둘만 있는 듯한 느낌에 몸을 떨었다.

"놔줘요."

자신답지 않게 그녀는 먼저 눈길을 피했다. 하지만 그는 손을 놓지 않았다.

사랑은
폭풍처럼

"아직 대답을 못 들었어."

"약혼이냐, 결혼이냐에 대한 대답?"

말없이 그가 그녀의 입술을 응시했다. 그녀의 떨림이 더욱 심해졌다.

심각하게 바닥을 응시하던 빅토리아는 결연히 고개를 들었다.

"좋아요. 당신과…… 약혼하겠어요. 하지만 당신도 약속해줘야해요. 1년이 지났는데도 내 마음이 그대로라면……."

빅토리아는 더 이상 말을 이을 수 없었다. 그녀의 오른손을 움켜쥔 남자가 자유로운 다른 손으로 허리에 팔을 두르더니 미칠것처럼 입을 맞춘 것이다.

처음 맛보는 스킨십 때문에 그녀의 머리에는 불이 붙었다. 하지만 놀랍게도 몸은 딱딱하게 얼어붙었다.

"고마워, 빅토리아."

입술을 뗀 그가 환하게 웃자 비로소 몸이 움직였지만 역시나 그녀는 그 흔한 발길질 한번 할 수 없었다.

대체 이 남자의 정체가 뭘까?

놀랍게도 그녀의 머리색에 꼭 어울리는 루비 반지가 손가락에서 빛나고 있었다.

눈으로 묻는 그녀에게 그는 더욱 어리둥절하게 만드는 말로 혼란을 가중시켰다.

"가지. 제시간에 도착하려면 서둘러야 해."

"어딜요?"

그는 웃으며 그녀의 허리를 감싼 팔에 힘을 주었다.

"물론 우리 약혼 파티지."

사랑은
폭풍처럼

# Chapter 2.

콘스탄틴의 행동에는 군더더기가 없었다. 그는 거침없이 빅토리아를 끌어내 롤스로이스에 태웠다. 사라는 당황했지만 제라르와 새넌은 이미 일이 이렇게 되리라는 것을 알고 있던 사람들처럼 태연했다.

뒷좌석에 매달려 멀어지는 저택을 응시하던 빅토리아는 사납게 고개를 돌렸다. 아버지에게서는 기대할 것이 없고, 일의 자초지종을 설명해줄 사람은 옆에 앉아 있는 남자뿐이었다. 하지만 과연 그에게서 원하는 대답을 들을 수 있을까?

차 안에는 그들 외에 운전사와 보좌관도 있었다. 그리고 빅토리아는 조수석의 조나단 프레드릭이 불편했다. 태도는 정중했지만 그녀에게 호의적이지 않다는 것을 눈치 챌 수 있었다. 아무래도 지금 입고 있는 옷이 한몫을 한 것 같았다.

상황은 점차 안 좋은 방향으로 흘러갔다.

콘스탄틴은 낯선 외국어로 통화를 하기 시작했고, 보좌관은 서류 뭉치를 건네기 바빴다. 도저히 그에게 설명을 요구할 분위기가 아니었다.

그러던 중 차가 멈췄다. 빅토리아는 창에 매달려 밖을 응시했다. 대리석 소재의 화려한 현대식 건물과 일류 디자이너의 이름이 적힌 간판이 눈에 들어왔다.

"내려요."

화들짝 놀라 고개를 돌리자 언제 내렸는지 콘스탄틴은 밖에서 손을 내밀고 있었다. 꺼져버리라는 말을 꿀꺽 삼키며 빅토리아는 남자의 손을 잡았다. 성질대로 하기에는 뭔가 분위기가 심상치 않았다. 밖으로 나오고 나서야 그녀는 이유를 알았다. 기척을 느끼지 못했는데 어느새 근육질의 경호원들이 단단한 벽처럼 그들을 에워싸고 있었다.

콘스탄틴이 성큼 걸음을 옮겼다. 분위기에 압도당해 그를 쫓아가기 바빴던 빅토리아는 어느새 드레스 룸에 서 있는 자신을 발견하고는 신음을 흘렸다.

"콘……?"

얄밉게도 그녀의 입에서 좋지 않은 소리가 나올 것을 예상이라도 한 듯 남자는 잽싸게 도망친 뒤였다. 그녀가 어이없는 눈으로 콘스탄틴이 사라진 쪽을 바라보고 있으려니, 나이를 가늠하기 힘들지만 범상치 않은 느낌의 검은 머리 여자가 다가왔다.

뭔가 싶어 여자를 훑어보며 눈을 치뜨던 빅토리아는 식겁했다.

"내 숍에 온 걸 환영해요, 미스 코렌. 카라 윙이에요."

카라 윙은 유럽식으로 빅토리아의 양쪽 뺨에 정열적으로 입을
맞추었다.

"축하해요, 빅토리아. 당신은 전 세계 여자들이 원하는 걸 손
에 넣었어요. 기분이 어때요?"

그녀의 혈압이 급상승했다. 그녀가 해줄 수 있는 대답은 딱 하
나였다.

체스판의 장기말이 된 것처럼 기분이 아주 더럽다는 것.

약혼이냐, 결혼이냐는 질문에 대답한 건 고작 30분 전이었다.
한데 그녀는 지금 이 아수라장 속으로 내던져졌다.

정말 콘스탄틴의 말처럼 약혼 파티가 있는 걸까?

설마 했는데 아무래도 각오를 해야 할 것 같다.

"어때요, 내가 혼신의 힘을 기울인 작품이? 굉장하죠?"

드레스 룸으로 끌고 간 디자이너가 오늘 입을 드레스라며 옷
을 보여주자 빅토리아는 모든 게 콘스탄틴의 말대로라는 것을
인정해야 했다. 그녀의 머리와 똑같은 색의 드레스. 이 옷을 입
고 갈 장소는 딱 한 군데뿐이었다.

자존심이 있다면 그녀는 드레스를 입지 않아야 했다. 콘스탄
틴에게 당신 멋대로 날 조종하는 것은 힘들 거라는 경고를 하고
싶다면 옷에는 관심조차 기울이지 말아야 했다.

하지만 그녀는 자신이 생각한 것 이상으로 허영덩어리라는 것

을 깨달았다. 도무지 드레스에서 눈을 뗄 수 없었다.

민소매에 몸의 곡선도 그대로 드러나는 디자인이건만 천박하지 않았다. 가슴에서부터 허리까지 꽉 조였다가 A라인으로 퍼지는 드레스는 섹시하면서도 우아했다.

우물거리며 드레스 자락만 만지작거리는데 한 무리의 여자들이 그녀를 에워쌌다.

"이것 봐요. 난 아직……."

여자들을 제지하던 빅토리아는 곧 반항을 포기했다. 목소리에도, 손에도 힘이 실리지 않았던 것이다. 허영심과 자존심 사이에서 허영심이 승리를 거두는 순간이었다.

딱, 딱!

카라 윙이 손가락을 튀길 때마다 그녀는 변해갔다. 수십 개의 손가락이 얼굴을 만졌고, 또 다른 손가락들이 머리를 손질했다. 수십 켤레의 구두를 신었고, 역시 수십 개가 넘는 백을 들어보고 나서야 그녀는 거울 앞에 설 기회를 가졌다.

빅토리아는 거울 속의 여자를 홀린 것처럼 응시했다. 여자는 분명 빅토리아 코렌이 분명했지만 그 '빅토리아 코렌'이 아닌 것 같았다.

부풀릴 수 있을 만큼 화려하게 부풀려서 길게 늘어뜨린 머리카락은 불꽃의 요정을 연상시켰고, 피부는 도자기처럼 매끄러웠으며, 금빛 눈동자는 비밀을 머금은 듯 촉촉했다.

"브라보! 완벽해요!"

화들짝 놀라 등을 돌리자 카라 윙이 그녀를 격렬하게 끌어안았다.

"고마워요, 미스 코렌. 당신을 위한 드레스였지만 이렇게까지 내 작품을 완벽하게 소화해낼 줄은 몰랐어요. 그럼 이제 예비 신랑을 보러 갈까요? 피앙세가 언제 나올지 아까부터 목이 빠지게 기다리고 있답니다."

흥분이 가시며 빅토리아의 몸이 경직되었다. 드레스 때문에 잊고 있던 현실이 격랑처럼 밀려왔다.

언제 툴툴댔냐는 듯 약혼녀가 드레스 룸에서 황홀해했다는 보고를 들었을 콘스탄틴을 상상하자 등줄기를 따라 식은땀까지 흐른다. 아니, 굳이 다른 사람을 통해 들을 필요가 없다. 예비 약혼녀의 얼굴을 보면 그는 그녀의 기분을 읽을 것이다.

드레스가 마음에 든다는 것을 빅토리아는 감출 자신이 없었다.

"잠깐만요……."

빅토리아는 뒤늦게 우물가로 끌려가지 않으려는 말처럼 버둥거렸다. 그러나 그녀를 잡아끄는 카라 윙의 손길은 완강했다.

정신없이 몇 개의 룸을 지나자 조나단의 목소리가 들렸다. 갈비뼈를 뚫고 나올 것처럼 심장이 뛰었다. 양옆을 지키고 서 있는 경호원을 지나치자 바로크 스타일의 의자에 앉아 조나단의 보고에 귀를 기울이는 콘스탄틴이 보였다.

아찔한 현기증에 하마터면 그녀는 발을 헛디딜 뻔했다. 저택을 방문했을 때에는 짙은 회색 양복을 입고 있었지만 이제 그녀처럼 옷을 갈아입은 그는 눈처럼 흰 야회복에 자신의 눈망울 색깔과 같은 파란색 넥타이를 매고 있었다.

카라 윙이 인기척을 낼 필요도 없었다. 뭔가를 감지한 듯 그가 머리를 든 것이다.

"어때요?"

카라 윙이 자랑스럽게 물었다. 그는 지그시 빅토리아를 바라보기만 했다. 그리고 그런 콘스탄틴의 시선에 빅토리아의 신경은 바늘 끝처럼 날카로워졌다. 화도 났고, 초조했으며, 한편으로는 흰 페인트를 통째로 뒤집어쓴 것처럼 머릿속이 하얗게 덧칠된 기분. 대체 그녀에게 무슨 일이 벌어지고 있는 걸까?

조나단과 카라 윙이 의미심장한 시선을 주고받으며 룸을 나갔다.

콘스탄틴이 느릿느릿 다가왔다.

"아름다워. 당신은 지금 세상에서 날 가장 운 좋은 사내로 만들었어."

당연한 듯 그가 그녀의 손을 입으로 가져가 루비 반지에 입을 맞췄다. 빅토리아는 숨을 죽인 채 모든 것을 남의 일인 양 지켜보았다.

"목마르지 않아?"

그가 그녀를 의자에 앉히며 속삭였다. 그녀는 간신히 입을 오물거렸다.

"조금요."

"배는? 아침부터 아무것도 안 먹었다고 들었어. 쿠키라도 가져올까?"

"조금요."

콘스탄틴의 입가에 어색한 미소가 걸렸다.

"괜찮아?"

괜찮냐니 뭐가?

별 이상한 질문을 다 한다고 속으로 비웃으며 그녀는 조금 강하게 고개를 끄덕였다.

"조금요."

"이런……."

그녀의 양손을 마주잡은 그가 부드럽게 달래기 시작했다.

"긴장했군. 손이 얼음장처럼 차. 하지만 걱정할 거 없어. 전부 나한테 맡기면 돼."

빅토리아의 머릿속에서 다시 물음표가 맴돌았다.

긴장하다니. 그러니까 누가?

심장박동이 조금 빠르고, 목이 약간 뻣뻣했지만 이 정도는 별것 아니었다.

"난 괜찮아요."

그녀는 고집스럽게 말했다.

"정말?"

"물론이에요."

"그럼 지금 일어나봐."

콘스탄틴이 부드럽게 지시했다. 다리가 후들거렸지만 그녀는 똑바로 몸을 일으켰다.

의기양양하게 턱을 치켜들던 그녀를 가만히 응시하던 남자가 문득 그녀의 허리에 팔을 감아 끌어당겼다.

"뭐, 뭐 하는……."

그가 그녀의 손을 잡더니 갑자기 스텝을 밟기 시작했다. 어리둥절해하면서도 그녀는 태엽이 감긴 인형처럼 남자의 리드에 이끌려 움직이고 말았다.

음악은 없었고 스텝도 엉망이었다. 그렇건만 마법 같은 일이 벌어졌다. 콘스탄틴이 그녀의 한쪽 팔을 들고 빙그르르 돌리자 빅토리아는 폭소를 멈출 수 없었다.

"아, 그만해요, 제발."

그녀의 애원에도 콘스탄틴은 멈추지 않았다. 결국 그녀는 체념하며 남자가 주는 즐거움에 흠뻑 빠졌다.

문득 콘스탄틴이 움직임을 멈췄다. 단단한 가슴에 뺨을 묻은 채 숨을 몰아쉬던 빅토리아는 고개를 들었다. 파란 눈이 찌를 것처럼 내려다보고 있다.

"키스해도 돼?"

목이 턱 막혔다. 그녀의 턱을 들어 올리는 그의 손은 허리에 두른 팔만큼이나 강하고 단단했다. 저항은 부질없었다. 아니, 그녀는 이미 마음으로 허락하고 있었다.

격렬했지만 뭐가 뭔지 모르게 끝나버렸던 첫 번째 키스는 그녀도 깜짝 놀랄 만큼 애를 태우게 만드는 것이었다.

이 남자의 입술이 닿으면 어떤 기분일까? 상상의 나래를 펴며 숨을 죽이는데 그가 느릿느릿 머리를 떨어뜨렸다. 빅토리아는 스르르 눈을 감았다.

수줍게 망설이던 입술과 입술이 처음부터 하나였던 것처럼 맞닿았다. 그 순간, 날카로운 감각이 폐부 안쪽 어딘가를 깊숙이 관통했다.

그녀는 부르르 몸을 떨었다. 하지만 맞닿아 있던 입술은 너무나도 갑자기 떨어졌다. 그녀는 동그랗게 눈을 떴다. 그리고 그의 입술이 다시 내려오는 것을 보았다. 떨어졌던 시간을 보충하듯 그의 입술이 격렬하게 그녀의 입술을 눌렀다.

"빅토리아, 제발! 날 위해 입을 벌려줘."

그녀는 순종했고, 그 순간 촉촉한 혀가 자신의 입 안으로 밀고 들어오는 것을 느꼈다. 그러자 남자의 체취와 열정이 낯선 감각에 불을 지피며 육체와 의식을 잠식해 들어갔다.

본능적으로 그녀는 바위처럼 딱딱한 가슴에 부드러운 자신의 가슴을 밀어붙였다.

목이 마르지 않은데도 입 안이 탔고, 채워지지 않는 답답함이 그녀를 괴롭혔다. 뭘 원하는지 알 수는 없지만 그러면서도 그녀는 눈앞의 남자가 무엇인가 채워주기를 바랐다.

"미치겠어. 당신 때문에!"

콘스탄틴이 그녀의 엉덩이를 움켜쥐며 바싹 끌어당겼다.

헐떡거리며 그에게 매달리던 빅토리아는 움찔했다. 딱딱한 뭔가가 그녀의 배를 찔렀다. 찬물을 뒤집어쓴 것처럼 정신이 확 들었다.

당신……!

고개를 들자 처음 보는 남자가 가쁜 숨을 몰아쉬며 속삭이고 있었다.

"빅토리아! 빅토리아!"

그는 지금까지 보아왔던, 우아하고 예의바르며 인내심 강한 남자가 아니었다.

그녀는 전력으로 남자를 밀쳐냈다. 콘스탄틴이 중심을 잃고 휘청거렸다.

"빅토리아?"

스스로를 보호하듯 그녀는 양팔로 몸을 껴안았다.

콘스탄틴의 안색이 창백해졌다.

"미안, 내가……."

"가까이 오지 말아요!"

시키는 대로 했지만 그녀는 여전히 안정을 찾을 수 없었다.

그때 선명한 빛깔의 드레스가 눈에 들어왔다.

암시가 풀리듯 머릿속이 명료해지며 빌어먹을 정황이 한순간에 이해되었다.

맙소사, 이렇게 키스에 취해 흐물거릴 때가 아니었다. 그녀의

사랑은
폭풍처럼

짐작이 맞는지, 당장 눈앞의 사내에게 확인을 해야 했다.

"미안해. 해명할게. 난……."

"나한테 사과할 건 그것뿐만이 아닐 텐데요?"

콘스탄틴의 말을 자르며 그녀는 드레스 자락을 혐오스럽게 들어 올렸다. 그가 이해할 수 없다는 듯 이맛살을 찌푸렸다. 빅토리아는 오르내리는 가슴을 다독이며 차갑게 덧붙였다.

"이 드레스는 뭐죠?"

"맘에 안 들어?"

"망할, 내가 정말 이 드레스를 입고 약혼 파티엘 가는지 묻는 거예요."

그녀는 폭발 직전인데 남자는 여전히 영문을 모르겠다는 얼굴로 그녀를 응시했다.

빅토리아는 달콤하게 물었다.

"그 약혼식, 조촐한 장소에서 우리 둘만 하는 건 아니죠?"

"물론이야. 하객들은 호텔에서……."

문득 콘스탄틴이 미간을 찌푸렸다.

"왜 말을 하다 말죠?"

"유감스럽게도 어머님은 참석하지 못하실 것 같아. 미안해."

빅토리아는 어이가 없었다.

미안하다는 사과가 그의 진심이라면 콘스탄틴은 그녀에 대해 몰라도 너무 몰랐다. 빅토리아는 영국 사교계와 예술계를 주도하는 여자의 불참이 오히려 다행스러웠다. 이 상황에서 그 대단한 늙은이까지 상대해야 한다면 스트레스로 발작을 일으킬지 몰랐다.

"미안해할 거 없어요."

"진심이야?"

"아니면요? 난 당신 하나로도 벅차다고요!"

그녀는 화를 내고 있는데 콘스탄틴은 웃고 있었다. 그것이 또 그녀를 놀리는 것 같아 빅토리아는 발끈했다. 하지만 콘스탄틴의 대처는 더 빨랐다.

"약혼식은 이렇게 됐지만 어머니도 당신을 만나길 고대하고 계셔."

반갑지 않은 화제였기에 그녀는 파티 건으로 다시 집중했다.

"그래서 하객들을 얼마나 초대했죠?"

"많진 않아."

"그러니까 그 많지 않은 인원이 몇 명인데요?"

"삼백 정도?"

삼백!

"대체 뭐가 문제지?"

빅토리아는 참았던 분을 폭발시켰다.

"내가 청혼을 거절하자 당신은 약혼을 제안했어요. 모든 걸 없던 일로 해주지 않는 게 속상했지만 그래도 난 당신의 제안이 고마웠어요. 아버지처럼 밀어붙이지 않았으니까. 나한테 생각할 기회를 준다고 했으니까. 날 위한 배려라고 생각했어요. 하지만 전부 내 착각이었어. 당신은 처음부터 끝까지 날 갖고 논……."

"말도 안 돼, 빅토리아."

"그럼 이 완벽한 약혼식을 어떻게 설명할 거죠? 드레스, 하객들. 내가 최근까지 학교에 처박혀 있었다고 얕보지 말아요. 몇 시간 안에 이걸 준비하는 게 불가능한 건 나도 아니까. 당신은 결혼과 약혼 중 하나를 선택하라고 했지만 처음부터 내가 뭘 선택할지 알고 있었어요. 그러니 이런 파티를 준비했겠죠. 말해봐요. 약혼과 결혼 사이에서 고민하는 날 보며 재미있었나요? 당신 손에서 조종당하는 내가……."

"그만해! 빅토리아."

콘스탄틴이 그녀의 어깨를 잡고 흔들었다.

빅토리아는 야멸치게 남자의 손을 뿌리쳤다.

"비겁해! 궁지에 몰리니까 이젠 힘으로 해결하시겠다고요?"

그녀와 자신의 손을 번갈아 보던 남자가 침울하게 물었다.

"정말 그렇게 생각해? 내가 당신을 조종하는 것 같아?"

대답 대신 빅토리아는 경멸 어린 시선을 던졌다.

고뇌가 파란 눈을 우울하게 만들었지만 그는 곧 결단을 내리며 그녀의 어깨를 움켜쥐었다.

"내 대답이 또 다른 분란거리를 만들겠지만, 좋아. 솔직히 고백하지. 난 당신이 내 청혼을 거절할 줄 몰랐어."

"알고 있었지만 당신의 자만심은 정말 국보급이군요."

"빈정대지 마. 안 그래도 지금 대가를 치르고 있으니까."

"대가? 당신이?"

"당신의 거절이 얼마나 충격이었는지는 상상도 못 할 거야. 일을 어떻게 수습해야 할지 막막했어. 욕심 같아선 당신이 뭐라 하든 결혼을 강행시키고 싶었지. 하지만 그럴 수 없었고, 그래서 제시한 게 약혼이야. '1년 동안 죽도록 노력하자. 노력했는데도 그녀의 마음을 얻지 못하면 포기하는 거야.' 얼마나 나 자신을 설득했는지 몰라. 이런 내가 당신을 손아귀에 넣고 조종했다고?"

"그럼 완벽에 가까운 이 파티는 어떻게 설명할 건데요?"

"난 당신이 내 청혼을 받아들일 줄 알았어. 파티는 내 청혼을 받아준 것에 대한 깜짝 선물이야. 오늘 파티에서 약혼 사실을 알리고 결혼 날짜를 발표할 예정이었지."

분하게도 콘스탄틴의 설명은 아귀가 맞았다. 연기로 먹고사는 배우가 아니라면 이 남자는 진실을 말하고 있는 게 틀림없었다. 그럼에도 그녀는 냉정을 유지할 수 없었다. 과정이 어떻든 그는 지금 계획대로 파티를 열게 되었으니까. 그것이 빅토리아는 참을 수 없이 분했다.

"그래도 당신은 결국 계획대로 파티를 열었잖아요. 내 기분을 조금이라도 헤아렸다면 이 파티를 열어선 안 됐어요. 내가 지금 얼마나 막막한지 알아요? 당신의 약혼을 받아들이는 것도 난 힘들었어요."

"미안해."

"진심으로 그렇게 생각한다면 지금이라도 파티를 취소해요."

그럴 수 없다는 것을 알면서도 빅토리아는 고집을 부렸다.

한 번이라도 좋아.

그녀는 이 남자가 곤란해하는 얼굴이 보고 싶었다. 하지만 그는 끝까지 그녀의 기대를 저버렸다.

"당신이 원한다면 그렇게 할게."

너무나 술술 나오는 대답에 오히려 당황스러운 것은 그녀 쪽이었다.

"진심이에요?"

"그래."

무표정한 얼굴을 가만히 올려다보던 빅토리아는 주먹을 쥐며 확인했다.

"하지만 조만간 파티를 열겠죠?"

"미안. 내 위치상 이건 생략할 수 있는 행사가 아니야. 물론 개인적으로 그러고 싶지도 않고. 난 당신이 내 약혼녀라는 걸 세상에 알리고 싶고, 축하받고 싶어."

갑자기 1년 동안의 약혼녀 행세가 버겁게 다가왔다.

과연 이 남자를 감당할 수 있을까? 모든 것을 양보하는 것 같지만 결국에는 자기 뜻대로 일을 진행시키는 남자. 방법만 다를 뿐 그는 아버지처럼 그녀를 조종하고 있었다.

문득 의심이 일었다. 혹시 잘생긴 얼굴 뒤에 그녀로서는 상상할 수 없는 무서움을 갖고 있는 게 아닐까?

"당신 주위엔 당신 잘못을 충고해주는 사람이 한 명도 없나요?"

무슨 뜻이냐는 듯 콘스탄틴이 고개를 갸웃했다.

"당신의 오만함과 밀어붙이기식 일처리를 충고해주는 사람이 한 사람도 없었냐구요!"

콘스탄틴의 입가가 풀어지며 부드러운 반원을 그렸다.

"아직까진 내 밀어붙이기식 일처리에 부정적인 견해를 제시한 인물은 없었어. 그보단 추진력이 있다는 소릴 자주 듣지."

"독재, 파쇼가 추진력으로 불릴 수 있다는 건 오늘 처음 알았네요."

"빅토리아."

범접할 수 없는 음성이 콘스탄틴의 입에서 흘러나왔다.

"그래서 당신은 어떡하고 싶어? 지금이라도 취소시킬까? 당신 내키는 대로 해."

"진심이에요?"

"물론."

내키지 않지만 맞을 매라면 빨리 맞는 게 낫겠지.

그러나 빅토리아는 마지막까지 당부하는 것을 잊지 않았다.

"이번 한 번은 내가 양보하죠. 하지만 이번뿐이에요. 당신이 뭘 하든 상관없지만 적어도 나와 관련된 일을 할 때에는 나와 상의해야 해요."

콘스탄틴의 입술이 야릇하게 올라갔다. 그녀는 가늘게 눈을 떴다.

"왜 대답을 안 하죠?"

"알았어. 최대한 노력해볼게."

노력 정도는 부족하다는 말을 하려는데 그가 손목시계를 들었
다.

"잘 들어, 빅토리아. 시간은 없지만 그래도 지금부터 5분을 주
겠어. 그 5분을 어떻게 쓰는가는 당신 자유지만 난 나에 대한
비난으로 시간을 낭비하는 것보단 시원한 음료를 마시며 잠시
숨을 돌렸으면 해. 겁을 주려는 게 아니라 하객들을 상대하는
일은 만만치 않거든."

하객들! 그래.

여기에서 나가면 그녀는 삼백 명의 하객을 상대해야 했다. 어
중이떠중이들이 아니라 예의와 격식을 중시하는 그 무리들 말이
다! 에너지가 한꺼번에 고갈된 것처럼 맥이 빠졌다. 의자에 주저
앉으며 그녀는 힘없이 입을 뗐다.

"우선 목부터 축이죠."

언제 다가왔는지 콘스탄틴이 잔을 건넸다.

"마셔, 빅토리아."

차가운 잔 안의 내용물을 단숨에 입 안에 털어넣으려던 빅토
리아는 중간에 켁, 기침을 하고 말았다.

"뭐예요, 이게?"

"샴페인. 싫어?"

물론 싫다. 뭐 축하할 일이 있다고 샴페인을 마시겠는가!

하지만 다른 것을 요구하기에는 시간이 촉박했고, 글라스 안의 액체는 너무 달콤했다.

빈 잔을 콘스타틴에게 돌려줄 때에는 출처를 알 수 없는 용기까지 솟았다.

"가요!"

그녀는 자리에서 일어나며 날갯짓을 하는 새처럼 허리를 쭉 폈다.

하지만 막상 건물 밖으로 나오자 나왔던 곳으로 다시 기어들어가고 싶었다.

그들이 숍 안으로 들어갔던 때와는 딴판이었다.

"축하드립니다, 공작님!"

"축하합니다, 미스 코렌!"

"결혼 예정은 언제입니까? 왜 레이디 캐서린은 참석하지 않았죠? 혹시 헬레나 비토리에 대한 배려입니까?"

"헬레나 비토리와는 정말 끝나신 건가요?"

"한 말씀만 부탁드립니다, 공작님! 미스 코렌을 사랑……."

개떼처럼 몰려드는 기자들과 카메라 플래시로 주위는 아수라장이었다. 경호원들이 전력을 다해 막고 있지만 빅토리아는 당장이라도 바리케이드가 무너져 기자들이 덮치는 것은 아닌지 두려워서 떨었다. 그럼에도 헬레나 비토리라는 이름만큼은 똑똑히 뇌리에 박혔다. 애석하게도 그 이름은 또 다른 지옥 때문에 의식

사랑은
폭풍처럼

저편으로 사라졌지만 말이다.

매스컴을 뚫고 식장 안으로 들어선 순간, 수백 개의 호기심 어린 눈동자가 그녀를 응시했던 것이다. 빅토리아는 이를 악물며 억지로 미소를 지었다.

그러니까……, 내가 이 사람들을 상대해야 한단 말이지?

"웃어요. 빅토리아. 얼굴이 굳었소."

당신 같으면 웃음이 나오겠어?

그러나 속으로 비명을 질러대는 것과 달리 빅토리아는 콘스탄틴이 시키는 대로 사랑스러운 미소를 뿌렸다. 현재로서는 콘스탄틴 외에 의지할 사람이 없었던 것이다.

이미 지겹도록 인사를 받았는데 그들에게 다가오는 하객들의 행렬은 끝이 없었다.

"두 분의 약혼을 진심으로 축하드립니다."

빅토리아는 정중하게 허리를 숙이는 은발의 노신사를 보며 콘스탄틴이 왜 표정 관리를 지시했는지 짐작했다.

"고맙소, 대사."

다른 사람을 대할 때와는 다른 친밀함이 콘스탄틴의 태도에서 드러났다.

"빅토리아, 이분은 벨기에 대사인 펠라이니 경이오."

"뵙게 되어 영광입니다. 빅토리아 코렌입니다."

그녀를 예리하게 관찰하는 눈이 기분 나빴지만 빅토리아는 끝까지 예의를 잃지 않았다.

펠라이니의 눈이 즐거움으로 반짝였다.

"호오, 짐작은 했지만 직접 뵈니 정말 사랑스러우신 분이군요. 회장님이 독신 생활에 마침표를 찍으실 만합니다."

"그렇습니까?"

전혀 웃을 게 없는데 두 사내는 뭐가 그리 좋은지 유쾌한 웃음을 주고받았다.

몰래 한숨을 삼킨 빅토리아는 홀 중앙으로 시선을 던졌다.

턱시도 차림의 신사들과 화려한 드레스로 치장한 여자들. 일류 셰프가 솜씨를 발휘했을 게 분명한 음식들과 세계 각지에서 공수해 온 최고급 술이 하객들의 웃음소리와 음악에 흥을 돋우고 있었다.

하객들은 쉬지 않고 샴페인 잔을 부딪치며 환호했으며, 콘스탄틴과 빅토리아가 지날 때마다 축하인사를 아끼지 않았다. 누가 봐도 완벽한 약혼 파티였다. 하지만 가장 행복해야 하는 주인공임에도 빅토리아는 파티를 즐길 수 없었다. 그러기는커녕 불안감으로 가슴이 콩닥콩닥했다.

사실 삼백 명의 시선이 두려워서 이러는 것은 아니다. 당혹스럽기는 해도 못 견딜 정도는 아니었다. 적어도 밖에서 진을 치고 있을 매스컴을 상대하는 것보다 나았다.

무엇보다 그림자처럼 약혼녀 옆에서 떨어지지 않는 남자. 공식 석상에서 본 콘스탄틴은 빅토리아가 지금까지 상대한 남자가 아니었다.

태어나기 전부터 세인의 관심을 받아온 특권층답게 그는 삼백 명의 시선을 대수롭지 않게 제압했다. 콘스탄틴의 파란 눈에 비하면 다른 사람들의 시선은 별것 아니라는 느낌까지 주었다. 그는 그녀가 세상의 중심에 선 듯한 기분이 들게 했고, 그녀가 제일 아름답다고 말해주었다. 하지만 콘스탄틴과의 첫 댄스가 끝나면서 꿈은 깼다.

자신을 다른 이에게로 인계하는 콘스탄틴의 움직임을 느끼고 누군가 싶어 고개를 들던 빅토리아는 그대로 얼어붙었다.

아버지. 댄스의 다음 상대는 제라르 코렌이었다.

"아름답구나, 빅토리아. 오늘처럼 네가 자랑스러운 적이 없었다. 감사합니다. 공작님. 당신은 제 못난 여식을 훌륭한 숙녀로 만들어주셨습니다."

제라르 코렌은 공손히 허리를 숙였다. 하지만 그 와중에도 딸의 손을 놓지 않았다. 방심했다가 딸을 놓치기라도 하면 큰일이라는 듯 움켜쥔 손에 힘을 가했다.

역시나 아버지의 표정은 심상치 않았다.

입은 웃지만 눈은 전혀 웃지 않는…….

그녀는 이 표정이 뭘 의미하는지 알고 있다. 딸에게 최고로 화가 날 때 짓는 표정이었다.

"도대체 그분께 무슨 소리를 지껄인 게냐?"

홀로 이끌자마자 제라르는 발톱을 드러냈다.

"무슨 말씀이세요?"

"결혼 발표를 미룬다는구나."

"당연한 결과예요. 우린 만난 지 겨우……."

"망할 것! 네가 무슨 짓을 저질렀는지 알기나 해? 만에 하나 이 일로 JK가 타격을 받거나 하면 가만두지 않겠다."

딸의 안색이 창백해졌지만 제라르는 악담을 멈추지 않았다.

"젠장, 널 그렇게 자유롭게 키우는 게 아니었다! 너 같은 건 음침한 수도원 같은 곳에 처박아놨어야 했어! 잘 들으렴, 사랑하는 딸아. 빠른 시일 내에 일을 원상 복구시키지 않으면 뒷일은 나도 장담할 수 없구나."

빅토리아는 구역질을 참으며 겨우 물었다.

"아버지가 청혼을 수락하는 조건으로 그가 특혜를 약속한 거군요."

"알 거 없다."

제라르의 태도는 완강했다.

의심이 확신으로 굳어지자 그녀의 속이 다시 요동쳤다.

빅토리아는 냉정을 가장하며 설득했다.

"중요한 일 같은데 저도 뭘 알아야 돕든지……."

"닥쳐! 네가 할 일은 하루 빨리 결혼식 날짜를 받아내는 거다!"

이가 딱딱 부딪히며 등골이 오싹했다. 하지만 악몽은 끝이 난게 아니었다. 영원처럼 이어질 것 같던 음악이 끝났나 싶어 안도

사랑은
폭풍처럼

했건만 흰 장갑이 부녀 사이에 불쑥 끼어들었다. 콘스탄틴인 줄 알고 고개를 들던 그녀는 다시 얼어붙고 말았다.

"빅토리아, 아름답고 사랑스러운 내 누이. 약혼 축하한다. 좋은 오빠는 아니지만 그래도 한 곡쯤은 괜찮지? 아니면 하객들 앞에서 날 망신 줄 셈이니?"

싱글벙글 웃고 있는 남자는 섀넌이었다.

'침착해, 빅토리아. 그냥 춤을 추는 것뿐이야. 섀넌은 너한테 아무 짓도 못 해.'

빅토리아는 리듬에 몸을 맡겼지만 몸은 계속 굳어만 갔다. 이러다간 쓰러질 거라고 속으로 비명을 지르는데 강한 손이 허리를 끌어당겼다.

고개를 뒤로 젖히자 익숙한 턱이 눈에 들어왔다.

콘스탄틴. 스르르 긴장이 풀리며 안도의 한숨이 흘러나왔다.

자신이 이 남자에게 이렇게 의지하는 게 이상했지만 몸은 분명 긴장을 풀고 있었다.

한데 분위기가 이상했다. 나무랄 데 없는 미소를 짓고 있지만 그는 화가 나 있었다. 그녀의 허리를 단단하게 죄어오는 손이 아니라도 유리알처럼 투명한 눈은 섬뜩한 뭔가를 품고 있었다.

"안됐지만 이제 내 약혼녀를 돌려받고 싶군. 하객들이 소개시켜달라고 성화라서 말이야. 괜찮지?"

"여부가 있겠습니까?"

"이해해주니 고맙군."

콘스탄틴은 거만하게 섀넌을 뒤에 남겨놓았다.

정신없이 콘스탄틴의 보폭에 보조를 맞추면서도 빅토리아는 방금 일어난 일을 이해하기 위해 안간힘을 썼다.

섀넌에 대한 콘스탄틴의 태도는 분명 적의였다. 하지만 왜? 혹시 남매 사이가 좋지 않다는 것을 아는 걸까? 그래서 흑기사처럼 섀넌에게 무례하게 군 걸까?

빅토리아는 조심스럽게 콘스탄틴을 훔쳐보았다. 홀 안에 들어오고 나서 처음으로 약혼자의 손길이 거북해졌다. 아군으로서는 둘도 없는 천군만마지만 적으로 돌아서면 난적도 이런 난적이 없을 것 같았다. 섀넌도 제 잘난 맛에 사는 인간인데 그녀의 약혼자는 잘도 그런 섀넌을 깔아뭉갰다. 턱을 한 방 갈긴 것도, 갖고 있던 권력을 이용한 것도 아닌데 눈 깜짝할 사이에 보잘것없는 존재로 전락시킨 것이다.


"땀을 많이 흘리는군. 더워?"

빅토리아는 고개를 들었다. 펠라이니 대사는 이미 사라지고 없었다.

"괜찮아요."

"정원이라도 거닐까?"

"됐어요. 그보다……."

그 일을 거론할 장소로 적당치 않다는 것을 알면서도 빅토리아는 망설였다. 약혼의 대가로 그가 아버지에게 제시한 것이 무엇인지 궁금해서 참을 수가 없었다.

문득 파란 눈동자에 장난기가 어렸다.

"그렇다면 이제 그녀를 만나도 되겠군. 아까부터 할 말이 많은 얼굴이었거든."

콘스탄틴의 시선을 좇던 빅토리아는 무의식중에 탄성을 질렀다.

"사라!"

새언니가 그들을 보며 수줍게 웃고 있었다. 다행히 아버지나 새넌의 모습은 보이지 않았다.

며칠간 사라로 인해 겪었던 서운한 감정들이 거짓말처럼 사라졌다. 콘스탄틴의 방문에 정신이 팔린 나머지 오늘 아침 '생일 축하한다.'는 말조차 해주지 않은 새언니지만 그녀는 그것조차 용서할 수 있을 것 같았다. 그녀의 말을 들어줄 사람이 절실했는데 사라만 한 적임자가 없었던 것이다.

명화에서 빠져나온 것처럼 아름다운 두 선남선녀가 곧장 자신에게 다가오자 사라는 안절부절못했다.

"두 분의 약혼을 축하드립니다. 아가씨, 정말 너무 아름다워요."

사라가 격식을 차리며 인사했다.

평소답지 않은 모습에 빅토리아는 웃음보가 터질 것 같았다. 반대로 콘스탄틴은 예의바르게 사라를 대했다.

"고맙소."

새넌을 대할 때와는 천지차이였다.

이건 또 이것대로 마음에 든다며 빅토리아는 사라의 팔에 자기 팔을 다정하게 꼈다.

"고마워요, 새언니."

두 여자들을 번갈아 바라보는 콘스탄틴의 얼굴에 쓴웃음이 번졌다.

"아무래도 두 분 숙녀를 위해 제가 자리를 비켜드리는 게 낫겠군요. 전 하객들을 상대하고 있을 테니 발코니에서 얘기들 나누시죠. 빅토리아, 무슨 일 있으면 불러요. 사라, 빅토리아를 잘 부탁합니다."

콘스탄틴이 하객들 사이로 섞여 들어갔다. 그런 콘스탄틴을 넋 놓고 지켜보는 사라의 표정은 스타에게 빠진 십대 소녀를 방불케 했다.

빅토리아는 슬쩍 새언니의 옆구리를 팔꿈치로 찔렀다.

"언니가 저 사람 팬인 걸 모르는 건 아닌데, 그래도 적당히 하시죠? 아버지는 그렇다 쳐도 새넌한테 들키면 곤란하잖아요?"

"아가씨도 참! 누가 들으면 진짜 오해하겠네! 설마 아가씨도 날 이상하게 보는 건 아니죠?"

"아니라면 다행이고요. 그보다 발코니로 나가는 게 어때요? 답답해 죽겠어요."

"그럼 먼저 가 있어요. 난 마실 걸 갖고 갈 테니."

"됐으니 같이 가요."

사랑은
폭풍처럼

그들은 발코니로 나섰다.

둘만 있게 된 것이 방아쇠를 당긴 듯 사라가 흥분해 외쳤다.

"그나저나 그분도 굉장하지만 아가씨도 대단해요!"

빅토리아의 마음이 무거워졌다. 결혼의 대가로 콘스탄틴이 아버지에게 뭘 제시했는지 물어볼 작정이었는데 사라를 보니 조금 더 기다려야 할 것 같았다.

마지못해 그녀는 적당히 응수했다.

"뭐가요?"

"몰라서 물어요? 남자들이 아가씨한테서 눈을 못 떼잖아요! 하긴 뭐, 꾸밀 기회가 없어서 그랬지 아가씨가 예쁜 건 세상이 다 아니까. 그래도 오늘은 너무 예뻐요. 덕분에 이상한 소리가 쏙 들어갔어요."

사라에게서 듣지 않아도 빅토리아는 여자들이 자신을 두고 뭐라고 수군거리는지 알고 있었다. 이제 겨우 여학교를 졸업한 스무 살짜리 계집애가 IMC의 총수이자 혈통까지 좋은 최고의 독신남을 손에 넣다니, 대체 무슨 꼼수를 부린 것인지 궁금해 죽겠다는 것이다.

하지만 약혼식장에 나타난 빅토리아를 보자 무작정 비난을 할 게 아니라는 사실을 인정한 것 같았다. 그리고 그녀도 여자들의 충격을 십분 이해했다.

카라 윙의 솜씨는 그녀까지도 넋이 나가게 했으니까!

"아가씨한테 흠집을 내려고 호시탐탐 기회를 노리던 여자들의 표정을 봤어야 했는데. 얼마나 고소하던지, 태어나서 그렇게 통쾌했던 적도 없었다니까요? 공작님도 멋졌지만 아가씨도 굉장했어요. 귀한 보석처럼 은은하고, 선명한 광채를 뿜어내는 게 세기의 커플이란 수식어가 모자라지 않더군요."

사라의 흥분과 열기는 식을 기미가 보이지 않았다. 약간 짜증이 났지만 그래도 조금 더 지켜보자는 빅토리아에게 사라가 갑자기 침울하게 말했다.

"그래도 섭섭해요. 이렇게 빨리 헤어질 줄 알았다면 학교 다닐 때, 아버님이나 그이가 뭐라고 하든 자주 찾아가는 건데."

뭐?

난간에 엉덩이를 기대고 있던 빅토리아는 깜짝 놀라 자세를 바로 잡았다.

"지금 뭐라고 했어요?"

뭔가 중요한 얘길 들은 것 같은데 정신을 집중할 수 없다.

사라는 어리둥절해했다.

"그러니까 지금 뭐라고 그랬냐고요!"

"영국으로 가는 거, 몰랐어요?"

"······!"

"아무래도 언니와의 담소는 다음으로 미뤄야겠군요. 미안해요. 난 그 사람하고······."

유령 같은 미소를 흘리며 빅토리아는 돌아섰다.

사라의 얼굴이 하얗게 질렸다. 자신이 실언을 한 게 아닌지 불안감을 감추지 못했다.

"아가씨? 기다려봐요. 뭔가 착오가⋯⋯."

착오는 무슨! 그렇게 혼자서 결정하지 말라고 당부했는데 그 마초남은 또다시 혼자서 일을 친 것이다. 영국이라니, 미치지 않고서 어떻게 이럴 수 있는지 빅토리아는 말도 나오지 않았다.

"비켜요, 언니."

하지만 사라도 필사적이었다.

그녀는 냉담하게 경고했다.

"비키지 않으면 진짜 후회할 거예요. 내 성질 알죠? 행복에 겨워할 피앙세가 어떻게 파티를 망치는지 보고 싶어요?"

사라가 침통하게 옆으로 물러섰다.

홀로 들어선 빅토리아는 미친 것처럼 주위를 둘러보았다.

사람들에게 콘스탄틴의 행방을 물을 필요는 없었다. 화려한 무리에서도 군계일학처럼 그는 눈에 띄었다. 그는 크리스털 잔을 손에 든 채 턱시도 차림의 다른 사내와 얘기를 나누고 있었다.

뒤통수에도 눈이 달린 것처럼 그가 그녀에게 고개를 돌렸다.

그들의 시선이 얽히며 불꽃이 튀었다.

콘스탄틴이 미소를 흘리며 건배를 하듯 잔을 들어 올렸다. 피앙세가 이렇게 빨리 자신의 품으로 뛰어든 게 기쁘다는 듯.

대부분의 여자들은 이런 그의 모습에 황홀한 현기증을 느끼겠지만 빅토리아는 아니었다.

그저 저 남자의 얼굴을 손톱으로 박박 긁어주고 싶었다. 하지만 너무 폭주를 한 걸까?

"아가씨!"

그녀는 직접 경험하면서도 자신에게 일어나고 있는 일이 믿어지지 않았다.

사라의 비명에 어떻게든 정신을 차리려 했지만 '쿵!' 처음으로 뺨이 대리석 바닥에 닿는 굴욕을 경험했다.

"빅토리아!"

힘겹게 눈꺼풀을 들어 올리자 사색이 되어 달려오는 콘스탄틴이 보였다.

"괜찮아?"

몸 상태를 묻는 거면 괜찮다……, 물론!

뺨이 대리석 바닥에 닿자마자 거짓말처럼 정신이 깼던 것이다. 그러나 어떤 말도 하지 않기로 마음먹었다. 청순가련형 여자 흉내는 취미가 아니지만 걱정스러운 목소리에 생각이 바뀌었다. 이참에 이 남자도 속 좀 썩었으면 좋겠다.

축 늘어진 빅토리아는 죽은 것처럼 눈을 감았다.

콘스탄틴이 그녀를 조심스럽게 안아 올렸다.

"이리 오시죠. 의무실로 안내해드리겠습니다."

"그보단 객실이 나을 것 같군. 가능하면 조용한 곳이 좋겠소."

"그럼 이리로 오시지요. 의사는……."

남자의 품에 안겨 이동하는 빅토리아의 가슴속에 의구심이 퍼졌다.

사랑은
폭풍처럼

왜 의무실이 아닌 객실이지? 게다가 콘스탄틴은 의사의 진찰까지 거절하고 있었다.

어쩐지 콘스탄틴답지 않았다. 하지만 궁금증은 오래가지 않았다.

약혼녀가 꾀병을 부리고 있는 걸 그는 벌써 꿰뚫고 있었던 것이다.

"이제 우리 둘뿐이니 눈을 떠도 돼."

객실 침대에 약혼녀를 소중하게 내려놓던 것과 달리 남자의 목소리는 싸늘했다.

빅토리아는 벌떡 몸을 일으켰다.


약혼녀가 일어나다가 매트리스에서 굴러떨어질 뻔했는데도 콘스탄틴은 벽에 기댄 채 가만히 지켜만 보았다. 자세를 바로잡던 빅토리아는 주춤했다.

그의 태도가 지금까지와는 달랐던 것이다.

그녀는 찬찬히 사내의 얼굴을 살폈다. 그는 얼굴을 찌푸린 것도, 그렇다고 냉정한 빛으로 응시하는 것도 아니었다. 웃는 것은 아니지만 그녀를 비난하는 것도 아니었다. 그럼에도 그녀는 확신했다.

화를 낼 사람은 이쪽인데 콘스탄틴 요한 로랑 아서는 지금 그녀에게 화를 내고 있었다.

"지금 나한테 화난 거예요?"

"그렇게 보여?"

"유감스럽게도! 그래서 내가 뭘 잘못했는데요?"

도전적인 그녀의 음성에 콘스탄틴이 신중하게 말을 골랐다.

"아직은 아니야."

"아직은? 사람 헷갈리게 하지 말고 그러면 그렇다, 아니면 아니다. 확실히 해줘요."

"당신 대답 여하에 따라 화를 낼 수도, 아닐 수도 있다는 얘기야."

"아하, 그러세요? 그래서 뭘 묻고 싶은데요?"

"아까 홀에서 쓰러졌을 때 일부러 그랬어?"

"일부러?"

그러니까 지금 내가 꾀병을 부렸다는 거야?

빅토리아는 기가 찼다.

물론 나중에는 그런 감이 없지 않지만 처음부터 그랬던 건 아니다. 오히려 차가운 대리석 바닥이 뺨에 닿는 순간 뱀의 생가죽이 피부에 닿는 것처럼 소름이 끼쳤다. 장난이라도 두 번은 그런 경험을 하고 싶지 않았다.

"미쳤어요? 내가 연약한 척하는 여자들을 얼마나 경멸하는데! 뺨이 바닥에 닿자마자 정신이 돌아왔지만 아까 일은 내 인생에서도 오점으로 남을 사건이에요."

"그래?"

"그래요!"

사랑은
폭풍처럼

"그럼 오늘 같은 일이 또 있었어?"

콘스탄틴은 다른 의미로 긴장을 놓을 수 없었다. 빅토리아의 건강은 이상이 없는 걸로 아는데 아까 그녀가 그의 눈앞에서 쓰러진 순간, 콘스탄틴은 세상이 무너지는 듯한 충격을 받았다. 곧 의사에게 데려가 검사를 받을 테지만 그 전에 그는 문제가 없다는 말을 빅토리아로부터 듣고 싶었다.

"처음이에요."

"그나마 다행이군. 그래도 병원엔……."

"검진 얘기면 됐어요. 쓰러진 이유는 내가 더 잘 아니까."

빅토리아는 독기를 뿜으며 쏘아붙였다.

"당신 때문에 화가 나서 졸도까지 했다고요!"

"내가 뭘 또 그렇게 화나게 했는데?"

콘스탄틴이 다가오려 했다.

빅토리아는 격렬하게 다가오지 말라는 신호를 보냈다. 영국행뿐만 아니라 아버지 문제까지 따질 게 한두 가지가 아니다. 하지만 그가 가까이 다가오면 왠지 끝까지 얘기를 할 수 없을 것 같은 예감이 들었다.

"아니라고 발뺌하지 말아요. 이미 다 알고 묻는 거니까. 청혼을 수락하는 대가로 아버지한테 뭘 약속했죠?"

"그런 건 없어."

"정말?"

빅토리아는 뚫어지게 남자를 응시했다. 그래도 그는 눈 하나 깜짝하지 않았다.

이를 악물며 그녀는 정원에서 그가 자신에게 했던 말을 그대로 돌려주었다.

"내가 당신 앞에서만은 솔직하길 바란다고 했죠. 나 역시 마찬가지예요. IMC 정도의 기업을 구축하고 유지하려면 엄청난 거짓말들을 했겠죠. 하지만 내 앞에서만은 당신도 솔직했으면 좋겠어요."

얼마나 지났을까.

"대가는 아니고……."

어쩔 수 없다는 듯 콘스탄틴이 침묵을 깼다.

하지만 빅토리아로서는 마냥 기뻐할 수 없는 전개였다. 아니길 바랐는데, 역시 그는 그녀를 사는 대가로 아버지에게 뭔가를 지불한 것이다!

"말해요! 하나도 빠뜨리지 말고, 몽땅! 먼지 하나 없이 탈탈 털어야 해요!"

"흔쾌히 내 청혼을 허락해주신 게 기쁘기도 하고, 또 당신을 예쁘게 키워주신 게 고맙기도 해서……."

"해서?"

"JK 미디어에 투자를……."

"또요?"

빅토리아는 억지로 평정을 가장하며 재촉했다.

"당신도 얼마 전 JK 소속 방송 기자들이 아프가니스탄에 취재

사랑은
폭풍처럼

를 갔다가 반정부군 측에 인질로 잡힌 건 알고 있을 거야."

"유감스러운 일이죠. 하지만 모두 석방됐다고 들었어요."

"그때 좀 도와드렸어. 아프가니스탄에 인맥이 있거든."

"어련하시겠어요. 아주 좋은 일을 하셨군요. 마음에 안 들지만 그래도 사람들 구하는데 일조했으니 칭찬해드리죠. 그리고요?"

"일단은……, 그게 다야."

"일단은? 그럼 또 있을 수 있단 얘기예요?"

"빅토리아, 흥분하지 마."

"어떻게 흥분을 안 할 수 있어요? 내 기분이 지금 어떤지 알아요? 아버진 날 당신한테 비싸게 팔고, 당신은 날 비싸게 산 거예요. 날 상품화 시켜 거래를 한 거라구요!"

"당신이 싫다면 앞으로는 어떤 특혜도 안 드린다고 약속할게."

"그걸론 부족해요. 아빠한테 투자한 돈, 회수해요. 땡전 한 푼 남기지 말고 몽땅!"

"그건…….”

콘스탄틴의 얼굴이 일그러졌다.

빅토리아는 단호하게 고개를 저었다.

"안 그러면 나도 당신과 한 약속 못 지켜요. 당신이 그랬죠? 색안경을 끼고 당신을 바라보지 않았으면 좋겠다고. 하지만 당신이 아빠에게 돈을 줬는데 내가 어떻게 당신을 순수하게 바라볼 수 있죠?"

콘스탄틴의 입에서 무거운 한숨이 흘러 나왔다.

"좋아. 당신 말대로 투자금은 거둬들이겠어."

길길이 날뛸 아버지가 머릿속에 떠오르자 속이 뜨끔했지만 빅토리아는 야무지게 입술을 깨물었다. 그래, 그녀는 절대 비싼 값에 팔려고 내놓은 암말이 아니었다!

"이제 좀 화가 풀렸어?"

콘스탄틴이 눈치를 보며 다가오려 했다. 그녀의 속이 다시 뒤집혔다.

화가 풀리기는커녕 이제 겨우 시작인데 저 뻔뻔스러운 태도라니!

"분명 나와 관련된 일은 상의하겠다고 약속했죠?"

콘스탄틴은 긴장했다. 빅토리아가 '그 일'을 얘기하는 것 같았기 때문이다.

사실 빅토리아에게는 아직 영국행에 대해 털어놓지 않았다. 기회가 없기도 했지만 독이 올라 달려드는 빅토리아를 조금 더 미뤄두고 싶은 게 더 큰 이유였다. 적어도 오늘, 약혼식만은 웃으며 끝내고 싶었다.

그러나 사라에게서 영국행에 대한 것을 들은 것인지 빅토리아는 폭발 직전이었다.

그는 신중하게 말을 골랐다.

"약속보다는 노력을 한다고 했던 것 같은데?"

"노력? 그래서 일을 이 지경으로 만들었어요? 내가 영국을 가다니, 게다가 사라는 내가 거기에서 살 것처럼 말했어요. 말해봐요. 아니죠? 사라가 잘못 안 거죠?"

"영국이 아니면 어디에서 살 건데?"

콘스탄틴은 조용히 반문했다. 이 건은 피한다고 해서 피할 수 있는 주제가 아니었으니까. 들통이 난 이상 정면 돌파밖에 없다.

말도 안 된다는 듯 의자 주변을 왔다 갔다 하던 빅토리아는 걸음을 멈추고 무섭게 그를 노려보았다.

"분명히 말하는데 난 당신 아내가 아니에요. 고작 약혼녀일 뿐이에요!"

"아니, 당신은 '고작'이라는 수식어가 붙는 약혼녀가 아니라 내가 사랑하는 여자고, 난 그 여자가 내 옆에 있었으면 해. 잊었어? 당신이 나한테 준 시간은 1년이야. 난 그동안에 당신을 유혹해야 해."

유혹이라는 말에 빅토리아는 숨이 막혔다. 그녀는 꼴깍 침을 삼켰다.

"유혹을 해야 당신 입에서 '나와 결혼해주세요.'라는 말이 나오잖아."

진정하라는 듯 콘스탄틴이 설득했지만 빅토리아는 벗어날 수 없는 덫에 빠진 느낌을 받았다.

그녀는 다급하게 따졌다.

"그럼 학교는요?"

"말했잖아. 공부가 하고 싶다면 영국 대학에 수속을 해놓겠다고."

"내가 싫다면요?"

콘스탄틴은 진지하게 문제를 지적했다.

"계약서만 안 썼지 우린 계약을 한 거나 다름없어."

"그래도 내가 싫다면요!"

"그럼 계약 파기고, 난 내 마음대로 하겠지."

"당신 맘대로 한다는 게…… 설마, 내가 생각하는 그건 아니죠?"

콘스탄틴은 느릿느릿, 하지만 단호하게 고개를 저었다.

"아마도 당신 짐작이 맞을 거야. 당신 마음을 돌린 다음 결혼하는 게 아니라 일단 결혼부터 하고 당신 마음을 돌리기 위해 애를 쓸 테니까."

"당신이란 남잔 정말……, 대체 얼마나 오만해야 남의 인생을 이렇게 멋대로 좌지우지할 수 있죠? 당신은 최악이야! 우리 아버지도 구제불능이지만 당신에 비하면 새 발의 피였어! 당신은, 진짜 당신이란 남자는……."

콘스탄틴이 손을 저으며 어조를 바꿨다.

"내가 당신을 영국으로 데려가는 이유는 또 있어."

"듣고 싶지 않으니 그 입 다물어요!"

"듣기 싫어도 들어."

"기절만으론 부족했어요? 내가 당신 앞에서 머리가 터지는 꼴을 봐야 멈출 거예요?"

"미국은 위험해."

사랑은
폭풍처럼

난데없는 경고에 그녀는 움찔했다.

"무슨 소리예요?"

"JK 인디펜던트의 상속녀라는 배경 자체로도 당신은 범죄자들의 좋은 먹잇감이었어. 한데 그 위에 IMC 회장의 약혼녀이자 아서 가의 예비 안주인 딱지까지 붙었지. 내 입으로 이런 말을 하긴 그렇지만 속된 말로 엄청난 프리미엄이 붙은 거야."

"기가 막혀. 이렇게 된 게 누구 탓인데! 다 당신 때문이잖아!"

"그래서 책임을 지겠다는 거야. 당신을 전심전력으로 사랑할 테고, 누구도 손가락 하나 대지 못하게……."

"그딴 건 필요 없으니 날 놔줘요. 그냥 뺑 차라구요!"

"그럴 수 있었다면 애초에 일을 벌이지도 않았어."

바람 빠진 풍선처럼 콘스탄틴의 음성에서 힘이 빠졌다. 하지만 빅토리아는 조소로 응수했다.

어디에서 시답잖은 동정 작전을! 그녀는 눈곱만큼도 그가 불쌍하지 않았다. 오히려 세상에서 제일 불쌍한, 그래서 동정이 절대적으로 필요한 주인공은 바로 그녀였다.

"그러니까 당신 말은 범죄자들의 희생양이 되고 싶지 않으면 닥치고 영국으로 오라는 거죠?"

이죽거리는 그녀를 1분, 2분, 3분……, 물끄러미 주시하던 콘스탄틴이 표정을 누그러뜨렸다.

"무조건 거부할 게 아니라, 이렇게 생각하는 건 어때? 어차피 졸업식 날 유럽으로 여행을 떠날 계획이었지?"

빅토리아의 말문이 막혔다. 대체 이 남자의 정체는 뭐야? 어떻게 거기까지 아는 거지?

"파리나 로마가 아니라 영국을 첫 여행지로 삼으면 어때? 일단 영국에서 3개월 지내보고, 그래도 싫다면 돌려보내 줄게."

빅토리아는 그 자리에 못 박힌 채 파란 눈만 쏘아보았다.

어떻게 이 남자가 스테파니만이 알고 있는 그 계획을 알고 있는지 궁금했다. 하지만 아이러니하게도 묻기가 두려웠다.

콘스탄틴에게 매수당한 스테파니. 아니면 사람을 심어 날 감시한 남자.

어느 쪽이든 끔찍하기는 마찬가지였으니까.

그때 거짓말 같은 일이 벌어졌다.

일개 가정집도 아닌, 명색의 일류 호텔인데 갑자기 불이 나간 것이다. 그녀는 당황해서 주위를 두리번거렸다. 불이 나간 것은 객실만이 아닌 듯 창밖 역시 칠흑처럼 어두웠다.

수상한 것은 사람들의 반응이었다. 이 정도 사고라면 벌집을 쑤셔놓은 것처럼 소동이 날 법도 한데 아래층은 조용하다 못해 적막하기까지 했다.

"걱정할 거 없어. 불꽃놀이가 시작되는 것뿐이니까."

콘스탄틴은 어리둥절해하는 그녀를 유유히 발코니로 이끌었다.

창문을 열고 발코니에 자리를 잡은 순간, 요란한 폭죽 소리와 함께 형형색색의 불꽃이 터졌다. 죽은 것처럼 침묵하던 사람들이 약속이라도 한 듯 환호성을 올렸다.

"이게…… 뭐죠?"

"뭐일 것 같아?"

콘스탄틴이 빙그레 웃었다.

"당신이 시킨 거예요?"

"그래."

"왜죠?"

그녀의 질문에 대답하듯 누군가가 기분 좋은 바리톤으로 생일축가를 부르기 시작했다. 익숙한 멜로디가 파도처럼 사람들 사이로 퍼져나갔다.

노래가 끝나자 사람들이 박수를 치며 환호했다.

"해피 버스데이, 미스 코렌!"

"해피 버스데이, 빅토리아 코렌!"

입도 벙긋 못 하는 빅토리아에게 콘스탄틴이 뜨거운 숨결을 귓가에 불어넣었다.

"생일 축하해. 태어나줘서 고맙다는 말은 너무 진부한가?"

꺼질 때처럼 갑자기 불이 들어왔다.

그녀는 불에 덴 것처럼 눈을 피하며 머리를 숙였다.

"생일 축하해."

놀랍게도 이 남자는 오늘이 무슨 날인지 알고 있었다.

그렇다면 왜 지금껏 아는 척을 하지 않았을까? 다정한 연인들처럼 깜짝 선물을 주고 싶어서?

빅토리아는 깍지 낀 손을 신경질적으로 비틀었다. 행여 이런 걸로 감동할 거라 기대했다면 이 남자는 바보 멍청이였다.

애들도 아니고 불꽃놀이라니, 유치하기 짝이 없다. 그렇건만 가슴 언저리가 간지러워 죽겠다. 바보처럼 고개도 들 수 없다. 무지 쑥스러운데 다른 한편으로는 기쁜 것도 같고, 당혹스러운 것도 같아서 계속 깍지 낀 손만 비트는데 콘스탄틴이 불쑥, 귀 뒤로 그녀의 머리카락을 넘겨주었다.

"뭐 하는 거예요!"

불에 덴 고양이처럼 잔뜩 몸을 움츠리던 빅토리아는 꽈리처럼 눈을 뜨고 말았다.

놀랍게도 콘스탄틴의 손에는 붉은 장미 한 송이가 들려 있다.

어떻게 된 거야?

콘스탄틴을 응시하던 빅토리아의 가슴에 거센 폭풍이 몰아쳤다. 마치 꿈에서 일어나는 것처럼 길고 우아한 남자의 손가락이 팔목을 스치자 마법처럼 꽃 한 송이가 늘어났다. 눈썹, 입술, 이마, 머리카락…… 콘스탄틴의 손이 움직일 때마다 장미의 수도 늘어났고, 순식간에 그녀의 나이만큼 늘어났다.

"두 번째 선물이야."

콘스탄틴이 탐스러운 장미 꽃다발을 내밀었다.

"고, 고마……."

엉겁결에 꽃을 받은 빅토리아는 바싹 말라 까슬해진 입술을

사랑은
폭풍처럼

달싹였다. 영국행 건을 놓고 죽네 사네 했던 것을 떠올리면 웃기는 전개지만 그래도 고맙다는 말은 해야 할 것 같아 했는데, 그가 갑자기 손가락으로 입술을 막았다.

"아직 아니야."

말이 끝나기가 무섭게 차가운 감촉이 목을 중심으로 퍼졌다.

"세 번째 선물. 당신한테 줄 섬의 모형을 본떠서 만들었어."

콘스탄틴이 새 모양의 다이아몬드 목걸이를 걸어주었다. 크기는 평범했지만 빅토리아는 감히 손도 댈 수 없었다.

섬이라니, 제대로 들은 걸까?

어이없지만 제대로 들은 것 같다.

"작지만 아름다운 곳이야. 하늘에서 내려다보면 새 모양을 하고 있어 우린 모두 버드 아일랜드라 불러. 당신도 가보면 좋아하게 될 거야."

콘스탄틴의 눈이 자랑스럽게 빛났다.

그녀는 완전히 얼이 빠지고 말았다. 그런 그녀에게 사내가 영악하게 속삭였다.

"나와 함께 영국으로 가주겠어?"

제길, 그녀는 하필 지금 이런 말을 하는 남자가 너무 미웠다. 하지만 그를 무조건 비난할 수만은 없었다. 그녀가 그의 입장이었어도 이 기회를 놓치지 않았을 테니까. 멍청한 것은 그녀였다. 이깟 장미가 뭔데. 축가가 뭐 대수라고! 누가 그런 섬에 가기나 한대? 그럼에도 그녀는 짙은 장미 향기와 차가운 목의 감촉, 녹아들 것 같은 미소에 무릎을 꿇고 말았다.

"알았으니 그만해요. 그깟 영국, 가면 되잖아요!"

사랑은
폭풍처럼

## Chapter 3.

"미스 코렌, 아직 멀었습니까? 시간이 더 필요하시다면……."

반도 채우지 못한 답지와 초로의 교수를 번갈아 보던 빅토리아는 펜을 놓으며 상체를 젖혔다. 시간을 더 끌어봐야 달라질게 없다는 것은 본인이 제일 잘 알고 있었다.

예상대로 답지를 확인하는 교수의 안색에 근심이 내려앉았다.

"제가 내드린 과제를 하나도 안 하셨군요."

빅토리아는 묵묵히 책상 모서리만 응시했다. 지난 20일간의 수고가 무색하게 그녀의 프랑스 어는 그다지 늘지 않았다. 그러다 보니 나날이 회의와 자괴감이 쌓여갔다.

이렇게 화창한 날에 자신이 왜 이런 공부를 해야 하는지 곱씹을수록 속이 탔다.

약혼자가 프랑스 사람이면 꼬부랑 프랑스 어에 목을 맬 수도 있다. 하지만 콘스탄틴은 영국인으로, 그녀처럼 영어권의 남자였다. 그런데 아서 가의 현 안주인인 캐서린의 말 한 마디로 프랑스 어는 가장 중요한 수업이 되고 말았다. 예비 안주인이 사교의 꽃인 프랑스 어에 서툴러 더듬거리는 것은 수치라는 것이다.

마음에 안 들지만 그녀도 처음에는 노력했다. 1년 한정의 약혼녀지만 못 한다는 쑥덕공론은 듣고 싶지 않았으니까. 게다가 콘스탄틴과 달리 캐서린의 앞에만 서면 그녀는 주눅이 들었다.

런던에 도착한 날, 콘스탄틴과 함께 캐서린이 사는 아서 가 본가에 들렀을 때, 빅토리아는 아서 가의 안주인이 아니라 영국 여왕이라도 알현하는 줄 알았다.

사람을 압도하는 캐서린의 위엄에 기가 죽어 만찬 내내 무슨 말을 했는지 기억조차 못 한다면 상상이 갈 것이다. 약혼 기간 내내 본가에서 살아야 했다면 콘스탄틴이 뭐라 하든 그녀는 도망을 쳤을지도 모른다. 하지만 그녀는 본가가 아닌 콘스탄틴 소유의 아이반 성에서 지내게 되었다. 모두 콘스탄틴의 배려 같아 빅토리아는 그에 대한 앙금을 어느 정도 풀었다.

무엇보다 영국이라는 낯선 땅에서 의지할 사람은 약혼자뿐이었다.

하지만 늘지 않는 프랑스 어, 그녀를 이런 사지로 몰아넣은 주제에 출장 간답시고 떠난 채 전화 한 통 없는 남자는 그녀의 인내심을 자극했다. 보름 예정으로 떠났던 출장은 이제 한 달로 접어들고 있었다.

이렇게 코빼기도 안 보일 거면서 왜 그녀를 미국에서 데려왔는지 알 수 없었다. 아이반 성에서 지내게 된 게 처음에는 다행이라고 생각했는데 지금은 어떤 의도가 숨겨져 있는 게 아닌지 의심스럽기까지 했다.

서른 개가 넘는 객실에 화려한 대형 홀, 우아한 응접실과 박물관 부럽지 않은 명화(名畵), 그리고 조각품들까지. 그뿐인가? 수영장, 사격장, 영화관과 성 뒤편의 승마코스는 완벽했다. 하지만 산에 둘러싸여 외부와의 출입이 자유롭지 못하다는 사실은 의심을 부채질했다.

사랑은 있지만 부족한 약혼녀가 창피하기도 해서 혹시 이곳에 가둬놓고 교육시키려는 목적은 아닌지, 자꾸만 재수 없는 쪽으로 잡념의 가지가 뻗는 것이다.

"잘 아시겠지만 미스 코렌……."

침울하게 자리를 지키는 학생이 안됐는지 노교수는 태도를 누그러뜨렸다.

"이런 식이면 일정에 차질이 빚어질 수도 있습니다. 힘드시겠지만 조금 더 노력해주십시오. 조금 이르지만 오늘 수업은 마치도록 하지요. 내일은 좀 더 나은 모습으로 뵙기를 고대하겠습니다. 수고하셨습니다."

노교수가 나갔다. 빅토리아는 험악하게 의자를 뒤로 밀었다.

"차 한 잔 드시겠습니까?"

방으로 들어오던 비서가 걱정스럽게 물었다.

"그건 됐고, 남은 일정이나 취소해주세요."

리즈가 얼빠진 시선을 던졌지만 빅토리아는 기계적으로 걸음을 옮겼다.

뒤처져 있던 리즈가 뒤늦게 거리를 좁혔다.

"아가씨, 잠깐만요!"

빅토리아는 무시하며 드레스 룸으로 들어갔다. 듣지 않아도 리즈가 하려는 말이 무엇인지 알고 있다. 일정을 취소하라니, 제정신인가?

이미 10분 후에 시작될 프랑스 어 회화 수업을 위해 담당 선생이 다른 방에서 기다리고 있었다. 회화 수업이 끝나면 영국사 수업이 있었고, 다음에는 마사지를 받아야 한다. 3시에는 드레스 숍에서 오기로 한 디자이너와 함께 다음 계절에 입을 옷을 상의하고, 곧바로 매너 수업을 들어야 했다. 일정 취소가 말처럼 쉬운 게 아닌 것이다.

"피곤하시다면 일정을 한두 개는 조정할 수 있습니다. 하지만 전부는……."

빅토리아는 무시하며 걷기만 했다.

문득 리즈의 얼굴에 긴장감이 내려앉았다.

"혹시 몸이 안 좋으신가요?"

걸음을 멈춘 빅토리아는 도전적으로 고개를 돌렸다.

"아니요! 난 그저 지금 수영을 하고 싶을 뿐이에요."

"수, 수영이요?"

"그래요, 수영."

"그럼 두 시간 정도 일정을 미룰까요? 시간이 더 필요하시다면 한 시간 더……."

"됐으니 오늘 일정은 취소하세요."

드레스 룸에서 수영복을 꺼내는데 리즈가 초조하게 콧등 위로 안경을 밀어 올렸다.

"그럼 본가에서 온 전화는 어떻게 할까요?"

블라우스 단추를 풀던 빅토리아는 멈칫했다.

"본가라뇨?"

"수업 중이실 때 공작 미망인께서 전화를 하셨습니다."

그녀의 손가락에 힘이 실렸다.

캐서린이 전화를 걸어오다니, 지금껏 이런 일은 없었다. 아이반 성에서 지내는 한 달 동안 캐서린과는 모두 4번 통화를 했다. 전부 빅토리아 쪽에서 건 것으로 그것마저 미리 약속한 시간에 맞춰 이뤄졌다.

"무슨 일로요?"

"그건 저도 잘……. 수업 중이라고 말씀드렸더니 나중에 다시 하시겠다고……. 지금 본가로 연락을 넣을까요?"

빅토리아는 고개를 저었다.

"됐어요. 전화 건은 당신이 알아서 해줘요. 유능한 분이니 잘 해주시리라 믿어요. 그럼 이제 옷을 갈아입고 싶은데 자리 좀 비켜줄래요?"

머뭇거리며 나갔지만 빅토리아는 문밖의 비서가 매처럼 움직이리라는 것을 확신했다. 지금까지 별 문제없던 여자가 왜 이렇게 돌변했는지 원인을 알아내야 대책을 세울 테니까. 하지만 전부 헛수고다. 그녀 자신도 이렇게 화가 나는 이유를 모르는데 어떻게 제3자가 속속들이 알 수 있을까?

빅토리아는 조소를 흘리며 옷을 갈아입기 시작했다.


콘스탄틴이 발소리를 죽여가며 문을 닫을 필요는 없었다. 자정이 지나면 곯아떨어진다는 보고대로 빅토리아는 죽은 것처럼 자고 있었다. 자신의 행동이 명예롭지 못하다는 것을 알면서도 그는 살짝 벌어진 약혼녀의 입술에 자신의 입술을 포갰다.

'빅토리아…….'

따스하고 부드러운 감촉에 그의 가슴이 소년처럼 설레었다. 떨리는 손으로 붉은 머리 한 줌을 움켜쥔 그는 깊게 숨을 들이마셨다. 달콤한 향기가 마약처럼 혈관을 채우며 갈증을 불러일으켰다. 그는 머리카락에 얼굴을 묻으며 약혼녀의 체취를 전부 빨아들일 것처럼 다시 한 번 길게 숨을 들이마셨다. 애석하게도 위험한 갈증은 마약에 중독된 것처럼 더욱 심해졌다.

고통스럽게 숨을 헐떡이며 그는 대담하게 잠옷의 리본을 풀었다. 젖가슴이 뽀오얀 자태를 드러내며 유혹의 향기를 풍긴다. 한번 맛을 보면 이전으로 돌아갈 수 없다는 것을 알면서도 그는 단단한 젖꼭지를 입에 머금었다.

빅토리아를 갖고 싶다는 욕망이 어느 때보다 맹렬히 끓어올랐다.

그는 헐떡거리며 채워지지 못한 욕망에 몸을 떨었다.

이게 아닌데 어디에서부터 어그러진 것인지 모르겠다.

빅토리아가 아이반에 둥지를 틀게 됐을 때, 그는 세상을 얻은 것처럼 행복했다. 약혼녀의 마음을 1년 안에 돌리는 것은 쉬운 일이 아니지만 사랑스러운 존재가 가까이 있다는 것만으로 웃음이 나오고 가슴이 뛰었다.

그러나 현실은 녹록지 않았다.

꺼림칙해도 참석하지 않을 수 없었던 헬레나의 약혼식.

하지만 실제로 참석하자 생각했던 것처럼 불편하지는 않았다. 그런데 약혼식 이후 잡힌 남미와 카다파르 출장이 문제였다. 하루가 10년처럼 길었고, 전화로 매일매일 빅토리아의 목소리를 들을 수 있다는 것도 위로가 되지 않았다.

그가 원하는 것은 그런 짧은 통화가 아니었다. 만지고 싶었고, 웃는 모습이 보고 싶었으며, 빅토리아가 웃을 때에는 제일 가까운 곳에 있고 싶었다. 그러지 못하자 반대편에서 들려오는 목소리는 오히려 독이 되었다. 그럼에도 약혼녀의 목소리를 듣고 싶다는 열망에 수화기를 들었는데 카다파르에서는 그것조차 불가능했다.

그는 3일간 의식을 잃었고, 깨어났을 때에는 자밀라가 있었다.

놀랍게도 카다파르의 풍토병으로 쓰러진 그는 3일 내내 혼수상태였고, 그런 그를 간호한 것은 무하마드 압둘 사다미아 카딜 국왕의 딸 자밀라였다.

보통은 감사할 일이지만 콘스탄틴의 마음은 무거웠다. 자신에 대한 자밀라의 감정이 어떤 것인지 아는 탓이었다. 동경을 넘어 자밀라는 그를 거의 숭배하고 있었다. 처음에는 그녀를 귀여운 소녀로 생각했던 콘스탄틴도 어느 순간 거리를 둘 정도였다. 아버지와의 친분과 사업상 파트너라는 이유로 받아주기에는 문득 문득 보이는 대담함이 꺼림칙했던 것이다.

그런데 예기치 못한 고열로 쓰러져 빚을 지고 말았다.

고작 열일곱 살밖에 안 된 자밀라와 무슨 일이 있었다고는 생각하지 않았지만 그래도 마음이 불편했다. 자밀라는 곧 정혼자와 혼례를 치를 몸인데 그런 주인공이 이방인을 간호하다니, 이 일이 밖으로 새어나가면 심각한 추문거리가 될 수 있었다. 그런데 자밀라는 사흘 동안 그의 옆을 지켰을 뿐 아니라 조나단과 다른 경호원들이 대신 간호를 하겠다고 하자 '추방'이란 카드까지 내밀었단다.

하루 이틀 더 쉬는 게 좋다는 의사의 조언에도 그는 비행기를 띄웠고, 카다파르 항공을 탔을 때에는 머릿속에서 자밀라를 지우고 대신 빅토리아를 떠올렸다. 그러자 자밀라로 인해 겪었던 불쾌한 기억들이 순식간에 사라졌다.

하지만 한 달 만에 돌아왔음에도 날이 밝으면 또다시 영국을 떠나야 하는 처지였다. 합병 건으로 오랜 시간 공을 들였음에도 성과가 없던 상대측에서 한 시간 전 협상 가능성을 타진해 온 것이다. 약혼녀의 옆에 있고 싶다는 욕망으로 거절하기에는 그의 어깨의 짐들이 너무 무거웠다.

"으응, 싫어⋯⋯."

고르게 숨을 쉬던 빅토리아가 칭얼거리며 몸을 뒤척였다.

순진한 약혼녀가 알면 기절할 일이지만 이제 곧 떠나야 되는 상황이 이성을 날려버렸다.

그는 무릎 아래까지 내려오는 잠옷을 허벅지 위로 밀어 올렸다.

미끈한 다리가 드러나자 가운 안에 있던 그의 해면체가 반응했다.

조심스럽게 머리를 떨어뜨린 그는 허벅지가 만나는 지점에 코를 가까이 댔다. 황홀한 체취에 머리가 빙글빙글 돌았다. 그는 헐떡거리며 단단하게 일어선 페니스를 다급하게 애무했다.

빅토리아의 안에 자신을 집어넣을 수 있다면 무슨 짓이라도 할 수 있을 것 같았다. 아니, 그냥 집어넣어버리라는 목소리가 들렸다. 맙소사, 다른 의지를 가진 것처럼 그의 손이 실제로 빅토리아의 허벅지를 벌리고 있었다.

하지만 아슬아슬하게 자제의 끈을 잡았다.

부르르 몸을 떤 그는 뽀얀 허벅지에 자신을 쏟아냈다. 순진하게도 빅토리아는 여전히 눈을 뜨지 않았다. 그리고 그것이 다시 그를 미치게 만들었다.

가운으로 약혼녀의 허벅지를 닦은 그는 대담하게 삼각주를 감추고 있는 실크 팬티의 끈을 풀었다. 곱실거리는 처녀림이 자태를 드러내며 그를 유혹했다.

'이건 지옥이야!'

그는 무기력하게 얼굴을 묻었다.


행복한 한숨을 흘리며 빅토리아는 몸을 옆으로 뉘었다.

그녀는 지금 자신이 꿈을 꾸고 있다는 것을 알고 있었다. 꿈속의 여자는 맨발로 넓은 초원을 커다란 사냥개와 함께 달리고 있었다. 거기에 근심이나 고통 같은 건 없었다. 그저 웃고 떠들며 자연과 함께 뒹구는, 행복한 소녀만이 있을 뿐이었다.

나이를 얼마나 먹든, 빅토리아는 항상 이렇게 웃고 싶었다. 누군가에게 상처를 주는 것도, 누군가로부터 상처를 받는 것도 싫었다.

제라르 코렌은 분명 좋지 않은 기억을 잔뜩 심어준 악당이지만 그럼에도 빅토리아는 그 아버지로부터 중요한 교훈을 배웠다.

상대를 믿지 말 것. 의지하지 말 것.

그럼 상처 받을 일도 없다는 것을 알았다.

그녀의 유년이 평탄하지 못한 것은 제라르 코렌에게 일반적인 아버지의 모습을 기대하며 의지했다는 것이다.

그런데 지금 그녀는 또다시 유년의 실수를 되풀이하려고 했다.

만난 지 채 한 달도 안 된 남자. 약혼자지만 이제 11개월 후면 '안녕' 하면서 각자의 인생을 살아갈 사내인데 그녀는 어느새 콘스탄틴 요한 로랑 아서를 믿으며 의지했다.

"야, 이 나쁜 놈아! 내가 무슨 꿔다놓은 보릿자루야? 왜 사람을 유령 취급하는데! 이딴 식이면 내일이라도 돌아갈 거거든? 가면 다신 안 와!"

수영을 하고 물 밖으로 나왔을 때 그녀는 목이 터져라 외쳤고, 그 순간 본심을 깨달았다. 최근 속이 상하며 화가 났던 것은 프랑스 어 때문이 아니라는 것을.

약혼자의 부재, 울리지 않는 전화벨. 이것이 상처의 원인이었다.

약혼자의 오랜 부재와 연락 두절은 빅토리아를 비참하게 했던 아버지를 연상시켰다. 아버지에게 당했던 것처럼 콘스탄틴으로부터도 버림받았다는 기분을 떨칠 수 없었다.

한 달 전만 해도 그가 그녀를 뻥 차주기를 바랐는데 지금은 그의 무시가 끔찍했다.

하지만 이제는 괜찮다며 그녀는 본래의 자신만만함을 되찾았다.

그녀는 왜 자신이 무의식중에 똑같은 실수를 — 콘스탄틴을 믿고 의지한 것 말이다 — 되풀이했는지 알았다. 갑자기 아는 사람 하나 없는 영국, 그것도 콘스탄틴의 공간인 아이반 성에 떨어진 게 문제였다. 미국이었다면, 절대 이렇게까지 그에게 의지하는 일은 없었을 것이다.

그래서 결정을 내렸다. 내일이라도 당장 미국으로 돌아가기로!

그녀의 결정을 막을 사람은 없었다. 아이반 성이 마음에 들지 않을 경우 플로리다로 돌려보내 준다고 한 건 콘스탄틴이었으니까. 3개월이란 단서가 붙어 있었지만 그녀는 개의치 않았다. 오히려 돌아가려고 결심하자 아버지의 존재가 마음에 걸렸다.

제라르 코렌은 집으로 돌아온 딸을 환대할 만큼 성격이 좋지 않았다. 받아내라는 결혼 날짜 대신 혼자서 돌아온 딸이라니! 그는 빅토리아가 왜 돌아왔는지부터 언제 콘스탄틴과 결혼을 할 것인지 만족스러운 답이 나올 때까지 들들 볶으리라.

숨이 턱 막히는 전개였으나 그녀는 떠나겠다는 결심을 바꾸지는 않았다. 하지만 꿈속에서만큼은 떠나기가 쉽지 않았다.

지긋지긋한 성이라고 욕을 하며 숨이 턱에 받치도록 달렸는데 아이반 성은 여전히 그녀를 코앞에서 굽어보고 있었다. 그녀는 고집스럽게 달렸다. 순식간에 하늘이 먹구름으로 뒤덮이며 싱그러운 초원 위로 어둠이 내려앉았지만 멈추지 않았다. 그때 도망치는 그녀를 응징하듯 끔찍한 으르렁거림이 들렸다. 오싹, 소름이 돋으며 한기가 돌았다.

그녀는 공포에 질려 뒤를 돌아보았다. 맙소사, 늑대인지 사냥개인지 모를 짐승이 날카로운 이빨을 드러내며 달려오고 있었다. 빅토리아는 비명을 질렀다. 하지만 그녀를 돕기 위해 나타난 사람은 없었다. 돌부리에 걸려 넘어진 것인지, 커다란 짐승에게 덮쳐진 것인지 알 수 없었지만 바닥에 쓰러진 그녀는 비명을 지르며 버둥대고 있었다.

육중한 무게였지만 그 무게마저 실감 못 할 정도로 공포에 질려 소리를 지르는데 다급한 목소리가 들렸다.

"빅토리아! 빅토리아!"

놀랍게도 네 발 달린 짐승 대신 커다란 덩치의 남자가 그녀의 몸에 올라타고 있었다. 그는 알몸이었고, 순식간에 자신처럼 그녀도 알몸으로 만들어버렸다.

누구? 콘스탄틴, 당신이에요?

하지만 사내의 얼굴을 확인할 수는 없었다. 손을 뻗어 남자의 얼굴을 확인하려는 순간, 못이 박인 것처럼 단단한 손이 그녀를 잡았다. 빅토리아는 경악했다. 사내는 한 명이 아니었다. 그녀의 손을 잡은 사내는 그녀의 머리 위에 무릎을 꿇고 있었다. 그녀를 올라탄 남자는 그녀의 가슴을 빨았고, 그녀의 두 다리 역시 정체를 알 수 없는 남자들에 의해 점령되어 있었다.

죽여버리겠다! 저주를 퍼붓기 위해 입을 벌리는데 단단하지만 부드러운 뭔가가 입으로 들어왔다. 뱉어내기 위해 고개를 흔들자 달뜬 신음이 들렸다. 그녀가 거칠게 머리를 흔들수록 신음소리는 더욱 다급해졌다. 그녀의 다리를 붙잡고 있던 사내들이 혀로 애무하며 입을 맞추기 시작했다. 알 수 없는 감각이 스멀거리며 퍼져나가자 더럭 겁이 났다.

마치 그렇게 하면 사내들을 떨쳐낼 수 있을 것처럼 그녀는 격렬하게 위아래로 몸을 움직였다. 그 순간 가랑이 사이로 낯선 이

물질이 들어왔다. 겁에 질려 고개를 뒤로 꺾자 사내의 얼굴이 들어왔다. 콘스탄틴, 그 남자였다. 그녀와 시선이 마주친 남자가 힐끗 어딘가로 시선을 던졌다. 그의 시선을 좇던 빅토리아는 자신의 몸에 올라탄 남자 역시 콘스탄틴이라는 것을 알았다. 그의 다리를 잡고 있는 사내들도 역시 그였다.

의식이 아득해졌다. 이게 정말 꿈일까?

꿈이 분명하다며 질끈 눈을 감았다 뜨자 쇠사슬처럼 구속하던 손들이 사라졌다. 하지만 그녀는 여전히 발가벗은 채였고, 그녀의 몸 아래 깔린 사내도 실오라기 하나 걸치지 않기는 매한가지였다.

자세가 바뀌어 그녀는 이제 콘스탄틴의 허벅지에 걸터앉았고, 그는 느긋하게 깍지 낀 손으로 머리를 받치며 그녀를 올려다보고 있었다.

얼어붙은 그녀에게 그가 빙그레 웃었다.

"당신은 내 걸 집어넣고 움직일 거야."

빅토리아는 항의하듯 거세게 고개를 저었지만 그의 목소리에는 확신이 넘쳤다.

"날 사랑하기 시작했으니까. 날 사랑하기 때문에 날 가질 거야."

우두망찰해서 남자를 응시하기를 얼마간.

놀랄 만한 일이 벌어졌다. 그의 말대로 그녀는 손으로 남자의 뿔을 어루만지기 시작했다. 엉덩이를 들어 위치를 맞추고 대담하게 가랑이 사이로 집어넣었다.

"움직여, 빅토리아. 날 사랑하잖아."

남자의 음성에 고무되듯 그녀의 허리가 격렬하게 움직였다. 더 깊이 뿌리 들어오도록 다리를 벌리며 엉덩이를 들었다 내렸다.

그녀는 미쳐갔고, 비명을 지르는 순간 잠에서 깼다.

벌떡 일어난 빅토리아는 평온한 침실 정경이 눈에 들어오자 무너지듯 침대에 머리를 묻었다.

개꿈. 지독하게 재수 없는 개꿈.

신음을 삼키며 이불을 끌어올리던 빅토리아는 흠칫했다. 허벅지 사이가 이상했다.

마치 그녀가 꾼 게 꿈이 아니라는 듯 끈끈하고 질척거렸다. 가만히 손을 갖다 대자 그녀의 것 같지 않게 허벅지 안쪽이 굳었다.

저도 모르게 다리를 벌리고 속옷으로 손을 집어넣는데 문이 열리는 소리가 들렸다.

빅토리아는 기겁을 하며 이불을 머리 위까지 끌어당겨 몸을 감쌌다.

"어떡하죠? 아직 주무시는데?"

"몇 시지?"

"6시가 조금 안 됐어요."

설마 했는데 역시나 나이 든 목소리는 저택의 가사를 총괄적으로 책임지는 잔느였고, 젊은 목소리는 빅토리아의 방 청소와 세탁물을 담당하는 마가리타였다. 하지만 빅토리아는 미간을 찌푸렸다. 그들이 이 시간에 들어온 게 이상했다. 방해로 중간에 잠이 깨면 그녀는 짜증을 참지 않았던 것이다.

"역시 못 뵙는 건가?"

한숨 섞인 목소리가 이상한 예감을 확신으로 바꾸었다.

빅토리아는 이불을 걷어찼다.

"일어나셨군요!"

잔느가 눈에 띄게 안도하며 그녀를 반겼다.

"무슨 일이죠?"

"깨우지 말라고 하셨지만 역시 알려드려야 할 것 같아서……."

"그 사람이…… 왔군요!"

빅토리아는 확신을 담아 물었다.

"네."

"언제요?"

"어제 늦게 도착하셨습니다."

줄달음질치던 심장의 박동이 뚝 멈췄다. 어제 왔는데도 깨우지 않았다니, 늦게 왔다는 단서가 붙었지만 위로가 되지 않았다. 하지만 절대로 상처받은 것을 드러내지 않을 것이다.

"알려줘서 고마워요. 근데 지금 보긴 너무 이른 것 같은데요? 아침식사 때……."

"지금 떠나실 겁니다."

잔느가 끼어들었지만 그녀는 불쾌해할 틈도 없었다.

빅토리아는 더듬더듬 물었다.

사랑은
폭풍처럼

"떠나다니, 어딜요?"

"그게……."

굴러 떨어지듯 침대에서 내려온 그녀는 문을 박차고 나갔다. 잠옷 차림이라는 것도, 주위의 눈이 많다는 것도 더는 제어장치가 될 수 없었다.

쾅! 험악하게 문을 열고 들어오는 약혼녀와 달리 콘스탄틴의 반응은 차분했다. 살짝 입매가 굳었지만 넥타이를 매는 손은 여전히 우아했고, 표정은 유쾌하기까지 했다.

"일찍 일어났군. 잘 잤어?"

빅토리아는 빠득 이를 갈았다. 지금 손에 총이 없는 게 한이었다. 있었다면 저 남자의 머리통에 주저 없이 총알을 박았을 텐데.

이 경우 '잘 잤냐?'는 인사는 맞지 않았다. 한 달 만의 재회인 만큼 '잘 지냈냐?'가 정확했다. 하지만 침대 위의 가방이 눈에 들어오자 머릿속이 텅 비었다.

그는 또 떠나려고 한다.

아픈 기억이 떠오르며 빅토리아의 가슴을 쥐어짰다.

다음 주가 크리스마스인데 또 출장을 가는 아빠가 속상했던 계집애는 가지 말라고 울면서 매달렸다. 하지만 제라르 코렌은 하녀들에게 아이를 방으로 데려가라고 지시했다. '선물 같은 건 필요 없다.'고 외쳐도 무정하게 떠난 것이다.

빅토리아는 콘스탄틴을 새삼스러운 눈으로 응시했다.

붙잡을 수도 없지만, 붙잡는다고 해도 멈출 사내가 아니었다.

그녀는 모질게 마음을 다잡았다. 아버지 앞에서는 울었지만 약혼자 앞에서는 아니었다. 서글픈 게 아니라 분해서 울음이 나올 것 같았지만 결코 울지 않으리라. 오히려 미적거릴 필요 없이, 오늘 플로리다로 떠나도록 결정을 내리게 도와준 것이 고마웠다. 개꿈에 꼭 맞는 하루의 시작! 그랬다. 분을 삭이며 몰래 주먹을 쥔 빅토리아는 오늘 당장 제일 빠른 비행기를 수배해 이 끔찍한 곳을 뜨리라 맹세했다.

"또 떠난다고요?"

그녀는 거만하게 팔짱을 꼈다.

"미안."

"이번엔 어디죠?"

"빈에 들렀다가 모나코로 갈 거야."

"일정은요?

"5일이야. 일단은……."

일에 미친 남편을 이해하는 아내처럼 빅토리아는 사려 깊은 미소까지 머금었다.

"그럼 조심해서 다녀오세요. 차림이 이러니 배웅은 생략하죠."

"그래."

막 돌아서는데 침울한 목소리가 들렸다.

"미안해, 빅토리아."

콘스탄틴이 어떤 얼굴로 저 말을 했는지 궁금했다. 하지만 그

사랑은
폭풍처럼

녀는 꼿꼿하게 허리를 세우며 방을 나왔다.

다행히 잔느와 마가리타는 침실에 없었다.

등 뒤로 침실의 문을 닫다 말고 빅토리아는 무너지듯 주저앉았다.

자존심을 지켰는데 왜 이렇게 눈물이 나는지 모르겠다. 요란하게 돌아가던 헬리콥터의 프로펠러 소리가 멀어지자 막힌 둑이 터지듯 흐느낌은 통곡으로 변했다. 슬퍼서라기보다 그저 울기 위해서 우는 아이처럼 빅토리아는 엉엉 소리까지 내며 울었다.

때문에 콘스탄틴이 들어왔을 줄은 상상도 못 했다.

"빅토리아?"

고개를 든 그녀는 숨이 막혔다. 그가 믿을 수 없다는 얼굴로 그녀를 바라보고 있었다. 하지만 믿기지 않는 것은 빅토리아도 마찬가지였다.

그가 왜 여기 있는지 알 수 없었다. 혹시 허깨비일까? 하지만 허깨비가 아니었다.

눈앞에 선 남자는 벌써 그녀에게 손을 뻗고 있었다.

약혼녀의 눈물이 거짓이 아니라는 사실에 그는 충격을 감추지 못했다.

"왜 울지?"

그녀는 입술을 깨물며 고개를 숙였다.

"빅토리아……."

대답으로 그녀는 남자의 손을 뿌리쳤다.

이 남자 때문에 운 게 자존심 상했다. 헬기를 타고 떠나지 않은 그가 미웠다. 가장 참을 수 없는 것은 이 남자가 돌아왔다는 사실에 안도하는 자신이다.

"당신이야말로 여기에서 뭘 하는 거죠?"

"내가 먼저 물었어."

"당신과는 상관없어요."

"제발, 빅토리아……."

그녀는 고집스럽게 입을 다물었다. 콘스탄틴의 얼굴에 초조감이 어렸다.

"난 당신을 울리려고 데려온 게 아니야. 다른 곳도 아닌 내 저택에서 당신이 울고 있다는 건 있을 수 없는 일이라고."

빅토리아는 주먹을 움켜쥐었다.

한 번만 더 그가 '제발'이라는 말을 입에 담으면 진심을 고백할 것 같았다.

당신이 없어 불안했다고. 당신이 다시 떠난다는 말에 슬펐다고.

떠나지 말라며 붙잡고 싶었다고!

빅토리아는 고개를 들었다. 그는 여전히 그녀의 입이 열리기를 기다리고 있었다.

주먹을 쥔 손에 땀이 고이며 폐부 깊은 곳에서 뭐라 정체를 명명할 수 없는 떨림이 번져나갔다.

콘스탄틴 요한 로랑 아서.

사랑은
폭풍처럼

그와 피가 섞인 건 아니었다. 그에게 오래전에 은혜를 입은 것도 아니고, 집안끼리 돈독한 사이도 아니었다. 성별, 연령대, 사는 대륙마저 다른 남자. 하다못해 머리 색깔, 눈동자 색깔에서마저 그들의 접점은 찾을 수 없었다. 그럼에도 그들은 만났고, 약혼했으며, 지금은 한 지붕 아래에서 살고 있다.

그녀는 이 낯선 남자에게 끌리는 자신을 더는 부정할 수 없었다. 끌리지도 않는데 그런 해괴망측한 꿈을 꿀 리 없다. 지금도 약혼식 날 그가 해주었던 것처럼 그녀에게 키스해주기를 바랐다. 숨 막힐 것처럼 끌어안고, 거칠게 탐해주기를 원하는 것이다.

"당신이 대답을 안 하면……, 난 고용인들한테 물어볼 수밖에 없어."

부드럽지만 그가 경고했다.

빅토리아는 거칠어진 숨을 고르며 내뱉었다.

"왜 날 여기로 데려왔죠?"

"?"

"왜 날 캐서린에게서 떼어놓는 거예요?"

눈앞의 남자에게 끌린다는 것을 인정하자 짐작대로 그가 그녀를 부끄러워하는지 확인하고 싶었다. 그 결과 상처를 입게 되어도 말이다.

"보통은 약혼녀가 자기 어머니와 같이 지내길 바라지 않나요? 평범한 가문이 아니라 당신 집처럼 유서 깊은 가문이라면 더욱 그럴 거예요. 배워야 할 게 끝도 없으니까. 하지만 당신은 가장 완벽한 선생님으로부터 날 떼어놓았어요. 왜죠?"

콘스탄틴은 감정을 헤아릴 수 없는 눈으로 그녀를 바라보기만 했다.

빅토리아는 도전적으로 내뱉었다.

"당신이 대답을 못 하겠다면 내가 하죠. 당신이 전염병 환자처럼 이딴 시골에 날 처박아놓고 교육을 시키는 건 내가 창피하기 때문이에요. 날 선택하긴 했지만 캐서린과 하인들 앞에 내놓는 게 부끄러운 거죠."

콘스탄틴의 광대뼈를 중심으로 열기가 퍼졌다.

손에 땀이 고이며 튀어나올 것처럼 심장이 뛰었지만 그녀는 고집스럽게 남자를 노려보았다. 이렇게 된 바에야, 정중한 가면 속에 숨겨진 그의 가식, 비겁함, 오만함을 샅샅이 까발릴 것이다. 그렇게 하면 이 빌어먹을 끌림도 환멸로 바뀌겠지. 끌림이 환멸로 바뀌면 홀가분하게 미국으로 돌아갈 수 있으리라.

"당신 눈엔 내가 세상 물정 모르는 애송이로 보이겠지만 내 머리와 눈도 장식품은 아니에요. 비겁하게 숨어서 잔머리 굴리지 말고 지금이라도 모든 걸 원점으로 돌려요. 당신 선택은 실수였다고. 요즘 세상에 파혼은……."

"그게 아니야, 빅토리아!"

폭발하듯 그가 그녀의 어깨를 움켜쥐며 흔들었다.

하얗게 질린 빅토리아는 망연히 남자를 응시했다. 아버지나 새년의 분노와는 뭔가 달랐다. 좀 더 뜨겁고, 광포한……. 그럼에도 그가 화를 내는 게 기뻤다.

별안간 그녀를 안아 올린 그가 던지듯 침대에 내려놓았다.

난폭한 태도에 그녀가 경멸을 담아 공처럼 튕겨 올랐지만 그는 그녀를 덮치며 격렬하게 키스했다. 그녀의 의식이 아득해지며 근육이 이완됐다. 이대로 가면 그에게 키스를 되돌릴 것 같았다.

모든 자제의 끈을 끌어 모아 빅토리아는 발길질을 하며 남자의 등을 주먹으로 때렸다. 키스를 멈췄지만 그는 그녀의 손을 머리 위로 고정시켜 꼼짝 못 하게 했다.

습하고 뜨거운 남자의 숨결이 그녀의 얼굴을 달구었다.

"내가 당신을 아이반 성으로 데려온 건 바로 이것 때문이야. 내 약혼녀를 언제 어디에서든 뜨겁게 안고 키스하는 것. 당신도 가봐서 알겠지만 본가는 사람들의 눈이 너무 많아. 방문객이 들끓고 사건사고가 끊이질 않지. 거기 있다가는 문제를 해결하느라 당신 근처에는 얼씬도 못 할 거야."

놀란 토끼처럼 그녀가 눈을 동그랗게 뜨자 그의 표정이 약간 누그러졌다.

"당신 말대로, 그래. 난 어머니한테서 당신을 떼어놓으려 했어. 하지만 당신이 생각하는 그런 이유 때문이 아니야. 어머니의 엄격한 교육에 놀라 당신이 도망가면 어쩌나, 그게 두려웠지. 여기에서 당신 속도에 맞춰 배우길 바랐어."

"결국 모든 게 날 위해서였다고요?"

민망할 정도로 그녀의 몸에 자신을 붙인 그가 시선을 마주쳤다.

"날 위해서기도 해. 이렇게 당신을 안고 있잖아."

"그런 사람이 어떻게 그렇게 일만 하죠? 당신은 한 달 만에 돌아왔어요. 그리고 또 떠나겠다며 헬기를 띄웠죠. 이게 과연 약혼녀에게 빠진 남자의 행동일까요?"

"유감스럽게도 그 빡빡한 일정 때문에 난 당신을 여기로 데려온 거야. 일 년에 반 이상을 밖에서 보내는 내 사정상 당신을 미국에 두고 왔으면 약혼기간 내내 며칠 보는 게 고작일 거야."

처음 봤을 때도 느꼈지만 말로 이 남자를 당해내는 건 백 년이 흘러도 불가능하다고 생각하며 빅토리아는 허탈하게 웃었다. 논리적으로 파고들 틈이 없는 것이다. 하지만 논리로 세상일이 해결되면 묻지마 살인이나 광기, 부조리 같은 단어는 애초 만들어지지 않았으리라.

콘스탄틴의 설명도 마찬가지다. 머리로는 이해하지만 그녀의 가슴은 여전히 단단한 벽을 허물지 않았다.

"당신은 전화 한 통 없었어요. 나 같은 건 까맣게 잊은 거예요."

빅토리아는 투정하듯 말했지만 콘스탄틴은 예리한 송곳에 찔린 것처럼 긴장했다. 전화 한 통 없었다는 말에 카다파르가 떠올랐고, 거머리처럼 자밀라의 얼굴이 뒤를 이었다.

일순 모든 것을 솔직히 털어놓을까 하는 충동이 일었다. 하지만 곧 멍청한 짓 말라고 조소를 흘렸다. 카다파르에서의 일은 그도 이해가 안 가는 것투성이였으니까. 어떻게 그렇게 의식을 놓을 수 있는지, 자밀라가 원하는 게 무엇인지, 따지고 들면 화근만 일으킬 골칫거리뿐이었다.

"출장지에서 전화 한 통 못 한 건……."

그는 진실에서 절반만을 털어놓기로 했다.

"당신 목소리를 듣는 게 괴로워서야. 처음엔 목소리를 듣는 것만으로 좋았는데 시간이 갈수록 참기 힘들더군. 목소리를 들으면 보고 싶고, 만지고 싶은데 그렇게 못 하는 상황이 괴로웠어. 그런데……."

약혼녀의 예민한 목에 코를 묻자 알싸한 향기가 스며들었다. 그러자 그를 괴롭히던 기억들이 사라졌다.

깊게 들이마신 숨을 내쉬며 그는 속삭였다.

"그 모든 게 이런 오해를 낳다니, 그런데도 이상한 건 화보다 웃음이 나."

"정말 지금도 나랑 결혼하고 싶어요?"

숨도 쉬지 않고 그녀가 묻자 그가 똑바로 시선을 마주치며 고개를 끄덕였다.

"그래."

"여전히 날 사랑한다고요?"

"여전히가 아니라 어제보다 더, 당신에게 청혼했던 때완…… 비교도 안 되게 사랑해."

"그런 사람이 날 보지도 않고 떠나요?"

그는 약혼녀를 안아 일으키며 쓰게 웃었다.

"보면 못 떠날 것 같았으니까. 하지만 내 실수였어. 보든, 보지 않든 못 떠나. 떠나려면……."

강렬하지만 부드럽게 약혼녀의 입술에 입을 맞추며 콘스탄틴이 손을 내밀었다.

"당신을 데려가는 수밖에 없어. 나와 같이 가주겠어?"

쿵쿵, 그녀의 심장이 터질 것처럼 뛰었다.

멍하니 자신의 손만 내려다보는 그녀가 불안했는지 그가 목소리에 힘을 주었다.

"일 때문에 같이 있어줄 순 없지만, 빈은 멋진 도시야. 당신도 만족할 거야."

정신을 차렸을 때 이미 그녀는 그의 손을 잡고 있었다. 하지만 그의 사탕발림에 넘어간 것도, 아이반 성에서 고리타분한 수업을 받아야 하는 게 따분해서도 아니었다. 진실은 하나. 그와 같이 있고 싶다는 게 이유다.

그녀는 궁금했다. 왜 이렇게 콘스탄틴 요한 아서 로랑이라는 남자에게 끌리는지. 사랑한다고 고백하는 남자에게 자신이 원하는 게 궁극적으로 무엇인지 알고 싶었다.

다행히 콘스탄틴은 쓸데없는 질문으로 일을 망치지 않았다.

한 시간 후, 그녀는 약혼자의 부축을 받으며 헬기에 올랐다.


벨베데레 궁전 상궁과 하궁 정원에서 샌드위치를 먹어치운 빅토리아는 뒤로 몸을 젖히며 다리를 쭉 뻗었다. 감탄이 절로 나올 만큼 눈에 들어온 하늘은 구름 한 점 없이 파랬다. 풀밭에 벌렁 드러누우며 그녀는 팔베개를 했다.

빈에 온 지 벌써 사흘. 첫날은 비행기 여행과 시차로 녹초가 되어 뻗고 말았지만 이튿날부터는 본격적으로 자유여행을 즐겼다. 동행 목적이 오직 빈을 즐기는 것이라는 듯 시가지를 돌며 닥치는 대로 물건을 사고, 먹고 싶은 것도 마음껏 사 먹었다. 하지만 처음부터 여행이 순조로웠던 것은 아니었다.

처음에는 24시간 내내 붙어 다니는 경호원이 거슬렸다. 감시인이 붙는 것은 결코 진정한 의미의 자유여행이라 할 수 없었다. 그런데 지내다 보니 우려처럼 그들이 귀찮기만 한 존재는 아니라는 것을 깨달았다. 알아서 짐을 들고, 눈치 빠르게 계산을 하며, 필요할 때에는 길 안내까지 하다니, 아무리 봐도 버리기 아까운 카드였다.

물론 남자들이 그녀에게 접근할 때마다 그들이 필요 이상의 험악한 반응을 보이며 위장용 모자와 선글라스를 내밀었을 때에는 발끈했다. 딱 보기에도 촌스러운 디자인의 그런 물건들을 어떻게 제정신으로 착용한단 말인가? 그러나 결국은 두 가지 이유로 손을 들었다. 이런 성가심에도 불구하고 경호원들이 옆에 있는 게 편리하다는 것. 다른 하나는 콘스탄틴의 전화였다.

— 부탁이야. 당신이 걱정돼서 그래.

눈동자처럼 음성에도 '노'라는 말을 할 수 없게 하는 어떤 장치가 장착돼 있는 것처럼 그녀는 전화 반대편에서 들려오는 목소리에 저항할 수 없었다. 하지만 지금은 그렇게 순순히 말을 듣는 게 아니었다고 후회하고 있었다.

경고했던 대로 콘스탄틴은 그녀를 혼자 두었다. 비행기 안에서조차 서류를 훑어보며 참모들과 회의를 했고 뭔가를 끊임없이 지시했다. 몇 좌석 떨어진 곳에서 그런 콘스탄틴을 훔쳐보던 빅토리아는 맥이 빠졌다. 그의 출장에 따라나서겠다고 한 것도, 혼자 둘 거라는 경고에도 코웃음으로 응대한 것도 자신이었지만 한나절도 안 돼 후회가 밀려왔다. 그녀는 아이반 성에 있을 때보다 더 지독한 외로움을 느꼈다.

잡지를 뒤적이는 동안 콘스탄틴이 다가와 말을 걸었지만 왠지 동정하는 것 같아 그녀는 허세를 부리며 쌀쌀맞게 응대했다.

"됐으니 일이나 하세요. 이럴 시간 없잖아요?"

뭔가 할 말이 있는 것처럼 주저하던 그는 결국 자리로 돌아갔다. 그리고 그것이 그들의 마지막 대화였다. 어처구니없게도 빈에 도착하고 지난 이틀간 그녀는 그를 보지 못했다. 아니, 콘스탄틴을 보지 못했다는 것은 정확한 표현이 아니라고 생각하며 그녀는 고개를 저었다.

TV를 켜면 어김없이 약혼자의 얼굴이 나왔던 것이다.

영국 왕세자의 방문도 아닌데 매스컴은 과할 정도로 콘스탄틴에 관한 기사를 다뤘다. 찰거머리처럼 붙어 다니는 경호원과 비서의 설명 없이도 빅토리아가 콘스탄틴의 동선을 파악할 수 있을 정도였다. 반면 그녀에 대한 기사는 전무라고 해도 과언이 아니었다. '빅토리아 코렌이 IMC 회장의 약혼녀'라는 사실만을 짧게 언급한 것이 다였다.

냉정하게 생각하면, 매스컴의 홀대가 그녀에게는 약이었다. 덕분에 이렇게 자유롭게 이곳저곳을 다닐 수 있으니까. 하지만 실제로는 세간이 그녀를 유령 취급하는 게 화가 났다. 이렇게 알아보는 사람도 없고, 관심을 갖는 사람도 없는데 위장용 모자와 선글라스를 쓰고 다니는 것도 이제는 창피할 정도였다.

구름 한 점 없는 새파란 하늘과 달리 그녀의 감정은 점점 침울하게 가라앉았다. 생각을 곱씹을수록 빅토리아는 화가 났다. 매스컴에는 뻔질나게 얼굴을 내밀면서 정작 약혼녀에게는 얼굴 한번 비추지 않는 남자. 물론 전화도 없다. 내일이면 다음 출장지인 모로코로 떠날 텐데 그에 대해서 그는 아직 이렇다 할 전언조차 남기지 않았다.

빈 구경을 했으니 이제 그만 아이반 성으로 돌아가라는 걸까?

처음 이륙하는 비행기에 탔을 때만 해도 빅토리아도 돌아오는 것도 약혼자와 함께라고 믿었다. 하지만 지금은 어떤 것도 확신할 수 없었다. 아이반에서처럼 그는 그녀를 방치하고 있었다.

신경질적으로 몸을 일으키는데 머리 위로 그림자가 드리워졌다. 눈을 가늘게 뜨며 초점을 맞추자 무표정한 막스의 얼굴이 보였다.

"뭐죠?"

"전화입니다."

비로소 털로 뒤덮인 손에서 반짝이는 휴대전화가 보였다.

"누구죠?"

"회장님이십니다."

막스가 어서 받으라는 듯 재촉했지만 빅토리아는 선뜻 손을 내밀 수 없었다.

왜 하필 지금 그가 전화를 했을까?

아니, 지금 전화를 한 것은 당연하다는 마음속의 소리가 들렸다. 내일이면 그들은 이 도시를 떠나야 했다. 콘스탄틴은 그녀에게 얌전히 영국으로 돌아가라는 통고를 하기 위해 전화를 건 것이 분명했다. 마지못해 전화기를 건네받았지만 묵직한 기기를 멀리 던져버리고 싶은 마음이 간절했다.

서너 발자국 떨어진 지점에서 막스가 매처럼 눈을 번뜩이지만 않았어도 그녀는 충동대로 행동했으리라.

빅토리아는 겨우 입을 뗐다.

"여보세요?"

— 빅토리아? 나야. 점심은 먹었어?

그녀는 신중하게 대답했다.

"웬일이에요?"

— 당신하고 저녁을 같이했으면 해서. 괜찮지?

사랑은
폭풍처럼

역시 이 남자는 그녀를 혼자 돌려보낼 작정이었다. 그렇지 않은데 세상에서 제일 바쁜 남자가 이런 제안을 할 리 없다. 그냥 돌려보내면 또 파혼 어쩌고저쩌고 하면서 성가시게 굴 것 같으니까 입막음용으로 그럴듯한 저녁을 사겠다는 것이다.

그럼에도 자존심을 어디다가 갖다 팔아버렸는지 그녀는 이 제안을 받아들이고 싶었다.

정신 차려, 멍청아!

독하게 전화를 끊은 빅토리아는 잔디밭에 휴대전화를 내던졌다.

돌아가야 한다면 할 수 없다. 하지만 그깟 저녁에 꼬리를 살랑살랑 흔들며 짖는 짓 따위 하지 않을 터였다. 아이반 성에서 순순히 아서 가의 예비 안주인에 맞는 교육을 받을지는 미지수지만 일단 떠나기로 하자 오히려 후련한 기분이 들었다.

재미있지도 않은데 빈에서의 생활이 재미있는 척하는 것도 지긋지긋했고, 이제나저제나 콘스탄틴이 불러주기를 기다리는 것도 못 할 노릇이었다.

빅토리아는 씩씩거리며 경호원들이 있는 곳과는 반대로 움직였다.

"미스 코렌!"

피한다고 피할 수 있는 게 아니지만 그녀는 무시하며 걸음을 옮겼다. 막스 베르하임은 물론 지금은 누구도 상대하고 싶지 않았다.

그러나 막스는 집요했다. 끝까지 따라붙어 그녀가 기어이 걸음을 멈추게 했다.

"잠깐이라도 나 혼자 둘 수 없어요?"

묵묵히 자신을 바라보는 남자를 보며 빅토리아는 도전적으로 허리에 손을 올려놓았다.

"그래, 무슨 잔소리를 늘어놓을 거죠? 다 좋은데 그 사람 전화를 받으란 소린 하지 말아요."

"제 용건은 그게 아닙니다."

"?"

"가시죠. 마담 엘리느가 기다리고 있습니다."

마담 엘리느? 이건 또 무슨 소리야?

하지만 막스는 설명할 뜻이 없어 보였다. 자기 상사에게 무례하게 군 것을 갚아주려는 듯 오히려 그녀를 위협했다.

"제가 무례를 범하지 않게 해주십시오."

"설마 날 강제로 데려가겠다는 건 아니죠?"

믿기지 않지만 굳게 다문 남자의 입술을 보며 빅토리아는 근육질의 남자가 진심이라는 것을 인정했다.

"제정신이에요? 파파라치들이 사진이라도 찍으면……."

"하지만 전 당신을 약속된 장소에 모셔다 드리라는 명령을 받았습니다."

"내 몸에 손을 대는 순간……."

손으로 목을 치는 장면을 흉내 내며 빅토리아는 사악하게 웃

사랑은
폭풍처럼

었다.

"당신 목을 치라고 할 거예요. 뎅거덩, 알아요? 내 모든 걸 걸고 당신을 경호업계에 발도 못 붙이게 한다고요!"

대답으로 막스는 손을 뻗었다. 할 수만 있다면 빅토리아의 목부터 먼저 졸라버리고 싶다는 얼굴이었다. 손으로 바리케이드를 치며 빅토리아는 외쳤다.

"아, 알았어. 간다고요! 가면 될 거 아니에요!"

분하게도 그녀의 협박은 통하지 않았다.

"고맙습니다."

마지못해 뒤를 따랐지만 빅토리아는 반드시 이 수모를 배로 갚아주리라 맹세했다.

그리고 기회는 놀랄 만큼 빨리 찾아왔다.


막스가 차를 세운 곳은 고급 부티크 앞이었다.

"어서 오세요. 미스 코렌. 기다리고 있었어요."

마담 엘리느라고 자신을 소개한 여자는 우아하게 빅토리아를 맞았다. 하지만 빅토리아는 속지 않았다. 디자이너는 눈앞의 초특급 손님을 구워삶아 한몫 잡으려는 야심을 풀풀 풍기고 있었다. 평소의 자신이었다면 못된 계획을 세우기 위해 머리를 굴렸으리라. 그녀는 체질적으로 이런 여자가 싫었다. 하지만 지금은 엘리느를 손봐줄 기분이 아니었다. 일단은 콘스탄틴 요한 로랑 아서와 막스 베르하임. 두 남자가 더 미웠다.

"공작님께서 말씀하신 대로 드레스를 준비했지만 마음에 드실지 모르겠군요. 그래도 최대한 시간을 드릴 테니 천천히 골라보세요. 하지만 치장에 두 시간, 아니, 적어도 세 시간은 필요하고 홀까지 가는 시간도 만만치 않으니, 40분, 그 이상은 드릴 수 없군요."

정말 곤란하다는 듯 엘리느가 과장되게 손으로 머리를 감쌌다. 그러나 빅토리아는 코웃음밖에 나오지 않았다.

그녀는 콘스탄틴이 약혼녀를 달래기 위해 꽤 큰 판을 벌였다는 것을 알았다.

만찬에 드레스만이 아니라 그는 그녀를 위해 공연 관람까지 준비한 것이다.

"마리아 펠튼의 공연이라면 저도 파리에서 봤답니다. 아주 훌륭한 가수죠. 그렇게 생각하지 않으세요?"

수녀원 같은 학교에 몇 년을 갇혀 지냈는데 그런 가수가 있는지 알 리 없잖아!

고상을 떠는 엘리느의 얼굴에 쏘아붙이고 싶은 충동을 누르며 그녀는 적당히 대꾸했다.

"저도 기대가 되네요."

"혹시 마리아 펠튼이 처음이세요?"

"네."

"역시 북미 진출이 성공적이지 못했다는 기사는 사실이었군요. 하지만 그녀는 정말 훌륭한 재능을 갖고 있답니다. 장담하는데 분명 만족스러운 공연이 될 거예요. 다만……."

문득 엘리느의 입술에 음흉한 빛이 어렸다.

"그렇게 잘생기고 멋진 분이 곁에 계시는데 노래가 제대로 들리느냐는 거죠. 저라면 숨도 못 쉴 거예요. 미스 코렌, 당신은 정말 행운아예요."

안 그래도 폭발 직전인데 엘리느가 또다시 그녀의 속을 뒤집었다.

결단코, 그녀는 이런 행운을 바란 적이 없었다!

그렇더라도 손봐줘야 할 목록에서 엘리느가 콘스탄틴이나 막스를 추월한 것은 아니었다. 한데 이 거만한 디자이너의 지시에 따라 커튼 뒤에서 드레스를 입은 여자들이 걸어 나오자 순위는 단숨에 바뀌었다.

어쩌면 이렇게 디자인이 하나같이 고루하고 촌스러운지!

드레스는 죄다 목을 가렸고, 길이도 지겨울 만큼 길었다. 약혼식 때 입었던 붉은 드레스도 길긴 했지만 느낌이 전혀 달랐다. 어깨와 팔, 목을 훤히 드러낸 카라 윙의 대담한 작품이 섹시하고 도발적이었다면 살덩이를 죄다 감춘 엘리느의 드레스들은 답답한 커튼을 연상시켰다. 이건 머리가 꽉 막힌 노인이나 얌전한 척하는 아줌마들이 좋아할 옷이었다.

그럼에도 이렇게 자신만만하다니. 엘리느는 옷이 퇴짜를 맞을 수 있다는 가능성은 상상도 할 수 없다는 얼굴이었다.

"모두 최고라 자신하는 작품들이죠."

빅토리아는 차갑게 모델들을 노려보기만 했다.

그제야 뭔가가 이상하다는 것을 느낀 엘리느가 더듬더듬 입을 뗐다.

"왜, 마음에 안 드십니까? 하지만 헬레나 양도……."

헬레나?

엘리느가 아차 하며 입을 다물었지만 이미 늦었다.

이제 빅토리아의 미간에는 분화구만큼이나 깊은 골이 파였다. 왠지 낯설지 않은 이름. 하지만 기억이 나지 않았다. 좀 더 집중하면 생각이 날 것도 같은데 엘리느가 화제를 돌렸다. 마치 그녀의 생각을 방해하듯. 그것이 빅토리아를 자극했다.

"고르기 힘드시면 저 하얀색은 어떨까요?"

"마담 엘리느."

살벌한 미소와 달리 빅토리아는 달콤하게 침묵을 깼다.

"어머, 그냥 편하게 엘리느라 불러주세요."

"그렇다면 엘리느. 솔직하게 말하죠. 난 저 드레스가……."

오만하게 팔짱을 끼며 다리를 꼬던 빅토리아는 곧 고개를 저었다.

"아니, 그 전에 하나 묻죠. 혹시 내가 몇 살인지 알아요?"

"그야……, 공작님께서 서른한 살이시니 아가씨……."

꼴을 보니 정확히 모르는 듯싶었다.

"스무 살이에요."

빅토리아는 씹어뱉듯 말했다.

사랑은
폭풍처럼

"그, 그렇죠. 스무 살⋯⋯."

"이제 곧 스물하나가 되는 스무 살이 아니라 겨우 두 달 전에 생일이 지난 신참내기 스무 살이죠. 근데 저 드레스들이 나한테 어울린다고 생각하나요? 내가 볼 땐 애 두셋은 낳은 아줌마들한테나 어울릴 것 같은데?"

"오, 마이 갓! 전혀 그렇지 않습니다. 제 작품이어서 하는 말이 아니라 엘레강스와 품위, 우아함을 강조한 '마담 엘리느'는 40대만이 아니라 20대와 30대를 폭넓게 아우르는 디자인으로서 전 세계 귀부인들의 전폭적인 지지와 신뢰를⋯⋯."

"하지만 난 저 드레스가 마음에 안 들어요."

멍해진 엘리느에게 빅토리아는 다시 한 번 확인사살을 했다.

"난 저 드레스들이 마음에 들지 않는다고요!"

노골적으로 거부를 당하자 엘리느의 이마에도 핏줄이 돋았다. IMC 회장의 약혼녀이자 모든 여자들이 꿈꾸는 주인공이라도 자신의 예술 세계를 부정하는 태도는 용납할 수 없다는 듯 엘리느는 불편한 심기를 드러냈다.

"그렇다면 구체적으로 어디가 어떻게 마음에 안 드는지 말씀해주시겠어요?"

"왜, 알면 고치시게요? 설마 나보고 수선한 걸 입으라는 건 아니죠?"

"그런 뜻이 아니라⋯⋯."

빅토리아는 짜증을 냈다.

"드레스에 대한 품평을 늘어놓기엔 시간이 촉박하지 않나요? 시간이 없다고 했던 건 당신 같은데. 과연 내가 늦으면 콘스탄틴이 어떤 반응을 보일지 궁금하군요. 그는 당신을 믿고 날 보냈는데 말이에요."

콘스탄틴의 이름이 나오자 엘리느의 태도가 바뀌었다.

"죄송합니다. 지금 즉시 다른 것으로 준비하도록 하겠습니다. 혹시 원하는 스타일이 있으시면……."

예술가로서의 자존심도 중요하지만 콘스탄틴의 위력에는 댈 게 아니라는 듯 말이다.

빅토리아는 진심으로 말했다.

"대담하고 섹시한 것!"

엘리느와 모델들의 눈이 동시에 휘둥그레졌다. 우아하고 고고해야 할 아서 가의 안주인이 그런 옷을 요구하다니, 어리다지만 가당치 않다는 표정이었다.

그러나 빅토리아는 도끼를 내려치듯 쐐기를 박았다. 실제 입 밖으로 내놓고 보니 이보다 더 좋은 의견은 없을 것 같았다. 그녀는 입고 싶은 드레스를 입는 것이고, 콘스탄틴과 엘리느, 막스는 그녀가 입은 드레스로 인해 곤란한 입장에 처할 테니까.

"길이는 짧게, 노출은 되도록 많은 게 좋겠어요. 무슨 말인지 알죠?"

물론 엘리느는 확실히 알아들었다. 하지만 이 되바라진 빨강머리의 요구를 들어줄 생각은 없었다. 더 솔직히 말하자면 들어주고 싶어도 들어줄 수 없는 요구였다. 시키는 대로 했다가는 지금껏 쌓아온 부와 명예를 한꺼번에 잃을 소지가 다분했기 때문이다.

콘스탄틴은 결코 엘리느를 용서하지 않을 것이다. 콘스탄틴이 백 번, 천 번 양보해서 용서한다 해도 유럽 사교계의 대모이자 예술계에 지대한 영향을 미치고 있는 캐서린은 '관용'이란 미덕을 발휘하지 않으리라.

그렇지 않아도 아들이 선택한 신부가 돈만 있는 졸부 양키의 딸일 뿐, 우아함이나 고상함은 찾아볼 수 없다는 루머로 골머리를 앓고 있는데 대중의 눈을 어느 때보다 신경 써야 할 때, 구설수에 오르기 딱 좋은 옷을 입고 나타나다니. 캐서린이 심한 게 아니었다.

엘리느가 캐서린의 입장이었어도 똑같이 행동할 것이다.

문제는 내 알 바 아니라는 듯 다리를 건들거리며 웃는 빨강머리 계집애였다. 절로 터져 나오는 한숨을 삼키기 위해 엘리느는 아랫배에 힘을 줬다. 빅토리아를 대면하자 헬레나에 대한 아쉬움이 어느 때보다도 커졌다.


그리스 선박왕의 손녀인 헬레나 비토리는 항상 엘리느의 작품을 200퍼센트로 소화한 귀공녀였다. 본인들은 부정했지만 집안, 외모, 능력 어느 모로 보나 완벽한 한 쌍인 그들을 세상은 연인으로 인식했다.

실제 본인들의 부정에도 불구하고 콘스탄틴은 어딜 가든 헬레나를 대동했고, 헬레나는 그때마다 파트너이자 호스티스로서의 역할을 완벽하게 해냈다. 이런 관계가 몇 년쯤 되자 콘스탄틴의 배우자로 헬레나가 거론되는 것은 자연스러운 일이었다. 하지만 당사자들은 오해라고 해명했고, 콘스탄틴도 그녀와는 좋은 친구일 뿐이라고 못을 박았다. 그러나 엘리느는 속지 않았다. 적어도 헬레나는 IMC의 총수이자 아서 가의 젊은 수장을 진심으로 사랑했다.

그런데 2년 전부터 미묘한 변화가 생겼다. 같이 있는 두 사람을 카메라가 잡은 것은 수차례지만 그때마다 콘스탄틴의 옆에 있는 것은 헬레나만이 아니었다. 대사의 딸부터 백작 영애, 대학 교수, 성악가까지 불특정 다수의 여성이 지면을 차지했고, 그러던 중 콘스탄틴은 갑자기 미국 미디어 재벌 딸과의 약혼을 전격 발표했다.

처음 그 소식에 엘리느는 충격을 받았지만 콘스탄틴의 약혼사진을 보자 더는 헬레나를 응원할 수 없었다. 약혼녀가 사랑스러워서 죽겠다는 듯 콘스탄틴 요한 로랑 아서는 빅토리아 코렌에게서 눈을 떼지 못했던 것이다.

그동안 헬레나와 무수히 사진을 찍히면서도 그는 단 한 번도, 이런 환희에 찬 표정은 짓지 않았다. 때문에 그가 이전에는 하지 않았던 행동을 하는 것이 더는 이상하지 않았다. 물론 이쪽으로서는 까무러칠 일이지만 말이다.

— 마담 엘리느?

전화 반대편에서 들려오는 바리톤의 음성은 아서 공작이었다. 헬레나로부터 듣기만 했지 실제로는 한 번도 본 적이 없는, 구름 위의 바로 그 주인공!

— 예전에 비토리 양한테서 당신 얘기를 들은 적이 있어서 연락했습니다.

그러면서 털어놓은 것이 피앙세와 공연을 보러갈 예정인데 거기에 맞는 적당한 드레스를 골라주면 좋겠다는 것이었다.

짧은 통화였지만 약혼녀에 대한 그의 애정을 느끼는 데는 부족함이 없었다. 한데 그런 남자가 홀딱 반한 게 하필 이런 폭탄이라니!

그러나 전문가의 눈으로 꼼꼼히 빅토리아를 뜯어보자 엘리느는 자신의 실수를 인정할 수밖에 없었다.

빅토리아는 헬레나나 영국 수상의 아내인 조안나처럼 엘리느 취향의 고전적인 미인이 아니었다. 163센티미터가 간신히 넘는 키는 너무 작았고, 가슴은 지나치게 컸으며, 머리카락은 감당이 안 되는 빨간색이었다.

가장 큰 문제는 나이였다. 캐서린의 인정을 받았기에 실제 나이보다 어른스러운 아가씨인 줄 알았는데 지금 보니 오히려 반항기에 돌입한 10대에 가까웠다. 이런 빅토리아에게 엘리느의 옷이 어울릴 리 없다. 물론 그렇다고 이 빨강머리가 원하는 것을 들어줄 수도 없지만.

짝짝, 손뼉을 친 엘리느는 서둘러 모델들을 내보냈다.

설득이 통하지 않는다면 남은 방법은 하나. 제풀에 지쳐 포기하는 쪽으로 유도하는 길밖에 없다.

다행히 빅토리아의 코를 납작하게 해줄 드레스가 한 벌 있었다.

요구대로 대담하고 섹시한, 그 위에 뇌쇄적이라는 딱지를 붙여도 손색이 없을 그런 위험한 드레스! 물론 이건 엘리느의 노선이 아니었고, 그녀의 작품이라고 말하기도 모호했다. 기본 디자인은 알바니아 대사의 둘째 딸 아니스가 했고, 그녀는 입을 수 있게 디자인을 약간 손본 것이 전부였기 때문이다.

고객이 고집을 피워 만들긴 했지만 엘리느는 18세의 아니스가 드레스를 입을 일은 절대 없을 거라 장담했다. 옷은 저속한 탈선의 상징처럼 오로지 수컷을 유혹하기 위한 드레스였다. 그런 옷을 다른 장소도 아닌 언니의 결혼식에 입고 가겠다니, 처음부터 무모한 도전이었다.

예상대로 아니스는 드레스를 입을 수 없었다.

어미 없이 자란 두 딸이 불쌍해 오냐오냐 하며 키웠는데 그것이 화를 자초했다는 것을 뒤늦게 깨달은 두쉬크 대사가 과감히 칼을 뽑았던 것. 점잖은 사람이 폭발하면 더 무섭다고, 두쉬크 대사는 아니스의 머리를 박박 민 다음 결혼식장에는 얼씬도 못하게 가둬뒀다고 했다.

그러나 엘리느는 여전히 난처한 입장이었다. 옷이 고객에게 전달되고, 고객이 만족을 해야 끝나는데 아니스의 옷은 전달조차 하지 못했다. 게다가 돈을 지불한 두쉬크 대사는 드레스를 폐기하라는 요구까지 했다.

두쉬크 대사의 의견에 찬성하면서도 엘리느는 선뜻 행동에 착수할 수 없었다. 드레스를 의뢰하고 디자인한 것은 아니스였기 때문이다. 보호자의 의견도 중요했지만 의뢰인의 권리도 무시할 수 없었다. 그런 이유로 일단 스튜디오 안에 모셔두었던 남의 작품을 지금 엘리느는 꺼내고 있었다.

만에 하나 빅토리아가 아니스의 드레스를 입겠다고 하면 재앙도 그런 재앙이 없었다. 그 뒤에 벌어질 일을 상상하면…….

하지만 그런 재앙은 결코 일어나지 않을 거라고 자신을 설득하며 불안감을 떨쳤다. 아무리 어려도 자신이 누구의 약혼녀인지 잊을 만큼 빅토리아가 멍청하다고는 생각지 않으니까.

그녀는 빅토리아가 드레스를 거절할 때 행동에 돌입할 계획이었다.

유감이지만 당신 요구에 맞는 드레스는 이것뿐이라고. 마음에 안 들겠지만 조금 전 모델들이 입었던 드레스와 이 드레스 중의 하나를 고를 수밖에 없다고.

내키지 않아도 빅토리아는 처음에 보여주었던 드레스들 중에 하나를 고를 수밖에 없으리라. 그런데 천인공노할 일이 벌어졌다.

"굉장해요, 엘리느!"

빅토리아 코렌은 연극을 하는 게 아니었다.

"카라 웡 정도면 대단하다고 생각했는데 그 정도가 아니군요! 당신은 천재예요! 그레이트! 브라보! 어떻게 이런 드레스를 만들 수 있죠?"

그녀는 진심으로 빌어먹을 드레스를 황홀하게 바라보고 있었다.

# Chapter 4.

"회장님, 여길 좀 봐주십시오!"

"웃어주세요, 공작님!"

"손 좀 흔들어주시겠습니까?"

평소와 달리 콘스탄틴은 기자들이 시키는 대로 했다. 빈에 머무는 동안 빅토리아에 대해서는 관심을 끊으라는 이쪽의 요구를 이행해줬으니 이 정도의 서비스는 괜찮을 것 같았다.

그가 뒤로 손을 쓴 덕에 빅토리아는 비교적 자유롭게 빈을 즐겼다. 대가로 그는 언론에 노출되고 말았지만 후회는 없었다. 살인적인 스케줄 때문에 함께 있어주지도 못하는데 가는 곳마다 약혼녀가 언론의 먹잇감이 되도록 놔둘 수는 없었다.

그런데 몇 시간 전의 통화가 그를 불안하게 했다.

빅토리아가 일방적으로 전화를 끊은 것이다. 대체 왜? 내가 또 뭔가 실수를 했나?

당장 전화를 걸어 어찌된 일인지 확인하고 싶은 욕구를 누르며 그는 막스에게 전화를 했다. 빅토리아의 행동 패턴으로 판단하건대 걸어봐야 받을 것 같지 않았다.

역시나 빅토리아는 전화기를 아예 집어던졌다고 했다.

"혹시 나한테 보고 안 한 거 있어?"

그럴 리 없다는 것을 알면서도 그는 확인하지 않을 수 없었다.

— 없습니다.

안심이 되면서도 다른 한편 맥이 빠졌다.

그렇다면 빅토리아의 반응을 어떻게 해석해야 할까?

무엇보다 하필 지금 일이 틀어진 게 애가 탔다. 이런 상태면 모나코에 같이 가자고 해봤자 거절당할 게 분명하다. 하지만 그는 약혼녀를 데려가고 싶었다. 모나코에서의 일정 역시 빡빡했지만 빈만큼은 아니었다. 보통 연인들처럼 시간을 보내는 것은 불가능해도 지금보다는 나았다. 더욱 중요한 것은 모나코에서의 일정이 끝난 후다. 계속 모나코에 머물지, 파리나 뉴욕 등 다른 도시로 갈지 아직 미정이지만 그는 그동안을 빅토리아와 함께 보낼 작정이었다. 약혼식 이후 지금까지 뼈 빠지게 일해서 손에 넣은 며칠의 휴가였다. 그런데 달콤한 열매를 맛보기도 전에 계획이 좌초될 위기에 처했다.

그는 빈에서의 마지막 일정을 수정했다. 크루저에서 식사를 한 후 조용히 쉬는 대신 오페라 관람과 선상 불꽃놀이를 계획했다. 무엇 때문에 심통이 났는지 모르지만 약혼녀의 기분을 풀어줄 수 있다면 모든 방법을 동원할 참이었다.

접대용 미소로 안면근육이 딱딱하게 굳었지만 콘스탄틴은 미소를 잃지 않으며 입구 쪽으로 시선을 던졌다. 이제 얼마 안 있으면 빅토리아가 우아하게 기자들을 헤치고 나타날 것이다.

그때 기이한 풍경이 펼쳐졌다. 기자들로 아수라장이던 극장 로비가 폭탄이 떨어진 것처럼 조용해진 것이다.

'왔군.'

콘스탄틴은 본능처럼 빅토리아의 존재를 감지했다. 하지만 곧 눈살을 찌푸리며 고개를 갸웃했다. 장내에 있는 사람들의 시선이 모두 로비 입구로 쏠렸다. 빅토리아의 출현이 좋은 기삿거리이긴 해도 이 정도의 반응은 수상했다.

찰칵, 누군가가 누른 카메라의 셔터가 자폭단추라도 된 양 장내가 다시 아수라장으로 변했다.

"미스 코렌! 행복하십니까?"

"결혼 날짜가 미정인 이유는 뭐죠?"

"마리아 펠튼의 공연을 선택하셨던데 그녀의 팬이십니까? 마리아의 매력이 뭐라고 생각하십니까?"

"드레스가 대담한데 평소에 그런 디자인을 즐겨 입으십니까?"

일개 부대에 가까운 경호원들이 길을 열고 있는데도 콘스탄틴은 빅토리아에게 다가가는 것조차 쉽지 않았다. 슬슬 짜증이 분노로 바뀌는데 믿을 수 없는 광경이 눈에 들어왔다.

빅토리아는 천박하기 그지없는 드레스를 입고 있었다!

그는 비로소 왜 이렇게 장내가 벌집을 쑤셔놓은 것처럼 북새
통인지 납득이 갔다.

　이 자리에 어울리지 않는 저런 드레스 차림은 가십거리를 만
들기에 충분했다.

　그럼에도 분노보다 위험하고 격한 감정이 그를 휩쌌다. 세인트
맥 칼리지에서 처음 빅토리아를 봤을 때의 그 충격! 원시적인 욕
망이 화염처럼 피어오르며 입 안이 말라오는 것이다.

　기자들을 상대하는 빅토리아는 더 이상 애송이 여학생이 아니
었다. 자신이 아름답다는 사실을 잘 알며 그 점을 이용하고 싶
어 안달이 난 팜므 파탈이었다. 그랬다. 맛보지 못한 세계를 경
험하기 위해 기꺼이 불장난을 칠 매혹적인 악녀! 거기에 소녀다
운 순진함은 없었다. 그저 남자의 손길을 애타게 기다리는 여인
만이 존재했고, 그 순간 콘스탄틴은 자신의 어리석음을 뼈저리
게 깨달았다.

　설사 출장을 취소해서 입을 손해가 천문학적인 숫자라 하더라
도 그는 약혼녀의 곁을 지켰어야 했다. 수단과 방법을 총동원해
빅토리아를 가졌어야 옳았다.

　수수께끼가 풀리듯 그는 왜 빅토리아를 처음 봤을 때, 그처럼
격한 욕망에 휩싸였는지 알 것 같았다. 빅토리아와 약혼을 했음
에도 왜 그렇게 불안했는지 의문이 풀렸다.

　달콤한 노래로 거친 뱃사내들을 희롱했던 세이렌부터 전 세계
를 제패했던 영웅들을 치마폭에 주저앉게 했던 클레오파트라까

지 모든 팜므 파탈들을 총동원해도 빅토리아는 그중 으뜸이었다. 그녀야말로 팜므 파탈 같은 게 아니라 팜므 파탈 그 자체였다.

"괜찮으십니까?"

콘스탄틴이 흐려진 눈으로 고개를 돌리자 걱정스러운 표정의 조나단이 보였다.

괜찮다는 의미로 고개를 끄덕였지만 그는 목에 힘줄이 돋을 정도로 이를 악물었다.

그가 저 치명적인 여자를 맛보고 즐기는 것으로 만족한다면 비극은 없었으리라. 하지만 그는 저 여자에게 영혼을 빼앗겼고, 다른 사내와 공유할 생각이 없었다.

문제는 그가 사랑하는 여자가 꽃을 찾아 여기저기 날아다니는 나비처럼 다른 남자의 품에서 품으로 옮겨 다니며 그들을 희롱하고 지배해야 만족하는 여자라는 것이다.

"시작해."

그의 음성이 떨어지기가 무섭게 경호원들의 대처가 공격적으로 변했다.

당연했지만 그는 빅토리아의 본성을 좌시할 생각이 없었다. 평생이 걸리더라도 그만을 바라보며 그에게만 만족하는 여자로 만들어놓을 것이다.

힘에 밀린 기자들이 추풍낙엽처럼 떨어지기 시작했다. 부상자까지 속출할 수 있었지만 그는 무자비하게 걸음을 옮겼다.

그의 머릿속을 채우는 것은 온통 약혼녀와의 짐승 같은 섹스였다.

오늘 밤, 그는 빅토리아를 가질 것이다.


망할, 인간들 같으니라고!

짜증나는 날벌레들처럼 기자들은 떼어내도, 떼어내도 끝이 없었다. 빅토리아는 다른 누구보다 스스로에게 짜증이 났다. 약혼식 날, 기자들의 속성을 치 떨리게 경험했으면서 그새 그걸 잊다니……. 어쨌든 콘스탄틴이 옆에 없어서인지, 그녀가 지금 입고 있는 드레스가 이슈에 기름을 부었는지 기자들의 행동은 도를 넘고 있었다. 사이보그처럼 감정을 드러내지 않는 막스조차 사력을 다해 대처해도 밀릴 정도였다.

기가 막힌 것은 심각한 상황임에도 어느 순간 웃음이 터진다는 것이었다.

드레스를 입고 숍을 나왔을 때 막스의 표정은 걸작이라는 단어로는 부족했다. 뇌마저 근육으로 만들어졌을 것 같은 남자는 경악으로 입을 다물지 못했다.

빅토리아는 흡족해서 드레스 자락을 매만졌다. 행운의 선물처럼 드레스는 빅토리아에게 더할 나위 없는 즐거움을 선사했다. 드레스 자체도 멋졌지만 이 드레스를 입었을 때 엘리느와 막스가 보인 반응이 제일 통쾌했다.

과연 콘스탄틴은 어떤 반응을 보일지……. 콘스탄틴도 기대 이상의 반응을 보여주리라는 생각을 하자 그녀의 가슴이 뛰었다.

문득 기자들을 중심으로 소란이 일었다.

그들의 시선을 따라 움직이자 저돌적으로 다가오는 콘스탄틴의 모습이 보였다.

환한 미소가 빅토리아의 얼굴에 번졌다. 하지만 미소는 곧 썰물처럼 **빠져나갔다**.

암울한 눈동자, 묘하게 일그러져 2도 각도로 올라간 입술.

가슴이 선득해졌다. 저건 그녀의 기억에 없는 표정이다.

약혼녀가 꾀병을 부리는 줄 알고 화를 냈을 때도, 아이반 성에서 왜 우냐고 다그칠 때도 저렇게 끔찍한 표정이 아니었다. 역시 일방적으로 전화를 끊은 게 문제였나? 아니면 벌 떼처럼 달려드는 기자들이 성가셔서? 그것도 아니면 진짜 이 드레스가 원인?

콘스탄틴의 눈이 드레스에서 떨어지지 않는 걸 보니 세 번째가 유력했다.

일순 엘리느의 충고를 무시한 게 후회됐지만 위협하듯 콘스탄틴이 코앞에서 멈춰 서자 오기가 솟았다. 그는 절대 이렇게 거만하게 그녀를 봐서는 안 됐다.

여전히 그의 눈길은 그녀의 드레스에서 떨어지지 않았지만 빅토리아는 아무것도 모르는 척 순진하게 눈웃음을 쳤다.

"초대해줘서 고마워요. 듣자하니 괜찮은 공연이라더군요."

갑자기 그가 그녀의 팔을 가져다 자신에게 팔짱을 끼게 하며 걸음을 옮겼다.

"가지."

공연이고 뭐고 이대로 런던행 비행기에 태워져 쫓겨날 거라는 예상은 빗나갔지만 상황은 여전히 불길했다. 콘스탄틴의 손은 수갑처럼 단단했고, 그의 몸에서 뿜어 나오는 열기는 용광로까지 집어삼킬 것처럼 뜨거웠다.

엉겁결에 고개를 든 빅토리아는 후욱! 하고 거칠게 숨을 들이켜며 시선을 떨어뜨렸다.

거침없는 시선, 단단하게 각이 진 턱.

분명 그녀의 약혼자가 맞는데 이방인처럼 그에게서는 낯선 향기가 풍기고 있었다.

경련이 일며 정체를 알 수 없는 두려움이 온몸에 퍼져나갔다. 자신답지 않았지만 가능하다면 어딘가로 숨고 싶었다. 하지만 약혼녀의 머릿속에서 벌어지는 갈등을 읽은 듯 남자는 더욱 강하게 그녀의 손을 옭아맸다.

빅토리아는 꼼짝 없이 끌려갈 수밖에 없었다.


2층 발코니 로열석에 자리를 잡은 지도 벌써 수십 분이 지났다.

화제의 두 사람이 등장하자 처음에는 술렁거리던 관객들도 이제는 웅장한 관현악단과 출연진들이 빚어내는 선율에 푹 빠져 몰입하고 있었다. 지옥의 유황불 속을 걷는 것처럼 일분 일초가 끔찍한 것은 그녀뿐이었다.

옆에 앉은 약혼자는 그녀의 손에 뜨거운 키스를 퍼부었고, 어느새 손가락 하나하나를 잘근잘근 깨물며 빨고 있었다.

젠장. 이게 콘스탄틴이 개발한 새로운 벌이라면 효과는 만점이었다.

미쳤냐는 듯 그녀가 손을 뿌리쳐도 소용없었다. 그는 거머리처럼 집요하게 달라붙으며 더욱 뜨겁게 그녀를 자극했다. 사람들에게 들키지 않으려면 참는 수밖에 없었다.

꼼짝 못하는 약혼녀를 농락하듯 그의 손이 대담하게 드레스의 어깨끈을 내렸다.

지금껏 누구에게도 보여준 적이 없는 맨가슴이 드러나고 있는데 그녀는 바보처럼 비명을 지르기는커녕 숨을 죽이고 있었다. 원을 그리듯 가슴 주위를 더듬던 손이 거칠게 여린 살을 움켜쥐었다. 헉! 비명이 터지려는 찰나, 그가 그녀의 입술을 입으로 막으며 벌을 주듯 격렬하게 짓이겼다. 그 순간 불가사의한 일이 벌어졌다. 난폭한 그의 행동이 저주스러운데도 그녀의 몸은 불이라도 붙은 것처럼 아우성을 쳤다.

맙소사! 대체 나한테 무슨 일이 일어나고 있는 거야?

그녀는 남자에게 키스를 되돌리며 넓은 등을 미친 듯이 더듬고 있었다.

"나가지."

눈의 초점을 맞추자 이미 몸을 일으킨 그가 그녀를 재촉하고 있었다.

방금 전까지 여자의 가슴을 탐욕스럽게 주무르며 키스를 퍼붓던 남자는 어디에도 없었다. 공식석상을 막 빠져나온 것처럼 콘스탄틴의 음성은 정중했고 호흡도 정상이었다.

'꿈을 꿨나?'

그러나 꿈이 아니었다. 그녀의 가슴은 여전히 숨 가쁘게 오르내렸고, 다리는 해파리처럼 흐느적거렸다. 이런 약혼녀의 반응이 당연하다는 듯 남자는 그녀를 번쩍 안아 올렸다.

혼란과 뭔지 모를 아쉬움에 그녀는 약혼자의 목을 단단히 끌어안으며 얼굴을 묻었다.


특 VVIP 귀빈의 관람으로 한껏 고무돼 있던 오페라 하우스 공연 관계자는 공연 도중 콘스탄틴과 빅토리아가 밖으로 나오자 당황했다. 공연 자체의 문제가 아니라 약혼녀가 빈혈을 일으켰다는 설명에 안도감으로 가슴을 쓸어내렸지만 처소로 돌아간다는 말에는 실망을 감추지 못했다. 50대의 대머리 남자는 나중에라도 꼭 다시 들러줄 것을 거듭 부탁했다.

콘스탄틴은 끝까지 정중함을 잃지 않았지만 비상구에서 대기하고 있던 리무진에 오르는 순간 그 가면도 벗겨졌다.

"미쳤어요? 어떻게 날 이런 식으로 취급할 수 있죠? 사람들한테 들켰으면……, 맙소사! 난 얼굴도 못 들고 다닌다고요!"

얌전히 있던 빅토리아가 손톱을 세우며 그를 밀어낸 것이다.

그는 그대로 나긋나긋한 몸을 쓰러뜨렸다.

기겁을 한 빅토리아는 더욱 세게 저항하며 발길질을 했지만 그는 드레스를 거침없이 끌어내리며 약혼녀의 두 손목을 머리 위로 고정시켰다.

"잘 들어, 빅토리아. 난 당신 약혼자야."

"약혼자면 이래도 되요? 이렇게 강제로……."

"약혼녀에게 키스하는데 허락까지 받아야 해?"

"드레스도 벗겼어요!"

"구겨져서 다시 입히려는 거야."

"그걸 지금 말이라고……!"

"그럼 이건?"

　그는 탐스럽게 솟구친 유두를 입 안에 넣고 희롱하다가 고개를 들었다.

"내가 당신을 사랑하는 건?"

"무슨 뜻이죠?"

"당신을 갖고 싶어."

"같이 자자는 거예요?"

"안 돼?"

"싫어요."

"왜? 우린 약혼했어. 성인 남녀가, 그것도 약혼까지 했는데 왜……."

"잊었나 본데 우리 약혼은……."

"계약이라고? 그래. 하지만 당신은 내 약혼녀가 되겠다고 약속했어. 그건 이것도……."

빅토리아의 입술을 물어뜯을 것처럼 빨며 그는 자유로운 손으로 유두를 희롱했다.

완강하게 버둥거리던 빅토리아의 저항이 어느 순간 느슨해졌다.

입술을 뗀 그는 열정으로 눈을 빛내는 약혼녀의 얼굴을 손으로 감싸 올리며 자신을 마주보게 했다.

"이건 운명이야. 내가 당신을 거부할 수 없듯, 당신도 날 거부 못 해. 같이 자지 않으면 우린 지옥 속에서 헤매게 될 거야."

아니라고 부정해야 하는데 빅토리아는 달라붙은 것처럼 입술을 움직일 수 없었다.

남자와 잔다…….

콘스탄틴과 잔다……!

그 문장이 뇌로 전이되자 몸에 걸치고 있는 드레스가 답답해졌다. 전기에 감전된 양 온몸이 찌릿찌릿했다.

마치 며칠 전 꾸었던 꿈속 한가운데에 팽개쳐진 기분이었다. 그녀는 열에 들떠 남자의 셔츠를 움켜쥐었다.

미쳤다는 걸 알지만 꿈에서 경험했던 그 황홀한 감각이 사실인지 알고 싶었다.

어느새 차가 멈추고, 뒷좌석의 문이 열렸다. 그가 지체 없이 그녀를 안고 내렸다.

언뜻 무표정한 얼굴의 조나단이 보였지만 빅토리아는 흐트러진 매무새를 고치지 않았다. 그가 한 걸음 옮길 때마다 삐걱 소리가 나며 몸이 크게 흔들려도 그녀는 어디로 가느냐고 묻지 않았다. 남자의 단단한 가슴속으로 더욱 깊이 파고들며 이제 곧 일어날 미지의 경험을 기다리고 있었다.

좁고 어두컴컴한 계단을 내려가자 다시 미로처럼 좁은 복도가 이어졌다.

끝도 없이 걸을 것 같던 콘스탄틴이 작은 문 앞에서 멈춰 서더니 어깨로 문을 밀며 안으로 들어갔다. 형광등의 조도가 낮아 어두컴컴했지만 그럼에도 빅토리아는 객실의 반을 차지하고 있는 물건이 침대라는 것을 알았다.

"여기가 어디죠?"

"내 크루저."

저벅저벅 걸음을 옮긴 그가 예고도 없이 침대에 그녀를 던졌다.

"콘스탄틴!"

깜짝 놀라 매트리스를 움켜쥐던 그녀는 입을 딱 벌렸다.

넥타이를 풀어서 던진 콘스탄틴은 이제 셔츠의 단추를 풀고 있었다. 옷을 벗으면서도 그는 한순간도 그녀에게서 눈길을 떼지 않았다.

그가 셔츠를 벗자 조각가가 빚은 것처럼 완벽한 상체가 드러났다. 빅토리아는 그대로 굳었다. 그녀와 같은 인간인데도 너무 다른 모양과 느낌에 찌릿 전기가 흘렀다. 부드러운 그녀의 젖가습을 근육질의 피부에 비벼대는 상상을 하자 감각이 몸속에서 소용돌이쳤다.

바지와 팬티를 벗은 그가 알몸으로 앞에 섰다. 수치심도 잊고 그녀는 남자의 나체를 탐욕스럽게 눈으로 핥았다.

가슴 부근에서 역삼각형으로 무리를 지어 내려오는 털. 그것이 배꼽 아래의 더 짙고 곱실거리는 털과 만나 하나가 되었다. 실제로 남자의 나체를 보는 것은 처음이지만 빅토리아는 털 사이에 뿔처럼 솟은 물건의 정체를 알고 있었다.

"만져봐."

페니스를 거머쥐며 그가 재촉했다. 빅토리아는 격렬하게 고개를 저었다. 하지만 자신이 거짓말을 하고 있다는 것을 안다. 콘스탄틴 역시 그녀가 거짓말을 하고 있다는 것을 알고 있었다.

"이건 부끄러운 것도, 수치스러운 일도 아니야."

그녀의 손을 낚아채 자신의 것으로 가져가는 그의 손길에는 망설임이 없었다. 그녀는 느릿느릿 페니스에 손을 댔다. 막대기처럼 딱딱하던 그것은 동시에 놀랄 만큼 뜨겁게 요동쳤다. 그녀의 시선과 손길 앞에서 페니스가 점점 울퉁불퉁해지며 커졌다.

빅토리아는 두려움과 호기심이 섞인 눈으로 콘스탄틴을 올려다보았다.

"이걸……, 내 몸 안에 넣겠다고요?"

"그래."

"죽을지도 몰라요, 난."

사랑은
폭풍처럼

"당신이 원치 않으면 안 해. 하지만 결국 날 받아들이게 될 거야."

그가 침대에 그녀를 뉘었다. 이상한 일이라며 빅토리아는 낯선 천장을 응시했다. 전신이 타는 것처럼 뜨거운데 영혼이 빠져나간 것처럼 몸을 움직일 수 없다.

가차 없이 그의 손이 드레스를 허벅지 위로 올렸다.

빅토리아는 딱딱해진 허벅지에서 힘을 빼려고 애썼다. 하지만 그의 손이 허벅지를 잡고 벌리자 주먹을 쥐고 말았다.

'역시 안 되겠어!'

뒤늦게 저항하며 몸을 일으키려 했지만 소용이 없었다. 다리와 다리가 만나는 은밀한 지점에 그의 손이 닿자 모르핀이 몸에 퍼지듯 감각이 마비되며 힘이 빠졌다.

속옷 안으로 들어온 그의 손이 더욱 깊이 파고들었다. 물기가 고이듯 맺힌 땀이 대지를 적시는 단비처럼 그녀의 몸을 윤택하게 만들었다. 낯설지만, 흥분으로 녹아들 것 같은 이 감각의 정체가 그녀는 궁금했다. 그의 손가락이 더 깊이 파고들 수 있도록 엉덩이를 들썩이며 다리를 벌리자 그의 머리가 아래쪽으로 향했다.

오, 손가락이 들어 올 때와는 비교도 안 되는 쾌감이 독처럼 퍼져 나갔다.

그녀는 어느새 소리치고 있었다. 하지만 계속 하라는 것인지, 멈추라는 것인지 스스로도 알 수 없는 외침이었다. 더는 높이 오를 수는 없을 것 같은 지점에서 마지막처럼 깊게 숨을 빨아들이며 그녀는 추락했다.

거칠게 숨을 헐떡이는 그녀와 달리 드레스를 찢는 남자는 냉정했다. 그녀를 알몸으로 만든 그가 몸 구석구석에 키스를 퍼붓기 시작했다.

남자의 손길과 키스 속에서 빅토리아는 예감했다. 이젠 무슨 일이 일어나도 놀라지 않을 거라고. 어쩌면 자신은 처음부터 이걸 기다렸는지 모른다고.

그녀의 양 무릎을 세운 그가 더 넓게 다리를 벌렸다. 그들의 시선이 부딪혔다. 그의 입술이 야릇하게 일그러졌고 그녀는 대담하게 양쪽 팔꿈치에 무게를 실으며 상체를 반쯤 일으켰다. 수치도 잊고 다리를 벌리자 고르던 그의 숨결이 거칠어졌다.

대담하게 엉덩이를 비틀며, 그녀는 뇌쇄적으로 가슴까지 애무했다.

콘스탄틴이 광포한 손놀림으로 그녀의 허벅지를 들어 올렸다.

음모를 문지르던 뿔이 사내의 침입을 단 한 번도 허용하지 않았던 속살을 뚫었다.

그녀는 고통으로 비명을 지르면서도 사내를 끌어안으며 손톱을 등에 박았다.

"괜찮아, 이젠 괜찮아."

그가 그녀를 달래며 격렬하게 입을 맞췄다. 놀랍게도 혀가 얽히고 타액이 섞이자 아랫도리의 쓰라림이 무디어졌다. 그의 크기와 무게에 몸이 적응하자 야릇한 간질거림과 촉촉한 액체가 꿀처럼 퍼져나갔다.

그가 꽉 눌린 표정으로 조심스럽게 페니스를 빼내자 본능적으로 그녀는 단단한 어깨에 매달렸다. 그가 다시 그녀의 질 깊숙이 자신을 찔러 넣었다.

그녀는 비명을 질렀고 그런 그녀를 그는 파란 눈으로 응시했다. 그 순간, 벼락같은 진실이 그녀의 뇌리를 내리쳤다. 콘스탄틴 요한 로랑 아서. 자신이 이 남자를 사랑하고 있다는 것을.

언제 어떻게 사랑에 빠졌는지는 모른다. 호피 무늬 옷을 입고 나타났음에도 그가 태연하게 반응했을 때? 아니면 정원에서 그녀의 손가락에 반지를 끼워주었을 때. 그것도 아니면 세상에서 제일 아름다운 여자를 보듯 약혼식장에서 바라보았을 때인가?

모든 것이 불확실했지만 그럼에도 사랑에 빠졌다는 것은 움직일 수 없는 진실이었다.

콘스탄틴을 사랑했기에 그가 자신을 아이반 성에 짐짝처럼 방치한 것이 화가 났다. 일에 미친 것처럼 또다시 떠나겠다는 말에 폭발했다. 우는 아이를 달래듯 그가 그녀를 빈으로 데려와놓고도 여전히 눈길 한번 주지 않자 문제가 될 것임을 알면서도 일부러 색기 넘치는 드레스를 골랐다.

땀범벅이 된 남자를 응시하며 빅토리아는 자문했다.

'그래서 네가 지금 하고 싶은 게 뭔데?'

콘스탄틴의 목에 팔을 감으며 빅토리아는 남자를 끌어당겼다.

대답 따위 모를뿐더러 알고 싶지도 않았다. 어린아이가 살기 위해 먹고 배설하는 것처럼 지금은 그저 이 남자와 뒹굴며 움직이고 싶었다.

그녀의 팔을 풀어 머리 위로 들어 올린 그가 양손에 깍지를 끼며 움직였다.

그가 밀고 들어 올 때마다 그녀는 질척한 비명을 내질렀고, 질 밖으로 나갈 때에는 고통의 신음을 삼켰다. 그의 움직임이 빨라지자 그녀의 근육도 위험하게 수축했다.

"제발, 제발……!"

그녀가 절정에 오른 순간, 그가 사정을 하며 가슴 위로 쓰러졌다.

망망대해를 떠도는 조각배가 되어 빅토리아는 끝없는 부유를 시작했다.


"안전벨트를 매주시겠습니까? 곧 공항에 착륙할 겁니다."

"알겠네."

벨트를 매는 캐서린의 손길은 담담했지만 속은 근심으로 무거웠다.

골치 아프게도 아서 가는 지금 스캔들의 정점에 있었다.

그리고 언제 어디에서든 공정성으로 존경을 받는 주인공답게 캐서린은 일방적으로 언론만을 비난하지 않았다. 화제성이 충분한데 그 기사를 쓰지 말라는 것은 물고기에게 헤엄을 치지 말라는 것과 같았으니까. 이쪽이 언론의 먹이가 되지 않으려면 스스로 알아서 처신을 하는 수밖에 없었다. 운이 나쁘게 꼬리가 잡히면 다음에는 전략적으로 문제를 해결하는 게 다음 수순이었다.

그런데 콘스탄틴은 지금 그 기본적인 규칙들을 전부 무시하고 있었다.

경솔하게 자신을 노출할 뿐 아니라, 문제 해결을 위해 어떤 조치도 취하지 않았다.

사태가 악화되는 것을 막으려면 캐서린이 나설 수밖에 없는 상황이었다. 하지만 두 가지 이유로 그녀는 언론에 어떤 대응도 하지 않았다. 일일이 대응해봐야 더한 억측과 운 나쁘면 본질을 흐리는 쪽으로 상황이 악화될 수 있다는, 언론의 부정적 속성을 잘 아는 데서 나온 대처였다. 둘째는 태풍의 눈 한가운데에 있는 본인들이 나서는 게 문제를 가장 깔끔하게 해결한다는 판단 때문이다.

말을 아껴 언론을 달궈놓은 만큼 콘스탄틴과 빅토리아가 기자회견을 열어 얼굴을 내밀면 어처구니없는 소동은 간단히 해결될 일이었다. 한데 콘스탄틴은 그 간단한 일을 못 해 그녀가 결국 프랑스 남동부에서 날아오게 했다. 약혼녀와의 밀회에 푹 빠진 아들은 지금 사업도 팽개친 채 크루즈에 처박혀 나올 생각을 하지 않았다.

— 안녕하십니까? 저는 이 비행기의 기장인 브라운입니다.

안내방송이 스피커에서 흘러나왔다.

— 비행기가 곧 착륙할 예정이오니, 꺼내놓으신 짐들은 선반 속에 보관해주시고 등받이와 테이블은 모두…….

캐서린은 의자 등받이에 등을 기대며 팔걸이를 손으로 잡았다.

기이잉, 요란한 꿍음을 내며 기체가 흔들리자 눈앞이 흐려졌다. 그 사이로 혼란스러웠던 며칠간의 일들이 주마등처럼 스쳤다.

캐서린은 쓰게 웃으며 눈을 감았다.


콘스탄틴이 오페라 극장에서 빅토리아와 사라진 다음 날, 신문은 빅토리아가 입은 드레스로 시끄러웠다. 과감한 디자인, 대담한 선택. 기사는 마담 엘리느의 작품을 어린 예비 신부가 멋지게 소화했다는 평에서 시작해 화제의 두 인물이 관람한 공연 내용을 소개하는 것으로 끝을 맺었다. 하지만 자세히 들여다보면 빅토리아가 영국 굴지 가문의 골칫덩이가 될 듯한 암시를 여기저기 지뢰처럼 심어놓은 기사였다.

일광욕실에서 기사를 접한 캐서린은 무겁게 신문을 한쪽으로 치웠다. 감 좋은 생물들답게 기자들은 빅토리아에 대해 비교적 정확한 평가를 내렸다. 다만 그들이 놓친 실수를 하나 지적하자면 골칫덩이는 한 사람이 아니라 두 사람이라는 것.

약혼 후 콘스탄틴은 가문과 회사의 심장을 들었다 놓았다 할 일을 적잖게 벌이고 있었다. 사랑에 빠진 주인공답게 콘스탄틴은 약혼녀와 관련된 일에는 이성을 잃었다.

당장의 일만 해도, 발가벗다시피 나타난 약혼녀를 이렇게 황홀하게 바라볼 게 아니었다. 그럴싸한 핑계를 대서 기자들을 물러야 옳았는데 아들은 되레 노골적으로 약혼녀를 끌어안으며 카메라를 도전적으로 응시했다.

우려에서 한 치도 어긋나는 일 없이 사태가 흘러가자 캐서린의 가슴은 답답했다.

처음 아들의 입에서 빅토리아 코렌의 이름이 나왔을 때, 그녀는 강력히 반대를 했다. 나이, 성격, 배경, 국적까지 무엇 하나 콘스탄틴과 맞는 게 없었다. 콘스탄틴과 맞지 않는 그런 여자가아서 가를 이끌 안주인의 역할을 해낼 리도 만무했다.

하지만 콘스탄틴의 결심은 완강해서 캐서린도 끝까지 반대할수 없었다.

알렉산더가 죽은 지 1년, 콘스탄틴은 혼자서는 감당하기 힘든 의무와 책임을 완수하며 살아남았다. 그 시기는 캐서린의 인생에서 가장 힘든 시기였고 콘스탄틴도 마찬가지였다. 그만큼 알렉산더의 빈자리는 컸고, 콘스탄틴은 IMC의 그룹 총수라는 임무만이 아니라 아서 가를 이끄는 수장으로서의 몫까지 짊어지며 살아야 했다.

그럼에도 콘스탄틴은 결코 겉으로 힘이 든 티를 내지 않았다. 로봇처럼 주어진 의무를 수행하며 앞으로 나아갔고 냉정하게 자신을 컨트롤했다. 그런 콘스탄틴은, 아서 가의 안주인이라는 입장에서 보기에는 믿음직했지만 어머니라는 위치에서는 가슴 아팠다. 지금 이상으로 많은 것을 희생하며 살아갈 아들을 생각하자 하나쯤은 콘스탄틴이 진심으로 원하는 것을 손에 쥐어주고 싶기도 했다.

하지만 서른 해를 살아오는 동안 콘스탄틴이 개인적으로 집착을 보인 대상은 없었다. 그러던 중 빅토리아가 나타났다. 콘스탄틴은 원하는 것을 감추지 않았고, 그것을 손에 넣을 수 있다면 어떤 희생도 치르겠다는 각오를 드러냈다. 빅토리아가 안주인으로서의 역량이 부족한 것을 알고 있었지만 캐서린은 처음이자 마지막으로, 아서 가의 안주인이 아닌 한 아들의 어머니로서 결정을 내렸다.

빅토리아 코렌을 가족으로 받아들이기로 한 것이다.

빅토리아가 자리에 어울리지 않는다면 자신이 직접 그 자리에 어울리는 사람으로 만들면 된다고 생각했다. 하지만 현실은 만만치 않았다.

어머니의 엄격한 교육에 예비 신부가 지레 겁을 먹고 도망을 칠까 염려한 콘스탄틴이 이런저런 핑계를 대며 아이반에 약혼녀를 꼭꼭 숨겨놓았기 때문이다. 그러다 출장길에까지 동반시켰고 급기야는 이런 사단을 만들었다.

사실 대담한 드레스뿐이라면 문제랄 것도 없었다. 언론에 익숙하지 않은 어린 신부의 철없는 실수 정도로, 드레스 건은 너그럽게 넘어가줄 수 있었다. 하지만 다음 날, 모나코로 떠났어야 할 콘스탄틴이 빈에 머무르고 있다는 정보가 흘러나가면서 일이 꼬였다. 세간은 젊은 총수의 발을 빈에 묶어둔 것이 무엇인지 궁금해하며 고스란히 기사로 내보냈다. 그리고 그날 오후 빅토리아의 건강설이 불거져 나왔다.

사정을 아는 캐서린으로서는 기도 안 차는 기사였지만, 어떻게든 꼬리를 잡기 위해 혈안이 된 언론은 콘스탄틴의 약혼녀가 공연 도중 빈혈을 일으켜 나온 것을 걸고 넘어졌다. 신문은 안 그래도 좋지 않던 빅토리아의 건강이 갑자기 악화되어 젊은 총수가 자리를 뜨지 못하는 것으로 와전해 기사를 내보냈다.

거기에 엎친 데 덮친 격으로 알바니아 대사의 딸 아니스 두쉬크까지 기자회견을 열어 자신의 드레스를 빅토리아가 훔쳤다고 폭로했다. 상황은 진흙탕 싸움이 되어갔다.


캐서린은 천천히 눈꺼풀을 들어 올렸다. 소음이 잦아들며 기내의 흔들림도 가라앉고 있었다. 스피커를 통해 비행기가 무사히 착륙했다는 안내 방송이 흘러나왔다. 보좌관의 안내에 따라 안전벨트를 푼 캐서린은 자리에서 일어났다.

위이잉, 비행기의 출입구가 열리며 공항 전경이 한눈에 들어왔다.

경호원들과 입국 소식을 듣고 달려온 지인들의 얼굴이 보였다. 우아하면서도 당당하게 그들의 환영인사에 대꾸한 캐서린은 VIP 룸으로 들어가 입국 절차를 밟았다.

숨을 돌리며 차를 한 잔 마실 때 사색이 된 조나단이 들어왔다.

프랑스를 출발할 때만 해도 모나코에 있다는 보고를 받았는데 그 사이 돌아온 듯했다.

찻잔을 내려놓으며 캐서린은 점잖게 물었다.

"콘스탄틴은 어디에 있지?"

"지금 사람을 보냈습니다. 한 시간 안에 도착하실 겁니다."

"물론 내 사랑스러운 예비 며느리도 함께겠지?"

조나단은 쩔쩔맸다.

캐서린은 단호하게 눈을 마주쳤다.

"아무래도 다시 사람을 보내는 게 좋겠군. 기자회견을 하고 아이들과 만찬을 할 게야. 아, 빅토리아가 회견장에서 입을 옷은 내가 직접 골랐으니 사람을 보낼 땐 그 옷도 함께 보내도록 하지."

모나코에서 고비를 넘겼다는 기쁨도 잠시, 조나단은 핼쑥해져 캐서린을 응시했다.


빅토리아를 올려다보는 콘스탄틴의 얼굴에 위험천만한 긴장이 어렸다. 빅토리아는 알몸으로 다리를 벌린 채 그의 허벅지에 걸터앉아 있었다. 시야를 가리는 머리카락이 성가시다는 듯 빅토리아는 한 손으로 머리를 쓸어 넘기며 남은 손으로 그의 페니스를 움켜쥐었다.

흐읍, 달뜬 신음을 내뱉는 순간 빅토리아의 머리가 내려왔다. 귀두에 촉촉한 입술이 닿고 달콤한 혀가 페니스를 핥아 내려가자 미칠 것 같은 쾌감이 몰려왔다.

　빅토리아는 완전히 그를 목구멍 안으로 밀어 넣었다.

　그는 허리를 흔들며 피가 날 정도로 입술을 깨물었다. 욕망을 누르는 고통은 지옥이었지만 약혼녀가 주는 쾌감은 고통마저 달콤하게 바꿔버릴 만큼 치명적이었다.

　문득 빅토리아가 그를 입에서 뺐다. 그가 안도 반, 아쉬움 반으로 근육을 이완시키는데 빅토리아가 무릎에 무게를 실으며 하체를 들었다. 그를 받아들이기 위해 그녀는 그의 페니스에 자신의 위치를 맞췄다.

　흠뻑 젖은 허벅지 사이로 우뚝 선 물건이 들어가기 시작했다. 그는 허튼 움직임으로 위치가 빗나가지 않도록 꼼짝 않은 채 약혼녀가 자신을 소유하는 것을 지켜보았다.

　"굉장해. 너무 좋아……."

　완전히 그를 삼킨 빅토리아가 상체를 뒤로 젖히며 탄성을 자아냈다.

　빅토리아가 중심을 잃지 않도록 엉덩이를 꽉 움켜쥐면서도 콘스탄틴은 폭발하지 않도록 인내심을 총동원했다.

　그의 가슴을 손으로 짚은 빅토리아가 간을 보듯 느릿느릿 허리를 움직이기 시작했다.

　"더 빨리. 당신은 할 수 있어."

그는 악문 잇새로 욕망을 드러냈다.

좌우로 움직이던 빅토리아가 어느 순간 위아래로 격렬하게 그를 내리 찍었다. 여자의 긴 빨강머리와 탐스러운 젖가슴, 우는 듯한 흐느낌이 하나가 되어 그를 광기로 몰아넣었다.

빅토리아를 들어 올려 거칠게 자신을 뺀 콘스탄틴은 하얀 몸뚱이를 쓰러뜨렸다. 그는 버둥거리는 여자를 깔아뭉개며 미친 것처럼 깨물고 키스를 퍼붓다 돌려 눕혔다.

"빅토리아! 빅토리아!"

벌써 몇 번째 약혼녀를 안는 것인지 셀 수 없었지만 그는 중독된 것처럼 자신을 밀어 넣으며 외쳤고, 빅토리아는 주인에게 길들여진 짐승처럼 헐떡이며 더 큰 쾌감을 위해 손으로 가슴을 애무했다.

이게 옳지 않다는 것쯤은 그녀도 알고 있었다. 하지만 그의 키스와 힘차게 솟은 페니스가 배를 찌르며 허벅지를 비비면 불가항력으로 무너지곤 했다. 요 며칠 새 그녀는 스무 살이라는 자신의 나이가 얼마나 저주스러웠는지 모른다. 아니, 스무 살이 되도록 빌어먹을 세인트 맥 칼리지에 딸을 처박아둔 아버지를 원망했다. 세상과 남자에 대해 알았다면 사랑에 빠졌을 때 어떻게 대처해야 할지 배웠을 텐데 그녀는 아는 게 하나도 없었다. 사랑에 대해, 이렇게 미칠 것처럼 포악하고, 마르지 않는 샘물처럼 솟구치는 욕망에 대해 가르쳐준 사람이 없기에 속수무책으로 빠져드는 수밖에 없었다.

무릎이 꺾인 빅토리아는 그대로 쓰러지며 매트리스에 얼굴을 묻었다. 그런 그녀를 남자는 집요하게 움켜쥐며 사정했다.

그녀는 쿵쿵 뛰는 자신의 심장소리에 귀를 기울였다.

처음에는 이런 행위가 충격이었다. 하지만 두 번, 세 번 반복되자 아무래도 좋다는 체념으로 바뀌었고, 그것은 이제 미칠 것 같은 갈증과 탐욕이 되었다. 그가 그녀의 안에서 폭발하지 않으면 뭔가가 부족했다. 그가 다른 여자에게 이 짓을 한다는 상상만으로 눈이 뒤집히며 숨이 막혔다. 아빠가 그랬던 것처럼 콘스탄틴의 씨를 받은 여자가 어딘가에서 그의 아이를 키우는 것은 아닌지, 말도 안 되는 망상이라는 것을 알면서도 그 망상에서 빠져나오기란 쉽지 않았다.

임신, 결혼……. 그 어느 것 하나 받아들일 각오가 없지만 그를 거부하는 건 불가능했다.


침대 모서리에 걸터앉은 콘스탄틴은 곯아떨어진 약혼녀를 흥미로운 눈으로 관찰했다. 납작하게 엎드린 빅토리아는 베개에 얼굴을 묻고 있었다. 구불거리는 빨강머리부터 가느다란 목, 좁은 어깨, 곧게 뻗은 등을 훑어 내리던 그는 복숭아를 반으로 쪼개 엎어놓은 것처럼 탐스러운 엉덩이에서 시선을 멈췄다. 베어 물면 단물이 흘러내릴 것 같은 그것은 아무리 봐도 질리지 않았다.

저도 모르게 침을 삼키며 손을 뻗는데 노크소리가 들렸다.

콘스탄틴은 못마땅해서 문을 노려보았다.

대답이 없건만 노크소리는 계속되었다. 밀회에 방해가 되지 않게 주방장이 식사 쟁반을 신중하게 밀어 넣던 것에 비하면 대단한 변화였다.

뭐가 일이 터진 것이다. 하지만 아직 약혼녀와의 밀회를 끝낼 생각이 없었기에 위협하듯 문을 열었다.

"조나단……."

놀랍게도 문밖에 있는 것은 모나코에 있을 줄 알았던 조나단이었다.

팔짱을 낀 그는 문가에 기대며 신중하게 사내를 살폈다. 안색을 보니 모나코에서의 일이 안 풀린 듯했다. 하지만 실망하지 않았다. 모나코 대신 빅토리아를 선택한 순간, 일의 결과에 대해서는 포기했다. 그가 조나단을 모나코로 보낸 목적은 일을 처리하라는 것보다 제럴드 맥퀸스 회장에게 사과를 하라는 의미였다. 물론 조나단은 자신이 어떻게든 기회를 다시 만들어보겠다는 포부로 가득했지만 말이다.

콘스탄틴은 표정을 누그러뜨리며 어깨를 으쓱했다. 밀회를 방해한 것은 마음에 안 들었지만 그를 대신해 조나단이 험악한 꼴을 당한 것은 사실이기에 한 번은 넘어가줄 작정이었다.

"왔군."

"네."

"언제 도착했지?"

"오전에 왔습니다."

사랑은
폭풍처럼

"보고는 나중에 듣도록 하지."

안으로 들여보내달라는 표정을 무시하며 그가 문을 닫는데 조나단이 제지했다.

"자네……"

"레이디 캐서린이 기다리고 계십니다."

그는 움찔하며 보좌관을 노려보았다.

괴로운 표정을 지으면서도 조나단은 확인사살을 했다.

"지금 호텔에 계십니다. 두 분이 오시길 기다리고 계십니다."

# Chapter 5.

무거운 눈꺼풀과 향긋한 커피 향.

둘 사이에서 십여 분 넘게 갈등하던 빅토리아는 결국 눈을 뜨고 말았다. 지독한 잠기운을 날려버릴 만큼 커피 향은 거의 마성에 가까웠다. 고개를 들자 선반 위에서 그녀를 유혹하고 있는 찻잔이 보였다. 빅토리아는 생긋 웃으며 손을 뻗었다. 그러다 시선을 느끼고 고개를 들었다.

콘스탄틴, 그가 그녀를 응시하고 있었다.

분명 이 커피도 그가 가져다 놓은 거겠지?

하지만 빅토리아는 고맙다는 말도, 수줍은 미소도 던질 수 없었다.

그는 가운 차림이 아니었다. 열정에 못 이겨 그녀가 엉망으로 헝클어놓았던 머리는 단정하게 빗었고, 그녀의 가슴을 간질여 웃음을 폭발시켰던 턱수염은 깨끗이 깎은 뒤였다. 그녀를 노

예처럼 굴복시키며 온갖 수치스러운 행동도 서슴지 않게 만들던
물건은 이제 보이지 않았다. 정장 차림으로 돌아간 그의 모습이
황홀한 시간은 끝났다고 말하고 있었다.

홍분이 가라앉으며 얼굴이 굳었다. 이것이 뭘 의미하는지는
알고 있었다. 이제 또 그 지긋지긋한 일을 하기 위해 그녀를 어
딘가에 처박아두겠다는 것이다.

"일어났군."

그게 아니라 당신이 깨운 거지?

빅토리아는 시트로 가슴을 가리며 도전적으로 사내를 응시했
다. 저렇게 냉정한 표정을 짓는 남자가 미웠지만 그보다 더 짜증
이 나는 것은 자신이었다. 그녀는 여전히 꿈을 꾸고 싶었다.

"일이 생겼어."

꿀꺽, 침을 삼킨 빅토리아는 자신을 설득했다.

어쩌면 이건 기회일지도 모른다. 괴롭더라도 이 남자와 떨어질
필요가 있다. 좀 더 차분하게, 냉정히, 자기가 뭘 하고 싶은지,
뭘 희생할 수 있는지를 곰곰이 생각할 때다.

"난 신경 쓰지 말고 일 봐요."

미동도 않고 자신을 바라보는 남자에게 그녀는 좀 더 당당하
게 말했다.

"필요 이상으로 시간을 지체한 건 나도 알아요. 모나코든 어
디든 가요. 붙잡지 않을 테니까. 하지만 난 좀 더 있다 영국으로
갈게요."

하지만 그는 여전히 그녀를 응시하기만 했다. 비로소 뭔가 잘 못됐다는 것을 감지한 그녀에게 그가 가볍게 말을 던졌다.

"어머니가 오셨어."

"……!"

"지금 우리를 기다리고 계셔."

빅토리아는 시트가 미끄러져 가슴이 드러나고 있다는 것도 잊고 고개를 저었다. 캐서린이 이 도시에 있다니, 믿을 수 없었다. 그녀는 지금쯤 프랑스에 있을 터였다. 그럼에도 여기 왔다는 것은…….

저절로 신경이 곤두서며 목소리가 날카로워졌다.

"왜요? 무슨 일이시죠?"

"진정해, 빅토리아."

콘스탄틴이 달랬지만 그녀의 머릿속은 이미 안 좋은 가능성으로 패닉 상태였다. 캐서린이 여기까지 온 것은 그들 때문일 것이다. 캐서린이라면 그녀와 콘스탄틴이 크루저에서 무슨 짓을 했는지 전부 알 것 같았다. 성인 남녀, 그것도 약혼까지 한 사이의 남녀가 섹스를 하는 것은 지극히 자연스러운 일이라고 콘스탄틴이 지난 며칠간 수도 없이 가르친 뒤였지만 빅토리아는 왠지 못된 짓을 하다 들킨 것처럼 불안하고 두려웠다.

세인트 맥 칼리지의 학원장과 다른 선생들이 귀에 못이 박이게 주장한 것처럼 캐서린 역시 결혼 전까지는 순결을 지켜야 한다는 입장일까?

"일단 옷부터 입도록 해."

"그 전에 한 가지만 말해줘요."

빅토리아는 시트로 알몸을 감추며 눈을 마주쳤다.

"어머님이 여기 오신 게 우리 때문인가요?"

그가 눈을 피했다.

"콘스탄틴!"

마침내 그의 입이 열렸지만 그 내용은 기뻐할 만한 것이 아니었다. 약혼자의 설명에 빅토리아는 각오했던 것보다 훨씬 더 그들이 곤란한 처지에 놓였음을 깨달았다.

말도 안 되는 위독설에, 아니스인지 뭔지는 그녀를 고소까지 했다고 했다.

크루저에 틀어박힌 건 고작 나흘인데 세상은 완전 아수라장이었다. 그럼에도 부당하다며 언성을 높일 수 없었다. 기사는 그렇다 쳐도 아니스의 일만은 마음에 걸렸기 때문이다.

문제의 드레스를 입겠다고 했을 때 엘리느는 분명히 경고했다.

왜 그녀가 드레스를 입어서는 안 되는지를. 드레스를 디자인한 것은 아니스이니 만약 이 옷을 입을 경우 법적 분쟁에 휘말릴 수도 있다는 가능성을 빼놓지 않고 설명했던 것이다.

그것을 무시한 것은 바로 그녀였다. 왜? 드레스가 더럽게 마음에 들었으니까. 이걸 입었을 때 콘스탄틴이 보일 반응이 궁금했고, 더불어 문제가 될 것임을 알면서도 이 드레스를 보여준 엘리느에 대한 반항심도 한몫했다. 단언하건대 빅토리아는 드레스의 주인이 소동을 피울 거라는 가능성은 1퍼센트도 마음에 두지 않았다. 오히려 정식 디자이너의 옷도 아닌 것을 입어주니 좋아할 거라 자만했던 것이다.

"그런 얼굴 하지 마."

정신을 차리자 무릎을 꿇은 남자가 그녀의 손에 입을 맞추고 있었다.

"걱정할 건 없어. 기자회견을 해야겠지만 나한테 맡겨."

"······."

"당신은 그냥 내 옆에서 웃기만 하면 돼."

"정말이에요?"

"그래."

"하지만 당신 어머님은요? 역시 내가······."

"아니야."

마주잡은 손에 힘을 주며 그가 말을 막았다.

"일의 잘잘못을 따지면 책임은 당신이 아니라 나한테 있지. 당신한테 홀딱 빠져 일을 소홀히 한 게 발단이었어. 하지만 어머닌 잘잘못을 따지려고 오신 게 아니야. 문제를 바로잡으려고 오신 거지. 기자 회견을 준비한 것도 어머니셔."

"정말 옆에서 웃기만 하면 된다고요?"

"그래."

"진짜 입도 벙긋 안 할 거예요."

"알았어."

사랑은
폭풍처럼

.

하지만 콘스탄틴의 생각은 틀렸다.

기자회견장에서 "약혼자를 사랑하느냐?"는 기자의 질문이 쏟아졌을 때 그녀는 침묵을 지킬 수 없었다. 가까스로 "예."라는 대답을 꺼냈지만 그녀의 입이 열린 게 기회라는 듯 "지금 행복한가?"라는 질문에서부터 언제 결혼식을 올릴 거냐는 질문으로 그들은 그녀를 공격했다. 물리적으로는 10여 분이 채 안 되는 시간이었지만 그녀로서는 지금까지 살아온 시간 중 가장 긴 시간에 속했다.

하지만 끔찍했던 기자회견과는 달리 캐서린과의 만찬은 그리 나쁘지 않았다. 기자회견장에서 입을 옷을 따로 보낸 것을 보면 장래의 며느리가 오페라 하우스에 입고 나타난 드레스가 마음에 들지 않는다는 의미인데 캐서린은 그에 관해서는 말을 아꼈다. 식탁에서 오고간 화제는 대부분 앞으로의 일들이었다. 그녀는 대화에 참여하는 대신 귀를 기울이는 것으로 정보를 얻었다.

캐서린이 아들과 약혼녀의 스캔들 기사를 처음 접한 곳은 영국이었다. 하지만 그 정도 일로 칸 영화제 개막식에 참석하는 당초의 일정을 취소한 것은 아니었다. 그래서 예정대로 프랑스로 출발했고, 그때까지만 해도 빅토리아의 건강 악화설을 다룬 기사를 심각하게 여기지 않았다.

캐서린이 빈으로 날아올 결단을 내린 것은 아비뇽에 있는 아서 가 소유의 성에서였다.

이제야 겨우 아들의 문제가 일단락되었지만 아비뇽으로 다시 돌아가는 것은 아니었다. 당장 취리히로 날아가 아서 가와 IMC 그룹이 매년 천문학적인 액수의 기부를 하고 있는 희귀병 클리닉 센터를 방문하고, 다음에는 부에노스아이레스와 마드리드, 파리를 경유하는 일정을 소화해야 했다. 캐서린이 영국으로 돌아가는 것은 20일 후였다.

모전자전이라고 콘스탄틴도 살인적인 스케줄로는 뒤지지 않았다.

모나코 출장을 펑크 내서 중요한 계약이 물 건너간 줄 알았는데 조나단이 용케 괜찮은 결과를 갖고 돌아온 것이다. 제럴드 맥퀸스 회장이 재협상을 제안해온 덕에 콘스탄틴은 내일 모나코로 날아갈 참이었다.

두 사람의 대화에서 빅토리아는 자신의 다음 행선지를 예측했다.

아이반 성으로 돌아가 약혼자가 돌아올 때까지 조신하게 수업을 받는 것이다. 한데 캐서린이 놀랄 만한 제안을 해왔다.

"그래서 말인데, 이번 일정에 빅토리아 널 데려가고 싶구나."

후식으로 나온 케이크를 아무렇게나 포크로 찍던 빅토리아는 하마터면 포크를 떨어뜨릴 뻔했다. 그녀는 떨리는 손을 식탁 아래로 감추며 어색하게 고개를 들었다. 캐서린은 우아하게 커피잔을 내려놓고 있었고, 콘스탄틴은 거절하라는 신호를 보내고 있었다.

"같이 가줄 수 있겠니? 식은 아직이지만 넌 내 며느리나 마찬가지야. 내가 운신할 수 있을 때 하나하나 가르치고 싶구나."

눈앞의 여자에게 '노'라는 말은 하는 것은 불가능했다. 처음부터 어려운 상대였는데 드레스로 구설수에 오른 상황이라 더욱 주눅이 들었다. 하지만 그 이유만이 아니었다. 캐서린이 사랑하는 남자의 어머니라는 것이 빅토리아에게는 거절할 수 없는 가장 큰 이유였다.

그녀는 캐서린에게 인정받고 싶다는 욕구를 떨칠 수 없었다.

"물론 전…… 좋습니다."

캐서린의 얼굴이 기쁨으로 환해졌다.

그것만으로 일단은 충분하다고 가슴을 쓸어내리는데 콘스탄틴의 딱딱한 얼굴이 눈에 들어왔다. 그는 그녀의 선택이 마음에 들지 않는다는 것을 감추지 않았다. 마음이 불편했지만 빅토리아는 약혼자를 무시하기로 했다. 이제 와서 말을 번복할 수는 없는 것이다.

"고맙구나. 덕분에 이번 일정은 지루하지 않겠어. 그리고 지난번에도 말했지만 우리끼리 있을 땐 예의 차릴 거 없다. 편하게 어머님이라고 부르렴."

"알겠습니다. 어머……님."

고분고분 말을 잘 듣는 예비 며느리가 기특한지 캐서린은 태도를 바꾸어 그녀를 대화에 끌어들이려 했고, 놀랍게도 빅토리아는 긴장을 풀며 대꾸할 수 있었다. 반면 콘스탄틴은 방관자의 입장으로 바뀌었다. 처음에는 어떻게든 약혼녀와 눈을 마주치려 했지만 그녀가 토라진 얼굴로 외면하자 체념하며 자리를 지켰다.

그리고 그것이 콘스탄틴과 함께한 마지막 자리였다. 그녀는 침대에 들기 전까지 캐서린에게 붙들렸고 다음 날은 출국 준비로 바빴다. 그녀가 약혼자와 다시 얘기를 나누게 된 것은 떠나는 그들을 배웅하기 위해 콘스탄틴이 공항에 나온 몇 분이 다였다.

"당신을 보기 좋게 뺏겼군. 어머니한테 당했어."

소년처럼 투덜거리는 남자를 보며 빅토리아는 비로소 약혼녀를 모나코로 데려가지 못하게 캐서린이 선수를 쳤다는 것을 알았다. 그녀를 런던으로 돌려보낼 거라는 것은 오산이었다. 콘스탄틴은 그녀를 모나코에 데려가려 했던 것이다. 그의 고백에 일순 후회가 일었지만 그가 종이 한 장 들어갈 틈 없이 꼭 끌어안자 그녀는 자신의 선택이 옳았음을 깨달았다.

"나도 매일 전화하겠지만 무슨 일 있으면 바로 연락해. 내가 전화를 받지 못하거나 하는 상황이면 메모를 남기고. 아이반에서 기다리고 있을게."

맙소사! 이 남자와 모나코에 가면 정말 자신을 잃어버릴지도 모른다. 결혼하자는 말에도 예스, 출장을 다녀오겠다는 말에도 예스…… 그가 떠나면 외로움에 몸서리를 치면서도 사랑 하나로 버티겠다며 이제나 저제나 남자가 돌아오기를 기다리는 불쌍한 여자의 삶을 받아들일지도 모르는 것이다.

요란한 굉음을 내며 이륙하는 비행기 안에서 빅토리아는 자신의 선택이 틀리지 않았음을 확신했다. 콘스탄틴, 그와 떨어지

사랑은
폭풍처럼

는 것은 현명했다. 떨어져서 생각해보면 무엇이 최선인지, 무엇이 제일 중요한지 알게 되겠지. 그래도 콘스탄틴 요한 로랑 아서란 남자를 포기할 수 없다면……, 영원의 맹세를 하는 수밖에 없다. 하지만 마지막까지 고민하며 자신을 부딪쳐보리라 빅토리아는 각오를 다졌다.


"그럼 야회복은 이걸로 준비하겠습니다."

"그러세요."

캐서린의 지시로 빅토리아의 비서가 된 카렌이 디자인 북을 옆구리에 끼며 일어났다. 연일 계속된 공식행사와 쇼핑으로 쓰러지기 직전이었지만 빅토리아는 배운 대로 품위 있는 미소를 잃지 않았다. 언제 어디서든 콘스탄틴의 약혼녀로서 품위를 지킬 것. 그것이 이번 여행에서 빅토리아에게 부과된 과제였다.

하지만 그런 이유가 아니라도 빅토리아는 의상과 스케줄을 담당하게 된 장신의 검은 머리 여자가 마음에 들었다. 카렌은 캐서린의 지시라며 무조건 밀어붙이는 대신 빅토리아의 의견을 존중하며 최대한 받아들이려 했다.

카렌에게서 옷을 고르는 법, 난처한 상황에서 유연하게 대처하는 법, 꼭 알아야 할 사람들에 대한 정보를 배워나가면서 빅토리아는 두 가지 사실을 인정했다. 카렌이 캐서린의 사람이라고 해도 진심으로 미워할 수는 없다는 것. 카렌은 아이반 성에서 그녀를 가르쳤던 다른 선생들과는 비교가 안 되게 유능했다.

다른 하나는 아서 가의 안주인이 알고 있던 것보다 훨씬 대단하다는 것이었다. 어딜 가든 존경을 받으며, 대단한 카리스마로 좌중을 휘어잡는 캐서린은 철의 여인이라는 수식어를 절로 떠오르게 했다. 그러다 보니 고민도 생겼다. 평생을 노력해도 캐서린의 인정을 받은 날은 오지 않을 것 같았다. 플로리다를 떠날 때만 해도 이것이 고민거리가 되리라고는 상상도 못했는데 콘스탄틴을 사랑하게 됐다고 자각한 순간, 수백 킬로미터나 떨어져 있음에도 그 존재를 잊기는커녕 그리움이 더욱 커질 뿐이라는 것을 인정하자 더는 무시할 수 없었다. 캐서린의 입가에 만족한 미소가 떠오르면 그녀도 안도감과 함께 해냈다는 뿌듯함으로 가슴이 부풀어 올랐다. 하지만 캐서린이 가타부타 말이 없이 침묵을 지키면 낙제점을 받은 것처럼 마음이 무거웠다.

"차 한 잔 드릴까요?"

언제 곁으로 왔는지 카렌이 웃고 있었다. 꼰 다리를 풀며 빅토리아는 마주 웃었다.

"진한 홍차면 좋겠어요. 근데……."

아까부터 신경 쓰였던 것이 생각나 빅토리아는 주위를 둘러보았다.

"어머님은요? 어디 가셨나요?"

쇼핑을 오면 이것저것 지시를 하던 여인이었는데 계속 보이지 않았다.

"미스터 갈루치의 응접실에서 손님을 만나고 계십니다."

사랑은
폭풍처럼

"손님?"

"네."

밖으로 나가는 카렌을 빅토리아는 의미심장하게 응시했다.

손님이라니 누구? 캐서린은 예정에 없는 방문객은 만나지 않았다. 그런데 지금 이 건물 안에서 누군가를 만나고 있다. 그렇다면 처음부터 여기에서 누군가를 만날 계획이었나?

빅토리아는 머리를 가로저었다. 그랬다면 숍으로 오는 도중 한마디라도 했으리라. 하지만 캐서린은 입도 벙긋 안 했다. 그렇다면 이건 예정에 없는 방문객이라는 것인데 환언하면 그건 아주 중요한 손님이라는 의미다. 그럼에도 카렌은 지금 손님의 정체를 함구했다.

역시 이상해.

빅토리아는 다시 다리를 꼬며 손가락으로 탁자를 톡톡 두드렸다.

각국의 여러 도시를 경유하는 동안 그녀는 많은 사람들을 만났고 카렌은 그때마다 그들에 대해 가르쳐 주었다. 캐서린이 만나는 사람 중에서 중요하지 않은 인물이 없었던 것이다. 그럼에도 이렇게 입을 다물고 있다는 것은…….

안 좋은 방향으로 생각이 가지를 뻗는데 이쪽의 상념과 상관없이 카렌이 찻잔을 탁자에 내려놓고 있었다.

"어머님이 누굴 만나고 계신 거예요?"

빅토리아는 단도직입적으로 물었다.

1, 2초쯤 침묵이 이어졌지만 결국 카렌이 입을 뗐다.

"조세피나 양입니다."

"누구라고요?"

당황해서 일어서던 빅토리아는 탁자 모서리에 무릎을 부딪쳤다. 그녀는 신음을 흘리며 주저앉으면서도 재차 확인했다.

"조세피나 양을 만나고 계십니다."

침착한 카렌의 태도에서 빅토리아는 콘스탄틴처럼 눈앞의 여자도 자신에 대해 많은 것을 알고 있다고 확신했다. 적어도 그녀가 조세피나와 사이가 좋지 않다는 것은 알고 있었다. 그렇지 않다면 조세피나의 방문을 숨길 리 없다. 세인트 맥 칼리지의 선후배 사이인 두 사람이 만날 경우 아름답지 못한 그림이 펼쳐지리라는 것을 예상한 것이다.

카렌의 짐작은 틀리지 않았다. 빅토리아와 조세피나는 재학 기간 내내 앙숙이었다. 세인트 맥 칼리지의 학생회장이었던 조세피나는 학내 최고의 문제아였던 빅토리아를 눈엣가시처럼 여겼고, 빅토리아는 학생의 이익을 대변해야 할 학생회장이 학교 측에 빌붙어 아부나 떠는 어용회장이라고 비난했다. 빅토리아는 조세피나를 골빈 귀족 아가씨로, 조세피나는 빅토리아를 돈만 많은 천박한 양키로 불렀다. 주위를 기함하게 만들던 두 소녀의 싸움이 끝난 것은 결국 1년 선배인 조세피나가 먼저 졸업을 하면서였다.

그때 두 소녀는 두 번 다시 얼굴을 맞대는 비극적인 일은 없을 거라 안도하며 가슴을 쓸어내렸다. 그런데 1년 만에 최악의 상태로 만난 것이다.

빅토리아는 허둥지둥 일어섰다. 콘스탄틴을 사랑한다고 해도 아직 조세피나를 만날 자신은 없었다. 아니, 그 건방진 계집애와 싸우지 않고 헤어질 자신이 없었다!

"호텔로 갈 테니 캐서린한테는 당신이 잘 설명해주세요."

하지만 너무 늦었다.

"설마 내가 무서워 도망가는 건 아니지? 그렇다면 빅토리아, 안 본 사이에 많이 변했구나."

고개를 들지 않아도 빅토리아는 조세피나가 팔짱을 낀 채 재수 없게 웃고 있는 것을 머릿속에 또렷이 그려볼 수 있었다. 그리고 실제로 눈으로 확인하자 잊고 있던 전의가 활활 타올랐다.

조세피나가 콘스탄틴의 조카라는 것, 조세피나가 캐서린의 손녀라는 사실도 그녀의 성질을 누그러뜨릴 수는 없었다. 그렇더라도 예전처럼 목청을 높이며 머리카락을 움켜잡고 뒹구는, 저차원적인 싸움을 할 생각은 없었다. 이 건물 어딘가에 있을 캐서린을 고려하면 위험 부담이 너무 컸다. 무엇보다 육탄전보다도 더욱 확실하게 조세피나를 괴롭힐 방법이 따로 있었던 것이다.

"어떻게 안 변할 수가 있어요. 누구누구 덕에 이젠 천박한 양키 딸에서 귀족 가문의 아가씨가 됐는데."

빅토리아는 진짜 귀족 아가씨라도 된 양 우아하게 대꾸했다.

짐작대로 조세피나는 '귀족 가문'이라는 대목에서 얼굴이 일그러졌다.

카렌이 못 말리겠다는 듯 머리를 저었지만 빅토리아는 거만하게 말을 이었다.

"근데 선배는 좀 안 좋아 보이네요. 졸업식 땐 반짝반짝 빛났는데 1년 만에 왜 이렇게 삭았죠? 사는 게 힘들어요?"

또각또각 조세피나가 거리를 좁혔다. 그러거나 말거나 유유히 소파에 앉으며 찻잔을 입으로 가져가는데 조세피나가 문득 카렌에게 관심을 돌렸다.

"당신 누구죠?"

"아가씨의 비서인 카렌 올리비아 레오나르도입니다."

조세피나의 얼굴이 더욱 험악해졌다. 빅토리아 따위에게 이런 비서까지 붙는 게 미치겠다는 반응이다.

"빅토리아와 할 얘기가 있으니 자리 좀 비켜줘요."

카렌이 어떻게 했으면 좋겠냐는 듯 힐끔 눈길을 주었다.

빅토리아는 화사하게 웃었다.

"괜찮으니 내가 부를 때까지 들어오지 마세요."

"알겠습니다."

카렌이 룸을 나가자마자 조세피나는 숙녀의 가면을 집어던졌다.

"내 인생 최대의 실수는 세인트 맥 칼리지에 입학한 거였어. 내가! 나만 거길 다니지 않았어도 콘스탄틴이 너 같은 걸 만나는 일은 없었을 텐데. 말해. 콘스탄틴을 어떻게 홀린 거야? 천박

사랑은
폭풍처럼

하게 옷을 벗었니? 콘스탄틴에게 책임지라고 협박했어?"

"화가 난 건 알겠는데 그래도 적당히 하죠?"

"적당히?"

"그래요. 나도 이젠 예전의 코렌이 아니잖아요? 기본적인 예의
는 갖춰주는 게 좋을 거예요. 아니면……."

빅토리아는 거만하게 어깨를 으쓱했다.

"선배가 몇 년 전에 했던 말을 그대로 돌려줄 수밖에 없어요."

"내가 뭐라 그랬는데?"

"적당히 안 하면 입이 썩는다?"

"닥쳐! 너 같은 건, 너 같은 건!"

벌떡 일어난 빅토리아는 등을 돌려 재게 걸음을 뗐다.

"사람이 말하는데 어디 가!"

"질 떨어져서 더는 상대 못 하겠어요."

"거기 안 서?"

순식간에 쫓아온 조세피나가 앞을 막으며 양팔을 벌렸다. 그
행동이 어찌나 유치한지 빅토리아는 그만 웃음을 터뜨리고 말았
다.

"유치한 짓 좀 그만해요."

"내 얘기 아직 안 끝났어."

"그 얘기란 게 날 모욕하는 거면 됐거든요?"

조세피나는 눈앞의 빨강머리가 예전의 코렌이 아니라는 것을
인정해야 했다. 양키 졸부 딸을 위해 캐서린과 콘스탄틴이 최고

의 선생들과 실무진들을 고용했다는 것은 헛소문이 아니었다. 지금의 빅토리아는 혈기만 뻗쳐 사고만 쳐대던 1년 전의 철부지가 아니었다.

하지만 조세피나는 포기하지 않았다. 그래봐야 몇 개월 만에 급조된 가면이 아닌가. 반드시 이 망할 계집애의 가면을 벗겨 팔딱팔딱 뛰는 모습을 구경해주리라. 안 그러면 지금 캐서린을 만나고 있는 헬레나를 볼 낯이 없었다.

'두 사람이 헤어진 건 내 탓'이라고 자책하는 조세피나에게 헬레나는 말도 안 된다며 위로했다. 그러나 조세피나의 자책감은 사라지지 않았다. 자신이 세인트 맥 칼리지에 입학하지 않았다면, 그래서 콘스탄틴이 자신을 보러 오지 않았다면 빅토리아 코렌과의 약혼도 없었을 거라 확신했다. 어차피 만날 사람은 언제고 만나게 된다고 헬레나가 끈질기게 설득해도 귀에 들어오지 않았다. 그 상대가 하루걸러 세인트 맥 칼리지를 발칵 뒤집어놓던 빅토리아 코렌이라면 더더욱 인정할 수 없었다.

콘스탄틴에 이어 헬레나까지 얼마 전에 이탈리아의 사업가와 약혼을 했지만 조세피나는 희망을 버리지 않았다. 헬레나는 지금도 콘스탄틴을 사랑하고 있었기 때문이다.

조세피나는 확신했다. 콘스탄틴만 제정신을 차리면 모든 게 제자리로 돌아올 거라고.

그리고 가능하다면 그 일을 자신이 하고 싶었다.

"네가 언제까지 이렇게 당당할지 봐주겠어. 흥, 콘스탄틴이 진짜 너하고 결혼할 것 같아? 꿈 깨. 콘스탄틴은 절대 너와 결혼하지 않아."

"그래요?"

빅토리아는 발끈하는 대신 대충 장단을 맞췄다. 무리하는 게 뻔히 보이는데 아닌 척하는 조세피나가 가소로웠기 때문이다. 이상한 일이지만 그녀의 기억에 있는 것보다 조세피나는 훨씬 어리고 유치해 보였다. 하지만 조세피나의 입에서 나온 이름 하나에 그녀의 그런 여유는 송두리째 날아갔다.

"헬레나에 비하면……."

"헬레나?"

조세피나가 사악하게 웃었다.

"눈과 귀는 장식이 아니니 너도 그녀가 누군지 알 테지."

물론 엘리느의 의상실에서와 달리 지금은 그녀가 누군지 안다.

콘스탄틴의 옛 연인. 콘스탄틴이 청혼하리라 믿어 의심하지 않았던 그리스 선박왕의 손녀.

주위에서는 쉬쉬했지만 결국 그녀는 헬레나의 정체뿐만 아니라 사진까지 찾아서 보았다.

라파엘로의 그림에서 빠져나온 듯한 그 아름다운 외모와 미소에 빅토리아도 처음에는 상처를 받았다. 신이 특별히 공들여 빚은 것처럼 아름다운 여자를 차고, 자신에게 청혼을 한 콘스탄틴이 빅토리아도 이해가 되지 않았다.

과장이 아니라 처음 며칠은 두 사람이 깨진 이유를 상상하느라 잠까지 설쳤다.

콘스탄틴은 빅토리아를 사랑해서 청혼했다고 했지만 믿어지지 않았다.

그럼에도 변하지 않는 것이 하나 있었다. 콘스탄틴을 끝까지 미워할 수 없고, 그를 포기하는 것은 상상할 수 없다는 것. 그래서 질투와 미움으로 점철된 상처를 봉합했는데 조세피나가 그 상처를 지금 후벼 판 것이다.

"물론. 굉장히 아름답고 우아하다면서요? 아서 가의 차기 안주인으로도 손색이 없다더군요. 하지만……"

중간에 말을 끌며 뜸을 들이자 조세피나가 조바심을 내며 다그쳤다.

"하지만 뭐?"

"그럼 뭐 해요? 콘스탄틴은 날 선택했는데."

약을 올리는 듯한 말투에 조세피나도 결국 손을 들고 말았다.

빅토리아 코렌! 원래부터 마음에 안 들었지만 잠시 안 본 사이에 사람 속을 뒤집는 재주가 더 늘었다. 젠장, 어떻게 이렇게 재수 없는 뉘앙스를 풍길 수 있단 말인가!

자기는 싫은데 콘스탄틴이 매달려서 할 수 없이 받아주었다는 식이었다. 한술 더 떠 빨강머리 계집애는 조세피나가 제일 듣고 싶지 않은 말만 골라서 했다.

"콘스탄틴이 얼마나 날 예뻐하는지 알아요? 무슨 일이 있어도 하루에 한 번은 사랑한다고 말해줘요. 자기를 위해선 쇼핑을 한 적이 없으면서 날 위해선 직접 옷을 주문하고 물건을 고르죠. 내가 옆에 있으면 가만있질 못해요. 키스하고, 껴안고, 자꾸만 옷 어보라고 졸라대는데 그럴 때마다 얼마나 귀여운지 알아요? 콘스탄틴은……."

"근데 왜 결혼 날짜를 안 잡았어?"

"정말 알고 싶어요?"

빅토리아가 의미심장하게 되묻자 조세피나는 재빨리 말을 바꿨다. 왠지 들으면 땅을 치며 후회할 일이 벌어질 것 같았다.

"별로. 어차피 넌 결혼식장에 콘스탄틴을 끌고 갈 수 없는걸? 헬레나가 콘스탄틴의 옆에 몇 년이나 있었는지 알아? 자그마치 7년이야, 7년. 그리고 5년 넘게 연인 사이였지. 너 같은 건 두 사람 사이에……."

"맙소사, 조세피나. 알고는 있었지만 정말 머리가 나쁘군요."

"……!"

"콘스탄틴은 7년이나 옆에 있던 그 여자를 차고 날 선택한 거예요. 날 너무 사랑해서 내가 졸업할 때까지 뼈를 깎는 심정으로 기다렸고, 졸업하자마자 청혼을 한 거죠. 난 선배보다 어린데, 선배가 존경해 마지않는 그 남자는 미쳐서 내 옷을 벗기고 나랑 잤어요. 근데 여기에서 콘스탄틴이 날 버려봐요. 열한 살이나 많은 늙은이가 핏덩이를 데리고 놀다가 찼다고 사람들이 비난하지 않겠어요? 선배는 우상인 콘스탄틴이 그런 파렴치한으로 남길 바라나요?"

일부러 노골적인 표현을 쓴 효과는 충분했다. '옷을 벗기고'에서 조세피나의 얼굴은 얼어붙었고 '잤다'는 대목에서는 노골적으로 혐오감을 드러냈다.

그녀의 짐작대로 조세피나는 아직 처녀가 분명했다. 물론 남녀 관계가 더럽다는 학생 시절의 선입관도 변함없겠지.

새삼스러운 눈으로 빅토리아는 조세피나를 뜯어보았다. 생김새는 나쁘지 않은데 어쩜 저렇게 앞뒤가 꽉 막힌 돌덩이인지 신기했다.

분하다는 듯 눈물을 글썽거리는 모습을 보자 심했나 하는 후회가 살짝 들었지만 금발의 아름다운 여자가 눈앞을 스치자 모질게 약한 마음을 도려냈다.

누구를 막론하고 '헬레나'라는 이름을 자신의 앞에서 거론하는 것은 용서가 되지 않았다.

"콘스탄틴과 잔 게 그렇게 놀랄 일이에요? 하지만 우린 약혼했는걸요? 약혼자와 자는 건 세상에서 가장 자연스러운 일이라고 그가 그랬는데, 설마 거짓말은 아니겠죠?"

사과를 하기는커녕 야비하게 이죽거리자 결국 조세피나는 빅토리아의 뺨을 후려쳤다.

눈에서 별이 번쩍이며 고개가 왼쪽으로 돌아갔지만 빅토리아는 냉정을 잃지 않았다.

"지금 나 때렸어요?"

"때렸다!"

"분명 선배가 먼저 손댄 거예요."

"하아, 그래서 어쩔 건데?"

"이제부터 내가 하는 건 정당방위라구요!"

빅토리아는 조세피나에게 달려들었다. 캐서린이 건물 어딘가에 있다는 사실도 제어장치가 되지 못했다. 그러나 절박한 음성에 멈칫했다.

"안 돼요! 둘 다 멈춰요!"

고개를 돌리자 금발을 휘날리며 뛰어오는 늘씬한 여자가 보였다. 빅토리아는 험악하게 얼굴을 일그러뜨렸다.

헬레나 비토리. 어떻게 그 여자가 여기에 있지?


"분해! 분해! 헬레나, 미안해요. 난 아무것도 할 수 없어요. 당신을 위해 뭔가를 하고 싶었는데 정말 아무것도……."

빅토리아는 어린애처럼 우는 조세피나에게서 장신의 여자에게로 시선을 옮겼다. 그리고 잡지에 실린 사진은 헬레나 비토리의 외모를 전혀 그려내지 못했음을 깨달았다. 허리에서 출렁이는 금발은 콘스탄틴과 색깔이 같았고, 키도 185센티미터인 콘스탄틴에게 어울릴 만큼 늘씬했다. 파란 눈의 콘스탄틴과 달리 헬레나의 눈동자는 에메랄드빛이었지만 두 사람이 나란히 서면 보석처럼 빛이 나리라는 것을 알 수 있었다.

세간의 말처럼 헬레나 비토리는 콘스탄틴에게 완벽한 짝이었고, 명문가인 아서 가에도 이 이상의 안주인 후보는 없을 것 같았다.

"이제 콘스탄틴은 내 가족도, 무엇도 아니야. 난 그를 증오해!"

"조세피나, 진정해. 네가 이러면 내 입장이 뭐가 되니? 할머님도 네 이런 모습을 보시면 실망하실 거야."

"실망하라면 하라죠! 난 절대 이 결혼 인정 못 해요. 저 빨강머리를 가족으로 인정하느니 내가 떠나겠어요! 영국 따윈 두 번 다시 안 돌아올 거라고요!"

"일단 욕실에 가서 얼굴을 좀 씻는 게 어떠니? 밖에 안젤라가 있으니 도와줄 거야."

이쪽의 시선을 느꼈는지 조세피나가 휙 머리를 들었다.

그녀는 입술을 앙다물며 고집스럽게 손등으로 눈을 훔쳤다.

"안젤라는 필요 없어요. 나 혼자서도 충분해요!"

조세피나가 사라지고 잠시, 그 자리에서 움직이지 않던 헬레나가 우아하게 몸을 돌렸다. 얼굴을 찌푸리고 있었지만 그것이 여자의 아름다움을 훼손시킬 수는 없었다. 헬레나 비토리는 여전히 완벽했다.

"미안해요. 많이 놀랐죠? 조세피나를 이해해줘요."

빅토리아는 못 들은 척 반항적으로 상대를 노려보았다. 뚫어지게 빅토리아를 응시하던 헬레나가 문득 알 만하다는 얼굴로 쓴웃음을 지었다.

"초면인데 계속 사과만 하는군요. 미안해요. 일단 내 소개부터 하죠. 만나서 반가워요. 헬레나 비토리라고 해요."

여자가 내민 손을 마주잡는 대신 빅토리아는 거만하게 따졌다.

"왜 당신이 조세피나 대신 사과를 하죠? 당신은 조세피나의 가족도, 아무것도 아니잖아요."

"가족은 아니지만 친한 친구죠. 그것도 아주 오래된."

"그래서 조세피나 대신 사과를 한다고요? 그래도 이상하지 않아요? 난 친구 같은 게 아니라 가족이 될 사람인데. 가까운 걸로 치면 당신보다 내가 더 가깝죠."

빅토리아의 반항적인 얼굴을 찬찬히 살피던 헬레나는 콘스탄틴으로부터 처음 결별 통보를 받았을 때 느꼈던 패배감을 맛보았다. 그때보다는 훨씬 덜 충격적이고 덜 슬펐지만, 스스로의 힘으로 상황을 뒤집을 수 없는 데서 오는 무력감은 똑같았다.

콘스탄틴이 이제 갓 소녀티를 벗은 빅토리아 코렌에게 왜 그렇게 빠져들었는지 이제 헬레나는 이해할 수 있었다. 불꽃을 연상시키는 빨강머리, 녹아들 것 같은 금빛 눈동자. 탐스러운 피부, 고르고 하얀 치아, 오똑한 콧날, 도톰한 입술에 품에 쏙 들어오는 육체까지 모든 게 사내를 달구는 매력이었다.

하지만 빅토리아의 장점은 예쁘장한 외모만이 아니었다. 반쯤 화석화된 아서 가에 새바람을 일으킬 것처럼 이 이국의 아가씨에게서는 생명력이 넘쳐흘렀다.

헬레나는 쓸쓸하게 웃었다. 세상은 그녀가 아서 가의 안주인으로서 완벽하다고 평했지만 그것이 공정치 못한 평가라는 것을 그녀는 알고 있었다. 7년 전 콘스탄틴을 처음 만난 자리에서 사랑에 빠진 헬레나는 의식적으로 콘스탄틴에게 어울리는 여자가 되기 위해 노력했다. 콘스탄틴은 어떤 약속도 해주지 않았지만 그녀는 영국 왕실보다 어떤 면에서는 더 엄격하고 많은 의무가 따르는 자리에 부족함이 없도록 최선을 다했던 것이다.

그녀가 그랬던 것처럼 빅토리아도 시간을 갖고 노력하면 사람들의 불만을 종식시킬 아서 가의 안주인이 될 것이다. 그러고 보면 예나 지금이나 사람을 알아보는 캐서린의 안목은 변함이 없었다.

캐서린이 눈앞의 소녀를 허락한 것은 그저 아들이 사랑하는 여자라서가 아니었다. 그 이유가 물론 결정적이기는 하겠지만 빅토리아에게 집안을 맡겨도 되리라는 가능성을 발견했기에 결정을 내렸을 것이다.

"뭐가 우습죠?"

모든 것을 알고 있는 듯한, 이쪽의 여유가 거슬렸는지 빅토리아가 대놓고 눈살을 찌푸렸다. 물끄러미 빅토리아를 응시하던 헬레나는 달콤하게 속삭였다.

"당신 지적처럼 가족이 될 가능성이 없는 내가 조세피나를 대신해 사과하는 건 주제넘은 행동이었다는 걸 깨달은 거죠. 그렇지만 코렌 양, 오버하는 건 당신도 마찬가지 아닌가요?"

좋은 게 좋다고, 대충 둘러대고 여길 떠나도 되지만 헬레나는 마음을 고쳐먹었다. 콘스탄틴을 얻고 캐서린의 인정까지 받은 빅토리아에게 이 정도의 심술은 부려도 괜찮을 것 같았다. 무엇보다 먼저 시비를 걸었다지만 조세피나에 대한 빅토리아의 대응은 적절치 못했다.

"오버?"

"콘과 약혼만 했지 결혼을 한 건 아니잖아요."

"왠지 말에서 가시가 느껴지네요?"

"그럴 리가요."

"근데 왜 내 귀에는 '약혼 갖고 우쭐대지 마, 이 빨강머리 계집애야. 그는 지금이라도 나한테 돌아올 수 있어. 그러니까 너도 끝까지 긴장의 끈을 놓지 않은 게 좋을 거야.'란 소리로 들리죠?"

적나라한 표현에 헬레나의 말문이 막혔다. 아니, 충격을 받았다는 편이 정확했다. 빅토리아 코렌은 에둘러 말하는 법이 없었다. 그녀처럼 앞에서는 웃으며 뒤로 계산기를 두드리는 흑심을 상상도 할 수 없는 것이다. 당연했지만 이것은 아서 가에도, 콘스탄틴에게도 좋을 게 없는 성격이었다. 그저 좋을 게 없는 것이 아니라 콘스탄틴을 곤경에 빠뜨릴 수도 있었다. 그럼에도 포기가 안 될 정도로 그는 빅토리아 코렌을 사랑하게 된 것이다.

문득 말할 수 없는 자기혐오와 서글픔이 밀려왔다.

이제 겨우 소녀티를 벗은 빅토리아가 지적할 때까지 헬레나는 자신의 본심도 깨닫지 못했다. 그녀는 여전히 콘스탄틴을 사랑하고 있었다. 지금이라도 모든 게 착오였다며 그가 돌아오는 꿈을 꾸고 있었던 것이다!

대체 어쩌다 이 지경까지 온 거지?

머릿속에서 시간이 거꾸로 흘러가며 결별을 선언하는 콘스탄틴의 모습이 어제 일처럼 아른거렸다.

"사랑하는 여자가 생겼어. 그녀에게 청혼할 생각이야."

예전 같지 않은 그의 태도에서 어느 정도 눈치를 챘지만 그렇다고 충격이 누그러지지는 않았다. 그럼에도 그녀는 끝까지 품위를 잃지 않았다. 유감이라는 첫 마디와 함께 그럼 이제 우린 친구 사이로 돌아가는 것이냐며 의연하게 손을 내밀었고, 돌아서는 남자에게는 당신이 행복하길 진심으로 빈다는 말도 했다.

한 번도 매달리지 않았고, 투정을 부리는 자신은 상상도 할 수 없었다.

콘스탄틴의 약혼 사진이 신문에 실리자 예리한 통증이 심장을 관통하며 식은땀이 났지만 곧 대수롭지 않게 자신을 추스르며 쇼핑을 하고, 에스테틱 숍에서 시간을 보낸 후 마커스와 섹스를 했다. 평소와 다른 점이 있다면 섹스 후 마커스의 청혼에 답을 했다는 것.

마커스를 사랑하지 않지만 그녀는 그의 청혼을 수락했다. 지위, 재산, 외모, 혈통. 모든 조건이 그녀의 남편감으로 부족하지 않았기에.

콘스탄틴은 그녀와 오랜 지기인 마커스를 자신의 약혼식에 초대하지 않았지만 그녀는 콘스탄틴을 약혼식에 초대하는 대범함까지 보였다. 그들이 이제는 친구라고 믿은 것이다.

게다가 마커스와 콘스탄틴은 사업적으로 파트너 관계에 있었다. 그녀 때문에 두 사람의 비즈니스에 균열이 생기는 것은 원치 않았다.

세간의 몇몇 호사가들은 그녀가 콘스탄틴에게 차인 반항심으로 마커스의 청혼을 수락했다고 수군거렸지만 헬레나는 조소로 일관했다. 반항심, 자존심, 질투, 승부욕…… 한순간이면 허무함으로 변할 감정에 자신을 내던지다니, 말도 안 된다. 그녀로서는 대꾸할 가치가 없는 공론이었다.

그런데 그들의 소곤거림이 전부 거짓은 아니었다는 게 드러났다.

내심 그녀의 가슴 깊은 곳에서는 콘스탄틴에게 당신 따윈 잊었다는 것을 증명하고 싶었던 모양이었다. 당신이 그 빨강머리 계집에게 질려 돌아와도 이제 '헬레나 비토리'는 없다는 것을 보여주고 싶은 욕심에서 마커스의 청혼을 받아들였던 것 같았다. 막상 콘스탄틴이 다시 손을 내밀면 덥석 잡을 주제에!

헬레나는 이렇게까지 자신이 멍청할 수 있다는 게 믿어지지 않았다.

콘스탄틴이 그녀에게 돌아올 일은 없다. 그렇건만 그녀는 여전히 자신만이 아니라 마커스에게까지 잔인한 짓을 저지르고 있었다. 그는 결코 이런 대접을 받을 정도로 형편없는 사내가 아닌데! 형편없는 사내이기는커녕 그녀는 그를 진심으로 좋아하고 존경했다. 사랑은 아닐지라도 남편감으로 그는 콘스탄틴에게 뒤지지 않았다.

정신 차려!

이쪽의 입이 열리기를 기다리는 빅토리아를 보며 헬레나는 냉정을 찾기 위해 집중했다.

수치심으로 괴로워하는 것은 다른 시간, 다른 장소에서도 가능했다. 지금 할 일은 자신이 뭘 하고 싶고, 뭘 해야 하는가를 결정하는 것이다.

잘생긴 콘스탄틴의 얼굴을 떠올리자 예외 없이 가슴이 저려왔다. 그가 떠나는 것을 옅은 미소를 띤 채 바라보는 자신이 머릿속을 채우자 통증은 고통으로 변했다.

진심으로 그를 잡고 매달리고 싶었다. 당신을 너무 사랑했기에 당신을 위해 죽어라고 노력했다는 고백을 하고 싶었다. 그는 절대 그녀를 버릴 수 없고, 어떤 여자도 자신처럼 완벽하게 아서가를 이끌 수는 없다는 것을 깨우쳐주고 싶었다.

하지만 헬레나는 똑같은 상황이 되풀이되더라도 자신이 그렇게 하지 않으리라는 것을 알고 있었다. 그녀는 자긍심과 명예를 아는 비토리 가문의 여자였으니까. 비토리 가문의 여자는 결코 남자 때문에 눈물을 흘려서도, 매달려서도 안 된다고 배워왔고 그렇게 실천해왔다. 사랑에 열정적일 수는 있지만 그 사랑 때문에 멍청한 짓을 저지르는 것은 비토리 가문의 여자임을 포기하는 것이다.

"역시 내 말이 맞군요. 뻔뻔스럽게 당신은 남의 약혼자를 노리는 거예요!"

분통을 터뜨리며 씩씩거리는 빅토리아의 모습에 헬레나는 저절로 주먹에 힘이 실리는 것을 느꼈다.

할 수만 있다면 이 빨강머리의 어깨를 잡고서 거칠게 흔들고 싶었다.

'넌 아직 어리잖아. 앞으로 얼마든지 다른 남자를 만날 수 있잖아! 하지만 난 아니야. 콘스탄틴을 놔줘. 그를 나한테서 뺏어 가지 마! 그 남잔 내 거라고!'

하지만 실제의 자신은 빅토리아를 진정시키기 위해 차분히 입을 떼고 있었다.

"내가 왜요? 나한텐 이미 약혼자가 있는데?"

빅토리아 코렌이 "아, 그런가요? 미처 몰랐네요."라면서 흔쾌히 콘스탄틴을 양보해줄 리는 없었다. 설사 기적이 일어나 양보를 한다 해도 콘스탄틴 쪽에서 돌아오지 않을 것이다. 절대 돌아오지 않으리라는 것을 이제는 안다. 그런데 가슴의 답답함을 날려보내고 싶다는 충동만으로 본심을 털어놓는다고? 그렇게는 못 한다.

약혼녀를 흔든 그녀를 콘스탄틴은 용서하지 않을 테지.

마커스도 어쩌면 그녀에게 파혼을 요구할지 모른다.

몇 번을 돌이켜봐도 답은 같았다. 눈앞의 충동과 열정에 몸을 맡기기에 그녀는 너무 계산적이고, 잃는 것에 익숙지 않았다.

한데 빅토리아의 반응이 수상했다.

"약혼자라뇨?"

처음 듣는 것처럼 얼굴을 일그러뜨리며 딱딱하게 반문했다.

"몰랐어요? 하지만 나와 마커스는 당신과 콘을 약혼식에 초대했어요. 콘은 당신이 중요한 일 때문에 못 온다더군요."

"난 들은 거 없어요."

"하지만 사실인걸요?"

"언제 약혼했죠?"

"얼마 안 됐어요."

헬레나의 대답에 빅토리아는 피가 거꾸로 치솟는 것 같았다.

콘스탄틴, 이 악당! 그녀에게는 남미에 출장을 간다고 하고서 자기는 뻔뻔하게 옛 연인의 약혼식에 참석을 한 것이다. 하지만 콘스탄틴만큼이나 헬레나라는 여자도 이해할 수 없었다. 어떻게 5년이나 연인이었던 남자를 자기 약혼식에 초대할 수 있지? 헬레나의 약혼자는 두 사람이 만나도 아무렇지 않은 걸까?

빅토리아의 의문을 읽은 듯 헬레나가 설명을 덧붙였다.

"마커스와 콘은 옥스퍼드 선후배 사이예요. 그들은 사업으로도 잘 뭉쳤고, 나한테 마커스를 소개해준 것도 콘이었어요."

더는 구역질을 참을 수 없어 빅토리아는 방에서 나와버렸다. 이런 것이 소위, 세상에서 말하는 어른들의 연애라면 평생 어른들의 연애 같은 것은 하고 싶지 않았다. 이미 헤어진 상대와 태연하게 만나다니 싫었다. 그런데 콘스탄틴이 그런 부류에 속하다 니, 분통이 터진다는 말로도 부족했다. 가장 용서가 안 되는 것 은 그럼에도 불구하고 여전히 그를 원하는 자신이었다. 복도를 미친 것처럼 뛰다 말고 빅토리아는 주저앉았다.

정말 이 마음에 브레이크를 걸 순 없을까?

"빅토리아! 괜찮아요?"

머리를 쥐어뜯으며 신음을 삼키는데 걱정스러운 표정의 카렌 이 보였다.

지금이라도 늦지 않았으니 이제라도 플로리다로 가버리라는 목소리가 머릿속에서 메아리쳤다.

빅토리아는 단호하게 입을 뗐다.

"비행기, 비행기표를 수배해줘요."

"……!"

"당장 떠나겠어요!"

부축을 하려는 카렌의 손을 뿌리치며 그녀는 몸을 일으켰다.

# Chapter 6.

아이반 성 본관 앞에서 차가 급히 멈춰 섰다. 콘스탄틴은 운전
사가 시동을 끄기도 전에 밖으로 뛰쳐나왔다. 미리 연락을 받은
벤저민은 지시대로 사람들을 물린 채 그를 기다리고 있었다.

"빅토리아는?"

"방에 계십니다."

한 번에 두세 단씩 계단을 오르던 콘스탄틴은 갑자기 걸음을
멈췄다. 등을 돌리자 노집사가 허둥지둥 쫓아오고 있었다. 그는
단호하게 지시했다.

"됐으니까 내가 부를 때까지 2층엔 아무도 들이지 마."

"알겠습니다."

그러나 막상 빅토리아의 방 앞에 도착하자 손을 올릴 수 없었
다. 몇 번이나 노크를 하려 했지만 번번이 실패로 끝났다.

거칠게 머리칼을 쓸어 넘긴 그는 결국 벽에 등을 기대며 눈을

감았다.

빅토리아의 귀국을 얼마나 기다렸는지는 신만이 아실 것이다.

빅토리아와 떨어져 있던 20일간은 하루 24시간, 1분 1초가 지옥이었다. 빅토리아가 있는 곳으로 전용기를 띄우고 싶어 하루에도 몇 번이나 갈등했는지 모른다.

특히 모나코에서 카다파르의 소식을 들었을 때에는 빅토리아에 대한 그리움이 더욱 커졌다. 결혼식이 얼마 남지 않았는데 자밀라가 행방불명이라고 했던 것이다.

자신과는 관계없는 일이라고 자위했지만 묘하게 신경이 쓰이는 것은 어쩔 수 없었다. 마치 불길한 사고의 전조라고 할까?

이럴 때 빅토리아가 옆에 있다면, 빅토리아를 안을 수 있다면 불안이 사라지겠지만 현실적으로 그러기란 어려웠다. 약혼녀와의 결별은 어머니의 시험이었기 때문이다. 정확히 말하면 벌을 동반한 시험이었다.

어머니는 충분히 피할 수 있었음에도 약혼녀에게 넋이 나가 아서 가를 싸구려 가십지에 오르내리게 한 실수의 책임을 묻고 있었다. 더불어 지난번 빈에서와 같은 문제가 재발할 경우 사랑하는 피앙세와 더 오래 떨어질 수도 있다는 경고도 포함되어 있었다.

고통스러워도 견딜 수밖에 없었고, 신기했지만 영원처럼 끝나지 않을 것 같은 시간을 그는 결국 이겨냈다. 그런데 귀국을 두 시간 앞둔 시점에서 말도 안 되는 일이 벌어진 것이다.

— 예정보다 일찍 도착해서 지금 저택으로 가고 있다.

빅토리아가 도착할 시간에 맞춰 마중을 나가던 콘스탄틴은 전화 반대편에서 들려오는 목소리에 긴장했다. 그는 자신의 감을 믿었다. 어머니의 음성은 담담했지만 뭔가 일이 틀어졌다는 것을 암시했다.

"빅토리아는요? 옆에 있습니까?"

— 아이반 성으로 가고 싶다고 해서 그러라고 했다.

"무슨 일이죠?"

— 로마에서 헬레나를 만났다.

목에 푸른 힘줄이 돋았다.

짧은 답변이지만 지금의 혼란스러운 상황을 이해하는 데에는 부족함이 없었다.

"본가는 나중에 들르겠습니다."

— 그렇게 하렴.

전화를 끊은 콘스탄틴은 무겁게 지시했다.

"차를 아이반으로 돌려."

조세피나를 만나기 위해 어머니가 전용기를 로마로 돌린 것을 이제 와서 원망할 생각은 없었다. 마커스와 함께 아테네에 있을 줄 알았던 헬레나가 왜 로마로 갔는지도 궁금하지 않았다. 원망하고 궁금증이 풀린다고 해서 두 여자가 만났다는 사실이 바뀌는 것은 아니었다.

가능하면 콘스탄틴은 헬레나와 빅토리아가 만나지 않기를 바

랐다. 더 솔직히 털어놓으면 빅토리아의 귀에 헬레나에 대한 것
이 들어가지 않기를 바라는 마음에서 세심한 주의를 기울여왔
다. 헬레나와의 일은 모두 빅토리아를 만나기 전의 일이고 두 사
람의 관계는 이미 끝났다는 것, 그러니 이렇게 몸을 사릴 이유
는 없다는 것을 머리로는 이해했지만 직감은 거부했다.

예감이 안 좋았던 것이다.

하지만 빅토리아는 결국 헬레나를 만났고 지금 방에 틀어박혀
나오지 않고 있다.

대체 둘이서 무슨 얘기를 한 걸까?

신중하고 눈치 빠른 헬레나가 여느 여자들처럼 경솔하게 입을
놀렸을 리 없다. 그러나 빅토리아의 신경을 건드리는 짓을 한 것
만은 틀림없다. 그렇지 않다면 빅토리아가 이런 식의 '시위'를 할
리 없었다.

그래, 이것은 빅토리아 나름대로의 시위였고, 그에게 화가 났
다는 증거였다.

지금이라도 헬레나에게 전화를 해서 어떻게 된 사정인지 확인
하라는 목소리가 들렸지만 그는 결단을 내리며 노크를 했다.

"나야, 빅토리아. 들어가도 되겠어?"

왠지 그럴 시간이 없을 것 같았고, 이 이상 시간을 끄는 것도
싫었다.

안에서는 아무 반응이 없었다.

"괜찮다면 지금 들어갈게."

셋을 세도 반응이 없자 그는 문을 열었다.

뭔가 일을 낼 것처럼 험악하게 침실로 뛰어들었다는 집사의 제보와 달리 침실은 깔끔했다. 그것도 기분 나쁠 정도로.

등 뒤로 문을 닫는데 빅토리아의 목소리가 들렸다.

"기다리고 있었어요."

안으로 들어가자 침대에 앉아 있는 빅토리아가 보였다.

그녀는 생글생글 웃고 있었지만 그는 마주 웃어줄 수 없었다. 청바지에 평범한 흰색 티를 받쳐 입은 빅토리아의 옆에 놓여 있는 것은 여행 가방이었다.

"떠나도 당신은 보고 가야 할 것 같아서요."

그는 말없이 가방에서 빅토리아에게로 시선을 옮겼다.

"지난번에 말했죠? 이곳 생활이 힘들면 돌아가도 된다고. 3개월이란 단서가 붙었지만 기간은 조정해주리라 믿어요."

"여기 생활이 힘들었어?"

"그건 아니지만 내 집보다 편할 순 없죠. 어머님하고 같이 다니면서 살인적인 스케줄을 소화했어요. 이 정도면 상으로 휴가를 줘도 되지 않나요?"

상황이 이렇게 심각하지 않았다면 그는 폭소를 터뜨렸으리라. 휴가라니, 믿지도 않을뿐더러 빅토리아 역시 믿으라고 하는 소리가 아니었다. 그럼에도 빅토리아는 지금 분통을 터뜨리는 대신 방싯거리며 웃고 있었다.

알고 있었지만 그는 어머니의 능력에 새삼 혀를 내둘렀다. 20

사랑은
폭풍처럼

일은 결코 긴 시간이 아닌데 캐서린은 빅토리아를 눈에 띄게 성장시켰다. 전처럼 발끈해 성질을 폭발하는 대신 참는 것을 배웠고, 언성을 높이지 않아도 원하는 것을 손에 쥘 수 있는 기술을 미숙하지만 그럴듯하게 습득한 뒤였다.

긴장이 풀리며 그의 여유가 돌아왔다.

여태까지는 빅토리아가 분을 이기지 못하고 폭주하면 그도 어떻게 대처해야 할지 난감했다.

소리치고 물건을 던지며 급기야는 서럽게 우는 약혼녀.

자신이라도 냉정하게 대처해야 한다는 것을 머리로는 알고 있지만 그런 것들이 빅토리아의 앞에서는 쓸데없는 지식이었다. 빅토리아의 폭발은 거대한 허리케인이었고, 그는 난파된 배처럼 이리저리 휩쓸릴 수밖에 없었다. 하지만 빅토리아가 이렇게 감정을 통제하며 성숙한 모습을 보이면 다루기가 훨씬 수월했다.

"확실히 지칠 만도 해."

순순히 동의하며 그는 일단 빅토리아의 마음을 사는 데 전력을 기울였다.

하지만 당사자인 빅토리아의 심장은 되레 철렁했다. 콘스탄틴이 휴가라는 말을 곧이곧대로 믿은 것인지 궁금해졌다. 그럴 리 없다고 코웃음을 쳤지만 자신감은 빠르게 사라졌다.

그녀는 사태의 심각성을 알려줄 필요성을 느꼈다.

이런 말을 듣겠다고 미국행 비행기를 타는 대신 런던으로 온게 아니었으니까!

젠장! 생각할수록 분통이 터졌지만 그녀는 미국행 비행기를 타는 데 실패했다.

이렇게 미국으로 떠날 경우 벌어질 일들을 생각하니 전망은 그다지 밝지 않았다.

일단 그가 그녀를 쫓아 플로리다로 올 것 같지 않았다. 그리고 그녀가 미국으로 떠났다는 소리에 쾌재를 부를 조세피나와 헬레나를 떠올리자 피가 얼어붙는 것 같았다. 특히 헬레나가 이 기회를 이용해 콘스탄틴을 다시 유혹하는 것은 아닌지 두려웠고, 콘스탄틴이 그 유혹에 넘어갈 가능성도 배제할 수 없었다. 오지 않는 사내를 기다리며 하루하루 시들어가는 자신의 모습도 분통터지는 일이었다.

그녀는 도망칠 수 없었다.

콘스탄틴에 대한 사랑이 계속되는 한, 아니, 시간이 갈수록 그에 대한 사랑이 깊어지는 한 부딪치는 수밖에 없었다. 하지만 어떻게?

런던으로 오는 내내 그녀는 방법을 고심하며 머리를 쥐어뜯었다.

그를 만나면 뭘 어떻게 해야 할까? 바람둥이라고 비난하며, 헬레나의 약혼식에는 왜 갔냐고 따질까? 아니면 어른스러운 여자처럼 모른 척 넘어갈까?

빅토리아는 거칠게 머리를 가로저었다. 아무리 봐도 모르는 척 넘어가는 건 있을 수 없었다. 헬레나 비토리에 대해 그와 얘기를 나눠야 했다. 헬레나에 대한 진심, 무슨 의도로 약혼식에 참석했는지, 앞으로도 그녀를 계속 만날 것인지 확인해야 할 일이 한두 가지가 아니었다. 한데 그 빌어먹을 얘기를 어떻게 꺼낼지가 문제였다.

우아하게 티 테이블에 앉아 얘기를 나누는 것은 그녀가 싫었다. 그의 침실도 끔찍했다. 그가 헬레나를 이리로 데려와서 침실에서 그 짓을 했을 수도 있다고 상상하자 가까이 가기도 싫었다. 그래서 마치 미국으로 당장 떠나버릴 것 같은 액션을 취했다.

유치해도 그 이상의 좋은 방법은 없어 보였다. 그가 정말 그녀를 사랑한다면 반쯤 정신이 나가 붙잡을 테니까.

한데 떠나겠다는 그녀를 그는 잡지 않았다.

불안감으로 비명이 터지기 직전이었지만 그녀는 막 생각난 것처럼 손뼉을 치며 화장대로 갔다.

"이게 뭔지 알 거예요."

콘스탄틴은 침묵을 지켰지만 빅토리아는 개의치 않고 보석 상자를 꺼냈다.

"여기엔 약혼한 날부터 지금까지 당신이 나한테 선물한 보석들이 들어 있어요. 빠진 건 지금 끼고 있는 약혼반지뿐이에요."

"그래?"

"네. 그래서 말인데……."

빅토리아는 들고 있던 상자를 내려놓으며 도전적으로 제안했다.

"이건 당신이 갖고 있었으면 좋겠어요."

콘스탄틴은 약혼녀에게서 바닥의 여행 가방으로 다시 시선을 옮겼다. 이제야 빅토리아의 짐이 왜 이렇게 단출한지 이해가 되었다. 두 사람의 관계는 끝났다는 의미로 그가 사준 것들은 하나도 챙기지 않은 것이다.

콘스탄틴은 플로리다에 도착한 약혼녀가 가장 먼저 할 일도 예측할 수 있었다. 지금 끼고 있는 반지를 빼서 특별기편으로 보내겠지.

"실망시켜서 미안한데 그건 곤란해."

그는 정말 유감이라는 표정으로 어깨를 으쓱했다. 빅토리아의 입술에서 미소가 사라졌다.

그는 진정하라는 의미로 손을 저었다.

"맡지 않겠다는 게 아니라 이틀 정도 뒤로 미룬단 뜻이야."

"이틀이라뇨?"

그는 신중하게 단어를 골랐다.

"내일 저녁 중요한 손님이 오셔. 난 당신이 내 약혼녀로서 참석해줬으면 해."

"하지만 어머님은 아무 말씀도 없으셨어요."

"어머니께는 오후에 찾아뵙고 말씀드릴 거야. 그러니 당신은 일단 푹 쉬고 내일 저녁 만찬에 참석해줘. 플로리다에는 내가 모레 데려다줄게."

빅토리아는 어린애를 달래듯 웃고 있는 남자의 얼굴을 손톱으로 할퀴어주고 싶었다.

이번 친정나들이는 평범한 외출이 아니라는 것을 암시했는데 진짜 보낼 작정인 것이다.

언제 어느 때든 감정을 폭발하면 그 협상은 지는 거라는 카렌의 목소리는 힘을 발휘하지 못했다. 이대로 보낼지도 모른다는 두려움이 현실로 다가오며 이성이 날아갔다.

"됐어요. 난 갈 거예요."

"보내주지 않겠다는 게 아니라 이틀만 참으라는 거야."

"싫어요."

"빅토리아……."

"싫다고, 이 파렴치한 바람둥이야!"

결국 그녀는 폭발하고 말았다. 하지만 그는 눈 하나 깜짝하지 않았다.

"파렴치한 바람둥이라. 누가?"

뻔뻔스럽게도 오히려 어리둥절하다는 표정으로 물었다.

기가 찼던 빅토리아는 뭔가 집어던질 것을 찾으며 대꾸했다.

"그걸 몰라서 물어? 콘스탄틴 요한 로랑 아서! 바로 당신이잖아!"

"당신을 놔두고 누구랑 바람을 피웠는데?"

"헬레나 비토리!"

"맙소사, 빅토리아!"

콘스탄틴도 빅토리아의 입에서 나올 이름은 하나뿐이라는 것을 알고 있었다. 하지만 실제로 그 이름이 튀어나오자 눈앞이 캄캄해졌다.

지독한 피로감을 느끼며 그는 진지하게 설득했다.

"헬레나와는 벌써 끝났어. 당신이 알고 있는지 모르지만 이미 다른 남자와 약혼까지 했어."

"어련하시겠어요. 하지만 난 당신처럼 쿨하게 과거로 받아들일 수 없어요. 말해봐요. 날 안은 것처럼 그녀를 안았나요?"

빅토리아에게 손을 뻗던 그는 전기에 감전된 것처럼 움찔했다.

빅토리아의 눈에 차오르는 물기를 보며 그는 '이미 다 끝난 일'이란 말로 설득하기에는 늦었음을 깨달았다. 빅토리아는 흥분했고, 애석하게도 그는 이런 빅토리아를 달랠 자신이 없었다. 빅토리아가 플로리다로 보내달라고 애원하면 결국 허락하고 말 것이다. 하지만 그는 빅토리아를 보내고 싶지 않았다.

그렇다면……, 남은 방법은 하나밖에 없었다.

"아무래도 지금은 얘기할 분위기가 아니군. 마가리타를 올려 보낼 테니……."

그는 문으로 향했다. 지금은 빅토리아의 감정이 가라앉기를 기다리는 수밖에 없는 것이다.

한데 빅토리아도 만만치 않았다.

"거기 서요! 서라는 말 못 들었어요?"

밖으로 나가려는 그를 막아 서며 빅토리아는 대답을 재촉했다.

"대답해요! 날 안은 것처럼 그 여자를 안았냐고 물었어요!"

"대답하고 싶지 않아."

"콘스탄틴!"

"당신을 무시하는 게 아니라 대답할 가치가 없어서야."

"가치 여부는 내가 판단해요! 난 당신한테 물었고, 당신은……."

빅토리아의 눈이 휘둥그레졌지만 어느새 그는 약혼녀의 어깨를 움켜쥐며 격렬하게 흔들고 있었다. 멈춰야 한다는 것을 알고 있지만 폭주하는 기차처럼 자제가 되지 않았다.

"대체 얼마를 말해야 알아들어! 내가 사랑하는 건 당신이야. 난 헬레나와 헤어지고 난 다음에 당신을 만난 게 아니라 당신을 만났기 때문에 그녀와 헤어졌어. 당신을 만나곤 다른 여자에게 눈길 한 번 안 줬어!"

"그래서 헬레나와 진짜 끝났다고요?"

"그래."

"그럼 날 만난 후 한 번도 안 만났겠네요."

"……!"

혐오스럽다는 듯 빅토리아가 그를 뿌리쳤다.

"괜한 변명 말아요. 이미 다 알고 하는 얘기니까. 당신은 그 여자의 약혼식에 참석했어요. 날 이곳에 가두고 혼자서……."

"당신을 가둔 적 없어. 게다가 약혼식은……, 어쩔 수 없었어. 헬레나도 그렇지만 마커스도 내 친구야. 그들은 순수하게 날 초대했고 나도……."

"그렇게 당당한 사람이 왜 난 안 데려갔죠? 헬레나가 그러더군요. 나도 약혼식에 초대를 했다고. 하지만 당신은 날 데려가지 않았을뿐더러 식에 관해선 입도 벙긋 안 했어요. 뭔가 꺼림칙한 게 없는 다음에야 이럴 순 없죠."

콘스탄틴의 말문이 막혔다. 빅토리아의 지적은 정확했다.

헬레나의 약혼식에서 옛일을 들추는 미친 인간은 없겠지만 그럼에도 그는 100퍼센트 안심할 수 없었다. 세상에는 비뚤어진 인간이 많았고, 그중 일부가 식에 참석하지 않으리라는 보장이 없었으니까. 헬레나라면 곤란한 뒷담에도 능숙하게 대처할 테지만 빅토리아는 그 정도로 성숙하지 않았다. 게다가 당시 빅토리아는 아이반 성에 적응하기도 바빴다.

"당신은 그때 이곳 생활에 적응하는 것도 힘들었어."

"결국 날 위해서 일부러 말을 안 했다? 됐으니까 지금부턴 묻는 말에만 대답해줘요."

"당신을 무시할 의도는 없지만 아까처럼 대답할 가치가 없는 건 나도 못 해."

"그럼 오늘 어디까지 갈 수 있나 끝까지 해보죠."

"빅토리아……."

콘스탄틴의 얼굴에 고뇌가 스쳤지만 그녀는 표독스럽게 입을 뗐다.

"아까 헬레나가 친구라고 했죠?"

사랑은
폭풍처럼

"오해 마. 그녀만이 아니라 마커스도······."

"그 여자를 계속 만날 건가요?"

"빅토리아, 못 들었어? 마커스와 난······."

"다 필요 없어요. 당신은 내 질문에 '예, 아니요!'로만 대답하면 돼. 당신은 그녀와 계속 엮일 거죠?"

콘스탄틴은 애꿎은 구두 끝만 노려보았다. 그럼에도 그녀에게는 대답이 되고도 남았다. 헬레나를 계속 만나겠다는 것이다.

빅토리아는 우악스럽게 반지를 뺐다.

콘스탄틴이 핼쑥해져서 얼굴을 들었다.

"죽어버려! 지옥으로 꺼져버리라고!"

그녀는 있는 힘껏 남자에게 반지를 던졌다.

콘스탄틴의 다리에 맞고 떨어진 보석이 초라하게 바닥을 굴렀다. 반지와 약혼녀를 번갈아 보던 그가 갑자기 허리를 숙였다. 그녀의 시선 따윈 알 바 아니라는 듯 반지를 집어든 그는 태연히 주머니에 보석을 집어넣었다.

저벅저벅 걸음을 뗀 그가 문을 열었다.

빅토리아는 경고했다.

"이렇게 나가면 끝인 거 알죠?"

그런데 그는 나갔다. 그녀를 유령 취급하며!

꽉 닫힌 문을 보며 빅토리아는 그대로 주저앉았다.

'화도 내지 않아! 화낼 가치도 없는 걸까?'

부끄러움도 잊고 그녀는 울음을 터뜨렸다.

이제부터 뭘 어떻게 해야 할지 막막했다. 이 이상 우스운 꼴을 당하지 않으려면 집을 나가는 수밖에 없었다. 하지만 발이 떨어지지 않았다. 어떻게 약혼자라는 남자가 저렇게 매정하고, 뻔뻔할 수 있는지 미워 죽을 지경이었다. 그럼에도 그녀는 여전히 약혼자가 돌아오기를 기다리고 있었다. 그는 절대 돌아올 리 없는데. 어쩌면 이번에야말로 어른스러운 헬레나 비토리에게 돌아가는 것을 진지하게 고려할지 모른다.

그때 거짓말처럼 문이 열리며 콘스탄틴이 들어왔다.

버림받은 고양이처럼 바닥에 엎드려 울고 있던 빅토리아는 한쪽 무릎을 꿇으며 그녀를 안는 남자를 멍하니 응시했다.

"울지 마. 내가 잘못했어."

이게 정말 현실일까?

콘스탄틴이 그녀를 살짝 품에서 떼어내며 손으로 눈물을 닦아주었다.

"당신이 울면 어떻게 해야 할지 모르겠어."

하느님, 정말 이게 꿈은 아니죠?

부옇게 흐려진 눈에 힘을 주며 초점을 맞추자 난감하다는 미소를 흘리는 약혼자가 보였다. 그녀는 콘스탄틴의 드레스 셔츠를 만지작거렸다. 그가 돌아왔다는 게 여전히 믿어지지 않았다. 한데 이 망할 남자가 지금 뭐라고 지껄이는 걸까?

"당신이 원하는 대로 해줄게. 지금 전용기를 대기시키겠어. 서두르면 오늘 밤 안에 도착할 수 있을 거야."

빅토리아는 실크 셔츠를 꽉 움켜쥐었다.

그러니까 진짜로 그녀를 플로리다로 보내겠다는 것이다.

"내일 누가 온다고 하지 않았어요?"

지푸라기를 잡는 심정으로 그녀는 목소리를 쥐어짜 냈다.

콘스탄틴이 얼굴을 붉혔다.

"미안."

"……?"

"거짓말이야."

광대뼈를 중심으로 퍼진 열기가 목까지 번졌다.

"명예롭지 못한 행동이었다는 거 알아. 하지만 당신을 이렇게 보내고 싶지 않았어. 이틀 정도면 당신의 화가 풀리지 않을까, 내심 기대를 하면서 둘러댄 거야. 하지만 내 실수야. 이렇게 울 줄 알았으면……."

어찌나 분한지 그녀는 콘스탄틴의 턱에 주먹을 날릴 뻔했다. 하지만 냉정하려고 애쓰며 상황을 파악했다. 당장 플로리다로 쫓겨 갈 판국에 난투전은 적당치 않았다.

헬레나 비토리가 위협적이라는 것은 여전했지만 콘스탄틴이 거짓말을 해서라도 그녀를 잡고 싶어 하는 것 역시 사실이었다.

그는 아직도 그녀를 원했다.

그러자 자연스럽게 몸이 움직였다. 긴장을 풀고 있었는지 툭 건드렸을 뿐인데도 콘스탄틴은 허수아비처럼 뒤로 넘어갔다.

그녀는 약혼자의 단단한 몸 위로 기어 올라갔다. 뭔가 말을 하려던 콘스탄틴이 이마에 손을 올려놓으며 눈을 감았다. 빅토리아가 목을 조르든, 물어뜯든 기꺼이 감수하겠다는 듯이.

그녀는 콘스탄틴의 목을 옥죄듯 손으로 거머쥐며 속삭였다.

"눈 떠요."

콘스탄틴이 눈을 뜨자 시리도록 파란 눈동자가 보였다. 그의 동공을 가득 채운 것은 그녀였다.

"내 입에서 결혼하자는 말이 안 나오면 결혼은 없을 거라고 했죠?"

"그래."

"그렇다면 결혼해요."

콘스탄틴의 눈에 충격이 어렸다.

심장이 튀어나올 것처럼 뛰었지만 그녀는 신중하게 말을 골랐다.

"당신을 사랑하지 않아요. 하지만……."

고통으로 일그러지는 남자의 모습에 가슴이 아렸지만 빅토리아는 진심을 감췄다.

그를 분명 사랑하지만 그를 미워하는 감정도 사실이었다. 무엇보다 빅토리아는 이 감정에 확신이 없었다. 이렇게 뜨겁고, 타들어갈 것 같은 감정이 얼마나 지속될지, 이 남자를 위해 어디까지 양보할 수 있을지 자신할 수 있는 것은 아무것도 없었다.

무릎을 꿇고 콘스탄틴에게 사랑해달라며 애원하고 싶은 마음이 들다가도 헬레나와 알몸으로 뒹구는 남자를 상상하면 진심으

사랑은
폭풍처럼

로 목을 졸라 죽여버리고 싶었다.

"사랑하지도 않으면서 왜 결혼하자는 말을 하는지 안 궁금해요?"

"왜 마음이 바뀌었지?"

"당신을 다른 여자한테 뺏기고 싶지도 않으니까. 이기적인 거 알아요. 하지만 이게 내 진심이에요. 이런데도 결혼을 할 수 있어요?"

그는 물끄러미 그녀를 올려다보기만 했다.

빅토리아는 콘스탄틴의 목을 쥔 손에 힘을 주며 두 번째로 다그쳤다.

"그래도 결혼할 수 있냐고 물었어요."

"물론이야."

"내가 끝내자고 할 때까지 당신은 절대 이혼을 요구할 수 없는데?"

"……"

"혼전 계약서에 반드시 들어갈 조항이에요. 이혼을 요구할 수 있는 사람은 나뿐이에요. 그리고 우리가 이혼을 하게 되면 엄청난 위자료를 줘야 할 거예요. 그래도 할 거예요?"

콘스탄틴은 빅토리아의 잘록한 허리를 손으로 움켜쥐었다.

"물론이야."

"헬레나를 두 번 다시 만나서도 안 돼요."

"알았어."

숨을 죽인 채 서로를 응시하던 그들은 자석처럼 사이를 좁혔다.

열에 들뜬 입술이 닿자 그들은 동시에 숨을 죽였고, 역시나 약속이라도 한 것처럼 격렬하게 타액을 교환하며 서로를 탐닉해갔다.

머릿속은 '혼전 계약서'로 가득 찼지만 손은 이미 상대의 옷을 벗기느라 여념이 없었다.

자세를 바꿔 콘스탄틴이 그녀를 바닥에 눕혔다.

찢듯이 그녀의 바지를 벗기는 그에게 질세라 빅토리아도 그의 셔츠 단추를 풀었다. 그가 안으로 들어오는 것과 동시에 빅토리아는 절정을 느끼며 비명을 질렀다.

콘스탄틴도 꽉 조이는 감각에 미치기 직전이었지만 그럼에도 자문했다.

정말 이게 꿈이 아니라고?

그는 자신의 손에 떨어진 행운을 믿을 수 없었다.

빅토리아의 입에서 '결혼'이라는 단어가 나오다니, 대체 헬레나가 무슨 마법을 부린 걸까? 빅토리아의 마음속에서 무슨 변화가 일어난 거지?

모든 것이 의문투성이였지만 이 모든 혼란에도 불구하고 그는 행복했다. 비록 당신을 사랑해서 결혼하는 게 아니라는 비수를 빅토리아가 가슴에 꽂기는 했지만 그는 천국에 오른 듯한 기쁨을 맛보았다. 플로리다로 빅토리아를 돌려보내기로 결심한 순간

이루어진 행운이 아닌가!

그의 몸이 그녀의 몸을 짓이길 듯이 격렬하게 질 깊숙이까지 끊임없이 찔러대자 두 번째 절정이 빅토리아를 덮쳤다.

"콘스탄틴! 콘스탄틴!"

빅토리아는 그에게 매달리며 교성을 질렀다. 모든 체취와 숨결과 목소리를 빨아들일 듯 콘스탄틴은 강하게 빅토리아의 입을 흡입하며 자신을 쏟아냈다.


검은 머리, 검은 눈, 가무잡잡한 피부의 앳되어 보이는 아랍 여자가 승리의 미소를 흘리며 배를 보물처럼 감싸 안고 있었다.

고작 4주가 지났을 뿐이지만 임신이 틀림없다. 그녀는 이제 고귀한 남자에게 갈 수 있었다. 콘스탄틴 요한 로랑 아서. 조국과 가족, 공주라는 신분을 버려도 좋을 만큼 숭배하는 남자.

신은 그녀를 버리지 않았다. 고귀한 사내의 씨를 몸에 심었으니 신은 그녀의 편이라 할 수 있다. 죽더라도 그 남자 옆에서 죽을 기회가 주어진 것이다.

콘스탄틴의 사진을 바라보는 여자의 눈에 물기가 차오르며 부옇게 흐려졌다. 그러나 입가에는 미소가 배어 있고, 심장은 환희로 가득 찼다.

무릎을 꿇은 여자는 사진에 깊은 키스를 퍼부으며 기도를 올렸다.

그런 여자를 발코니에 숨어 훔쳐보는 사내의 눈에 경멸과 위험한 질투가 스쳤다.

근육으로 뭉쳐진 단단한 몸, 손질이 잘 되었지만 권위적인 냄새를 물씬 풍기는 아랍인 특유의 구레나룻. 매처럼 날카로운 눈매가 한없이 가늘어지더니 입술에 사악한 기운이 번졌다. 커튼이 걷히고 히잡을 두른 시녀들이 들어왔다.

여자들은 기도하는 여자를 설득해 침대로 옮겼다.

침대에 누운 여자는 엉덩이까지 덮는 긴 머리카락을 풀어헤치며 눈을 감았다.

여자의 숨결이 고르게 변하자 시녀들이 방을 나섰다.

사내가 느릿느릿 발코니에서 걸어 나왔다. 그의 지시대로 향을 피운 덕에 방 안에는 뿌연 입자가 떠돌고 있었다.

그는 침대로 다가갔다. 이제 막 소녀티를 벗었지만 당당히 임신을 한 여자가 고혹적인 모습으로 흐트러진 채 잠들어 있었다. 사내의 눈썹 위로 탐욕스러운 욕망이 번뜩였다.

달이 구름에 가리고, 공기를 떠도는 향이 짙어지자 음탕한 밤이 기지개를 켰다.

"자밀라."

사내가 탁 손가락을 튀기자 여자의 눈꺼풀이 천천히 올라갔다.

뭔가에 홀린 것처럼 여자가 기계처럼 일어났다.

멍하니 사내를 바라보는 여자의 눈에 황홀한 미소가 번졌다.

사내가 칸도라를 벗자 털로 뒤덮인 나체가 드러났다.

사랑은
폭풍처럼

뱀처럼 침대에서 미끄러져 내려온 여자가 무릎걸음으로 다가 갔다. 어깨 넓이만큼 다리를 벌리고 서 있는 남자 앞에서 멈춘 여자는 굵고 단단한 물건을 손과 입으로 애무하기 시작했다.

사내는 여자의 얼굴을 움직이지 못하도록 손으로 고정시키며 자신의 분신을 여자의 입 안으로 집어넣었다. 리드미컬하게 움직 이는 남자의 엉덩이에 맞춰 여자의 머리도 움직였다. 남자가 절 정에 오르며 폭발했다.

꿀꺽꿀꺽, 생명의 물을 마시듯 여자는 아낌없이 사내의 씨들 을 삼켰다.

여자의 턱을 치켜든 남자의 얼굴에 잔인한 감정이 어렸다.

"꿈을 꾸니 좋은가? 하지만 자밀라, 넌 내 것이야. 절대 나한 테서 못 벗어나."

여자의 납작한 배에 시선이 가자 남자의 눈에 욕망이 더해졌 다. 사내는 가뿐하게 여자를 들어 올려 침대에 던졌다. 사그라지 지 않은 남자의 물건이 여자의 질 안에 깊이 박혔다. 여자는 교 성을 내뱉으며 환희의 눈물을 흘렸다.

갈색 팔다리가 칡덩굴처럼 얽히며 비명과 신음이 실내를 달구 었다.

광기의 밤을 서늘한 달이 지켜보고 있었다.


나무늘보처럼 느릿느릿 침대에서 일어나던 빅토리아는 기지개 를 켜다 말고 웃었다. 화려한 리본이 묶인 작은 상자가 오늘도 머리맡에 놓여 있었다. 그녀는 눈을 빛내며 서투르게 리본을 풀었다. 선물을 놓고 간 주인공은 물론 콘스탄틴이다.

한 달 전, 그들의 결혼을 공식 발표한 후 콘스탄틴은 매일 그녀가 잠이 든 사이에 침대 머리맡에 선물을 두고 갔다. 그녀의 하루는 약혼자의 선물을 뜯는 것으로 시작되었다.

사실 선물들이 모두 고가는 아니었다. 값비싼 보석도 있지만 장미 한 송이에서부터 손바닥 크기의 카드, 달콤한 초콜릿과 쿠키가 있는 날도 있고 어떤 날에는 곰 인형이 튀어나오기도 했던 것이다. 그럼에도 그녀는 매번 웃음으로 아침을 맞았고 오늘도 변함이 없었다. 아니, 오늘은 콘스탄틴이 좀 더 특별한 즐거움을 선사했다.

상자를 열자 엄지손가락 크기의 목각인형들이 톡톡 튀어나오는데 한눈에도 자신이 모델이라는 것을 알 수 있었다. 웃고, 울며, 토라지고, 심통 맞게 얼굴을 찌푸린 열두 개의 인형은 표정도, 입고 있는 옷도 달랐지만 모두 그녀처럼 빨강머리에 금빛 눈동자였다.

침대에서 내려온 빅토리아는 장식장에 열두 개의 인형을 일렬로 세웠다.

대체 언제 그가 인형을 만들라고 지시했는지 궁금했다.

작아도 인형은 섬세했고, 볼수록 그녀의 특징을 잘 잡아내고 있었다. 결코 짧은 시간에 완성될 수 있는 작품이 아니었다.

"콘스탄틴은 날 사랑해."

일렬로 늘어선 인형들을 응시하다 말고 그녀는 빙그르르 몸을 돌리며 춤을 추었다.

측근치고 그가 그녀에게 푹 빠진 것을 모르는 사람은 없었다. 실세는 빅토리아라는 말까지 돌 정도였다. 진부한 표현이어도 그는 그녀가 원하면 별이라도 따다 줄 태세였다.

'그래. 난 잘못되지 않았어, 세상에서 제일 행복한 신부고, 내 선택에 후회는 없어.'

오늘 일정도 **빡빡**했지만 10분이라도 약혼자를 보고 싶은 욕심에 빅토리아는 벨을 눌렀다. 어디에 있든 그를 찾아내 고맙다는 말을 하고 싶었다.

한데 이상했다. 평소라면 시중을 들기 위해 달려왔어야 할 마가리타나 잔느가 코빼기도 보이지 않았다. 연거푸 벨을 눌러도 문은 열릴 기미가 없었다.

가운을 걸치며 빅토리아는 문을 열었다.

놀랍게도 기분 나쁜 적막감이 그녀를 맞았다. 먼지 하나 없이 깨끗하지만 성은 고성처럼 을씨년스럽고 암울했다.

"아무도 없어요? 잔느! 마가리타!"

오돌토돌 돋는 소름에 빅토리아는 손으로 팔을 비비며 외쳤다.

탁탁탁탁, 신발 밑창 소리가 유난히 크다고 생각한 순간 잔느가 나타났다.

"아가씨. 일어나셨어요?"

2층 계단 난간에 의지해 눈을 부릅뜨고 있던 빅토리아는 가슴을 쓸어내렸다.

"어떻게 된 거죠? 왜 벨을 눌렀는데 아무도 안 올라와요?"

"그러셨어요? 아무래도 업자를 불러야 할 것 같네요. 저흰 아무것도 못 들었어요."

"그래요?"

"네. 그보다 어서 안으로 드세요. 전 주방장에게 아침식사를 준비하라고 하겠습니다."

"아침은 됐고, 마가리타랑 올라와 옷 입는 거나 도와줘요."

"어디…… 가시게요?"

빅토리아는 환하게 웃었다.

"콘스탄틴은 출근했겠죠?"

"네."

"조나단한테 전화 넣어서 그 사람이 어디에 있는지 알아봐줄래요? 지금 갈 거예요."

"고, 공작님한테요?"

잔느의 얼굴이 창백해졌다. 빅토리아는 고개를 갸웃했다.

"왜, 안 돼요?"

"그게 아니라, 마가리타는 제가 심부름을 보냈습니다."

빅토리아는 살이 붙어 후덕해 보이는 하녀의 얼굴을 가만히 살폈다.

겉모습만으로 그치지 않고 잔느는 실제로도 후덕한 심성의 소유자였다. 딸뻘도 안 되는 빅토리아가 버릇없이 굴어도 인자하게 모든 것을 받아주었다. 카렌과는 다른 의미로 잔느는 빅토리아에게 의지가 되었다. 그런 잔느가 지금 뭔가를 감추고 있었다.

빅토리아는 거리를 좁혔다.

"뭔가 나한테 숨기는 거 있죠?"

"수, 숨기다뇨! 당치 않습니다. 제가 어떻게 감히……."

그러나 잔느는 이미 앞치마로 눈을 훔치고 있었다.

기가 막히게도 그녀가 다그칠수록 잔느의 흐느낌은 커졌다.

"카렌! 카레엔!"

더는 짜증을 참지 못하고 언성을 높이자 잔느가 격렬하게 매달렸다.

"제발 아가씨. 절 봐서라도 지금은 모른 척 들어가주시면 안 되겠습니까? 이렇게 부탁드립니다."

웃기지 마!

매정하게 잔느의 손을 뿌리치며 빅토리아는 구르듯 계단을 내려갔다.

그런데 카렌만이 아니라 성 안의 모든 고용인들이 작당을 한 것처럼 얼굴을 비추지 않았다. 빅토리아는 숨을 고르며 잔느에게 홱 고개를 돌렸다.

"하나만 물을게요. 콘스탄틴한테 무슨 일이 생긴 거죠? 그 사람이…… 다쳤어요?"

"아닙니다. 그분은 건강하십니다."

"그럼요?"

"제발, 아가씨……."

"하나만 더 말해줘요. 그럼 진짜 방으로 올라갈게요. 카렌은 어디 있죠? 난 오늘 할 일이 많아요."

"오늘 일정은 모두 취소라고 말씀하셨습니다."

빅토리아는 난간을 움켜쥐며 중심을 잡았다. 역시 뭔가 중대한 문제가 생긴 것이다.

그녀는 확신을 갖고 물었다.

"카렌은 여기 없는 거죠?"

"네."

"어디 갔죠?"

"본가로 들어가셨습니다."

"그럼 다른 사람들은요?"

"……?"

"전부 어딜 갔기에 성이 이렇게 조용하냐고요."

"모두 여기 있습니다. 각자…… 자기 위치에서 일을 하고 있습니다."

하지만 그녀의 귀에는 다른 식으로 들렸다. 성미 고약한 안주인이 다그치면 입을 다물 자신이 없어 숨은 걸로 말이다.

"벤저민을 불러줘요."

"집사님은 왜……."

"나보고 올라가 쉬라면서요? 기분 나쁘지만 그래도 모처럼 생긴 귀중한 시간을 낭비할 순 없어서 그래요. 벤저민한테 플로리다 우리 집으로 전화 연결 좀 하라고 해줘요. 사라가 올 때 꼭 갖고 왔으면 하는 짐들이 있는데 잊기 전에 말해야겠어요."

하지만 잔느는 꼼짝도 하지 않았다.

"설마 이것도 안 되는 거예요?"

"죄, 죄송……."

잔느가 다시 매달렸으나 빅토리아는 진심으로 뿌리쳤다.

"당신 행동이 얼마나 이상한지는 당신이 더 잘 알 거예요. 무슨 일인지 모르지만 고용인들이 전부 아는 걸 나만 모른다는 건 말이 안 돼요."

"그래서 어디로 가시게요?"

"이건 다 콘스탄틴의 지시겠죠? 물론 명목은 날 위하는 거고. 하지만 난 아니에요. 당장 그 망할 남자를 만나야겠어요."

"안 됩니다! 가시려거든 차라리 절 죽이고 가세요! 아가씨 이 자리에서 한 발자국도 움직이실 수 없습니다!"

최후의 카드인 양 잔느가 비장하게 막아섰다.

방금까지 분통을 터뜨렸다는 것도 잊고 빅토리아는 하마터면 웃음을 터뜨릴 뻔했다. 드라마를 찍는 것도 아니고 이게 무슨 오버인지 모르겠다.

한데 이 상황이 우스웠던 것은 그녀만이 아닌 듯했다.

"정말이지 듣던 것 이상으로 매정하신 분이군요."

맑고 투명한 목소리가 거짓말처럼 메아리쳤다.

소리의 진원지로 관심을 돌린 빅토리아는 미간을 좁히며 팔짱을 꼈다.

가는 체구에 까무잡잡한 피부, 검은 눈동자, 검은 머리. 특유의 차림이 아니라도 소녀티가 채 가시지 않은 여자는 아랍 여자였다.

"고용인이 그렇게 매달리는데 웃음이 나와요? 게다가 남편 되실 분께 망할 남자라뇨. 저희 나라에선 상상도 못 할 무례입니다."

빅토리아는 매섭게 잔느를 노려보았다. 대체 누구기에 이런 훈계를 할 수 있는지 당장 설명을 들어야 했다. 그런데 잔느의 태도가 수상했다.

"당신이 여길 어떻게! 이봐, 누구 없나? 당장 이분을 밖으로 모시게. 당장 나가십시오! 여긴 당신이 오실 데가 아닙니다!"

마치 악귀를 본 표정이었다.

더욱 놀라운 것은 갑자기 모습을 드러낸 고용인들이었다. 어디에 숨어 있었는지, 그들은 모두 잔느와 같은 표정으로 낯선 여자를 에워싸고 있었다. 아니, 낯선 이방인으로부터 빅토리아를 지키듯 앞을 막아섰다.

"우습군요. 당신들이 날 쫓아낼 수 있을 것 같아요?"

여자는 자기보다 두 배는 큰 사내들을 가소로운 눈으로 흘겨보며 웃었다.

"정신 차려요. 밖에 무장한 경호원들도 나한텐 손가락 하나 못 댔어요."

처음의 기세와 달리 잔느는 완전히 겁을 먹은 표정이었다. 침착한 벤저민도 이 사태를 어떻게 해결해야 할지 난감한 듯 콧구멍만 벌름거렸다.

"당신 누구죠?"

막아서는 하인들을 엄한 눈으로 제지하며 빅토리아는 침착하게 물었다.

이제야 뭔가 말이 통한다는 듯 여자가 마주 웃으며 하얀 치아를 드러낸다.

"자밀라 예민 카딜. 카다파르 왕국의 무하마드 압둘 사다미아 카딜 국왕님이 제 아버지시죠."

"이런! 공주님이셨군요. 근데 그 귀한 분이 어떻게 기별도 없이 오셨죠? 게다가 공주님을 모셔야 할 하녀나 경호원은 안 보이군요. 밖에서 대기 중인가요?"

빅토리아는 조롱으로 응수했지만 자밀라는 눈 하나 깜짝하지 않았다.

애늙은이처럼 공손하게 예의를 지켰다.

"아뇨. 하녀가 한 명 있지만 영국 정부가 임시로 마련해준 거처에서 기다리고 있어요."

빅토리아의 가슴 한가운데에 서늘한 한기가 스쳤다.

영국 정부가 마련해 준 임시거처라니. 대체 이 망할 계집애가 뭐라고 지껄이는지는 모르겠지만 아주 좋지 못한 일이 벌어질 거라는 점만은 확실했다.

빅토리아는 새삼스러운 눈으로 소녀를 노려보았다.

공주라는 소개는 허풍이 아닐 것이다. 그렇더라도 예를 갖춰 대할 생각은 없었다.

조세피나처럼 이 자밀라인지 뭔지도 짜증이 날 정도로 거만하고, 특권의식에 사로잡혀 있었다. 체질적으로 빅토리아는 이런 부류가 싫었다.

"나가."

"뭐라고요?"

자밀라는 물론 고용인들까지 경악했지만 빅토리아는 거만하게 턱으로 현관과 연결된 복도를 가리켰다.

"여기에서 나가라고 했어."

"당신은 내가 왜 여길 왔는지 궁금하지 않나요?"

"전혀."

"경호원들이 왜 나한테 손가락 하나 못 댔는지 정말 궁금하지 않다고요?"

"궁금해도 너한테서 들을 생각 없어."

"이봐요!"

자밀라가 외쳤지만 빅토리아는 고용인들에게 지시했다.

"뭐 하고 있죠? 얼른 쫓아내지 않고! 뒷일은 내가 책임질 테니 얼른 내보내요!"

서로 눈치만 보던 고용인들이 비로소 행동을 개시했다.

사랑은
폭풍처럼

하지만 째지는 음성에 그대로 얼어붙었다.

"난 임신했어요!"

뭐?

"아이를 가졌다고요!"

여자는 자랑스럽게 손으로 배를 감싸며 의미심장하게 이죽거렸다.

"잘 생각해봐요. 이 고귀한 아이가 누구의 아이일지."

"설마……."

"그래요. 당신의 약혼자. 콘스탄틴 요한 로랑 아서. 그분의 아이예요."

## Chapter 7.

빅토리아는 대놓고서 배를 잡고 웃었다.

콘스탄틴이 이 아이를 임신시키다니, 차라리 개와 고양이가 짝 짓기를 해서 새끼가 태어났다는 말이 더 그럴듯했다.

자밀라 예민 가딜은 아무리 봐도 그녀보다 어려 보였다.

콘스탄틴이 이런 어린애를 건드렸다는 건 상상도 할 수 없었다.

"당신은 믿고 싶지 않겠지만 손바닥으로 하늘을 가린다고 가려지나요? 천만에, 진실은 언젠간 밝혀지게 돼 있죠. 이미 당신 빼고 이 성 사람들은 전부 알고 있어요. 경호원들이 날 들여보내 준 게 증거죠."

"그래서 지금 얼마나 됐는데?"

"14주째로 접어들었어요."

빅토리아는 또 한 번 자지러지게 웃고 말았다.

사랑은
폭풍처럼

14주째라니, 이건 코미디였다!

자밀라의 말대로라면 콘스탄틴은 그녀와 약혼한 상태에서 자밀라와 잤다는 얘기였다.

그런데 이건 아무리 봐도 말이 되지 않았다.

인정하고 싶지 않지만 백번 양보해 헬레나가 이런 주장을 했다면 혹시나 했을 것이다. 그러나 이렇게 가무잡잡하고 깡마른 계집애의 주장은 절대 인정 못 한다.

만에 하나, 콘스탄틴이 이 애를 안았다면 죽어도 용서 안 할 것이다. 실제로 그가 자밀라를 안는 상상을 하자 백 년의 사랑도 식는 기분이었다.

'콘스탄틴은 아니야. 절대 이런 식으로 날 배신하지 않아!'

소소한 그의 선물로 꽉 찬 침실의 장식장을 떠올리며 빅토리아는 어느새 눈에 맺힌 눈물을 닦았다. 하지만 숨을 고르기가 무섭게 다시 웃음보가 터지며 눈가가 젖었다.

그때 표독한 음성이 흥을 깼다.

"웃고 싶으면 얼마든지 웃어요. 당신의 웃음이 통곡으로 변하는 걸 보는 것도 재미있을 것 같으니까."

자밀라의 도발은 제대로 먹혔다. 웃고 싶어도 더는 웃음이 나오지 않았다.

빅토리아는 최대한 냉정하게 물었다.

"그래서 네가 지금 몇 살인데?"

"열일곱 살."

"그런데 애를 가졌다고?"

빅토리아만이 아니었다. 홀에 있던 사람들 모두가 말도 안 되는 그 대답에 경악을 금치 못했다. 태연한 것은 당사자인 자밀라뿐이었다.

"우리 어머니는 열세 살에 아버님께 시집와서 열다섯 살에 날낳으셨죠. 여자의 몸은 숭고하고 위대해요. 자식을 낳아 대를 잇는 것은 우리 여자들의 책임이자 의무예요. 난 기꺼이 그 의무를 수행할 준비가 되어 있어요."

"됐으니까 내가 묻는 말에나 대답해. 안 그러면 진짜 쫓아낼거야."

자밀라의 눈이 휘둥그레졌다.

"맙소사, 당신은 내 말을 믿지 않는군요."

"널 믿지 않는 게 아니라 콘스탄틴을 믿는 거야. 상식적으로 생각해봐. 그가 너같이 비쩍 마르고 새까만 계집애를 건드릴 것같아? 게다가 넌 열일곱 살이야. 네 나라에서 그게 문제가 안 될지 몰라도 여기에선 아니야. 범죄라고. 근데 콘스탄틴이 그런 짓을 할 것 같니? 농담 마. 그는 명예를 아는 남자야. 제정신으로……."

자밀라의 눈이 음흉하게 번뜩였다.

수백만 개의 바늘이 꽂힌 것처럼 혈관이 수축하며 빅토리아의 피부가 따끔거렸다.

그래, 그는 제정신으로 그녀를 배신할 남자가 아니었다. 하지만 만약 이 애와 있을 때 제정신이 아니었다면?

아니, 그런 일은 있을 수 없다고 빅토리아는 단호하게 부정했다.

콘스탄틴은 자기관리가 철저한 남자였다. 그가 흐트러진 것은 상상도 할 수 없다. 설사 흐트러졌어도 이런 애와 잤다는 가능성은 1퍼센트도 남겨두고 싶지 않았다.

하지만 꼬리를 물고 이어지는 정황들이 불길했다.

카밀라는 카다파르의 공주라고 했다. 그리고 콘스탄틴은 분명 몇 달 전 사업차 카다파르를 방문한 적이 있었다.

거의 확신을 갖고 빅토리아는 물었다.

"그 남자한테 무슨 짓을 한 거야?"

"이제야 말이 통할 분위기군요. 서두르지 말아요. 당신도 알아야 할 권리가 있기 때문에 내가 온 거니까. 하지만 그 전에 뭐든 마셨으면 좋겠군요. 물론 우리 아기를 위해 따뜻하면서도 자극적이지 않은 게 좋겠어요. 그리고 얘기는 푹신한 쿠션이 있는 곳에서 하고 싶어요."

"너란 앤 정말 **뻔뻔**하구나!"

"뭐라고 비난해도 소용없어요. 내 아이를 지킬 수 있다면 얼마든지 견딜 수 있으니까. 어떡할래요? 하인들이 보는 앞에서 그분이 날 어떻게 안았는지 얘길 할까요?"

"벤저민."

빅토리아의 입에서 하인의 이름이 나오자 자밀라의 표정이 득

의양양해졌다. 하지만 아직 좋아하긴 이르다며 빅토리아는 이를 갈았다.

그녀는 자밀라의 장단에 춤을 춰줄 생각이 추호도 없었다.

"여기 있는 사람들 전부 데리고 나가요. 그리고 내가 부를 때까지 얼씬도 말아요."

벤저민과 다른 하인들의 얼굴이 창백해졌다. 그러나 가장 경악을 금치 못한 것은 자밀라였다.

"제정신이에요? 난 아이를 가졌어요. 이 아인 콘스탄틴 님의 아이라고요! 근데 내가 무리라도 해서 잘못되기라도 하면……."

"엄마니까 견딘다며? 그럼 견뎌. 그리고 네 아이가 잘못되건 말건 난 관심 없어. 나한테서 네 아이를 지키고 싶다면 최대한 빨리 설명을 하고 꺼지는 게 좋을 거야. 내가 있는 한 넌 여기에서 물 한 모금 못 얻어먹어."

"후회할 거예요."

"그건 네가 걱정할 일이 아니지."

하인들이 마지막 한 명까지 나가자 자밀라는 독기를 뿜었다.

"내가 여기에서 살게 되면 저 하인들은 한 명도 남기지 않고 쫓아낼 거야!"

"그럴 리 없지만 만약 네가 여기에서 살게 된다면 난 성을 폭파할 거야."

"미쳤군요."

"미친년에게는 몽둥이, 아니, 다이너마이트가 최고지."

사랑은
폭풍처럼

사악하게 웃은 빅토리아는 일부러 아직은 납작한 자밀라의 배로 시선을 주었다. 생각하는 것만으로도 구역질이 났지만 이 빌어먹을 계집애를 한시라도 빨리 쫓아내려면 약간의 엄포가 필요했다.

　계산대로 자밀라는 뒤로 한 발 물러서며 보호하듯 손으로 배를 감쌌다.

　"나, 나한테 무슨 짓을 할 생각이라면 관두는 게 좋아요. 경고하는데 내 몸에 손끝 하나라도 대면……."

　"그러니까 내가 제정신일 때 얼른 불고 꺼져. 아니면 나도 무슨 짓을 저지를지 모른다고."

　"도대체 뭘 알고 싶은 거예요!"

　적반하장격으로 자밀라가 소리치자 빅토리아는 진작 여자를 쫓아내지 않은 것을 후회했다. 자밀라 예민 카딜은 정상이 아니었다. 그리고 정상이 아닌 상대를 붙잡고 할 얘기 따윈 없었다.

　"난 알고 싶은 거 없으니 넌 그냥 가."

　빅토리아는 차갑게 등을 돌렸다.

　"당신한테 진실을 말해줄 사람은 나밖에 없는데요?"

　빅토리아는 걸음을 멈추고 힐끗 시선을 던졌다.

　"그분은 절대 당신에게 사실을 말해주지 않을 거예요!"

　조소를 흘리며 빅토리아는 쏘아붙였다.

　"그래서 네가 내 구세주라고? 닥치고 네 발로 걸어 나갈 수 있을 때 얌전히 꺼져. 영국 정부가 마련해줬다는 그 거처로 돌아가란 말이야."

"난 공주예요. 내가 왜 내 나라를 버리고 영국으로 망명을 신청했는지 정말 안 궁금해요?"

빅토리아는 깔깔 웃었다.

"나라가 망하기라도 했나 보지."

"아니요. 우리 아이를 지키고 명예살인을 피하기 위해 망명을 신청한 거예요. 난 공주 신분에서 난민 신분으로 떨어지고 말았지만 후회하지 않아요. 그분을 사랑하고 옆에 있을 수만 있다면 하녀라도 상관없어요. 그분의 아기를 건강하게 낳아 훌륭하게 키울 거예요."

명예살인.

뜨거운 감자를 한꺼번에 삼킨 것처럼 빅토리아는 숨을 죽였다.

그것은 빅토리아도 익히 들어본 적이 있는 단어였다. 아랍의 몇몇 국가에서 아직도 자행되고 있는 가부장제의 악습으로 '미혼 여성이 순결을 잃거나 아이를 가지면 집안의 가장인 아버지나 남자형제가 그 딸이나 여자 형제를 죽일 권리가 있다.'고 했다. 결혼한 여자가 남편이 아닌 남자와 정을 통하거나 임신을 하게 되면 공개 처형으로 대가를 치르고⋯⋯. 그런 여자들은 광장으로 끌려나와 사람들이 던지는 돌에 맞아 죽어도 할 말이 없는 것이다.

"이제 알겠어요?"

배를 만지는 손은 부드러웠지만 자밀라의 음성은 단호했다.

"난 지금 목숨을 건 사랑을 하고 있어요. 망명을 신청했다지만 우리 집안에서 누군가가 날 죽이러 올지 몰라요. 그래도 후회하지 않아요. 난 콘스탄틴 님을 사랑해요."

"헬레나 비토리라고 알아?"

생기로 반짝이던 자밀라의 눈이 어두워졌다.

"네."

"그럼 그 여자가 얼마나 아름다운지도 알겠구나."

"네, 아름다운 분이에요."

"그 아름다운 여자도 필요 없다며 콘스탄틴은 날 선택했어. 날 사랑한다며 구애를 했지. 그가 사랑한다는 말을 하루에 몇 번이나 하는지 알아? 그가 날 안을 때도……."

"그래요. 콘스탄틴 님은 당신을 사랑하죠. 날 안을 때에도 빅토리아라고 수없이 외쳤어요."

빅토리아의 머릿속이 하얘졌다.

자밀라가 뭐라고 하든 빅토리아는 콘스탄틴이 이 깡마른 여자를 안았다는 가능성을 믿지 않았다. 모두 사악한 모함이라 생각하며 그녀는 콘스탄틴의 결백을 믿었다. 하지만 자밀라는 그녀의 믿음을 밑동부터 흔드는 말을 서슴지 않았다.

"어떻게 된 거야. 무슨 더러운 수를 쓴 거지? 술이라도 먹였니?"

"그것 갖곤 어림없죠. 좀 더 강하고……."

자밀라가 사악하게 웃었다.

"독한 약을 썼죠."

"거짓말이야! 어떻게 그런 비열한 짓을……."

"지금까지 내 말을 어디로 들은 거예요? 난 내 사랑에 목숨을 걸었어요. 목숨을 건 사랑에 두려움 따윈 없죠. 페어플레이? 그 딴 건 개나 주라고 해요."

끔찍한 현기증이 몰려왔다. 빅토리아는 안간힘을 쓰며 2층으로 이어지는 계단을 붙들었다. 자밀라 앞에서 쓰러지는 사태를 피했지만 안심할 게 아니었다. 구역질이 나며 당장이라도 속에 든 것을 전부 게워낼 것 같았다.

연적의 고통이야말로 둘도 없는 자양분이라는 듯 자밀라는 한층 생기발랄하게 말을 이었다.

"나한테도 정혼자가 있었죠. 다른 언니들과 달리 내 정혼자는 나이가 많은 것도, 이미 다른 아내가 있는 것도 아니었어요. 가문도 훌륭하고 재산도 많고, 아버님의 사랑을 한 몸에 받은 공주답게 내 미래는 장밋빛이었죠. 하지만 난 행복하지 않았어요. 내가 정말로 원한 분은 콘스탄틴 님뿐이었으니까요. 그분의 형님이 돌아가셨을 때 난 한 달 밤낮을 울었어요. 한 번도 뵙지 못했지만 알렉산더란 분을 저주했죠. 그분이 사고로 돌아가시는 바람에 콘스탄틴 님이 작위를 물려받게 되셨으니까요. 안 그래도 먼 분인데 내 손에 닿지 않는, 더욱 귀한 신분이 되신 것 같아 고통스러웠어요."

사랑은
폭풍처럼

끔찍한 고통에도 불구하고 빅토리아는 표독스럽게 내뱉었다.

"그가 작위를 물려받지 않았어도 너와 어떻게 되는 일은 없었을 거야."

"그건 아무도 모르죠. 나도 1년 전에는. 아니, 벌써 반년이 더 흘렀으니 1년 반이라고 해야겠죠. 그때만 해도 내가 사랑하는 사람의 아이를 갖게 될 줄은 꿈에도 몰랐으니까."

"정말 그 아이가 콘스탄틴의 애야?"

"그래요."

자밀라는 자부심으로 눈을 빛내며 시선을 마주쳤다.

"좋아. 그럼 이제 네가 저지른 그 치졸한 짓의 전말을 불어. 그 사람을 묶고 약을 먹였니? 아니면 목에 칼을 대고 만약 약을 먹지 않으면 나한테 킬러라도 보낸다고 협박했어?"

"당신은 정말 재미있는 분이군요. 다른 자리에서 만났다면……."

"닥치고 묻는 말에나 대답해."

모욕감으로 자밀라의 목이 빨갛게 달아올랐다.

"당신 입장이 변한 걸 모르겠어요?"

"몰라. 내가 관심 있는 건 어떻게 하면 널 쥐도 새도 모르게 없애는가야."

"미쳤군요!"

"그러니까 이 이상 내 인내심을 시험하지 마."

이쪽이 농담이 아니라는 것을 깨달은 자밀라는 순순히 입을 뗐다.

"아무리 나라도 결혼을 거부하면 아버님의 분노를 살 수밖에 없었죠. 그 이유가 콘스탄틴 님을 사랑해서라는 게 들통 나면 딸이라도 날 죽이든가, 평생 지하 감옥에 가두든가 하셨을 거예요. 그분은 왕실의 명예를 무엇보다 소중히 여기시는 분이었으니까. 가족 중 내 비밀을 아는 사람은 딱 두 사람뿐이었어요. 어머니와 무사바 가문을 이끄는 라몬. 내 이종사촌이죠. 하지만 라몬은 내 사랑을 비웃었고, 어머니는 울기만 했어요. 언제나 내 편이었던 두 사람이 날 이해해주지 않는 게 슬펐지만 동시에 그 마음도 이해했죠. 그래서 마지막 소원을 빌었어요. 딱 한 번이라도 좋다고, 그분과 몇 시간을 보낼 수 있다면 영원히 잊겠다고, 얌전히 정혼자에게 시집을 가겠다고 했더니 두 사람은 내 부탁을 들어줬어요. 원래 그분의 회사는 라몬이 추진하고 있는 원유 투자 개발에서 빠졌는데 라몬이 날 위해 이름을 올려줬죠. 고맙게도 라몬은……."

이제 그만하라는 소리가 입 안에서 맴돌았지만 끝내 입 밖으로 나오지 않았다. 그리고 그 순간을 놓치지 않고 자밀라는 사악하게 소곤거렸다.

"적극적으로 날 돕겠다고 약속했고, 실제로 그렇게 했어요. 그분이 남미를 거쳐 카다파르로 오게 되셨다는 소리를 들었을 때 난 운명을 예감했죠. 이 운명을 잡느냐, 놓치느냐는 내 선택에 달렸다는 것을 직감했어요. 그래서 나를 꽁꽁 옭아맸던 것들로부터 자유로워지기로 했죠. 공주로서의 품위, 자존심, 인간이라면 적어도 갖고 있어야 할 신의와 도덕심……."

빅토리아는 결국 토하고 말았다. 그러나 자밀라는 멈추지 않았다.

"라몬은 반대했지만 난 그에게 내 소원을 들어주면 평생 당신의 동지가 되어주겠노라 약속했어요. 난 많은 것을 원하는 게 아니었어요. 그저 딱 하룻밤, 콘스탄틴 님이 날 안게 해달라는 것뿐이었어요. 그 다음은 당신이 상상하는 대로예요. 라몬은 내게 콘스탄틴을 주었고 난 그분의 품에서 녹아들었죠. 비록 그분은 약에 취해 정신없는 상태였고, 자신이 안는 게 나라는 건 상상도 못 하셨지만 그래도 행복했어요. 그분이 내 자궁에 고귀한 씨를 뿌려대실 때마다 희망이 솟았죠."

"설마……."

"그래요. 라몬은 내가 그때 가임기인 줄 몰랐어요. 나중에 사실을 알고 배신자라며 길길이 날뛰었지만 난 이미 내 운명을 거머쥔 뒤였죠. 임신을 확인한 난 어머니께 알렸고, 어머니는 딸이 처형되는 꼴을 보느니 차라리 자식 하나 없는 걸로 치는 게 낫다며 국외로 날 피신시키신 거예요."

"콘스탄틴도 이 사실을 알고 있어?"

"물론이에요."

"그럼 그 사람이 이 모든 걸 인정했니? 뱃속의 아이가 자기 자식이라고 받아들이던?"

"아니요."

"그런데 넌 날 찾아왔어. 대체 뭘 바라고? 설마 내가 널 위해 그를 설득해주기를 바라는 건 아니겠지?"

"난 당신에게 애원이 아니라 거래를 제시하러 온 거예요."

"거래?"

"그래요. 나도 내 입장을 잘 알고 있어요. 공주가 아니라 초라한 일개 난민일 뿐이죠. 게다가 그분은 절대 날 용서하지 않는다고 했어요. 이런 내가 무슨 대단한 걸 바라겠어요? 이제 내 곁엔 라몬도, 어머님도 없는데. 당신은 예정대로 그분과 결혼하세요. 난 그저 내 아이와 평화롭게 살 수 있는 집 한 칸이면 충분해요. 알라 신께 맹세하는데 아이가 태어나도 변하는 건 없을 거예요. 난 어떤 권리도 요구하지 않을 테니까요."

"하지만 네 말을 어떻게 믿지? 넌 널 도와준 이종사촌마저 배신했어. 게다가 그 집이라는 곳, 물론 콘스탄틴이 언제든 드나들 수 있도록 그의 거처에서 가까워야겠지. 더불어 그는 너와 네 아기를 위해 매년 엄청난 금액의 생활비와 양육비를 지불해야 하고."

"오해예요. 난 그냥……."

"너와 거래를 하는 일 따윈 결코 없을 거야."

딱 잘라 말하자 자밀라의 얼굴에 다시 표독한 기운이 서렸다.

"후회할 거예요."

"할 말이 그것뿐이라면……, 이제 정말 꺼져주시지. 지금부터 꽤 바빠질 것 같으니까."

이쪽의 의미심장한 미소에 자밀라가 긴장했다.

빅토리아는 쐐기를 박듯 잔인하게 내뱉었다. 어떤 식으로든 눈앞의 여자에게 상처를 주고 싶었다.

"널 쫓아낼 거야. 이 나라에서 영영."

"날 이 나라에서 쫓아낼 순 없어요! 난 이 나라에 망명을 신청했고, 영국 정부도 그걸……."

"그럼 영국 정부가 어떻게 그걸 뒤집는지 잘 봐."

겁에 질린 눈으로 그녀를 응시하던 자밀라가 갑자기 주저앉았다.

"생활비는……, 좋아요. 그건 내가 일을 해서라도 해결할게요. 하지만 양육비는 안 돼요. 음모든 뭐든 이미 아이는 생겼고 세상에 태어날 거예요. 당신은 믿지 않겠지만 난 모두 그분을 위해 이러는 거예요. 나중에 아이를 위해 자신이 한 게 없다는 걸 알면 얼마나 고통스럽겠어요? 부모 자식의 인연은 천륜이에요. 당신이 콘스탄틴 님을 진정으로 사랑한다면, 콘스탄틴 님이 실수를 저지르지 않으시도록 막아야 해요."

얼마나 기가 막힌지, 빅토리아는 찬물을 뒤집어쓴 것처럼 정신이 확 들었다.

그녀는 오만하게 입을 뗐다.

"잘 들어. 자밀라 예민 카딜. 힘들게 설명했지만 난 어떤 것도 믿지 않아. 콘스탄틴은 아무것도 기억 못 해. 그런데 어떻게 뱃속의 그 애가 그의 아이란 주장을 할 수 있지? 날 설득시키고 싶으면 네 뱃속의 씨가 콘스탄틴의 아이란 증거를 갖고 와. 요즘엔 출산을 안 해도 유전자 검사를 할 수 있다더라."

"그건 안 돼요!"

자밀라는 빅토리아가 아이를 떼려고 달려들기라도 하는 것처럼 강하게 반발했다.

"그 검사가 얼마나 위험한지 알고 하는 소리예요? 잘못되면 아이를 잃을 수도 있어요. 당신들의 인정을 받는 것도 중요하지만 난 내 아이를 지키는 게 더 중요해요. 정 검사를 받아야 한다면 난 인정받는 쪽을 포기하겠어요. 어차피 몇 달 뒤면 진실이 밝혀질 테니까. 그때까지만 참으면 돼요."

검은 눈동자에 생기가 빨리듯 빅토리아의 몸에서 전의가 사라졌다.

"벤저민!"

노집사가 뛰어 들어왔다.

"당장 저 여자를 내보내요."

어떤 이유로든 빅토리아는 단 1초도 자밀라 예민 카딜과 얼굴을 마주하고 싶지 않았다.

하지만 당돌한 아랍 여자는 나가면서도 협박을 잊지 않았다.

"내 제안을 받아들이는 게 좋을 거예요. 만약 날 비참하게 버려둔다면 반드시 후회할 일이 생길 거야. 이 사실이 언론에 들어간다고 가정해봐요. 나만 다치는 게 아니라 당신도 끝장이야. 세

사랑은
폭풍처럼

상은 더 이상 당신을 행복한 신부로 보지 않아. 결혼 전에 깡마른 계집애에게 약혼자를 빼앗긴 불쌍한 여자로 기억될 뿐이지. 그래도 후회하지 않을 자신 있어?"

자밀라는 사라졌지만 빅토리아는 숨을 내쉴 수도, 들이마실 수도 없었다. 누군가가 심장을 짓이기는 것처럼 고통스러웠다.

"아가씨……."

언제 왔는지 잔느는 물론 마가리타까지 옆에서 눈시울을 적시고 있었다.

빅토리아는 비 오듯 땀을 흘리면서도 서둘러 침실로 올라갔다.

"아무도 들어오지 말아요. 그리고 내가 됐다고 할 때까지, 저 못된 여자가 왔다는 얘긴 콘스탄틴에겐 하지 말고요. 조금이라도 내 편이라면 이번엔 내 말대로 해줘요."

침실로 뛰어든 빅토리아는 부릅뜬 눈에 힘을 주었다.

아무 일도 없었다는 듯 실내는 고요하고 평화로웠다. 목각 인형이 포장되었던 상자와 리본은 여전히 침대 위에 펼쳐져 있었고, 맞은편 장식장에는 콘스탄틴이 준 소소한 선물들이 소담스럽게 진열되어 있었다. 그중에는 불과 30분 전 빅토리아를 웃게 만들었던 목각인형도 있었다.

그래, 불과 30분 전.

그때만 해도 그녀는 세상에서 가장 행복한 신부였고, 자신의 행복을 믿어 의심치 않았다. 자신이 행복한 이상으로 콘스탄틴을 행복하게 만들어주고 싶었다.

그런데 모든 희망과 빛들이 산산이 부서졌다.

그래, 바로 저 진열장처럼!

빅토리아는 광기에 차 물건을 부수며 소리쳤다. 웃다가, 울다가, 다시 웃으며 주저앉았다.

행복이라는 것, 사랑이라는 것이 얼마나 허망한 것인지 싫어도 실감할 수밖에 없었다. 모두 허깨비 놀음인 것이다.

"난 임신했어요. 아이를 가졌다고요. 잘 생각해봐요. 이 고귀한 아이가 누구의 아이일지. 그래요. 당신의 약혼자. 콘스탄틴 요한 로랑 아서. 그분의 아이죠."

자밀라의 말은 그녀를 미치게 했다. 더는 콘스탄틴과 함께하는 미래를 그릴 수 없었다. 맙소사, 약 때문이라고 해도 그는 열일곱 살밖에 되지 않은 어린애를 안았고 임신까지 시켰다. 모든 것이 사랑에 빠진 한 여자의 광기 어린 음모요, 콘스탄틴도 피해자라는 목소리는 들리지 않았다. 그가 자밀라를 안은 손으로 그녀를 안았다고 생각하니 그것만으로도 속이 뒤틀렸다.

끔찍한 오한에 빅토리아는 스스로를 보호하듯 양팔을 겹쳐 자신의 몸을 꽉 껴안았다. 하지만 몸은 더욱 굳기만 하며 떨림이 심해졌다.

그럼에도 또 다른 의지를 가진 것처럼 머리는 냉정한 상태를 유지하며 예리한 질문을 쏟아냈다. 자밀라는 콘스탄틴이 약 기운에 취해 자신을 안았다고 했다. 그렇다면 콘스탄틴은 언제 정신이 돌아온 걸까?

정말 자신이 자밀라를 안았다는 기억을 한 조각도 갖고 있지 않은 걸까?

무섭게 뛰던 그녀의 심장이 어느 순간 곤두박질쳤다.

그녀는 확신했다.

자밀라를 안았다는 것을 콘스탄틴은 기억하고 있다고. 설사 기억을 못 해도 자신과 자밀라 사이에 뭔가가 있었다는 것을 어렴풋이 느꼈으리라.

아닌데 며칠씩이나 연락을 끊을 리 없다.

그랬다. 분명 매일 전화를 걸어오던 남자는 며칠간 전화 한 통하지 않았다.

빅토리아는 남자의 안에 들어갔다 나온 것처럼 상황을 그릴 수 있었다.

그는 자신에게 갑자기 불어 닥친 재앙을 어떻게 수습해야 할지 고심했을 것이다. 그리고 거만한 남자들이 그렇듯 별 문제는 없을 거라 넘겼겠지.

그녀는 그의 배신도 모른 채 헬레나를 질투하며 콘스탄틴에게 대한 사랑으로 괴로워했다.

너무 고통스럽고 괴로워서 결국 자유 대신 사랑을 선택했다.

발작적으로 일어난 빅토리아는 드레스 룸으로 뛰어 들어갔다. 그를 위해 입었던 잠옷들을 찢고, 그를 위해 신혼 첫날밤 입으려 했던 속옷들은 쓰레기통에 처넣었다. 그를 위해 치장한 보석들을 벽에 던졌고, 약혼반지는 잔인하게 발로 짓밟았다.

콘스탄틴 요한 로랑 아서.

죽는 날까지 그를 용서할 수 없었다.

세상에 남자가 단 한 명뿐이라 해도 그 남자만은 받아들이지 않을 터였다.

그를 만난 시간을 저주할 것이고, 그와 함께한 시간을 기억에서 지울 것이다!

폭격을 맞은 것 같은 침실에 광기 어린 웃음을 던지는데 한심하다는 목소리가 귓전에 파고들었다.

"상상한 것 이상이구나. 정말이지 널 가르친다고 했지만 효과가 없어. 어디에서부터 어떻게 손을 봐야 할지 모르겠다."

빅토리아는 휙 고개를 돌렸다.

언제 들어왔는지 캐서린이 문을 닫고 있었다.

엉망인 그녀에 반해 캐서린은 평소처럼 완벽했다. 골치 아프다는 듯 이마를 살짝 찌푸린 것을 제외하고는 다를 게 없었다.

"무슨 일이시죠?"

빅토리아는 냉정을 가장하며 물었다.

"자밀라 공주가 다녀갔다고 들었다."

시뻘겋게 달궈진 창이 심장에 푹 박힌 느낌이었다. 자밀라가 왔다 갔다는 말을 함구하라고 했는데 고용인들은 끝까지 그녀를 실망시켰다.

"설마 그 애가 한 말을 곧이곧대로 믿는 건 아니지? 확실한 건 아무것도 없다. 넌 냉정히 네 위치에서 네 할 일을 하고, 콘스탄틴이 일을 해결할 때까지 기다리면 돼."

"아하하하하!"

캐서린이 흠칫했지만 빅토리아는 고개까지 젖히며 웃고 말았다.

냉정히 네 위치에서 네 할 일을 하라니, 그러니까 그 위치에서 할 일이라는 게 무엇인지 진심으로 궁금했다. 설마 하니 아무 일도 없었던 것처럼 고상을 떨며 품위를 지키는 것은 아니겠지.

만에 하나 그런 거라면 그녀는 캐서린을 비웃을 수밖에 없었다.

예비 며느리, 아니, 이제 그럴 가능성이 사라졌으니 빅토리아 코렌이라고 해야겠지.

캐서린은 그녀에 대해 몰라도 너무 몰랐다.

머리에 총알이 박혀도 그녀에게 그건 불가능한 일이었다.

콘스탄틴은 그녀의 믿음을 저버렸다. 한데 왜 그녀만 그를 믿고 기다려야 할까? 그가 남자니까? 고귀한 피가 흐르는 귀족이니까?

갑자기 웃음을 터뜨렸을 때처럼 이번에도 빅토리아는 갑자기 웃음을 그쳤다. 캐서린의 미간에 잡힌 주름이 깊어졌으나 빅토리아는 망설이지 않았다.

그녀는 지금 화를 내며 따지려는 게 아니었다.

콘스탄틴과의 관계는 이미 끝장났지만 그렇더라도 아서 가의 안주인이라는 게 어떤 것인지 확실히 알아둘 필요는 있었다. 그래야 다음에라도 혹시 생길지 모르는 미련을 잘라낼 테니까. 저 주스러운 남자라고 해도 콘스탄틴은 그녀의 첫 남자였고 첫사랑이었다. 그리고 사랑은 머리로 지배하는 게 아니라는 것을 배웠다. 통제할 수 없는 감정의 분출, 위험한 충동이라는 것을 알았으니 만에 하나 생길지 모르는 거지 같은 가능성을 차단해야 했다.

단언하건대 아서 가의 안주인에게 부여되는 의무와 가식은 그녀의 사랑에 종지부를 찍는 데 도움이 될 것이다.

"자밀라는 확신하던데, 그럼 뱃속에 있는 아이가 콘스탄틴의 자식이 아니란 말씀인가요?"

"빅토리아, 확실치 않은 일을 입에 올리는 실수는 말거라. 그건 네게 독이 될뿐더러 상황을 망치는 화근이 될 수 있어. 좀 더 인내심을 갖고 냉정하게 대처했으면 좋겠구나."

"아니요. 전 아무 일도 없었던 것처럼 고상 떨며 태연한 척할 순 없어요. 그런 게 품위고 미덕이라면 기대하지 않는 게 좋으실 거예요. 그런 면에서 전 변할 생각도 없고 변하고 싶지도 않네요. 여길 왜 오셨는지 모르지만 제 질문에 답해주실 거 아니면 돌아가주세요."

"내가 돌아가면 콘스탄틴에게 묻겠지?"

"그 사람은 이 모든 혼란의 원인이에요. 그가 해명해야 하는 건 당연해요."

"그래서 뭘 알고 싶은 거니?"

한숨을 내쉰 캐서린이 그나마 온전한 소파에 앉으며 물었다.

"자밀라의 아이가 콘스탄틴의 아이라면 어떻게 하실 거죠?"

"빅토리아……."

"충고는 듣지 않겠습니다."

끈질긴 질문에 캐서린이 지쳤다는 듯 다시 이맛살을 찌푸렸지만 빅토리아는 똑바로 눈앞의 여인을 응시했다.

"독이든 뭐든 제가 다 감수할 테니 사실대로 말씀해주세요."

"뭘 확인하고 싶은 건지 모르겠다만 그런다고 달라지는 건 없다. 넌 예정대로 콘스탄틴과 식을 올릴 거고, 그 모자는 너희들 인생에 어떤 영향도 미칠 수 없을 게다."

"자밀라가 모든 걸 버리고 영국에서 망명 생활을 하게 됐는데요?"

"그건 그 아이가 자초한 화야."

"그럼 자밀라의 마음이 변해 낙태를 하겠다면 어떻게 하실 거죠?"

캐서린의 안색이 창백해졌다.

속으로 혀를 찬 빅토리아는 헛웃음을 터뜨렸다.

"역시 싫으시죠? 당신의 손자일 수 있는데 낙태라니, 끔찍하실 거예요. 안 그래도 아서 가는 손이 귀한데 말이죠."

"언제까지 이 무의미한 대화를 해야 하는지 모르겠구나."

"정말 그렇게 생각하세요?"

"일어나지도 않은 일을 갖고 넌 지금……."

"하지만 일어날 일이기도 하다는 걸 저도, 어머니도 알고 있어요. 그럴듯한 말로 문제의 본질을 흐리는 건 어머님이세요."

"본질을 흐리다니, 내가 거짓말을 하고 있다는 거니?"

"자밀라의 아이가 콘스탄틴의 아이인데 어떻게 아이와 엄마가 저와 콘스탄틴의 인생에 영향을 미칠 수 없는지 이해가 안 돼서 드리는 말씀이에요."

"아서 가는 그 두 사람을 인정하지 않아. 자밀라와 아이는 평생 그림자로 살아갈 거다."

"공식적으로야 그렇죠. 하지만 실제는요? 엄마와 아이가 병에 걸리거나 굶어 죽어도 모른 척하실 건가요? 아니요. 보이지 않는 곳에서 돌보고 보호하겠죠."

"빅토리아, 넌 많은 걸 가졌다. 그리고 앞으로 더 많은 것을 갖게 될 거고. 가진 자로서 여유와 관용을 베풀 순 없는 거니?"

"그 관용과 여유라는 게 구체적으로 뭐죠? 남편이 임신시킨 여자와 아이를 같은 하늘 아래에서 봐주는 게 관용인가요? 그걸 못 본 척해주는 게 여유입니까?"

"됐다! 그래서 넌 어떻게 하고 싶은 거니? 그 둘을 영국에서 추방할까? 그러면 네 성이 풀리겠니?"

"아니요. 수고스럽게 그러실 필요 없으세요."

"무슨 뜻이지?"

사랑은
폭풍처럼

"콘스탄틴과는 끝났다는 말이에요. 전 그 사람과 결혼하지 않아요."

"빅토리아!"

캐서린이 벌떡 일어섰다.

평소라면 빅토리아도 이 여인의 위엄에 주눅이 들었을 테지만 적어도 지금 이 시각, 이 순간만큼은 아니었다. 그녀는 콘스탄틴을 용서할 수도, 다시 받아들일 수도 없었다.

"진심으로 하는 소리냐?"

"네."

"왜?"

"그는 저와 약혼 중에 다른 여자와 잤어요."

"그건 불가항력의 음모였어. 설마 자밀라가 그 얘길 빼놓은 건 아니지?"

"구역질나게도 콘스탄틴이 자기를 어떤 식으로 안았는지까지 다 설명했습니다."

"근데 콘스탄틴과 헤어지겠다고? 그 아인 당시 제정신이 아니었어."

"하지만 다음 날도 그랬을까요? 자기가 전날 누구를 안았는지 알았을 거예요. 하지만 저한텐 아무 말도 안 했어요. 돌아와선 태연히 사랑을 속삭이고 절 안았죠."

"그가 왜 그랬는지 이유를 모르겠니? 널 사랑하기 때문에, 널 놓치지 싫지 않아서⋯⋯."

"그래서 모든 걸 이해하라고요? 도대체 그에게 어디까지 면죄부를 줘야 하죠?"

"콘스탄틴이라고 마음이 편했을까? 그가 어떤 심정으로 널 속였는지 모르겠니? 네가 사실을 알았다면 어떻게 됐을까?"

"그를 용서하지 않았겠죠."

"그래. 그래서 그는……."

"네. 저를 속였어요. 하지만 그래서 뭐가 달라졌죠? 결국 결혼식을 일주일 앞두고 모든 게 들통 났는데."

"대체 무슨 말이 하고 싶은 거냐?"

"콘스탄틴과는 함께할 운명이 아니었다는 거죠."

캐서린은 쓴웃음을 지었다.

"다른 사람도 아니고 네 입에서 운명론이 나올 줄은 몰랐다."

"그만큼 콘스탄틴을 받아들일 수 없다는 거예요."

"네 사랑이라는 게 고작 이 정도니?"

"제 사랑이 이 정도밖에 안 되는 게 얼마나 다행인지 몰라요. 아니면 전 그를 용서하고 받아들였겠죠. 사랑이라는 이름 아래, 바보 천치가 되는 거예요."

"전혀 가망이 없는 거니?"

대답을 하는 대신 빅토리아는 결연히 캐서린을 쏘아보았다.

캐서린이 재차 물었다.

"후회 안 할 자신 있어?"

빅토리아의 입술에 자조적인 미소가 어렸다.

사랑은
폭풍처럼

"후회라면 이미 죽도록 했는걸요. 더는 그걸 반복하고 싶지 않아 내린 결정이에요."

"유감이구나. 콘스탄틴은……."

"전 헤어지지 않습니다!"

단호한 음성에 빅토리아와 캐서린은 동시에 고개를 들었다.

언제부터 거기에 있었는지 양팔을 가슴 앞에서 겹친 콘스탄틴이 문에 기댄 채 이쪽을 바라보고 있었다.


"콘스탄틴……, 네가 어떻게……."

"말씀 중에 죄송하지만, 잠시 둘만 있게 해주시겠습니까? 빅토리아와 할 얘기가 있습니다."

캐서린에게 말을 하면서도 콘스탄틴은 그녀에게 시선을 고정시켰다.

캐서린은 고개를 끄덕였다.

"알았다."

그러나 의연한 태도와 달리 몇 발자국 못 가 휘청거렸다.

"어머니!"

"위험해요!"

누가 먼저랄 것도 없이 콘스탄틴과 빅토리아는 동시에 여인을 부축했다. 두 사람의 눈길이 허공에서 부딪쳤다.

지그시 가슴을 누른 노부인은 숨을 고르며 고개를 저었다.

"난 괜찮으니 얘기들 나누거라."

캐서린은 나갔다. 그리고 지옥 같은 침묵이 찾아왔다.

감정이 사라진 사내의 표정을 보며 빅토리아는 확신했다. 백년, 천 년을 기다려도 이 남자가 먼저 입을 떼는 일은 없을 거라고.

빅토리아는 침묵을 깼다.

"어디부터 들었죠?"

"어머님은 달라지는 게 없다고 하셨지만 아니요. 전 그 사람과 결혼하지 않아요."

콘스탄틴은 녹음된 것을 틀어놓은 것처럼 토씨 하나 틀리지 않고 정확하게 내용을 반복했다. 그동안 그는 숨을 쉬지도, 눈을 깜빡이지도 않았다. 오로지 파혼을 선언한 약혼녀만을 무감각하게 응시했다.

빅토리아는 어깨를 으쓱했다.

"필요한 건 다 들은 것 같으니 다시 설명하지 않아도 되겠군요."

"그런 내용이라면 나 역시 두 번은 듣고 싶지 않아."

강철 같은 의지를 뿜어내는 남자를 보며 빅토리아는 경고했다.

"날 설득할 생각이라면 관둬요."

"하지만 아직 밝혀진 건 없어."

"대체 뭘 밝혀야 하는데요?"

"자밀라의 아이는……."

"당신의 아이가 아니라고요? 그런다고 당신이 그 애와 잔 게 없어지나요? 나한텐 당신이 그 애와 엮었다는 것 자체가 문제예요! 그 애와 잤으면서 나에겐 일언반구도 없었어. 조나단도, 막스도 전부 작당해서 날 속인 거라구요!"

"당신은 믿지 않겠지만 난 정말 그녀와 잤다는 건 상상도 못 했어."

용광로 속에서 녹는 금속처럼 콘스탄틴의 철가면이 벗겨졌다. 답답한 듯 넥타이를 아무렇게 풀어헤치며 그는 조금 전 캐서린이 앉았던 소파에 무너지듯 앉았다.

"내가 깨어났을 때, 그래, 자밀라는 그 자리에 있었어. 그녀는 내가 사흘이나 인사불성이라고 했지. 카다파르 풍토병에 걸렸고, 그건……."

병명을 떠올리려 했지만 쓸데없다고 판단한 콘스탄틴은 손으로 얼굴을 감쌌다.

"암튼 사흘 내내 고열에 시달렸고, 전염되는 병이라고 했어. 그래서 조나단과 막스 대신 자기가 옆을 지켰다더군. 자긴 어렸을 때 이 병을 앓아서 전염될 우려가 없다고……. 머리가 깨질 지경이었지만 난 간호해줘서 고맙다는 인사를 하기보다는 왜 진작이 병에 대해 경고하지 않았냐고 물었어. 당연히 백신 주사를 맞도록 유도해야 했다고……. 한데 자밀라는……."

콘스탄틴의 목소리에 고통이 배었다. 말을 이을수록 자신이 얼마나 어수룩했는지 깨닫는 사람 같았다.

"국가의 신용도 문제라더군. 그런 병이 있다는 게 외국에 알려지면 미개한 나라의 이미지를 갓 벗은 카다파르에 좋지 않다고. 무엇보다 내가 앓은 열병은 만 명에 한 명꼴로 극히 발병률이 낮다고 했어."

"그럼 당신은 억세게 운 나쁜 케이스였군요."

빅토리아는 조롱을 감추지 않았다. 복잡하게 머리를 굴리지 않아도 콘스탄틴의 설명은 허점투성이였다. 만 명에 한 명꼴로 걸리는 열병이라니, 그래! 백번 양보해 그런 병이 있다고 치자. 하지만 카다파르를 드나드는 국내외 인들이 얼마나 될까? 하루, 한 달, 1년 동안 고작 만 명이라는 것은 말도 안 된다. 적어도 수십, 수백만의 사람들이 드나들 것이고, 개중에는 분명히 이 망할 열병에 걸린 사람들이 있을 것이다. 그들이 외국인이라면 자신들의 병이 카다파르와 연관이 있다고 확신할 것이고, 어떤 식으로든 그 일은 기사화되었으리라. 그것을 콘스탄틴이 놓쳤을 리 없다. 하지만 콘스탄틴은 물론이고 측근 중 누구도 눈치 채지 못했다.

왜? 처음부터 그런 병은 있지도 않았으니까.

콘스탄틴에게 던지던 빅토리아의 조소는 이제 경멸로 바뀌었다. 그녀조차 읽어낸 자밀라의 거짓말을 콘스탄틴이 놓쳤을 리 없다. 그럼에도 그는 여전히 자신의 무죄를 주장하고 있었다.

"언제까지 당신의 이 추잡한 거짓말을 듣고 있어야 하죠?"

콘스탄틴이 따귀라도 맞은 것처럼 얼어붙었다.

빅토리아는 못 말리겠다는 얼굴로 쐐기를 박았다.

"자밀라가 거짓말을 하고 있다는 건 당신도 알고 있었잖아요. 아니에요?"

뚫어지게 그녀를 응시하던 콘스탄틴이 거칠게 머리를 쓸어 넘겼다. 갑자기 벌떡 일어난 그는 주위를 왔다 갔다 했다. 그녀의 몸에서 힘이 빠지며 한꺼번에 피곤이 몰려왔다.

중심을 잃지 않도록 애를 쓰며 빅토리아는 조심스럽게 침대에 앉았다. 그녀의 상태를 눈치 챈 콘스탄틴이 다가와 손을 뻗었지만 빅토리아는 자신을 껴안으며 온몸으로 거부했다.

뚫어지게 그녀를 응시하던 남자가 괴롭게, 더듬더듬 인정했다.

"당신 말이 맞아. 난…… 자밀라의 거짓말을 알고 있었어."

계속하라는 신호를 보내며 빅토리아는 남자를 빤히 응시했다.

그녀의 눈앞에 있었지만 콘스탄틴의 시선은 다른 먼 곳을 헤매듯 초점이 없었다.

"자밀라의 태도가 변했거든. 날 좋아하는 걸 알고는 있었지만 언제나 수줍게 멀리서 훔쳐보는 쪽이었는데 대담하게 가까이에서 눈을 마주치더군. 정혼자도 있는 소녀가 말이야. 처음엔 나를 구했다는 안도감이 그녀를 그렇게 만들었다고 생각했어. 하지만 그것만으론 그녀의 변화를 설명할 수 없었지. 그래서 그날 밤 떠났어. 문제가 있다는 걸 직감했지만 그걸……."

흐려졌던 콘스탄틴의 눈에 초점이 잡히며 입가가 고통으로 일그러졌다. 그러나 빅토리아는 독하게 남자를 응시했다. 턱에 숨이 찬 것처럼 거칠게 숨을 몰아쉬던 콘스탄틴이 힘겹게 방점을 찍었다.

"그걸 마주할 용기가 없었어."

콘스탄틴이 손을 뻗었지만 빅토리아는 거부하지 않았다. 떨리는 손으로 그녀의 손을 잡은 그가 애원하듯 그녀의 손등에 깊이 입을 맞췄지만 뿌리치지 않았다.

그는 고개를 들었다.

"본능적으로 직감했던 것 같아. 날 파멸시킬 끔찍한 일이 벌어질 수도 있다는걸."

빅토리아는 생긋 웃었다.

그녀의 손을 잡은 그의 손에 힘이 들어갔다. 무릎만 꿇지 않았다 뿐, 그는 그녀에게 애원하고 있었다.

"제발, 빅토리아. 나에게 한 번만 더 기회를 줘. 당신을……."

빅토리아는 그녀의 손을 꼭 잡고 있는 남자의 손으로 시선을 떨구었다.

콘스탄틴이 무엇인가를 끊임없이 속삭이며 설득하고 있었지만 들리지 않았다. 서글픔과 다 끝났다는 체념, 그리고 지금 떠나지 않으면 절대 떠날 수 없다는 무서운 현실만을 확인할 수 있을 뿐이었다.

5분? 10분? 고작 찻잔을 한 잔 기울일 정도의 시간인데 콘스탄틴은 어느새 그녀를 설득하고 있었다. 그의 간절한 눈길이, 애원이, 목소리가 그녀의 방어벽을 무너뜨리고, 그의 체온과 숨결과 열기가 '용서와 기회'란 단어를 밀어처럼 속삭였다.

이런 남자의 옆을 몇 달간 지킨다면……, 자밀라의 아기가 콘스탄틴의 아이라는 결과가 나와도 떠나지 못할 것이다. 그리고 종국엔 스스로 목을 매거나 정신병원으로 들어가겠지.

그를 너무 사랑해서 남는 쪽을 택했지만 그에 대한 증오와 자밀라에 대한 질투로 자신을 망가뜨릴 테니 말이다.

빅토리아는 새삼 아버지가 얼마나 영리한 사람인지 깨달았다.

인수 당시, 일개 잡지사에 불과했던 JK 인디펜던트를 미국 최대의 언론재벌로 성장시켰다는 점에선 대단한 인물일지 몰라도 사실 사랑에 관해서만은 비겁했다고 빅토리아는 내심 아버지를 경멸했다.

아내가 살아 있을 때에는 물론이고 죽어서도 잊지 못해 해마다 무덤에 꽃을 바치는 남자.

애니는 그것을 사랑이라고 했지만 빅토리아의 생각은 달랐다. 진심으로 아내를 사랑했다면 섀넌의 일을 밝혔어야 했다. 아내에게 용서를 구하고, 그 아내가 용서할 수 없다고 나오면 용서를 해줄 때까지 노력했어야 옳았다. 하지만 그는 끝까지 진실을 밝히지 않았다. 과연 그런 사랑을 떳떳하다고 할 수 있을까?

그런데 지금 보니 어쩌면 그것이 아내에 대한 제라르 나름대로의 사랑이 아니었을까 하는 생각이 들었다. 자신이 지금 콘스탄틴을 받아들이지 못하는 것처럼, 엄마 이사벨라도 섀넌의 존재를 알면 끝까지 남편을 용서하지 않았을 것 같았다. 사랑하지만 그에 비례해 증오도 깊어져 죽을 때까지 고통의 늪에서 헤어 나오지 못하는 것이다.

빅토리아는 담담히 입을 뗐다.

"끝났어요, 우린."

그녀의 손을 으스러뜨릴 것처럼 그가 손에 힘을 주었다. 그러나 빅토리아는 흔들림 없이 강조했다.

"끝났다고요, 우린."

"아니! 당신은 나한테 기회를 줄 거야."

"당신을, 그래요. 내가 당신을 사랑하지 않았다면, 당신 말대로 기회를 줬을지 몰라요."

명치라도 걷어차인 것처럼 그가 거칠게 숨을 들이켰다.

그녀가 뿌리칠 필요도 없이 그는 툭, 자신의 손을 떨어뜨렸다.

침대에서 일어난 빅토리아는 천천히 창가로 다가갔다. 암울한 미래와 달리 창밖은 눈부신 햇살로 찬란하게 빛나고 있었다.

뭔가가 울컥 솟구치며 눈시울이 뜨거워졌지만 빅토리아는 애써 평정을 가장하며 고백했다.

"내가 다른 여자들처럼 계산에 밝은 여자였다면, 관용이라는 이름 아래 당신과의 결혼을 강행했겠죠. 세상 모든 여자들이 인정하는 것처럼 당신은 최고의 신랑감이니까. 하지만……."

뚜벅뚜벅 무서운 기세로 거리를 좁힌 콘스탄틴이 아프게 그녀의 양 어깨를 잡았다.

"진심이야? 날 사랑한다는 게?"

"그래요."

사랑은
폭풍처럼

"언제부터?"

그가 저주스럽다는 듯 그녀의 어깨를 난폭하게 흔들며 다그쳤다.

빅토리아는 차갑게 남자를 뿌리치며 내뱉듯이 말했다.

"그게 뭐가 중요하죠?"

"나한텐 중요해! 나한텐……."

"그 사랑 때문에 난 당신에게 기회를 줄 수 없는데도요?"

"……!"

"당신을 사랑하기 때문에 다른 여자와 공유할 수 없는 거예요. 당신을 사랑하기 때문에 나 이외의 여자가 옆에 있는 걸 용납할 수 없다고요."

"당신 이외에 다른 여잔 무의미해!"

"하지만 자밀라는요? 자밀라의 아기가 당신 아이라면 어쩔 거죠?"

"확실한 건 아무것도 없어."

"그러니 확실해질 때까지 기다려라? 그 전에 난 미칠지도 모르는데?"

"빅토리아, 제발……."

콘스탄틴이 다시 그녀를 잡으려 했다.

빅토리아는 완강히 고개를 저으며 다가오지 말라는 경고를 했다.

"당신 옆에 있으면 난 결코 당신 곁을 떠나지 못할 거예요. 자밀라가 낳은 아이가 당신 아이라 해도……."

"……!"

"떠날 수 없을 정도로 당신을 더 사랑하게 될 테니까. 하지만 그 이상으로 당신을 원망하고 증오하겠죠. 밤엔 당신을 전력으로 사랑할 테지만 낮엔 당신을 저주하며 증오하느라 별짓을 다할 거예요. 그렇게 미쳐가다가 결국엔……."

콘스탄틴이 뭔가 말을 하려 했지만 그녀는 손을 들어 제지했다.

"이런 내가 나도 마음에 안 들지만 방법이 없어요. 그런 유전인자를 타고난 것처럼 통제가 안 된다고요."

폐부 깊은 곳에서 흘러나오는, 비명과 같은 외침에 콘스탄틴의 말문이 막혔다.

문득 극비리에 올라온 보고서 하나가 머릿속을 채웠다.

이사벨라 사틴 코렌. 빅토리아의 어머니에 대한 사망 보고서였다.

공식적으로 이사벨라의 사망 원인은 트럭 운전사의 부주의한 졸음운전이었다. 중앙선을 침범한 대형 트럭이 마주오던 이사벨라의 페라리를 깔아뭉갰고, 이사벨라는 병원으로 옮겨지는 도중 사망한 것으로 기록되어 있었다.

하지만 이건 어디까지나 공식적인 기록일 뿐 진실은 달랐다. 사고 원인은 이사벨라의 만취 운전. 술만이 아니라 당시 이사벨라는 약까지 한 상태였다.

사고가 일어났던 것은 우연이 아니었다고, 적어도 제라르와 콘스탄틴은 이사벨라가 죽을 작정으로 운전대를 잡았다고 확신했다.

　이사벨라는 평소에 약을 하는 여자가 아니었고, 술도 즐기지 않았다. 경호원과 운전사를 대동하지 않은 것도 그녀답지 않았다. 한데 사고 당일에는 이 모든 규칙이 깨졌다. 왜? 이사벨라가 48시간 전에 남편의 배신을 알았기 때문이다.

　결혼 전에 일어났던 일이라고 해도 이사벨라는 남편에게 아들이 있는 것을 용납할 수 없었다. 평생 그 아이를 인정하는 일은 없을 거라고 제라르가 애원하며 용서를 구했지만 이사벨라는 남편을 받아들일 수 없었고, 결국 그 배신감에 잡아먹히고 말았다.

　모든 것을 다 가졌지만 불같은 감정의 여인은 죽음을 택했다.

　괴롭게 헐떡이는 빅토리아를 보며 콘스탄틴은 인정할 수밖에 없었다. 지금은 빅토리아가 원하는 대로 보내줄 수밖에 없다고. 빅토리아가 이사벨라의 유전자를 그대로 갖고 태어난 이상 선택의 여지가 없다.

　그렇더라도 묻지 않을 수 없었다.

　"만약 자밀라의 아이가 내 아이가 아니라면 어쩔 거야?"

　빅토리아의 부재를 견딜 수 있는, 어떤 희망이 그에게도 필요했다.

　하지만 역시나, 빅토리아는 어떤 여지도 주지 않았다.

"이곳을 걸어 나가는 순간, 난 당신을 잊기 위해 전력을 다할 거예요. 그게 내가 살 수 있는 길이니까. 사랑이 꺼지면 이 끔찍한 증오도 사라지겠죠."

절망스럽지만 그는 처음부터 다시 시작할 수밖에 없었다.

아니, 처음과는 비교가 안 되게 상황은 최악이었다. 빅토리아의 가슴 깊이 뿌리내린 배신감과 증오를 뿌리 뽑지 않고는 시작 자체를 할 수 없기 때문이다. 그렇더라도 그는 할 수밖에 없었다. 숨쉬기를 멈출 수 없는 것처럼 눈앞의 여자를 사랑하는 것을 멈출 수 없었다.

"약혼하면서 당신이 줬던 것들은 전부 돌려줄게요. 섬, 옷, 보석들……. 약혼반지는 성 어딘가에 있을 테니 잘 찾아봐요."

빅토리아와의 거리를 유지하며 그는 침착하게 대구했다.

"그럴 필요 없어. 내가 준 것들은 위자료라 생각해."

"그럼 전부 팔아 자선단체에 기부해줘요. 물론 익명으로."

빅토리아의 음성은 단호했다.

"언제…… 떠날 거지?"

이별이 임박했다는 사실에 가슴이 미어졌지만 그는 침착하게 물었다.

"지금 당장."

"……!"

"지금 당장 떠날 거예요."

"내일 떠나도록 해. 전용기로 내가……."

*사랑은*
*폭풍처럼*

"지금 간다고 했어요."

허물어지려는 냉정을 간신히 움켜쥐며 콘스탄틴은 차갑게 쏘아붙였다.

"꼭 이렇게까지 해야 해?"

"미안해요. 끝까지 이 모양이라서. 하지만 단 1초도 머물고 싶지 않아요."

"그렇다면 나도 조건이 있어."

빅토리아의 눈에 경계심이 어렸다.

그는 선언하듯 말했다.

"경호원을 데려가."

거북한 침묵이 흘렀지만 결국 빅토리아는 고집을 꺾었다. 선택의 문제가 아니라 의무에 속한다는 것을 이해한 것 같았다. 물론 골칫덩이답게 끝까지 애를 먹였지만 말이다.

"대신 나도 조건을 하나 붙이죠. 경호원은 한 명. 물론 입이 무거워야 해요. 내 앞에서 한 마디도 하면 안 돼요."

"명심하지."

등을 돌린 콘스탄틴은 숨도 쉬지 않고 침실을 나갔다. 한순간이라도 주저했다가는 모든 협상을 무로 돌리는, 미친 짓을 저지를 것 같았기 때문이다.

혼자 남게 된 순간, 빅토리아도 신속하게 움직이기 시작했다.

여권, 신용카드, 현금……. 빠진 게 없는지 다시 한 번 점검했고, 만에 하나 있을지 모를 사고를 대비해 비상약도 넣었다.

공항으로 갈 차를 타기 위해 밖으로 나오자 막스가 그녀를 맞았다.

묵묵히 그녀의 짐을 드는 사내를 보며 빅토리아는 신음을 삼켰다.

단 한 명의 경호원, 그 경호원은 입이 무거울 것이라는 조건을 제시했을 때 막스만 한 적임자가 없다는 것을 눈치 챘어야 했는데 콘스탄틴을 설득하는 데 정신이 팔려 실수를 했다.

당연했지만 빅토리아는 이 근육질의 게르만 인이 불편했다. 그녀를 처음부터 탐탁지 않아 했던 사내는 지금 온몸으로 적대감을 드러내고 있었다. 콘스탄틴의 의지에 반하는 그녀가 마음에 들지 않는다는 것이다.

빅토리아는 갈등했다. 콘스탄틴에게 경호원을 바꿔달라고 할까?

하지만 어디에도 그의 모습은 보이지 않았다. 갈 거라면 어서 타라는 듯 뒷좌석의 문을 열고 기다리는 막스를 보며 빅토리아는 체념했다. 벌써 성을 떠났을지도 모를 남자를 찾아 다시 경호원 얘기를 꺼내는 것은 여러모로 비합리적이었다.

끔찍한 비행이 되겠지만 막스를 데려가는 게 나았다.

하지만 어떻게 알았을까!

막스 덕에 자신이 목숨을 구했다는 것을.

참사의 전조는 유럽의 하늘을 날던 비행기가 동체이상을 일으키며 시작되었다. '작은 문제가 생겼지만 걱정할 일은 아니다'라는 기장의 안내방송과 '지시에 따라 침착하게 행동해달라.'는 승무원의 지시가 있었지만 짐들이 쏟아지면서 어딘가에서 폭발음이 들리자 기내는 아수라장으로 변했다.

어쩌면 이렇게 죽을지도 모른다는, 죽음의 공포를 처음으로 실감하며 빅토리아는 정신을 잃었다. 아니, 정신을 잃기 직전 모든 고통으로부터 그녀를 지키듯 단단한 육체의 뜨거운 떨림을 느꼈다.

"당신은 살아야 해. 당신이 죽으면 그분도 죽어! 절대 당신을……."

더 듣고 싶은 욕심에 안간힘을 쓰며 의식의 끈을 잡으려 했지만 불가항력이었다.

그녀는 승객들의 처절한 비명 속에서 의식을 잃었다.


그녀가 눈을 떴을 때 제일 처음 본 것은 속이 뒤집힐 정도로 창백한 병원 천장이었다.

빅토리아는 꿀꺽 침을 삼켰다.

'나 살았어?'

실감이 나지 않아 눈을 감았다가 다시 뜨자 감정을 억누르는 어눌한 음성이 들렸다.

"정신이 드는 게냐?"

초점을 잡자 충혈된 눈으로 딸을 내려다보는 아버지가 보였다.

뭔가 더 묻고 싶지만 목이 메여 소리가 나오지 않는지 제라르 코렌은 불규칙하게 숨만 헐떡였다. 빅토리아는 시선을 맞은편의 섀넌에게로 옮겼다. 그녀의 이복오빠 역시 '이걸 죽여, 살려?' 하지만 일단은 사지에서 살아 돌아온 여동생이 안심이라는 듯 코를 훌쩍이고 있었다. 그리고 사라는……, 항상 그래 왔던 것처럼 우는 것도, 웃는 것도 아닌 얼굴로 감정을 드러내며 다그쳤다.

"오오, 아가씨! 아가씨! 정말 괜찮은 거죠? 제발, 말해봐요. 내가 누군지 알겠어요?"

"아버지, 섀넌, 사라."

그녀는 간신히 입술을 움직였다.

"하느님! 감사합니다! 감사합니다! 하느님!"

며느리가 정신 사납게 움직였지만 제라르는 눈총을 주지 않았다. 대신 자부심 가득한 얼굴로 아들과 며느리에게 명령했다.

"닥터 사이먼을 불러와. 빅토리아가 깨어났다고 해!"

그러나 빅토리아는 흥분된 분위기에 취할 수 없었다.

"당신은 살아야 해. 당신이 죽으면 그분도 죽어! 절대 당신을……."

막스 베르하임. 그가 어떻게 됐는지 확인해야 했다.

그녀가 살았는데 그가 어떻게 됐을까 싶긴 했지만 그래도 괜찮다는 말을 들어야 안심이 될 것 같았다.

"기다려요."

아버지, 섀넌, 사라의 눈길이 동시에 그녀에게 쏠렸다.

어디에서 시작되는지 입을 떼려고 할 때마다 끔찍한 고통이 엄습했지만 빅토리아는 입 안에서 맴도는 말을 가까스로 꺼냈다.

"막스, 날 경호하던 남자는요? 살아…… 있죠?"

"물론이다.

당연하다는 듯 아버지가 대답했고, 섀넌도 힘주어 고개를 끄덕였다.

그러나 빅토리아는 명치를 걷어차인 것처럼 숨을 쉴 수 없었다. 사라는 아무 말도 하지 않았다. 웃음이 가신 눈으로 그녀를 응시하다 눈이 마주치자 도망치듯 병실을 나가버린 것이다.

그가 정말 죽은 것일까?

그 어느 때보다 간절하게 빅토리아는 자신의 예감이 빗나가기를 빌었다.

# Chapter 8.

　수영복 파티가 한창인 크루저 갑판에 오르자 8등신 미녀들이 상어 떼처럼 몰려들었다.

　"가이! 파리에 있는 줄 알았는데 돌아온 거예요?"

　"진짜 너무하네? 왔으면서 왜 연락을 안 했죠?"

　"세상에, 당신이 오늘 여기 올 거란 정보는 사실이었군요."

　"달링, 내 사랑. 당신이 오길 얼마나 기다렸는지 몰라요."

　가이 롬 라이언스는 싱글벙글 웃으며 여자들의 뺨에 차례차례 프랑스식으로 인사를 했다. 간혹 열정을 이기지 못한 여자들이 거머리처럼 안겨오며 집요한 키스를 퍼부었지만 오늘은 평소처럼 달아오르는 대신 적당한 선에서 넘겼다.

　뜨거운 태양 밑에서 여자들과 즐기는 질펀한 섹스도 매력적이지만 오늘은 다른 목적이 있었다. 빅토리아 코렌, 그는 그 빨강 머리 마녀를 반드시 만나야 했다.

보름 전, 빅토리아는 그가 약혼녀인 크리스티나를 피해 도망가려 했을 때 대놓고 비웃었다.

"아하, 비겁하게 파리로 도망가려고요? 하지만 한 달도 못 돼 돌아올걸?"

빅토리아의 경고에 가이는 속이 부글부글 끓었지만 묵묵히 짐만 쌌다.

빨강머리의 코를 납작하게 해주는 것은 돌아와서도 가능했으니까. 그는 반드시 크리스티나를 잊을 것이고, 파리에서 돌아올 즈음에는 예전의 '가이 롬 라이언스'로 돌아가 있을 것이다. 그렇고말고. 그는 5년 전에 크리스티나와 약혼을 했지만 그건 어디까지나 양쪽 집안을 위한 거래였다. 가이에게 크리스티나는 명목상의 약혼녀였고, 그 점은 크리스티나도 마찬가지였다. 그들은 자식을 이용하려는 부모에게 객기 어린 반항을 부리기보다는 의기투합해 그 부모들을 이용하는 데 합의했다.

덕분에 가이는 지난 5년간 부모의 돈과 배경을 물 쓰듯 쓰며 맛볼 수 있는 최대한의 쾌락을 즐겼다. 크리스티나는 크리스티나대로 원하는 의대에 진학해 의사 면허를 땄다. 가부장적인 아버지 밑에 있었다면 어림도 없는 일이지만 가이가 두 부녀 사이에서 일어날 수 있는 충돌을 중재한 덕에 꿈을 이룰 수 있었던 것이다.

필요에 의해 계약서를 작성했지만 5년이 지난 지금, 그들은 절친한 친구 사이로 발전했다. 하지만 최근 들어 크리스티나에 대한 그의 생각이 바뀌면서 문제가 발생했다.

가이는 약혼자가 몇 명의 여자와 놀아나든 간섭하지 않는 크리스티나를 보며 이 정도면 결혼을 해도 괜찮을 것 같다는 생각을 조심스럽게 하게 됐다. 그런데 이런 그를 비웃듯 수련의 생활이 바쁘다는 핑계로 2년 동안 얼굴 한 번 비추지 않던 크리스티나가 갑자기 날아와 폭탄을 떨군 것이다.

"사랑하는 사람이 생겼어. 미안하지만 파혼해줘."

"파혼?"

얼이 나가서 입만 뻐끔거리는 그가 이상했는지 이번에는 크리스티나가 당황했다.

"왜 그렇게 놀라? 계약서 잊었어? 서로에게 사랑하는 사람이 생기면 도와주기로 했잖아."

물론 그런 조항이 있기는 했다. 하지만 크리스티나가 그 조항을 들먹이는 날이 올 줄은 상상도 못 했다. 무시하려고 하는 말이 아니라 크리스티나는 연애 쪽으로 관심이 없었다. 최고의 의사가 되어 아버지로부터 벗어나는 게 꿈인 아이였단 말이다!

그의 기억은 계약서를 쓸 당시로 거슬러 올라갔다.

"가이, 넌 내가 의사가 되는 데 전폭적인 지지를 해야 해."

"물론이지, 크리스티나. 대신 너도 내 여자친구들에 대해서는 일절 간섭 않기다? 우리의 약혼은 어디까지나 계약일 뿐이고 넌 나한테 어떤 정조도 요구해선 안 돼."

"그건 염려 마. 네가 난잡한 파티에 갔다가 언론에 꼬리가 잡혀 망신을 당해도 나만은 네 편이 되어줄 테니까. 그러니까 너도 우리 아빠를 확실히 맡아."

"오케이. 계약 성립이다."

"아직 하나 더 남았어."

"……?"

"서로에게 사랑하는 사람이 생기면 약혼을 파기할 것."

"뭐?"

"사랑하는 사람이 생기면 약혼을 파기한다고. 이런 거래 때문에 진실한 사랑을 잃는 건 말이 안 되잖아?"

얼마나 어처구니가 없었는지 당시에 가이는 하마터면 웃음을 터뜨릴 뻔했다.

사랑하는 사람? 진실한 사랑? 그러니까 그게 대체 뭔데?

그러나 크리스티나는 진지했고, 이 건에 한해서는 타협하지 않겠다는 의지를 보였다. 이건 시간 낭비일 뿐이라는 말이 입 안에서 맴돌았지만 가이는 자신이 크리스티나를 이해해야 한다고 마음을 고쳐먹으며 그 내용을 조항에 넣었다.

그래, 크리스티나 맥컬린이 누구인가?

변변한 연애경험 하나 없는 숫처녀가 아닌가?

남자와 세상의 생리에 대해 모르니 아직은 진실한 사랑, 어쩌고저쩌고 하는 걸 이해해야 한다. 그런데 지금 사랑하는 사람이 생겼다며 파혼을 들먹이는 것이다.

"뭐야, 너! 꽁생원처럼 공부만 하는 줄 알았는데 그새 연인까지 만들었어? 대단한데, 크리스티나 맥컬린! 축하해. 진짜 능력 좋다.”

일단 환하게 웃으며 축하를 건넸지만 가이의 속은 까맣게 타 들어갔다. 파혼으로 이어질 파장을 상상하자 이제는 눈앞까지 캄캄해졌다.

미 서부를 근간으로 성장한 부동산 업계의 재벌 맥컬린 가와 미 동부에 근간을 둔 호텔왕 라이언스 가의 결합은 복잡한 이해관계로 얽혀 있었다. 지금껏 몇 번의 위기가 있었지만 그 동업관계가 깨지지 않은 것에는 자식들의 약혼이 한몫했다. 크리스티나와 그의 관계가 단순한 동지에서 친구 관계로 변했듯 맥컬린 가문과 라이언스 가문도 지난 5년간 더욱 긴밀한 관계로 얽혔다. 고로 두 가문의 결별은 서로에게 치명타였다.

크리스티나와의 파혼은 가문의 재앙으로만 끝날 게 아니었다.

그가 파혼을 하면 아버지는 당장 아들에게 다른 여자를 들이밀 것이다. 물론 그 기준은 철저히 맥컬린 가와의 파혼으로 입은 손실을 만회할 수 있는 여자일 터였다. 눈이 짝짝이든, 애가 딸린 미혼모든 상관없다.

하지만 가이는 자신을 그렇게 내다 팔 수 없었다. 허물을 벗은 애벌레가 우아한 나비가 되듯 아름답게 성장한 크리스티나를 보니 더욱 애간장이 탔다. 젠장, 똑똑하긴 해도 약혼식장에 교정기와 두꺼운 안경을 끼고 나타난 아이였는데 지난 2년 동안 무슨 짓을 했는지 지적이면서도 세련된 여성이 되어 있었다.

“근데 말이야…….”

입이 안 떨어졌지만 가이는 슬쩍 운을 뗐다.

"우리 영감들 성격이 만만치 않을 텐데 이제 와 파혼하겠다면 난리날 거 같지 않아?"

크리스티나의 얼굴이 대뜸 불안감 때문에 핼쑥해졌다.

가이는 재빨리 표정을 누그러뜨리며 설득했다.

"내 말은 안 된다는 게 아니라 작전을 짜는 게 낫다는 거지."

"작전?"

"그래."

크리스티나는 여전히 의구심을 감추지 않았지만 콘스탄틴은 신뢰감 가득한 미소를 흘리며 고개를 끄덕였다.

"쉽진 않지만 네가 행복해질 수 있다면 기꺼이 협력할게. 우린 친구잖아."

그러나 꼬박 하루 걸려서 낸 결론은 달랐다.

크리스티나의 사랑을 방해, 아니, 일단은 크리스티나가 반했다는 사내에 대해 알아보기로 했다. 크리스티나 맥컬린이 어디 보통 여자인가? 그녀는 미 남부 부동산 재벌의 유일한 상속녀였다. 재산을 노리고 접근하는 놈들의 먹잇감으로는 최고의 진미였다. 한데 이런저런 핑계를 대며 크리스티나와 만나면서 가이는 예기치 못한 사태에 직면했다.

지난 5년간 '동지 이상 친구 이하'였던 크리스티나가 자꾸만 여자로 보였던 것이다. 정작 당사자는 다른 놈이 좋다고 난리를 치는데 열병은 어처구니없게 깊어만 갔다.

그래서 급기야 짐을 싸 도망간 것인데 빅토리아의 조롱대로 한 달을 못 버티고 돌아왔다. 파리의 수많은 유희거리가 이번에는 제대로 힘을 발휘하지 못했다.

어딜 가든 그는 크리스티나의 총명한 갈색 눈과 윤기 흐르는 갈색 머리를 떨칠 수 없었다.

빅토리아를 찾아야 해!

드골 공항에서부터 지금까지 그는 오직 한 가지 말만 되뇌었다. 그 빨강머리 마녀에게서 확인할 일이 하나 있었기 때문이다.

사실 요 몇 주간 같이 붙어 다니긴 했어도 남들이 상상하는 것처럼 빅토리아와 그의 관계는 로맨틱한 것이 아니었다. 하나는 쫓고 하나는 도망가는 고양이와 쥐처럼 그의 인생의 수치로 기록될 터지만 빅토리아는 쫓는 고양이, 그는 쫓기는 쥐의 위치였다. 재수 없게도 하필 크리스티나에게 파혼을 당해 반쯤 얼이 빠진 모습을 빅토리아에게 들켰던 것이다.

"뭐니! 뭐니! 스탠퍼드 최고의 바람둥이가 지금 약혼녀에게 차인 거야?"

250석의 규모를 자랑하는 레스토랑인데 왜 하필 빅토리아가 그의 뒷좌석에서 스테이크를 썰고 있었는지 — 그것도 혼자서 말이다! — 나중에 돌이켜봐도 불가사의했지만 빅토리아는 보고 들은 것을 감출 생각도 하지 않았다.

오히려 그 이후 무슨 큰 약점이라도 잡은 것처럼 그를 쫓아다니며 약을 올렸다.

"내가 한 번 파혼을 해봐서 아는데, 그거 이혼만큼 피곤하거든. 특히 우리 같은 상류층 자제들은 아주 복잡해. 너만 해도 이 약혼은 정략이지? 분명 라이언스 호텔과 맥컬린 부동산은 닭의 머리와 날개처럼 떼려야 뗄 수 없는 관계일 텐데 이대로 괜찮아? 그러지 말고 좋은 게 좋다고, 지금이라도 약혼녀에게 용서를 구하는 게 어때? 내가 보기엔 네 약혼녀, 꽤 괜찮은 여자 같던데. 지금이라도 무릎 꿇고 싹싹 빌면 용서해줄지도⋯⋯."

가이는 빅토리아가 무슨 말을 하는지 알아들을 수 없었다.

누가 괜찮은 여자인 줄 몰라서 이래? 하지만 잘못을 했어야 빌든지 말든지 하지. 그는 잘못한 게 없었다.

하지만 그때까지만 해도 자신이 크리스티나를 사랑하게 되리라고는 상상도 못 했다. 그보다 짜증스러웠던 것은 빅토리아의 작태였다. 그가 아니라도 스탠퍼드에서 놀아줄 인간은 한 트럭이 넘는데 그녀는 유독 그를 쫓아다니며 귀찮게 했다.

사실 스탠퍼드에 다니는 빅토리아는 학내에서 열 손가락 안에 드는 유명인이었고 애초에 입학 전부터도 유명했다. 스무 살이라는 나이답지 않게 인생 역정이 너무나도 다이내믹했기 때문이다.

불같은 사랑에 빠져 영국 최고의 명문가인 아서 가의 수장이자 IMC 그룹의 총수와 약혼했지만 파혼을 하고 귀국길에 오른 여자. 그런데 기체 결함을 일으킨 비행기가 추락을 하면서 사선의 끝을 경험한다. 사고는 결국 기장, 승무원을 포함 총 244명 중 142명의 생명을 앗아가는 것으로 종지부를 찍었다. 전 세계의 귀와 눈은 이 참사의 현장으로 쏠렸고, 특히 미국인들은 JK 미디어 재벌의 상속녀이자 IMC 총수의 약혼녀였던 소녀가 그 비행기에 탑승했다는 소식에 충격을 받았다.

모든 것을 가진 소녀가 채 피어보지도 못하고 생을 마감하는 것은 아닌지 가슴을 졸이던 그들은 생존자 명단에 빅토리아 코렌이 있다는 기적 같은 소식에 성호를 그으며 진심으로 기쁨의 눈물을 흘렸다.

빅토리아 코렌이 무슨 이유로 파혼을 했는지 궁금하지 않다면 거짓말이지만 언론은 IMC 측에서 보낸 공식 입장을 전하는 것으로 마무리 지었다.

유감스럽게도 콘스탄틴 요한 로랑 아서와 그의 약혼녀(빅토리아 코렌, 20세)는 가치관과 성격의 차이로 헤어지게 되었다. 하지만 그들은 서로를 이해하는 좋은 친구로 남을 것이고, 그 관계는 마지막까지 계속될 것이다.

세기의 결혼식을 기대하던 사람들로서는 안타까운 일이지만 한 대중매체가 내보낸 영상물에 그들은 천박한 상상을 자제했다.

미국인들의 마음을 움직인 화면은 병원에 있는 빅토리아를 한 언론 매체가 취재한 것으로 3분이 채 안 되는 영상이었다.

사고와 마음고생으로 수척했지만 빅토리아의 얼굴은 밝았고,

사랑은
폭풍처럼

주위에는 많은 아이들이 있었다. 다른 환자들에 비해 상처가 깊지 않았던 빅토리아는 소아과 병동에 입원한 장기 환자들을 위해 일주일에 두 번씩 자원봉사를 했는데 화면은 그중 일부였다.

공식 기자회견이 아닌 만큼 빅토리아의 인터뷰는 짧았지만 소박한 멘트는 어떤 연설보다 진한 감동을 주었다.

"절 걱정해주시고, 위로해주신 모든 분들께 감사의 인사를 드립니다. 많은 일이 있었고, 그중에는 분명 견디기 힘든 슬픔과 아픔이 있었습니다. 하지만 그 경험들이 있었기에 저는 삶이 얼마나 아름답고 소중한지 알았습니다. 제가 갖고 있는 것들이 얼마나 귀하고, 값진 것인지도 알게 되었습니다. 이번 비행기 사고로 희생된 분들과 그 유가족 분들께 진심 어린 애도를 표합니다. 저는 이제 '나만이 아니라 우리'가 함께하는 삶을 살도록 노력하겠습니다. 겸허한 눈으로 세상을 마주 보며 걸어가겠습니다. 여러분 모두에게 신의 가호와 행운이 깃들기를……. 고맙습니다."

그런데 1년 후, 빅토리아가 스탠퍼드에 입학하자 몇몇 재학생과 학교 관계자들은 혹시 빅토리아의 인터뷰가 반은 조작이 아니었는지 진심으로 의심에 찬 시선을 던졌다.

겸허한 눈으로 삶을 마주 봐? 나만이 아니라 우리가 함께하는 삶을 살겠다고?

빅토리아의 주변은 항상 시끄러웠고 사고가 끊이지 않았다. 그리고 그 소란의 중심에는 항상 남자들이 있었다. 그러나 흔하디 흔한 플레이걸처럼 빅토리아가 먼저 추파를 던진 건 아니었다.

　꿀에 끌릴 수밖에 없는 벌처럼 빅토리아의 존재 자체가 사내들을 끌어당긴 것이다.

　하지만 가이는, 최고의 바람둥이답게 빅토리아에게 꽤나 고약한 취미가 있다는 것을 단번에 꿰뚫었다. 요란한 소문과 달리 이 재벌 상속녀는 남자를 그다지 좋아하지 않았다. 자신의 추종자들에게 달콤한 밀어를 속삭이며 녹아들 것 같은 미소를 던지지만 거기에 진심은 없었다. 그들을 교묘하게 갖고 놀다가 흥미가 떨어지면 가차없이 버리는 것이다.

　IMC의 총수가 청혼을 할 만한 미모와 매력의 소유자라지만 가이는 교묘하게 그녀와 거리를 두었다. 전시회에 출품될 만큼 화려하고 탐스러운 붉은 장미보다는 들에 무더기로 핀 야생 장미 쪽이 더 그의 취향이었기 때문이다. 질보다는 양. 그랬다. 연애는 그렇게 하는 것이고, 그는 많은 여자들과 관계를 맺는 게 좋았다. 그리고 관계를 맺는 순간만큼은 모두에게 진심이었다. 빅토리아처럼 자신의 만족감을 위해 상대를 장난감 취급하는 쪽은 경멸하는 축이었다. 그런데 하필 하루하루가 무료해 죽겠다는 얼굴로 심드렁해 있는 악녀에게 파혼당하는 장면을 들킨 것이다.

　아이러니인 것은 평소에 피해 다녔던 장본인답지 않게 그는 지금 애타게 빅토리아를 찾고 있다는 점이었다.

"가이, 너 진짜 바람둥이 맞니? 어떻게 이렇게 여자 맘을 몰라? 충고하는데 파혼당하고 싶으면 파리가 아니라 크리스티나에게로 가. 그녀를 관찰하면 파혼을 면할 수 있을 거야."

그는 빅토리아가 수수께끼처럼 던진 말이 무슨 뜻인지 알아야 했다.

반나체나 다름없는 비키니 차림의 여자들을 보며 어쩌면 이건 빅토리아의 고약한 또 하나의 장난일지도 모른다는 의심이 뇌리를 스쳤지만, 그는 암소 젖통만 한 가슴을 비벼대며 달라붙는 여자를 기분 나쁘지 않게 떼어내며 물었다. 파혼을 면할 방법이 1퍼센트라도 있다면 매달릴 수밖에 없는 것이다.

"근데 소피. 혹시 코렌 못 봤어? 여기 있다고 들었는데 안 보이네."

소피가 감전이라도 된 듯 움찔했다. 밀물이 차오르듯 여자의 눈동자에 눈물이 고였다.

"가이, 지금 나한테 그 여우가 어디 있는지 묻는 거야? 오, 맙소사! 어떻게 당신마저 날 이렇게 아프게 할 수 있어? 내가 그 여우한테 얼마 전 남자친구를 뺏긴 걸 몰라서 이래? 설마 가이, 당신도 그 여우한테 넘어간 건 아니지? 아니, 그럴 리 없어. 난 두 사람이 같이 다녀도 소문을 믿지 않았어. 그런데 지금 보니 역시……!"

소피가 연극배우처럼 쓰러지려 했다.

잽싸게 여자를 부축한 가이는 귀에 대고 속삭였다.

"바보! 이러다 실리콘이 터지면 어쩌려고! 난 당신 가슴이 이런 일로 사라지는 건 원치 않아. 그건 인류의 재앙이라고!"

"그, 그래?"

"그래. 그러니까 제발 조심해. 당신 몸은 소중하다고."

"하지만 당신이 내 앞에서 그 여자 이름을 부르니까. 난 너무 슬퍼서……."

"오해야. 그녀에겐 어떤 감정도 없어. 그저 몇 가지 확인할 게 있어서 그래."

"정말?"

"나 못 믿어?"

소피의 눈에 생기가 돌며 도톰한 입술이 윤기로 반짝였다. 하지만 누군가가 지나가며 던진 말이 상황을 뒤집었다.

"코렌이라면 아까 칵테일 바에서 봤는데."

언제 어디에서든 여자에게 매너를 잃지 않는 주인공이지만 가이는 소피를 강하게 밀쳤다. 소피가 바닥에 나동그라지며 그 커다란 가슴이 비키니 수영복을 비집고 나왔지만 그는 사과 한 마디 없이 칵테일 바로 향했다.

파혼을 면할 수 있는 방법. 지금 그보다 중요하고 절박한 과제는 없었다.

그런데 칵테일 바의 분위기가 석연치 않았다. 술과 음악, 유쾌한 웃음으로 흥청거려야 할 장소가 얼어붙은 것처럼 싸늘하다

사랑은
폭풍처럼

니. 직감적으로 가이는 빅토리아가 원인이라는 확신이 들었다. 고개를 돌리자 사람들에게 둘러싸인 빅토리아가 보였다. 빅토리아는 머리색과 잘 어울리는 요염한 빨간색 비키니를 아슬아슬하게 걸치고 있었지만 안색이 시체처럼 창백했고, 둘러싼 사람들은 바닥에 쓰러진 그녀를 어떻게 해야 할지 몰라 당혹스러워했다.

그는 사람들을 헤치고 끼어들었다:

"괜찮아?"

"가이……."

철벽 방어처럼 누구의 접근도 허용치 않던 빅토리아가 눈에 띄게 경계를 풀었다.

"움직일 수 있겠어? 아니면 구급차를 부를까?"

"괜찮아. 그보다 나 좀 집에 데려다줄래?"

"좋아."

입고 있던 비치가운을 벗어 빅토리아에게 입히던 가이는 고개를 갸웃했다. 저주 편지라도 되듯 빅토리아는 험악하게 신문을 움켜쥐고 있었다.

그가 조심스럽게 안아 올려도 손에서 신문을 놓지 않았다.

묻고 싶은 말이 많았지만 그는 침착하게 밖으로 나와 차의 시동을 켰다.

"주소 좀 가르쳐줄래?"

빅토리아의 입에서 모기만 한 음성이 새어나왔다.

    의외의 주소에 그는 약간 놀랐다. 빅토리아라면 좀 더 크고 화려한 곳에서 살 줄 알았는데 거처는 의외이다 싶게 변두리에 위치한 빌라였다. 그러나 실제 목적지에 도착한 그는 수긍을 하며 고개를 끄덕였다. 위치는 변두리일지 몰라도 5층 건물은 우아하고 세련된 곳이었다. 무엇보다 보안장치가 첩보영화를 방불케 했다. 건물 입구를 지키는 것은 제복을 입은 보안 직원들이었다. 그들은 빅토리아를 보자 정중하게 인사를 했지만 가이에 대해서는 경계심을 감추지 않았다.

    "괜찮아요. 제 친구예요."

    빅토리아의 말에 그들은 비로소 한 발 물러섰지만 가이는 여전히 긴장을 풀 수 없었다.

    엘리베이터에 올랐지만 복잡한 열두 자리 숫자를 입력한 후에야 문이 닫혔다. 목적지인 5층에 도착해도 다시 암호를 입력하고 나서야 문이 열렸다.

    빅토리아의 다른 모습을 본 것 같아 그는 얼떨떨했다.

    그가 쫓아 내리려고 하자 빅토리아가 제지했다.

    "미안한데 오늘은 이만 돌아가줄래? 이대로 내려가면 밖으로 나갈 수 있을 거야. 고마워. 이 빚은 나중에 갚을게."

    재빨리 프랑스식으로 양 뺨에 입을 맞춘 빅토리아가 버튼을 누르자 승강기의 문이 스르르 움직였다.

    "잠깐, 빅토리아!"

    가이는 다급하게 소리쳤다. 크리스티나에 대한 궁금증을 풀지 못하면 잠도 제대로 잘 수 없다는 것을 알기 때문이다. 그러나 문은 이미 닫혔고, 승강기는 무정하게 하강했다. 답답해도 물러설 수밖에 없었다.

그래, 오늘은 일단 돌아가주겠어. 하지만 내일은…….

경호원들의 시선을 뒤로하고 밖으로 나온 가이는 5층 어딘가에 있을 빅토리아를 생각하며 눈을 번뜩였다.

내일은 반드시 빅토리아에게서 원하는 답을 얻어낼 것이다.


'자밀라가 죽었어. 그녀가 사고로 죽었대.'

현관문에 등을 기댄 채 서 있던 빅토리아는 주르륵 미끄러져 바닥에 주저앉았다.

한 시간 전에 읽은 기사가 믿어지지 않았다.

비록 방법은 잘못됐지만 콘스탄틴에 대한 사랑 때문에 자밀라는 고귀한 신분을 버리고 망명까지 했다.

"난 이 사랑에 목숨을 걸었어요. 반드시 그분의 아이를 낳을 거고, 훌륭하게 키울 거예요."

혈혈단신으로 아이반에 쳐들어와 빅토리아에게 했던 선언은 지금도 그녀를 괴롭히고 있었다. 하지만 그녀가 공언한 것처럼은 일이 풀리지 않았던 것 같았다.

지금 손에 쥐고 있는 신문이 아니라도 뭔가가 잘못되었다는 것은 빅토리아도 짐작하고 있었다. 이미 아이가 태어났을 텐데 콘스탄틴이 사랑을 찾아 망명한 아랍 공주와 결혼한다는 소식은 들리지 않았다. 언론은 아예 자밀라가 사랑을 찾아 영국에 망명한 사실조차 다루지 않았다. 수상한 것은 그뿐만이 아니었다.

빅토리아와의 파혼을 공식화한 후, 아서 가는 물론 IMC 기업조차 철저히 언론에서 모습을 감췄고, 그 점은 콘스탄틴도 마찬가지였다. 콘스탄틴을 다루기 위해 언론이 파파라치들의 사진을 앞다투어 사려 했던 이전의 모습과는 대조적이었다.

이게 정상일까? 그 잘생긴 독신 재벌이 이제는 대중과 언론 매체의 관심에서 멀어진 걸까?

아니! 빅토리아는 입술을 깨물며 움켜쥔 신문을 노려보았다.

대중은 여전히 콘스탄틴에 대해 목말라 했다. 그럼에도 매체가 다루지 않는 것은 콘스탄틴 쪽에서 철저히 막고 있다는 뜻이었다.

그리고 이유가 무엇이든 빅토리아는 그가 매체에 등장하지 않는 게 다행스러웠다.

사진으로라도 그를 보게 되면 꼭꼭 누르고 있던 마음의 빗장이 열릴 테니까.

"콘스탄틴 요한 로랑 아서. 죽는 날까지 당신을 용서할 수 없어! 당신을 증오해!"

온갖 저주를 퍼붓고 떠난 것이 무색하게도 탑승했던 비행기가 추락하기 직전, 빅토리아의 머릿속을 채운 것은 콘스탄틴이었다. 아버지, 섀넌, 사라, 스테파니……. 밉든 곱든 오랫동안 그녀의 곁을 지키던 가족이나 친구는 떠오르지 않았다. 플로리다의 본가나, 세인트 맥 칼리지도 마찬가지였다. 약혼자와 지냈던 몇 개월만이 인생의 전부였던 양 콘스탄틴만이 머릿속에 떠올랐던 것이다.

때문에 항공기 사고에서 극적으로 살아남았다는 안도감도 잠시, 그녀는 자신이 평생 심장이 뜯기는 후회와 고통 속에서 살게 되리라는 것을 예감했다. 콘스탄틴의 곁을 떠나다니, 결코 그런 선택을 해서는 안 됐던 것이다.

질투와 원망과 미움 속에서 미쳐가는 한이 있더라도 그의 곁을 지켜야 옳았다.

떠난다고 그를 잊을 수 있는 게 아니었으니까.

보지 않는다고 그에 대한 사랑을 멈출 수 있는 게 아니었으니까.

안아주지 않아도, 웃으며 그녀의 이름을 불러주지 않아도 그는 그녀의 삶 자체였다. 그와 떨어지는 것은 그녀가 숨만 쉬는 인형이 된다는 뜻이었다.

그럼에도 빅토리아는 그에게 돌아갈 수 없었다.

그렇게 기도했건만 막스는 사망자 명단에 이름을 올렸다. 다른 사람들은 다 죽어도 혼자는 살아남을 것 같았던 사내가 비행기 사고에서 재로 변했다.

누구도 그녀를 대신해 그가 죽었노라 말하지는 않았다. 하지만 빅토리아는 자신이 살아 있는 것이 막스의 덕임을 알고 있었다.

그녀의 심중을 뒷받침하듯 그가 어떻게 죽었는지는 아무도 그녀에게 설명하지 않았다.

틀림없었다. 그녀 때문에 막스가 죽었다. 적어도, 분노에 눈이 멀어 그녀가 떠나겠다고 고집을 부리지 않았다면, 떠나더라도 콘스탄틴의 충고대로 그 다음 날에 떠났다면 막스가 죽는 일은 없었을 것이다.

콘스탄틴은 결코 그녀를 용서하지 않으리라.

감정을 통제하지 못하는 미숙함, 변덕스럽고, 충동적인 결정. 툭하면 울고, 툭하면 소리치고, 툭하면 물건을 집어던지는 여자. 이것이야말로 백 년, 아니, 천 년의 사랑마저 식게 만드는 유치함이 아니고 무엇이겠는가?

이번에야말로 콘스탄틴은 사랑이라는 이름 아래 자신의 눈을 가렸던 장막을 걷어냈으리라. 그리고 자신에게 딱 맞는 짝을 찾아냈겠지.

아름답고 성숙한 헬레나도 괜찮고, 자신의 아이를 가진 자밀라도 나쁘지 않을 것이다.

자기 하나만을 보고서 공주의 신분도 버리고 사랑을 고백하는 여자라니, 어떤 남자가 그렇게 희생적이며 한결같은 사랑을 거부한단 말인가.

빅토리아는 올려 세운 무릎에 얼굴을 묻으며 터져 나오는 흐느낌을 억지로 삼켰다.

병원에서 나왔지만 릭과의 결혼 날짜를 잡기 전까지 그녀의 생활은 엉망이었다.

갈 곳을 잃은 몸과 마음을 의탁할 길이 없어 못된 짓만 골라서 했다.

수많은 남자들을 만났고, 싸구려 여자처럼 웃음을 팔았으며, 난잡한 파티를 즐기고, 약도 했다. 예전의 아버지였다면 당장 잡아다 수녀원에라도 처넣었을 행실이었지만 비극적인 사고로 딸을 잃을 뻔한 것이 충격이었는지 제라르는 고삐 풀린 망아지처럼 막나가는 딸을 지켜만 보았고, 내키지 않아 하면서도 그녀가 원하는 것을 들어주었다. 스탠퍼드 입학과 독립은 그 행동의 연장선이었다. 아이러니한 것은, 막으면 화를 냈을 테지만 아버지가 허락을 하는 것이 또 슬프기도 하다는 것이었다. 그녀도 한편으로는 누군가가 자신을 멈춰주기를 바랐던 것이다.

한데 두 달 전, 그녀가 멈출 수밖에 없는 사건이 발생했다.

아버지가 갑자기 쓰러졌고, 의사는 가족들을 한 자리에 불러들였다. 그리고 환자의 건강 상태를 알렸다. 이번에는 무사히 넘어갔지만 제라르 코렌의 심장은 언제든 멈출 수 있다고.

그러자 아버지의 가부장적인 모습이 다시 고개를 들었다.

딸을 부른 그는 자신이 고른 세 명의 사윗감을 내밀었다.

정치인의 자제, 대목장주의 아들, JK 미디어급은 아니라도 방송국과 신문사를 갖고 있는 언론 재벌의 차남 릭 버먼 라이더까지……. 거절은 있을 수 없다.

빅토리아는 셋 중 하나를 고르든가, 길길이 날뛰는 아버지를 보든가, 둘 중 하나를 선택하는 수밖에 없었다.

제라르와 다른 가족의 우려를 불식시키며 그녀는 순종적으로 언론 재벌의 차남을 골랐다.

아버지의 행동이 과거와 달리 모든 게 딸을 위한 것임을 알고 있었기 때문이다. 그는 자신이 죽기 전, 철없는 딸에게 짝을 골라주고 싶은 것뿐이었다.

돌아오는 봄, 릭이 특파원 근무지에서 돌아오면 그녀는 약혼 겸 결혼을 할 예정이었다.

모든 것이 너무 갑작스럽게 진행이 되었고, 릭 버먼 라이더에 대해 아는 것도, 관심도 없었지만 빅토리아는 결혼이 그렇게 나쁜 것만은 아니라는 생각이 들었다. 적어도 그녀의 결혼이 결정되자 아버지의 건강은 빠르게 호전되고 있었다.

그런데 오늘 자밀라가 죽었다는 기사를 읽었다.

구겨진 신문을 다시 펼치는 손이 무섭게 떨렸다. 가능하다면 신문을 갈가리 찢어 쓰레기통에 처넣고 싶었다. 하지만 실제로는 숨을 고르며 글자 하나하나를 읽고 있었다.


**[사랑을 찾아 망명한 아랍 공주, 끝내 비극적 죽음!]**


법원의 명령에 의해 이름은 밝혀지지 않았지만 기사에 실린 주인공은 자밀라였다. 카다파르라는 구체적인 국가명이 제시되는 대신 아랍 공주로 명시되어 있지만 망명 시기와 약혼자가 있음에도 외국인을 사랑해 그의 아이를 갖고 영국으로 망명을 신청한 사연의 주인공은 자밀라밖에 없었다. 기사는 마지막까지 상대가 콘스탄틴이라는 언급을 피했지만 말이다.

빅토리아는 숨을 죽인 채 나머지 내용을 읽어 내려갔다.

내용은 전체적으로 공주의 불행한 생에 초점이 맞춰져 있었다. 공주라는 신분까지 감수하고 낳으려 했던 아이가 사산된 것, 그 후 정신적으로 심한 불안 증세를 보여 카운슬링을 받았지만 결국 차를 몰고 가다가 벼랑에서 추락사한 것 등……. 시체는 찾지 못했지만 경찰은 공주의 사망을 공식화했고, 죽음은 사고를 가장한 자살로 결론이 났다.

몇 번을 읽어도 바뀌는 것은 없었다.

자밀라는 죽었고, 그녀의 아이는 처음부터 태어나지 않았다. 세상은 자밀라가 사랑한 사람이 콘스탄틴이라는 것을 모를 것이고, 그 사실은 앞으로도 변하지 않을 것이다.

그래, 어느 누가 감히 그런 엄청난 스캔들을 폭로할 것인가?

죽은 이에겐 미안한 일이지만 빅토리아도 그런 스캔들이 다시 터져 도마 위의 생선처럼 난도질당하는 것은 원치 않았다. 이것은 이렇게 묻혀야 할 기사였고, 더는 그녀도 관심을 가질 필요가 없었다.

한데 왜 이렇게 불안할까? 왜 신문을 쓰레기통에 버릴 수 없지?

정신을 차렸을 때 그녀는 또다시 신문을 읽어 내려가고 있었다. 그러다 어느 순간, 사색이 되어 신문을 떨어뜨렸다.

세상에, 이곳은 아메리카 합중국이었다. 하지만 신문은 영국의 데일리 지였고, 날짜도 일주일이나 지난 것이었다. 그녀는 튀어나올 것 같은 심장을 누르며 기억을 더듬어나갔다.

그녀는 어쩌다 자신이 신문을 보게 되었는지 떠올려보았다.

수영복 파티에 참석한 그녀는 추종자들에게 둘러싸여 웃고 있었다. 그러다 갑자기 목이 타서 누군가에게 마실 것을 달라고 부탁했고, 얼굴을 확인하지 못했지만 어떤 남자가 친절하게 칵테일 잔을 건네주었다. 물론 이 악마의 초대장 같은 신문도 같이.

그녀는 무의식중에 신문을 받았고, 앵두빛깔의 액체를 비우다가 유난히 큰 활자를 보고서 고개를 갸웃했다.


[사랑을 찾아 망명한 아랍 공주……]


"빅토리아!"

누군가가 이름을 불렀지만 이미 그녀는 칵테일 잔을 떨어뜨린 채 떨고 있었다.

"괜찮니? 무슨 일이야? 얼굴이 창백해."

"괜찮으니 조용히 좀 해!"

그때 학내 최고의 바람둥이가 나타났다.

"가이……"

앞으로 얼마를 살더라도, 빅토리아는 자신이 지금처럼 가이를 반기는 일은 없을 거라 확신했다.

약혼녀가 자신을 사랑하고 있다는 것은 상상도 못 한 채 가이는 현재 가슴앓이 중이었다.

빅토리아는 그런 남자를 구경하는 게 재미있었다. 그러나 결코 비뚤어진 취미의 일환은 아니었다. 처음에는 그랬을지 몰라도 다른 남자들과 달리 그녀를 여자로 보지 않는 가이가 마음에 들었다. 추파를 던지기는커녕 가이는 아버지, 새언, 심지어 사라조차 하지 않는 충고를 해주었다.

그렇게 남자를 갖고 놀다가는 허무할 뿐이라고. 정말로 사랑을 할 게 아니면 남자 대신 다른 취미거리를 찾는 게 나을 거라는 따끔한 일침을 놓았다.

그런 본인도 약혼녀의 마음을 헤아리지 못해 헤매고 있었지만 빅토리아는 조소를 하기보다는 가이를 도와주고 싶다는 쪽으로 마음이 기울었다. 명목상의 약혼자였던 사람에게 사랑을 느껴 당혹해하는 모습이 과거의 그녀 모습과 겹쳐 보였기 때문이다.

빅토리아는 새삼스러운 눈으로 주위를 둘러보았다.

가이 덕에 무사히 집으로 돌아왔지만 뭔가 끔찍한 일이 벌어질 것처럼 소름이 끼쳤다.

그녀는 버둥대며 몸을 일으켰다. 가이를 그렇게 돌려보낼 게 아니라고 후회했지만 곧 강하게 자신을 설득했다.

어서 여길 빠져나가라고!

당장 여길 나가는 것이다.

힘겹게 문으로 다가가는데 거짓말처럼 초인종이 울렸다.

빅토리아는 손으로 입을 막았다. 과연 이 절묘한 타이밍이 우연일까?

우연이 틀림없다고 자신을 설득하며 빅토리아는 이 시간에 찾아올 얼굴들을 빠르게 머릿속으로 찾아보았다. 아빠, 사라, 섀넌……. 유감스럽게도 그들은 적절치 않았다. 항상 오기 전에 먼저 연락을 취했는데 이번에는 받은 연락이 없었다. 그렇다면 파트타임으로 일하는 메이드는? 역시 가능성이 희박했다. 오늘은 오는 날도 아니었고, 지난 1년간 메이드는 이 규정을 어긴 적이 한 번도 없었다. 학교에서 같이 몰려다니는 얼굴들이 떠올랐지만 역시 정답이라기에는 무리수가 있었다. 그들은 그녀의 집을 몰랐다. 그들 중 누군가가 스토커 흉내를 내서 주소를 알아냈다 쳐도 여기까지 올라오는 것은 불가능했다.

이 빌라의 최고 장점은 보안체계였다. 누군지 모르지만 열이면 열 모두 입구에서 보안 회사 직원들에게 잡혔을 것이다. 그러다 가이의 얼굴이 뇌리를 스쳤다.

그래, 그러면 가능성이 있었다. 아니, 꼭 가이 롬 라이언스이기를 바랐다. 그러면 이곳에서 그녀를 데리고 나가줄 테니까. 여기에서 나가 어디로 갈지는 결정하지 못했지만 일단 나가기만 해도 살 것 같았다.

빅토리아는 인터폰의 화상 화면을 응시했다. 그런데 방문객의 얼굴이 화면에 나오지 않았다. 먹통이 된 것처럼 계속해서 버튼을 눌러도 화면은 뿌연 회색이었고, 급기야 1층 로비의 보안 직원과도 연결이 되지 않았다.

이 와중에도 초인종은 계속 울리고 있었다.

정확히 3초에 한 번씩. 영원히 이어질 것처럼.

가이가 아니야.

손으로 귀를 막으며 빅토리아는 주저앉았다.

가이였다면 저렇게 집요하게 초인종을 누르지 않는다. 뭔가 잘 못됐다고 확신하며 그녀의 이름을 부르고 시끄럽게 문을 두드리겠지.

'안 들려. 열어주지 않을 거야. 이 집엔 아무도 없어.'

빅토리아는 바닥에 얼굴이 닿을 정도로 몸을 웅크리며 눈을 감았다.

얼마나 지났을까? 주저하면서도 가만히 귀에서 손을 떼자 사위가 조용했다. 더는 벨 소리도 들리지 않았다.

이제 갔나?

다행히 이렇다 할 기척은 느껴지지 않았다.

온갖 의문과 억측을 뒤로하고 그녀는 일단 안도의 한숨을 내쉬었다.

하지만 악몽은 끝난 게 아니었다. 누군가가 현관문에 장착된 오토 록의 번호를 누르고 있었다. 그녀는 격렬하게 고개를 저으며 꿈이라고 되뇌었지만 찰칵, 문고리가 돌아가는 소리는 너무나도 생생했다.

　현관문이 열리고, 누군가가 안으로 들어왔다.

　그리고 위험한 방문객의 얼굴을 확인한 순간 빅토리아는 비명을 흘렸다.

　그는, 그는……!

　맙소사, 그는 콘스탄틴이었다!


　빅토리아는 눈앞의 남자를 멍하니 응시했다. 불과 수개월이 지났을 뿐인데 콘스탄틴은 그녀가 기억하는 남자가 아니었다. 태양 같던 금발은 은발로 퇴색되었고, 살이 빠진 얼굴은 윤곽마저 변해 있었다. 뺨은 홀쭉했고, 턱은 날카로웠으며, 움푹 들어간 눈은 더 이상 빛나지 않았다. 빅토리아는 그가 웃는 모습, 그가 녹아들 것 같은 목소리로 자신의 이름을 불러주던 모습을 상상할 수 없었다. 화강암처럼 단단하고 차가워 보이는 남자를 보고 있노라면 깊이를 알 수 없는 어둠 속으로 한없이 침잠해 들어가는 느낌이었다.

　언제 자신이 비명을 멈췄는지 모른다.

　"콘스탄틴, 정말 당신이에요?"

　그는 문에 기댄 채 이쪽을 묵묵히 응시하고 있었고, 그녀는 어느새 말을 걸고 있었다.

　그는 대답하지 않았다. 그저 늪처럼 깊고, 탁한 눈으로 예전에 자신의 심장을 갈가리 찢어놓았던 여자를 바라보기만 했다.

사랑은
폭풍처럼

빅토리아는 입술을 깨물며 손으로 자신을 끌어안았다. 이렇게라도 하지 않으면 무의식중에 비명을 지르며 물건을 집어던질 것 같았다. 단언하는데 그는 결코 이런 대접을 받을 인물이 아니었다. 그럼에도 빅토리아는 눈앞의 남자가 두려웠다.

"여길 왜 왔는지 모르지만……."

그녀는 담담하게 들리기를 빌며 음성을 짜냈다.

"오랜만의 등장치곤 심했어요. 기절할 뻔했어요."

하지만 여전히 입도 벙긋 않는 남자.

그는 살아 있는 바위처럼 꿈쩍도 안 했다.

그러지 말자 하면서도 몸이 다시 떨려왔다.

"콘스탄틴? 왜 이래요? 불안해요. 이러지 말아요."

비로소 콘스탄틴이 반응을 보였다.

뚜벅뚜벅, 그가 곧장 그녀에게 걸어오고 있었다. 안절부절못하는 그녀와 달리 그는 냉정했고, 흔들림이 없었다.

코앞에서 갑자기 멈춘 그가 그녀를 돌려세웠다. 빅토리아는 자신에게 일어나고 있는 일이 믿어지지 않았다. 그는 무자비하게 그녀의 양팔을 겹쳐 한 손으로 꺾고 있었다.

고개를 돌려 얼굴을 보려 해도 그는 허락하지 않았다. 빅토리아는 고통스럽게 숨을 헐떡이며 바닥에 뚝뚝 떨어지는 자신의 땀을 응시했다.

"뭐 하는 거예요? 미쳤어요?"

"지금부터 널 가질 거야."

뭐?

"그게 싫으면 이걸 써."

그가 그녀의 손을 놓아주었지만 빅토리아는 기절하지 않은 게 신기했다.

콘스탄틴이 그녀의 손에 쥐어준 것은 소형 권총이었다.

총알을 낭비하지 않도록 그가 그녀의 손을 잡아 총구가 자신을 향하게 했다.

"나랑 섹스하기 싫으면 날 죽여. 하지만 그 전에 알아둘 게 있어. 총알은 딱 한 알뿐이니 내 심장이나 머리를 정확히 겨냥해야 할 거야."

이건 꿈이야. 그가 나한테 이럴 수 없어.

하지만 이건 꿈이 아니었고, 감정이 거세된 듯 차가운 얼굴은 그가 진심이라고 했다.

"날 쏠래. 아니면 다리를 벌릴래?"

권총이 바닥에 떨어졌다.

잠자코 그녀와 권총을 번갈아 보던 그가 그녀를 안아 올렸다.

이미 알고 있는 것처럼 침실로 향하는 그의 걸음에는 망설임이 없었다.

짐짝처럼 그녀를 던진 그가 옷도 벗지 않고 응시했다.

그녀가 어떤 행동도 취하지 않자 그가 침대로 올라왔다.

가이가 입혀준 비치 타월을 벗기는 그의 손에서는 어떤 감정도 읽히지 않았다. 그의 손길처럼 음성도 소름 끼치도록 건조했

사랑은
폭풍처럼

다.

"아직 늦지 않았어. 다시 권총 갖다 줄까?"

그의 손은 이제 비키니의 버클을 풀고 있었다.

손에 느껴지던 권총의 묵직한 감각이 되살아나자 소름이 끼쳤다.

그걸로 이 남자의 머리나 심장을 쏘라니!

그녀가 살아 있는 한 그런 일은 일어나지 않을 것이다. 그가 피를 흘리며 죽어가는 모습을 상상하는 것만으로도 심장이 오그라들었다.

빅토리아는 용기를 내서 금속처럼 차갑게 빛나는 눈을 응시했다. 그리고……, 깨달았다. 이 남자는 괴물이 아니었다. 콘스탄틴. 그녀가 사랑하는 남자였다. 사랑하지만 돌아갈 수 없다고 포기하며 그리워했던 남자였다.

한데 그가 눈앞에 있다. 왜 돌아왔는지 모르지만 그녀와 섹스를 하겠다고 한다. 몸에 걸치고 있는 것은 이제 비키니 팬티 한 장뿐이었다.

빅토리아는 직접 팬티를 벗었다. 그는 숨소리 하나 흐트러지지 않았지만 그의 시선을 구석구석 느끼며 네 발로 중심을 잡고 엉덩이를 들었다.

자밀라가 정말 죽은 것인지, 그녀가 신문을 볼 수 있도록 일을 꾸민 게 콘스탄틴인지 궁금한 것투성이였지만 그녀는 상념을 떨쳤다. 그런 건 이제 중요하지 않았으니까. 설사 자밀라가 살아서 콘스탄틴의 아이를 낳았다 해도 그와 떨어져 있는 고통에는 비할 것이 아니었다. 그의 곁에 있을 수 있다면 빅토리아는 이제 어떤 고통도 감수할 수 있었다.

철컥. 벨트를 푸는 소리에 이어 침대의 매트리스가 내려앉았다. 그는 바지를 허벅지 부근에 걸쳤을 뿐 옷을 벗지 않았다. 번들거리는 페니스가 드러나지 않았다면 그가 무엇을 하려 하는지 짐작도 할 수 없을 만큼 콘스탄틴은 냉정했다. 그러나 주체할 수 없는 욕망으로 빅토리아의 이성은 날아가버렸다. 그가 더 깊이 들어 올 수 있도록 그녀는 스스로 다리를 벌리며 한쪽으로 부풀어 오른 가슴을 애무했다.

그녀의 엉덩이를 짓이길 것처럼 움켜쥔 그가 그녀의 안으로 한 번에 들어왔다.

쇠꼬챙이가 꽂힌 것처럼 그녀는 비명을 지르며 매트리스에 얼굴을 묻었다. 그리고 지난 수개월간 자신이 정말 숨만 쉬는 인형이었음을 뼈저리게 실감했다. 그가 빠르게 들어왔다 나갈 때마다 피가 용솟음치며 살아 있다는, 이것이야말로 바로 생명을 갖고 살아 숨 쉬는 것임을 깨달았다.

"멈추면 안 돼요! 멈추면 안 돼……."

그녀는 쾌감을 극대화하기 위해 스스로 예민한 부위를 손으로 자극하며 열에 들떠 애원했다. 혈관이 수축하며 근육이 굳었다. 그가 크게 몸을 움직였고, 그녀는 그의 생명을 느끼며 절정에 올랐다.

수치심도 잊고 다리를 벌린 채 누워 있는데 바지 지퍼를 채우는 남자가 보였다. 머리카락이 약간 젖은데다 숨이 살짝 거칠어진 것을 빼고, 그에게서 정사의 흔적은 느껴지지 않았다.

옆구리를 중심으로 묵직한 통증이 퍼져나갔다.

여전히 숨이 찼지만 빅토리아는 창백해진 얼굴로 몸을 일으켰다.

그가 지금 떠나려 한다는 게 믿어지지 않았다.

"가려고요?"

콘스탄틴은 바지 벨트를 채우는 것으로 대답을 대신했다.

침대에서 내려간 그녀는 남자를 막아섰다.

그의 한쪽 눈썹이 미세하게 꿈틀거렸다.

"가지 말아요."

이번에도 그는 그녀를 가만히 응시할 뿐이었다.

빅토리아는 콘스탄틴의 앞에 무릎을 꿇었다. 얼굴을 허리 높이로 고정시키고 남자의 빗장을 다시 열었다. 그가 멈추라고 했다면 곱절의 수치심을 느끼며 그 말에 따랐겠지만 그는 그녀를 돕지도, 제지하지도 않았다. 감정이 느껴지지 않는 얼굴로 여전히, 그녀를 바라보기만 했다.

눈앞에 콘스탄틴의 남성이 드러났다.

빅토리아는 깊은 한숨을 내쉬었다. 그의 남성에 손을 대고, 가슴 계곡 사이로 집어넣으며 입을 맞췄다. 그의 입에서 꽉 눌린 신음이 터져 나왔다. 그녀는 용기를 내 시선을 들었다. 파란 눈동자는 어두운 청록색으로, 냉정하던 안색은 붉은 열기로 젖어 있었다.

시선을 피하지 않은 채 빅토리아는 허리와 엉덩이와 가슴을 움직였다.

가슴 계곡에 있던 페니스가 점점 커져갔다.

"일어나."

그가 가슴 계곡에서 자신을 빼며 명령했다.

시키는 대로 몸을 일으킨 빅토리아는 그가 벽으로 밀어붙이자 뱀처럼 두 다리로 남자의 허리를 감았다. 손으로 그녀의 엉덩이를 손으로 받친 그가 이번에도 거침없이 자신을 집어넣었다. 빅토리아는 사내의 묵직한 존재감을 음미하며 전율했다. 그는 격렬하게 그녀의 몸 안에 자신을 새기기 시작했다. 그의 움직임에 보조를 맞추던 빅토리아는 끌어안은 남자의 목에 얼굴을 묻은 채 헐떡거렸다.

"사랑해요! 사랑해요, 콘스탄틴!"

콘스탄틴은 벼락이 떨어진 것처럼 그 자리에 못 박혔다.

자신이 지금 무엇을 들은 것인지 알 수 없었다.

그는 간신히 시선을 빅토리아에게 주었다.

그의 시선을 느낀 듯 빅토리아도 그를 응시하고 있었다.

"사랑한다고요."

혈관의 혈액 알갱이들이 에너지를 공급받은 것처럼 아우성을 쳤다. 하지만 반면 그의 뇌는 얼음처럼 차가워졌다.

사랑이라. 분명 그는 지금 안고 있는 여자로부터 그 고백을 듣고 싶어 안달했던 적이 있었다. 하지만 그건 벌써 오래전의 일로 지금은 의미가 없었다. 아니, 적어도 빅토리아가 그를 사랑하는 것은 중요하다고, 콘스탄틴은 신중하게 판단을 수정했다. 빅토리아가 그를 사랑하는 동안에는 이렇게 순순히 안길 테니까.

콘스탄틴은 자신이 경험할 수 있는 절망, 기쁨, 원망을 무자비하게 선사한 여자를 가면이라도 쓴 것처럼 무감각하게 응시했다. 지금은 이렇게 섹스를 하고 있지만 고통 없이 빅토리아의 목을 꺾어버리는 상상을 얼마나 했는지는 신만이 아실 것이다.

빅토리아를 태운 비행기가 추락했다는 소식에 그는 자신을 저주했다. 빅토리아를 증오했다.

결코 빅토리아를 그렇게 보내서는 안 됐고, 빅토리아도 떠난다고 고집을 부릴 게 아니었다.

빅토리아가 기적적으로 생존자 명단에 이름을 올리자 그는 죽음의 문턱에서 되돌아왔다. 막스의 죽음은 충격이었지만 빅토리아가 살았다는 소식에 그마저도 기억 저편으로 사라졌다.

그를 움직이는 것은 빅토리아였다. 그런 이유로 콘스탄틴은 빅토리아에게 달려갈 수 없었다. 빅토리아가 떠난 문제를 해결하지 못한 탓이었다.

자밀라 예민 카딜. 아직 그 여자가 옆에 있었다.

콘스탄틴은 자밀라가 그의 아이를 가졌다는 생각은 하지 않았다. 그녀를 안았다는 가능성도 전혀 염두에 두지 않았다. 약에 취했다지만 찰나의 기억도 없는 것이 분명 이상했기 때문이다. 그럼에도 자밀라는 그의 아이를 임신했다는 주장을 굽히지 않았다.

그 순간 두 개의 목소리가 그의 내면에서 치열한 아귀다툼을 벌였다.

어쩌면 자밀라의 주장이 사실일지도 모른다는 목소리 하나. 다른 하나는 정체를 알 수 없는 누군가가 그를 함정에 빠뜨리기 위해 쳐놓은 그물이라는 것이었다. 하지만 그렇다면 대체 누가, 무슨 목적으로 그런 대담한 짓을 했을까? 유감스럽게도 떠오르는 얼굴은 너무 많았고, 콘스탄틴은 좀처럼 답을 좁힐 수 없었다. 그렇더라도 포기할 생각은 없었다. 자밀라의 주장이 사실로 드러나는 것보다 끔찍한 일은 없기 때문이다.

그리고 기적처럼 그의 예감은 맞아들었다.

자밀라가 열 달을 채워 낳은 아들은 그의 자식이 아니었다. 유전자 검사가 따로 필요 없을 정도로 검은 머리에 검은 눈, 가무잡잡한 피부를 가진 아이는 부모가 모두 아랍계라고 말했다.

정신이 나간 것은 자밀라였다.

여자는 콘스탄틴이 자신과 아이에 대한 의무를 지지 않으려고 다른 여자의 아이를 데려다 거짓말을 한다고 주장했다. 이쯤 되면 콘스탄틴도 쥐고 있는 패를 던질 수밖에 없었다.

그는 수개월간 모은 정보를 풀며 자밀라의 이종사촌인 라몬에게 경고장을 보냈다.

— 12시간 내에 나타지 않으면 네 아들을 다시는 볼 수 없을 거다.

모든 것은 자밀라를 병적으로 사랑한 라몬의 짓이었기 때문이다.

그의 사랑을 얻을 수 있다면 무슨 짓이든 하겠다는 자밀라의 비뚤어진 사랑을 라몬은 추악하게 이용했다. 라몬이 그에게 약을 먹여 사흘간 인사불성으로 만들어놓은 것도 비열했지만 이종사촌인 자밀라에게 한 짓에 비하면 귀여운 축에 속했다. 약은 물론 최면을 걸어 사랑하는 여자를 강간해 임신까지 시켰으니 말이다. 그 결과 자밀라가 부서진다 해도 라몬은 개의치 않았다. 온전하지 않아도 자밀라를 평생 옆에 둘 수 있다면 상관없다는, 광기 어린 집착까지 보였다.

비뚤어진 자밀라의 사랑은 광기 어린 이종사촌의 사랑 앞에서 참혹하게 부서졌다. 최면과 약에 취한 자밀라는 자신의 자궁에서 자라는 씨가 라몬의 것이라고는 상상도 못 했다. 아이가 태어나는 순간까지 금발에 파란 눈을 가진, 미남 영국 공작의 아이라고 믿은 것이다.

결국 라몬은 자신의 바람대로 자밀라를 임신시켰지만 그런 사랑하는 이종사촌을 콘스탄틴에게 보낼 수밖에 없었다. 처녀의 몸으로 임신했다는 사실이 알려진다면 카다파르에서 살아남을 수 없기 때문이었다.

다행히 라몬이 자밀라를 설득할 필요는 없었다. 아이를 가진 이상, 콘스탄틴도 자신을 버릴 수 없다는 희망에 자밀라는 결단을 내렸다. 공주라는 지위도 필요 없다며 영국 망명을 결심했고, 라몬은 옆에서 살짝 도왔을 뿐이었다.

이제 자밀라는 라몬에게 돌아가는 길밖에 없었다. 하지만 정실부인이 되기는커녕 이미 죽은 자가 되어 평생 하렘 깊숙한 곳에 갇혀 지낼 운명이었다. 카다파르에서 자밀라 예민 카딜은 죽은 사람이었으니까. 라몬은 사랑하는 이종사촌을 영원히 소유할 것이고, 그런 사내의 집착에서 자밀라는 자유로워질 수 없었다.

모든 게 자업자득으로, 콘스탄틴은 자밀라에 대해 일말의 동정심도 없었다. 그 거머리 같은 여자를 쫓아낼 수 있다는 안도감에 진심으로 가슴을 쓸어내렸다. 그렇더라도 그 여자를 데려가는 라몬에게 미소를 던질 수는 없었다.

미소라니, 그 두 미친 인간들 때문에 자신은 약혼녀를 잃었다. 가까스로 빅토리아는 비행기 사고에서 목숨을 건졌지만 지금 이 순간에도 점점 그에게서 멀어지고 있었다.

병원에서 퇴원한 후 빅토리아의 생활은 난잡함 그 자체였다.

쾌락만을 좇으며 남자를 매일 입고 벗는 스타킹처럼 갈아치웠다. 술에 취해 운전을 하다가 사고를 냈고, 약까지 해서 급기야는 제라르를 쓰러지게 만들었다.

빅토리아의 폭주가 잠잠해진 것은 릭 버몬 라이더와의 결혼 말이 오가면서부터였다. 아니, 매스컴에 발표만 나가지 않았을 뿐 릭 버몬 라이더와의 결혼은 기정사실이었다. 이미 양가는 특파원으로 해외에 나가 있는 릭이 내년 봄에 돌아오면 약혼 겸 결혼식을 올리기로 합의한 뒤였다.

그가 있는데도 빅토리아는 다른 사내의 아내가 되겠다고 결정을 내렸다.

그러면서도 빅토리아는 여전히 애인을 갖고 있었다. 라이언스 호텔의 후계자인 가이 롬 라이언스. 크리스티나 맥컬린이라는 약혼녀가 있는 사내와의 불장난을 멈추지 않았다.

그런 여자가 지금 그에게 사랑한다는 고백을 하고 있다.


냉정을 유지하던 그의 뇌가 균열을 일으켰다. 사랑한다는 빅토리아의 고백에 흔들리면 안 된다는 것을 알면서도 의지와 무관하게 가슴에서 시작된 동요가 뇌를 녹이고 있었다.

사랑하기 때문에 떠나겠다던 여자.

애원했지만 결국 떠남으로써 그의 인생을 지옥으로 만들어버렸던 여자.

그를 사랑하다고 하지만 빅토리아는 몇 시간 전까지도 추종자들에게 둘러싸여 웃음을 뿌렸다. 애인도 있고, 결혼할 남자도 있었다. 빅토리아의 입에서 나오는 사랑만큼 가벼운 것이 또 있을까? 그렇건만 그는 약해지고 있었다. 가슴에 안긴 여자에게 저 영혼 깊숙이에서 흘러나오는 맹세의 입맞춤을 하며 무릎을 꿇고 있었다.

과거 그랬던 것처럼 빅토리아는 언제든 그를 떠날 수 있는데 말이다.

자밀라의 문제가 해결됐다고 해도 빅토리아는 또 다른 문제를 빌미 삼아 그를 버릴 수 있었다. 이미 알고 있었지만 수개월간 떨어져 지내면서 다시 한 번 확인했다. 빅토리아는 결코 한 남자에게 안주해 만족할 여자가 아니라는 것을.

하지만 빅토리아가 변할 수 없는 것처럼 그도 변할 수 없었다. 그는 빅토리아를 다른 사내와 공유할 생각이 손톱만큼도 없었다! 그렇다면 역시……, 손에 잡히지도 않고, 영원한 것도 아닌 고백에 현혹되어 흔들리는 것은 바보 같은 짓이었다.

멈췄던 하체를 더욱 격렬하게 움직이며 콘스탄틴은 처음의 무감각한 얼굴로 돌아왔다.

그가 할 일은 계획대로 빅토리아와 질릴 만큼 섹스를 하는 것이다.

빅토리아가 다른 놈들 앞에서 다리를 벌리지 않도록 감시하고, 필요하다면 옴짝달싹 못하게 날개를 꺾는 것이다. 콘스탄틴 요한 로랑 아서 이외의 다른 남자를 그녀가 인생에 받아들일 경우 어떤 곤욕을 치를 수 있는지 똑똑히 가르치는 것이다. 필요하다면 평생에 걸쳐서라도……!

절정에 오른 빅토리아가 미친 것처럼 소리를 지르다가 갑자기 그의 목덜미를 깨물었다. 그 순간, 그도 절정에 올랐다.

빅토리아를 온몸으로 느끼며 콘스탄틴은 팔 하나로 라몬의 빚을 탕감해준 것은 실수였다고 후회했다. 죽이지는 않더라도, 좀 더 고통스러운 방법을 강구했어야 했는데. 놈의 팔 하나로 끝내기에는 그가 너무 많은 것을 잃었음을 싫어도 인식해야 했다.

빅토리아가 그의 품에서 늘어졌다.

빅토리아를 안아 침대로 옮기는 콘스탄틴의 얼굴에 회한이 스쳤다.

시간을 과거로 되돌려 잘못된 것을 바로잡기가 불가능하다는 것은 그도 알고 있었다. 그렇기 때문에 새로 시작하겠다는 의지로 빅토리아 앞에 섰다. 하지만 이것이 틀린 건 아닌지, 자신이 제대로 단추를 채우고 있는 것인지, 콘스탄틴은 어떤 것도 자신할 수 없었다.


'이깟 일로 울 것 같아? 아니! 이건 아무것도 아니야. 난 괜찮아.'

텅 빈 침대는 콘스탄틴이 왔다 간 게 꿈이 아니었을까 하는 의심을 들게 했다. 만나자마자 짐승처럼 서로를 탐닉하며 섹스를 했는데 그는 그녀를 혼자 두고 떠났다. 키스도, 달콤한 밀어도 없었다. 그녀를 달랠 때마다 귀 뒤로 머리카락을 쓸어 넘겨주던 다정함 역시 상상할 수 없었다. 그녀가 잠이 든 사이에 그는 말 한 마디 없이 사라졌다.

양팔로 무릎을 껴안은 빅토리아는 머리를 올려놓으며 이를 악물었다.

그는 외모만 변한 게 아니라 행동도 변했다. 어쩌면······.

사랑한다는 고백에 어떤 반응도 보이지 않던 남자의 모습이 뇌리를 스치자 그녀는 결국 무릎 사이에 얼굴을 묻었다.

그래, 이젠 정말 마음까지 변했는지 모른다. 사랑이 어떻게 증오로 변할 수 있는지를 따지는 것은 시간낭비였다. 그것은 그녀가 콘스탄틴을 사랑하며 배운 감정이었으니까. 아니, 한 걸음 더 나아가 이제는 사랑과 증오라는 감정이 동시에 공존할 수 있다는 것도 알았다. 콘스탄틴과 약혼하는 순간부터 그녀는 그를 증오하면서 사랑했다.

지긋지긋한 것은 사랑 때문에 죽을 것 같은 심장과 달리 그녀의 위는 지금 먹을 것을 달라며 아우성을 친다는 것이었다.

알몸이라는 것도 개의치 않고 빅토리아는 허탈하게 침대를 빠져나왔다.

뭔가 적당한 먹거리를 찾기 위해 식당으로 가서 냉장고의 문을 여는데 정중한 음성이 들렸다.

"도와드릴까요?"

빅토리아는 사색이 되어 고개를 돌렸다.

"카렌!"

그녀는 말도 안 된다는 눈으로 장신의 검은 머리 여자를 응시했다. 빌라의 보안시설에 흡족해하던 아버지가 들으면 기절초풍할 일이지만 카렌은 웃고 있었다.

"당신이 어떻게?"

카렌의 미소가 짙어졌다. 빅토리아의 맥이 풀렸다. 하긴 저 사

사랑은
폭풍처럼

람들에게 그걸 묻는 것은 우스운 일이리라. 일반인의 수준에서는 철통같은 보안이지만 콘스탄틴이나 그 주위에 있는 사람들에게는 장난일 테니 말이다.

문득 카렌의 미소가 옅어지며 눈빛이 흔들렸다. 빅토리아는 그제야 자신이 알몸이라는 것을 깨달았다.

"그렇다면 커피 한 잔 내려줄래요?"

"알겠습니다."

침실로 돌아온 빅토리아는 바닥에 아무렇게나 뒹구는 가운을 집어 들었다. 하지만 입을 마음은 나지 않았다. 몇 분을 심사숙고한 후에야 그녀는 옷보다는 샤워가 먼저라는 결론을 내렸다. 욕실로 들어가 샤워를 끝낸 빅토리아는 드레스 룸으로 들어가 간편한 면바지와 니트 티로 몸을 감쌌다.

그녀가 식당에 다시 얼굴을 내민 것은 30분이 지나서였다. 그러나 빅토리아의 행동을 예측한 듯 카렌은 김이 모락모락 피어오르는 머그잔을 막 식탁에 내려놓고 있었다.

"많이 기다렸죠? 미안해요."

빅토리아는 멋쩍은 얼굴로 사과를 했다.

카렌이 가볍게 눈웃음을 쳤다.

"아닙니다."

카렌과 마주앉은 빅토리아는 문득 만감이 교차하는 것을 느꼈다. 그녀는 다소 높은 음성으로 말했다.

"그런데 정말 당신이군요."

카렌의 입술에 한층 짙은 미소가 걸렸다.

"오랜만에 뵙습니다. 건강하시죠?"

"물론이에요. 당신은요? 모두 잘 있죠?"

"모두 건강하십니다."

"다행이에요. 근데 카렌……."

문득 카렌의 정중한 태도가 부담스러워서 빅토리아는 제법 진지하게 말을 꺼냈다.

"이제 난 콘스탄틴의 약혼녀도, 아무것도 아니잖아요? 굳이 이렇게 격식을 차릴 건 없을 것 같은데요. 괜찮다면 말을 놓는 게 어때요?"

그러나 카렌은 이렇다 할 반응을 보이지 않았다. 그저 그녀의 맞은편에 앉아 자기 몫의 머그잔을 응시할 뿐이었다.

빅토리아는 한숨을 쉬며 팔짱을 꼈다. 온몸의 신경이 카페인을 달라고 아우성을 쳤지만 도저히 커피를 마실 기분이 아니었다.

"역시 내 안부가 궁금해서 온 건 아니군요. 무슨 일이죠?"

"오늘 날짜로 다시 아가씨를 모시게 되었습니다. 잘 부탁드리겠습니다."

튀어나올 것처럼 심장이 쿵쿵 뛰었다.

그녀는 이 말이 무엇을 의미하는지 알고 있었다. 콘스탄틴과의 관계가 끝난 게 아니라는 것이다. 그것만으로도 몸이 붕 뜨는 것 같았만 그걸로는 부족하다는 것도 알고 있었다. 설사 콘스탄틴

*사랑은*
*폭풍처럼*

이 이젠 그녀를 사랑하지 않는다고 해도, 그녀는 진실을 알고 싶었다.

"난 뭐가 어떻게 돌아가는지 모르겠어요. 결론만 말하지 말고 과정을 말해줘요. 난 이제 콘스탄틴의 그 무엇도 아닌데, 어떻게 당신이 날 모신다는 거죠?"

"정말 모르시겠습니까?"

모른다. 그녀의 몸 여기저기에 그와의 정사 흔적이 있다 쳐도 그 일이 지금의 상황을 초래했다고는 믿지 않는다. 그들은 성인이었다. 콘스탄틴과의 정사……, 그녀에게는 우주가 바뀌는 것 이상의 대사건이지만 콘스탄틴에게는 하룻밤의 불장난일 수 있었다.

아니, 그에게 지난밤은 어떤 의미도 없을 것이다.

반지, 결혼, 아직도 당신을 사랑한다는 고백.

그는 어떤 것도 입에 담지 않았다. 오히려 차갑게 그녀를 두고 떠나버렸다. 이런 상황에서 어떻게 그녀가 꿈을 꿀 수 있단 말인가?

하지만 몇 시간 전에 콘스탄틴이 그랬던 것처럼 카렌은 그녀를 지그시 바라볼 뿐이었다.

빅토리아는 체념하며 다시 한 번 강조했다.

"난 콘스탄틴에게서 들은 게 아무것도 없다고 했어요."

"뭘 알고 싶으시죠?"

그야 물론……, 그의 진심이다.

그녀를 여전히 사랑하는지, 사랑한다면 왜 이렇게 차갑게 구는지 알고 싶었다.

반대로 그녀를 사랑하지 않는다면, 왜 돌아왔는지, 왜 그녀를 안았는지 확인하고 싶었다. 그러나 실제로 입 밖으로 나온 것은 다른 문제였다.

"자밀라……."

카렌이 미간을 찌푸렸지만 빅토리아는 용기를 냈다.

"그녀는 어떻게 된 거죠? 신문에 실린 게 사실인가요?"

"그렇다면 믿으시겠습니까?"

무섭게 뛰던 그녀의 심장박동이 거짓말처럼 멈췄다. 등줄기로 식은땀이 주르륵 흐르는 것을 느끼며 빅토리아는 확신에 차 말했다.

"자밀라는 죽은 게 아니군요. 살아 있어요. 그녀의 아기도……."

"태어난 아기는 회장님의 아기가 아니었습니다. 회장님은 그녀와 관계를 가진 적도 없지요. 태어난 아기는 카딜 양처럼 검은 눈에 검은 머리, 갈색 피부를 가진 아랍계였죠."

믿을 수 없다는 그녀에게 카렌이 선언하듯 또박또박 말했다.

"아기 아빠는 자밀라의 이종사촌인 라몬 압둘 무사바로 밝혀졌습니다. 모든 게 그의 음모였죠."

그녀가 알고 싶어 하던 진실이었지만 빅토리아는 카렌의 음성이 이어질수록 몸이 오그라들며 호흡이 가빠왔다. 사랑이라는

사랑은
폭풍처럼

이름 아래 그렇게 잔인한 행동을 할 수 있는 남자가 있다고 생각하니 소름이 끼쳤고, 잠깐이기는 해도 그런 남자에게 잡히고만 자밀라에게 동정심을 느꼈다. 하지만 두 사람 때문이 박살이 난 콘스탄틴과의 관계를 떠올리자 동정심은 자취도 없이 사라졌다. 그 자리를 깊은 회한과 후회가 채웠다.

빅토리아는 자신의 불같은 성격과 통제할 수 없는 충동이 지금처럼 어리석게 느껴졌던 적이 없었다. 시간을 달라는 콘스탄틴의 말을 들었더라면, 그를 조금 더 믿었더라면 모든 것이 달라졌을 테지.

콘스탄틴은 무죄였다. 하지만 그런 그를 그녀는 죄인 취급하며 잔인하게 짓밟았다. 모든 것이 밝혀진 지금, 그가 그녀를 사랑하고 있다고는 생각할 수 없었다. 그가 돌아온 목적은 복수였다. 자신을 짓밟으며 상처를 준 것 이상으로 그녀를 아프게 하려는 것이다. 그리고 그는 어렵지 않게 목적을 달성하리라. 그녀를 언제 안았느냐는 듯 말도 없이 떠난 그의 빈자리는 지금도 그녀의 심장을 비틀고 있었다. 괜찮다고 자신을 설득했지만 빅토리아는 비틀리고 비틀린 심장이 끝내는 너덜너덜해져서 갈가리 찢기리라는 것을 예감할 수 있었다.

"그는 날……, 이젠 날 사랑하지 않는군요."

눈물이 강물처럼 흘러내렸지만 빅토리아는 닦을 생각도 못했다. 카렌이 조용히 되물었다.

"진심으로 그렇게 생각하십니까?"

"아닌가요?"

"아가씨는요?"

"난 그를 사랑해요."

"……!"

힘줄이 튀어나올 정도로 주먹을 움켜쥐며 빅토리아는 고개를 떨구었다.

"그를…… 사랑한다고요!"

"하지만 돌아오지 않으셨죠."

빅토리아는 번쩍 고개를 들었다.

"어떻게 돌아가요. 나 때문에 막스가 죽었는걸요."

막스의 이름이 나오자 카렌이 눈에 띄게 동요했지만 빅토리아는 놀라지 않았다. 캐서린과 콘스탄틴. 고용주는 달라도 두 사람 모두 똑같은 제국에 고용된 처지였다. 막스의 죽음은 카렌만이 아니라 다른 동료들에게도 충격이었을 것이다.

"그래도 아가씨는 돌아오셨어야 했습니다. 가이 롬 라이언스와 불장난을 하고, 라이더 가의 릭 버먼과 결혼 약속을 잡을 게 아니라."

"카렌……."

어처구니없었지만 비난하는 듯한 카렌의 표정은 누그러지지 않았다. 빅토리아는 온몸으로 부정했다.

"가이와 불장난을 친 적은 없어요. 가이만이 아니라 누구와도……"

사랑은
폭풍처럼

"하지만 그분은 그렇게 생각하지 않으십니다."

카렌의 태도는 단호했다.

"설마 내가 함부로 몸을 굴렸다고 믿는 거예요?"

빅토리아는 깍지 낀 손이 하얘질 정도로 비틀며 초조하게 입을 뗐다.

"오해예요. 콘스탄틴 말고는 아무도 없었다고요. 물론 그를 잊고 싶어 몇 번 모르는 남자와 관계를 맺을 생각도 했어요. 하지만 전부 실패로 끝났죠. 맹세하는데 내가 잔 남자는 콘스탄틴뿐이에요. 가이는……."

고해성사를 하듯 빅토리아는 쉬지 않고 입을 놀렸다.

"따로 사랑하는 여자가 있어요. 바로 자기 약혼녀죠. 하지만 그에게 그건 재앙이나 다름없죠. 자신이 명목상의 약혼녀를 사랑하게 될 줄 몰랐으니까. 그런 가이의 모습이 나와 비슷해 보였어요. 콘스탄틴에게 처음 사랑을 느끼고 어쩔 줄 몰라 했던 때의 나와 말이죠. 나한테 가이 롬 라이언스는 친구일 뿐이에요."

"그렇다면 릭은요? 아가씨는 그와 결혼할 예정이시죠."

"그 사람을 사랑하지 않아요. 말 그대로 정략결혼이죠. 콘스탄틴과는 달라요."

"그래도 결혼을 수락하셨잖아요. 다른 남자의 아내가 되시는 겁니다."

독이라도 퍼진 것처럼 그녀의 몸이 경직됐다.

'다른 남자의 아내가 된다.'는 말이 어떤 의미인지 처음으로 깨

달은 것처럼 눈앞이 캄캄해졌다. 하지만 충격으로 허덕일 때가
아니었다.

"콘스탄틴과 다시 만나는 일은 없다고 포기한 상태에서 아버
지가 쓰러졌어요. 아버진 당신이 돌아가시기 전에 내게 기댈 만
한 둥지를 만들어주고 싶어 하셨죠. 아버지가 다시 쓰러지는 꼴
을 보지 않으려면 누군가를 선택할 수밖에 없었어요. 그래서 릭
을 선택했죠. 거기에 특별한 이유 따윈 없어요. 그저 일에 미친
남자라 날 가만히 내버려둘 거라는 게 결정적이었고 그 예감은
틀리지 않았어요. 지난 두 달간 한 번도 그를 못 봤거든요."

그러나 카렌의 표정은 여전히 어두웠다.

조소를 머금은 빅토리아는 한탄하듯 반문했다.

"돌아갔다면……, 그가 날 받아줬을까요?"

"그분은 항상 아가씨를 기다리고 계셨습니다."

충격으로 빅토리아의 혀가 마비됐다. 간신히 목소리를 끌어냈
지만 입 밖으로 나온 목소리는 노파처럼 갈라져 있었다.

"어떻게……, 어떻게 그럴 수 있죠? 난 그 사람한테……."

"누군가의 말처럼 사랑은 피한다고 피할 수 있고, 거부한다고
해서 거부할 수 있는 게 아니니까요. 이젠 당신도 그 의미를 아
시겠죠."

카렌의 입술이 치켜 올라가며 눈가에 가느다란 주름이 잡혔
다.

그 순간 빅토리아의 가슴에 알 수 없는 한기가 스쳤다. 뭔가

의도를 숨긴 듯한 저런 미소는 카렌답지 않았다. 하지만 카렌다운 것은 또 뭐냐는 목소리에 몸에서 힘이 빠졌다. 애석하게도 카렌을 좋아하는 것만큼 그녀는 장신의 여자에 대해 아는 것이 없었다. 그럼에도 빅토리아는 이 검은 머리의 여자에게 매달릴 수밖에 없었다.

"당신 말은 그가 여전히 날 사랑한다는 건가요?"

"그렇습니다."

"근데 왜 나한테 차갑죠?"

카렌은 질문으로 대답을 대신했다.

"그분이 예전처럼 청혼을 하지 않아 화가 나나요?"

"그런 게 아니에요!"

빅토리아는 격렬하게 외쳤다. 하지만 카렌은 여전히 눈 하나 깜짝하지 않았다. 말귀를 못 알아듣는 어린애를 설득하듯 조용히, 그러나 엄하게 말을 이었다.

"반지나, 결혼. 그런 것으론 아가씨를 옆에 둘 수 없다는 걸 아신 겁니다."

"내가 사랑한다고 했지만 무시했어요."

"사랑한다고 하시면서 아가씨는 그분 곁을 떠났습니다."

갑자기 눈앞에 태산이 떨어진 것처럼 겁이 났다. 빅토리아는 몸을 떨며 간절하게 눈을 마주쳤다. 어떻게 그의 신뢰를 되찾을 수 있을지 막막했다.

"그럼 난 이제 어떡하죠? 그는……, 뭘 하려는 걸까요?"

의자를 밀치고 일어난 카렌이 식탁을 돌아 그녀 앞에 섰다. 충혈된 눈으로 빅토리아는 장신의 여자를 올려다보았다. 갑자기 카렌이 그녀 옆의 의자를 끌어다 마주 앉았다. 떨고 있는 그녀의 손을 카렌이 잡았다.

"그분이 뭘 하실지는 아무도 모릅니다. 하지만……."

잡은 손에 힘을 준 것처럼 카렌의 음성에 힘이 들어갔다.

"아가씨가 뭘 해야 하는지는 알고 있습니다."

빅토리아의 가슴이 뛰었다.

"그분의 아이를 가지세요."

"……!"

"그분의 신뢰를 찾을 수 있는 방법입니다."

"아이를 갖는 게 그 남자의 신뢰를 찾는 길이라고요?"

어이가 없었지만 카렌은 진지했다. 아니, 사태를 진담으로 받아들이지 않는 빅토리아의 태도에 화가 나는지 목소리가 날카로워졌다.

"카딜 양이 나타났을 때 왜 그렇게 화가 났었는지 떠올려보세요."

"그건 콘스탄틴이……."

"아이입니다."

카렌이 말을 끊으며 딱 잘라 말했다.

"카딜 양이 아이를 가진 게 당신을 미치게 만든 거예요. 아이 때문에 회장님이 그녀를 완전히 버리지 못하리라는 것을 직감

사랑은
폭풍처럼

한 거죠. 더욱 치명적인 건 아이의 존재는 회장님이 다른 여자를 안았다는 사실을 잊고 싶어도 잊을 수 없게 만들죠. 증거가 눈앞에서 걸어 다니는데 가능할 리 없지 않습니까?"

얼굴을 일그러뜨리며 빅토리아는 도전적으로 물었다.

"당신 말은 그러니까, 나보고 자밀라처럼 임신을 해서 콘스탄틴을 붙잡으라는 건가요? 아이를 빌미로 그를 옭아매라고요?"

카렌이 아니라 자신에게 답하듯 빅토리아는 거칠게 머리를 가로저었다.

"못 해요, 난!"

답답하게도 카렌의 입은 열릴 기미가 없었다. 미치고 싶지 않으면 빅토리아가 먼저 침묵을 깰 수밖에 없었다.

"난 준비가 안 됐어요. 아이 엄마라니, 불가능해요. 콘스탄틴도 날······."

"아이는 혼자서 만드는 게 아닙니다. 두 사람의 사랑의 결정체죠. 아이가 생겼다고 그분이 당신을 비난하는 일은 없을 겁니다."

"그래도 안 돼요. 난······, 아니. 아이가 생겼어도 콘스탄틴의 태도가 변하지 않으면 어쩌죠?"

"당신이 갖는 건 다른 남자의 아이가 아니라 당신이 사랑하는 분의 생명입니다. 그런데 아무런 감흥이 없습니까?"

빅토리아는 자신의 손을 잡고 있는 카렌의 손에서 눈, 다시 완벽하게 손질이 된 손으로 시선을 옮겼다. 그 와중에 똬리를 튼

홍분이 빛처럼 빠른 속도로 전신에 퍼졌다.

발그스름하게 물이 든 볼, 촉촉하게 젖은 그녀의 눈이 마음에 드는지 카렌이 쐐기를 박았다.

"그분의 머리 색깔이 어쩌다 저렇게 됐는지 궁금하지 않으세요? 당신이 떠나고 난 후, 몇 시간도 안 돼 비행기 추락사고 소식이 전해졌죠. 그때부터 당신의 생존 소식이 전해지기까지 얼마나 걸렸는지 아십니까?"

빅토리아도 알고 있었다. 52시간. 가족들은 지금도 가끔 자신들의 인생에서 가장 끔찍한 시간이었다고 혀를 내두르고는 했다.

보고서를 읽듯 담담한 음성이 카렌의 입에서 흘러나왔다.

"정확히 52시간 48분입니다. 그동안 회장님은 주위 사람들을 모두 물리치셨습니다. 그 시간 동안 물도 한 모금 안 드셨죠. 주무시지도 않았고, 말도 없으셨어요. 그저 살아 있는 석고상처럼 당신이 무사하다는 소식만을 기다리셨습니다. 그리고 기적처럼 당신의 생존 소식이 전해졌습니다만 머리카락은 이미 하얗게 센 후였죠."

둑이 무너지듯 빅토리아의 눈에서 눈물이 터졌다.

"어떻게 그럴 수 있죠? 난 몰랐어요. 그런 일이 일어난 줄은……."

카렌이 그녀를 안으며 등을 쓸어내렸다.

"이젠 당신이 되돌려줄 차례예요. 그분을 사랑한다면, 사랑해

달라고 외치기만 할 게 아니라, 행동으로 보여주셔야 할 때입니다. 날 믿어요. 그분도, 당신도 반드시 행복해질 테니까."

빅토리아는 카렌의 품에서 떨어졌다. 시선을 떨어뜨리자 아직은 납작한 배가 눈에 들어왔다. 무의식중에 그녀는 배로 손을 가져갔다.

당연한 것처럼 한없이 부푼 배가 눈앞에서 아른거렸다. 그의 아이를 가진 여자는 자밀라가 아닌 그녀였다.

새로운 생명이 솟듯 빅토리아의 심장이 격렬하게 요동치기 시작했다.

# Chapter 9.

사랑은 어떤 역경도 이겨낼 수 있다고 한다.

사랑이 있기 때문에 세상은 아름답고, 사랑이야말로 세상의 빛이요, 소금이라고 한다.

사랑은 인간의 감정 중 가장 숭고하고, 사랑이 있기 때문에 인간이란 생물은 끊임없이 노력할 수 있다고 한다. 하지만 빅토리아는 더 이상 콘스탄틴을 참아줄 수 없었다.

아직 들어야 할 수업이 두 개나 남아 있었지만 빅토리아는 험악하게 교정을 빠져나왔다. 그 와중에도 전화벨은 끊임없이 울렸다.

그녀는 지금도 지구 어딘가에서 하루 24시간을 3분 단위로 쪼개가며 일하는 남자를 향해 저주를 퍼부었다. 더불어 콘스탄틴이 자신의 손에 권총을 쥐어주었을 때 기꺼이 방아쇠를 당기지 않은 자신을 질책했다.

망할, 집요하게 울려대던 전화벨이 겨우 잠잠해졌지만 빅토리아는 아직도 울부짖는 두 남자의 목소리가 들리는 것 같아 머리가 아팠다.

오후의 평화를 깬 첫 번째 남자는 섀넌이었다.

— 빅토리아!

다짜고짜 소리치는 남자 때문에 그녀는 귀에서 수화기를 떼야 했다. 하지만 30센티미터나 거리를 두었음에도 섀넌의 목소리는 쩌렁쩌렁 울렸다.

— 아버지가 쓰러지셨다. 대체 콘스탄틴 그 망할 자식과 다시 시작했단 말을 왜 안 한 거야!

"무슨 소리야, 지금?"

— 질문은 내가 먼저 했어. 솔직히 털어놔. 설마 릭과 결혼하고 싶지 않다고 한 게 그 개자식 때문이었어? 그럼 그렇다고 진작 털어놨어야지. 그 미친놈이 지금 무슨 짓을 벌이고 있는지 알아? 파장 떨이라도 하듯 JK의 주식을 한꺼번에 내다 팔고 있어. 우리 회사 주식이 곤두박질치고 있다고!

섀넌은 광분했다. 그러나 빅토리아는 섀넌의 분노를 이해할 수 없었다. 콘스탄틴이 JK 주식을 한꺼번에 내다 팔다니, 그러니까 왜!

요 3개월 동안 그녀는 죽은 것처럼 콘스탄틴의 비위를 맞추며 살고 있었다. 여전히 웃지 않을뿐더러 다정하게 이름 한 번 불러주지 않는 남자. 그가 그녀를 찾을 때는 욕망으로 몸이 **뻣뻣해졌**

을 때뿐이다. 그는 걸신들린 것처럼 섹스만 해댔고, 볼일이 끝나면 빌라를 나갔다.

빅토리아는 알몸으로 혼자 남겨질 때마다 자신이 창녀가 된 느낌이었다. 오직 남자의 배설만을 위해 존재하는 여자. 그녀가 창녀와 다른 점이 있다면 두 가지였다. 그가 돈을 내지 않는다는 것, 그런 그를 그녀가 개자식이라고 욕하지 않는 것.

그녀는 단 한 번도 불만을 토로하지 않았다.

사랑하니까, 그에게 지은 죄가 있으니까⋯⋯, 견디기로 했다.

어쩌면 그의 아이를 가졌을지 모른다는 가능성도 분을 누르는 데 한몫했을지 모른다. 임산부가 미친 여자처럼 소리를 지르며 싸울 수는 없지 않은가.

맙소사, 연인으로 치면 그녀는 세상에서 가장 관대한 연인이었다. 한밤중에 찾아온 그가 말없이 나가도 어딜 가는지 묻지 않았으니까. 뭘 하고 돌아다니는지도 따지지 않았다. 그런데 JK 주식을 떨이로 내다 파는 것으로 배신을 때렸다고?

"나도 말 좀 해, 새넌. 아버진 괜찮으신 거지?"

— 네가 모든 걸 원상태로 돌려놓으면 지금이라도 벌떡 일어나 탭댄스를 추실 거다!

일단 빅토리아는 가슴을 쓸어내렸다. 아버지의 상태가 심각했다면 당장 짐을 싸 플로리다로 돌아오라고 했을 텐데 그런 말까지는 없었다.

"콘스탄틴이 보유한 주식이 얼마야?"

— 8퍼센트.

"그렇게 많이?"

빅토리아는 기도 안 찼다. 상대가 그렇게 보유할 때까지 몰랐다니, 누가 뭐래도 이쪽의 실수였다.

하지만 섀넌도 지지 않았다.

— 우리도 몰랐어. 8퍼센트를 보유하려면 자금이 얼마나 필요한 줄 알아? 상상도 할 수 없었다고. 무엇보다 콘스탄틴이 JK에 타격을 가할 생각이었다면 애저녁에 했지. 너랑 깨졌을 때 그 자식은 투자금을 모두 뺐어. 하지만 이쪽이 타격을 받지 않도록 유예기간을 두며 조금씩 진행시켰지. 사실 그는 투자금을 남겨놓고 싶어 했지만 아버지가 거절했지. 사적으로든, 공적으로도 더는 엮이고 싶지 않으셨던 거야. 우린 그 자식과는 완전히 끝난 줄 알았어. 이렇게 뒷구멍으로 주식을 사 모으고 있을 줄은 몰랐다고.

"근데 그걸 왜 내다 팔아?"

— 그걸 알면 내가 너한테 전화를 왜 해? 게다가 곧 검찰 조사도 있을 거야.

"검찰?"

— 잭 도노번이 우리 신문사를 고소했어. 허위 사실 유포죄로 자기 명예가 훼손됐다며.

"그건 또 누구야? 아니, 정말 그 도노번이라는 사람의 주장대로 우리가 잘못한 거야?"

— 웃기지 마! 그런 일로 일일이 명예훼손을 당하면 신문사는 살아

남지 못해. 이건 다 콘스탄틴 그 자식이 뒤에서 조종한 거라고!

정신이 없다보니 빅토리아는 다시 한 번 하나마나한 질문을 하고 말았다.

"그러니까 그가 왜?"

— 그걸 모르니까 환장하겠다는 거잖아!

똑같이 새년에게 소리 치고 싶은 충동을 누르며 빅토리아는 냉정하게 물었다.

"우리가 다시 만나는 걸 어떻게 알았어?"

— 그가 아버지한테 전화를 걸어왔어. 세 시간 전에.

빅토리아는 하마터면 휴대전화를 떨어뜨릴 뻔했다.

"저, 전화로 무슨 말을 했는데?"

— 그건 나도 몰라. 그저 전화를 끊은 아버지가 너한테 연락하기 위해 수화기를 들었지만 그대로 쓰러지셨다는 거야.

"자세히 알아보고 다시 연락할게."

그녀는 악문 잇새로 간신히 대답했다.

— 알아보고 자시고 할 것도 없어. 넌 당장 그 개자식을…….

"끊어. 전화 왔어."

콘스탄틴일 거라는 직감에 그녀는 번호도 확인하지 않고 통화 버튼을 눌렀다. 그런데 목소리의 주인공은 콘스탄틴이 아니었다.

— 빅토리아!

울부짖는 남자는 가이였다.

"미안하지만 지금 네 전화 받을 여유 없어. 끊어!"

사랑은
폭풍처럼

— 지금 내 전화를 끊는다면 지옥 끝까지 쫓아가 복수하고 말겠어.
네 그 잘난 남자 때문에 내가 지금 무슨 꼴을 당했는지 알아?

지옥 끝까지 쫓아가 복수해주겠다는 협박은 빅토리아에게 위
협이 될 수 없었다. 그러나 '네 그 잘난 남자'라는 대목에서는 모
골이 송연해졌다.

가족과 달리 가이는 그녀가 콘스탄틴과 다시 시작한 것을 알
고 있었다.

그녀 덕분에 약혼녀와 재결합을 하게 되자 가이가 축하주를
샀는데 당시 콘스탄틴에 대한 상심으로 괴로웠던 빅토리아는 그
만 술기운에 남자 이름을 털어놓고 말았다.

"혹시 콘스탄틴이 무슨 짓 했니?"

— 그래!

"혹시 너희 호텔 주식도 매입해……."

— 자꾸 헛소리 할래?

"그럼 무슨 짓을 했는데?"

— 같은 남자로서 절대 용서할 수 없는 짓.

가이의 음성은 엄숙하기까지 했다.

"제대로 설명해봐."

— 크리스티나가 전화를 했어. 네 사랑을 믿느니 원숭이의 사랑을
믿는다고. 넌 원숭이만도 못한 짐승이라며, 당장 파혼하자고……, 나하
고 결혼하느니 원숭이와 결혼한대…….

"진정해. 분명 착오가……."

— 그녀는 진심이야. 사진을 봤다고!

"무슨 사진?"

— 내가 철없던 시절에 놀던 사진.

"그러니까 그게 뭔데?"

— 친구들과 난잡한 파티를 한 적이 있어. 하지만 그건 벌써 2년 전 일이라고! 말이 난잡 파티지 그 정도는 조금 센 총각파티로…….

"정확히 내용이 뭔데?"

— 창녀들을 불렀어.

설명을 듣지 않아도 어떤 그림인지 그려졌다. 3P, 4P, 약…….
욕망의 화신이 되어 할 짓 못 할 짓, 아무튼 광란의 시간을 보냈겠지. 본인은 억울하겠지만 같은 여자로서 빅토리아는 크리스티나의 행동을 이해하고 동정했다. 아무리 마음을 잡았다고 해도 과거의 일이 이렇게 하나 둘 수면으로 떠오르면 괴로울 수밖에 없다. 그 상대가 사랑하는 남자라면 더욱더 말이다. 하지만 그 사진을 콘스탄틴이 보냈다고 확신하는 근거는 뭐지?

빅토리아는 그가 그렇게까지 비열한 짓을 저지를 리 없다고 믿었다. 무엇보다 콘스탄틴이 가이에게 그런 짓을 저지를 이유가 없었다.

"정말 그 사진들을 콘스탄틴이 보냈다고?"

— 지금까지 내가 한 말을 어디로 들은 거야!

"하지만 그가 왜? 넌 그를 만난 적도 없잖아."

— 그러니까 더 미치고 팔딱 뛰겠다는 거 아니야. 하지만 놈은 그

망할 사진을 크리스티나에게 보내면서 자필로 쓴 편지까지 동봉했어. 나 같은 놈과는 빨리 헤어지는 좋다는 충고에, 필요하면 언제든 도움을 줄 수 있다는 오지랖에, 사인 옆에 직통 번호까지 적었다더군.

관자놀이가 빠개질 것처럼 아파왔다.

빅토리아는 손으로 관자놀이를 누르며 간신히 내뱉었다.

"어떻게 된 일인지 알아볼 테니까 기다려."

— 분명히 말하는데 크리스티나와…….

빅토리아는 전화를 끊었다. 3초도 안 돼 전화벨이 다시 울렸지만 무시하며 강의실 건물을 나왔다. 나오는 도중에도 계속해서 전화벨이 울렸다 끊어지기를 반복해 화를 돋웠지만 냉정을 되찾기 위해 애를 썼다.

일단은 사태 수습이 먼저다. 하지만 뭘 어떻게 어디에서부터 시작하지?

그저께 밤에도 콘스탄틴과 관계를 맺었지만 빅토리아는 그가 어디 있는지 몰랐다. 어이없게도 크리스티나마저 아는 직통 번호를 그녀는 알지 못했다. 몇 번이나 물으려 했지만 석고상처럼 굳은 남자의 얼굴에 번번이 입을 다물 수밖에 없었다.

그녀는 이 모든 걸 인내의 한 부분으로 여기며 참았다.

하지만 이젠 아니다!

그녀가 휴대전화에 등록된 카렌의 연락처를 검색하는데 또다시 전화벨이 울렸다. 무시하기 위해 거절 버튼으로 손가락이 움직이는데 액정 화면의 번호가 수상했다.

국제전화였다.

"네."

마지못해 통화 버튼을 누르자 굵은 저음의 음성이 들렸다.

— 릭이요.

빅토리아는 긴장했다. 섀넌이나 가이처럼 그는 소리를 지르거나 욕을 퍼붓지 않았다. 그럼에도 상대의 태도는 충분히 빅토리아를 당혹스럽게 했다. 그녀는 릭의 전화를 결코 우연으로 치부할 수 없었다. 그녀의 본능은 그가 콘스탄틴의 세 번째 희생자라고 주장했고, 빌어먹게도 그녀의 짐작은 빗나가지 않았다.

"잘 지냈어요? 근데 무슨 일이죠?"

— 혹시 당신이 만나는 남자가 전 약혼자요?

죄의식에 빅토리아는 말문이 막혔다.

그녀는 2주 전, 릭과는 결혼할 수 없다고 아버지에게 통고했다. 아버지는 불같이 화를 내며 어림없다고 날뛰었지만 그녀도 물러서지 않았다. 계속 강행한다면 아버지보다 자신이 먼저 쓰러질지도 모른다는 엄포를 놓았다. 하지만 그런 엄포가 아버지에게 먹힐 리 없었다. 정말 쓰러진다면 모를까, 그런 협박은 통하지 않았다. 고민 끝에 그녀는 당사자인 릭에게 결혼할 수 없다는 통고를 했다. 릭은 충격을 받았지만 그녀가 다른 남자와 벌써 3개월째 동침을 하고 있다는 것, 그 남자를 진심으로 사랑하며 그의 아이를 가진 것 같다고 하자 손을 들고 말았다.

릭을 단념시키기 위해 거짓말을 한 게 아니라 그녀는 정말 임신을 했다. 두 달째 생리가 없어 지난 주에 약을 사다가 검사를 했는데 결과는 양성이었다. 그럼에도 콘스탄틴에게 털어놓지 않은 것은 두 가지 이유 때문이었다.

하나는 병원에서 확실하게 진단받고 싶었고, 나머지 하나는 그녀도 각오를 다질 시간이 필요했기 때문이었다.

당신 아버지도 이 사실을 알고 있느냐는 릭의 질문에 빅토리아는 곧 말씀드린다고 했다. 릭은 알았다는 말과 함께, 아버지께 말씀드리면 자신에게 전화를 해달라고 했다. 빅토리아는 그가 직접 자신의 부모에게 결혼이 깨졌다는 것을 알릴 거라 확신했다.

그런데 하필, 산부인과에 진료를 받으러 가기로 한 날 일이 터진 것이다.

빅토리아는 신음을 삼키며 전화기를 놓치지 않도록 힘을 쥐었다.

릭은 아직도 그녀의 대답을 기다리고 있었다.

"그래요."

전화 반대편에서 무겁고 지친 한숨이 흘러나왔다.

빅토리아는 미련스러울 정도로 침묵을 지켰다. 그에게 먼저 물어야 하는 것을 알고 있지만 차마 입이 떨어지지 않았다.

결국 릭이 먼저 침묵을 깼다. 그런데 질문의 요지가 뜬금없었다.

— 혹시 내가 어느 쪽 기자인지 알고 있소?

"정치부잖아요."

— 그래, 이곳 홍콩에서의 특파원 기간이 끝나면 워싱턴 입성이 예정돼 있지.

"축하해요. 당신이라면 해낼 줄 알았어요."

— 유감스럽게도 축하는 아직 일러. 다음 달 15일 날짜로 뜬금없는 발령이 떨어졌거든. 어디일 것 같소?

"아무래도 워싱턴은 아닌 것 같군요."

— 맞아. 난 정치부 기자인데 아마존 문화 탐방 기사에 메인 기자로 발령이 났소. 이게 말이 된다고 생각하오?

"있을 수 없는 일이죠."

— 한데 새로 취임한 이사가 이 말도 안 되는 발령을 발의했고, 3분의 2 재적에 과반수 찬성표를 얻어 통과됐다는군. 그 새로 취임한 이사가 누구일 것 같소?

"대충 짐작이 가요."

— 난 그가 왜, 무슨 의도로 이런 짓을 저지르는지 모르겠소. 혹시 나도 모르는 사이에 내가 당신에게 상처를 준 적이 있나?

"아니에요. 모든 면에서 사과를 할 사람은 나예요."

— 그럼 내가 왜 전화를 했는지도 알겠군.

"48시간, 아니, 늦어도 72시간 안엔 원상복구 해놓을게요."

— 믿어도 되겠소?

"물론이에요."

— 고맙소. 건강하시오.

사랑은
폭풍처럼

"안녕, 릭. 당신도 잘 지내요."

빅토리아는 차분히 전화를 끊었다. 그러나 속은 폭발직전의 활화산이었다. 그녀가 성질대로 휴대전화를 집어던지지 않은 것은 콘스탄틴의 연락처를 당장 알아내는 게 더 중요했기 때문이다.

다행히 카렌은 한 번에 전화를 받았다.

"나예요."

― 네, 아가씨.

카렌의 목소리는 밝았다. 콘스탄틴이 벌인 만행 같은 건 전혀 모르는 눈치다.

"그 사람 지금 어딨죠?"

― 네?

빅토리아의 질문에 카렌이 어리둥절해했다. 빅토리아는 결국 폭발하고 말았다.

"그 개자식 지금 어딨냐구요!"

― ......!

"설마 외국에 있는 건 아니죠?"

― 아닙니다. 지금 회사에 계실 겁니다.

"회사?"

― 제가 지금 그리로 모시러 가겠습니다. 어디신지…….

"그럴 시간 없어요. 택시 타고 갈 테니 주소나 문자로 찍어줘요."

대답도 듣지 않고 빅토리아는 전화를 끊었다.

무작정 교문을 나와 택시를 잡는데 문자가 왔다. 나쁜 출발은 아니라고 자신을 설득하며 빅토리아는 기사에게 주소를 불러주었다.

택시가 멈춘 곳은 놀랍게도 얼마 전까지 수입차 매장이었던 18층 신축건물이었다. 하지만 언제 껍데기를 바꿨는지 그녀의 눈에 들어온 것은 IMC라는 대형 간판이었다.

학교에서는 10여 분, 그녀가 거주하는 빌라에서도 고작 30분이 떨어진 곳에 그의 회사가 버젓이 있었던 것이다.

빅토리아는 살의를 불태우며 번쩍거리는 유리 건물 안으로 들어갔다.

세련된 건물처럼 사원들 역시 세련되고 자신만만해 보였다. 빅토리아는 곧장 안내 데스크로 다가갔다.

"무엇을 도와드릴까요?"

제복을 입은 경비원이 정중하게 맞았다.

"여기 회장을 만나려면 어디로 가야 하죠?"

"회장님이요?"

"콘스탄틴 요한 로랑 아서. 이 회사 회장 아니에요?"

직원의 안색이 창백해졌다.

"실례지만 약속을 잡고 오셨습니까?"

"약속은 안 했지만 빅토리아가 왔다고 하면 뭔가 지시가 있을 거예요."

창백했던 경비원의 안색이 이제는 벌겋게 달아올랐다.

"혹시……, 코렌 양이십니까?"

"날 아세요?"

"여, 영광입니다. 전……."

경비원이 버벅거리며 뭔가를 말하려고 애쓰는데 1층 로비에 있던 사원들이 약속이나 한 것처럼 동작을 멈췄다.

그들의 시선은 모두 엘리베이터에서 내리는 한 무리의 사내들에게 고정되어 있었다.

짐작대로 그들의 중심에는 콘스탄틴이 있었다.

왕을 알현하듯 그들이 지나칠 때마다 사원들은 정중하게 허리와 머리를 숙였다. 하지만 뭐가 그렇게 바쁜지 콘스탄틴은 주위에 관심조차 없었다. 심각한 얼굴로 자신을 따르는 직원들에게 지시를 내리기 바빴다. 재수 없게도 그녀마저 모르는 사람 취급을 하며 지나쳤다. 하지만 그것도 잠시, 몇 발자국 안 가 걸음을 멈추었다.

그가 날카롭게 고개를 돌렸다.

"빅토리아?"

무표정한 얼굴이 이번만큼은 약간 흔들렸다.

"다행히 알아보는군요."

빅토리아는 분을 누르며 어깨를 으쓱했다. 하지만 그의 대꾸에 머리로 피가 몰렸다.

"연락도 없이 웬일이지?"

젠장, 이걸 지금 말이라고 해?

하지만 그는 정말 그녀가 왜 여길 찾아 왔는지 모르겠다는 듯 여전히 의구심을 감추지 않았다. 욱 하고 다시 피가 요동쳤으나 그녀는 최대한의 자제심을 발휘하며 화제를 돌렸다.

"어디 가나 봐요."

"일이 생겼어."

"무슨 일인지 모르지만 취소하는 게 좋을 거예요."

"왜?"

"당신은 나와 애길 해야 하니까."

"안됐지만 지금 홍콩으로 떠나야 해."

"언제 오죠?"

"주말. 무슨 일인지 모르지만 얘기는 갔다 와서 하지."

콘스탄틴이 까딱 턱을 움직이자 검은 양복을 입은 건장한 사내 둘이 움직였다. 한 사람은 짧게 머리를 깎았고, 다른 한 사람은 아시아계였다. 그녀는 당장이라도 망할 두 사내들에게 끌려나가기 직전이었다.

하지만 어림없다. 완강하게 팔짱을 낀 그녀는 짧지만 단호하게 요구했다.

"가겠다는 사람을 말릴 생각은 없어요. 하지만 당신이 초래한 혼란은 해결하고 가요."

배팅을 하듯 그녀처럼 팔짱을 낀 콘스탄틴이 못마땅하게 이맛살을 찌푸렸다. 그녀의 태도가 마음에 들지 않는다는 의미이리

라. 하지만 그녀는 부하직원이 아니었다.

빅토리아는 당당하게 요구 사항을 덧붙였다.

"JK 주식의 매도를 당장 멈출 것, 크리스티나에게 진심으로 사과할 것, 릭에게 내린 부당한 발령을 철회할 것."

"그게 전부인가?"

"내 요구에 대답이나 해요."

"당신 하는 거 봐서 결정하지."

"그 말은……, 내 행동이 마음에 안 들면 요구를 받아들이지 않겠다는 거예요?"

"그래."

예전 같았으면 그에게 달려들어 소리를 지르고, 행패를 부렸을 것이다. 그들을 바라보는 눈이 몇 개건 상관하지 않았으리라.

지금이라고 해서 무슨 일이 벌어질지 흥미진진한 얼굴로 주시하는 직원들이 무서운 것은 아니었다. 하지만 빅토리아는 콘스탄틴에게 달려들지 않았다. 섀넌과 아버지, 가이와 릭까지……. 그녀의 연락을 기다리는 사람들을 생각하면 이렇게 발길을 돌릴 게 아니나 정문을 향해 걷기 시작했다.

은발로 변한 그의 머리카락을 보자 가슴이 메어졌다. 웃지 않는 냉담한 얼굴을 보자 말할 수 없는 서글픔이 밀려들었다. 여전히 멋지고 잘생긴 남자였지만 눈가의 주름을 감출 수 없었다. 무엇 때문에 그가 일을 만들었는지 모르지만 따질 마음이 사라졌다. 하지만 그렇다고 그를 용서한 것은 아니었다.

그저 지금은 그의 얼굴을 보지 않는 게 낫다는 판단이 섰을 뿐이다.

"어딜 가는 거지?"

어느새 쫓아온 콘스탄틴이 그녀의 손을 잡았다. 빅토리아는 걸음을 멈추지 않으며 남자의 손을 뿌리쳤다.

"지금은 당신을 보고 싶지 않아요. 부탁이니까 홍콩이든 어디든 가버려요."

"주말엔 돌아올 거야."

다시 손을 잡지는 않았지만 콘스탄틴은 그녀와 보조를 맞추며 우울하게 말했다.

그러지 말자 하면서도 어쩔 수 없이 조소가 흘러나왔다.

"그때까지 얌전히 집에서 당신을 기다리라는 건가요?"

콘스탄틴은 대답하지 않았다. 걸음을 멈춘 그녀는 똑바로 파란 눈을 쏘아보았다.

"노력은 하겠지만 장담은 못 해요."

물끄러미 그녀를 바라보던 남자가 경호원들에게 고개를 까딱했다. 검은 양복 차림의 사내들이 교도관처럼 그녀의 양 옆을 지켰다. 뭐라도 좋으니 아무 말이라도 해주기를 바랐는데 콘스탄틴은 등을 돌렸다. 그녀의 시선을 느꼈을 텐데 돌아보는 일 없이 그대로 로비를 나갔다.

콘스탄틴은 떠났지만 그녀는 여전히 직원들의 구경거리였다.

지난 3개월간 그녀를 괴롭혔던 의심이 다시 머리를 들었다. 카렌은 콘스탄틴이 여전히 그녀를 사랑한다고 주장했다. 하지만 그의 행동에서 빅토리아는 어떤 사랑도 읽을 수 없었다.

사람들의 구경거리가 되리라는 것을 알면서 이렇게 혼자 떠나 버리는 남자라니.

빅토리아는 용기를 내 주위를 둘러보았다. 따로 소개하는 게 우스울 만큼 로비 안의 사람들은 죄다 그녀가 누구인지 알고 있었다. 회장의 전 약혼녀이자 한동안 미합중국을 뜨겁게 달궜던 JK 인디펜던트 미디어 회장의 외동딸, 빅토리아 코렌.

그들의 눈에서 읽을 수 있는 감정은 똑같았다. 자신들이 목격한 광경을 믿지 못하는 데서 오는 의구심, 그리고 혹시나 하는 가능성. 아무리 봐도 아서 회장과 빅토리아 코렌은 끝난 사이처럼 보이지 않았던 것이다. 연인처럼 다정한 모습은 아니지만 오히려 두 사람 사이에는 그 이상의 뭔가 끈끈하면서도 뜨거운 불꽃이 튀고 있었다. 그들은 이 특종을 지인들에게 알리고 싶은 욕심과 빅토리아 코렌이 새로운 특종을 또 줄지도 모른다는 기대감 속에서 갈등하고 있었다.

짧게 머리를 깎은 경호원이 정중하게 물었다.

"어디로 모실까요? 집으로 가시겠습니까?"

조금 이르지만 빅토리아는 결정을 내렸다.

"병원으로 가겠어요."

"어디 불편하십니까?"

경호원들의 안색에 긴장이 내려앉았다. 그 순간 그녀의 마음속에 숨어 있던 작은 악마가 속삭였다.

만약 그녀가 임신한 것을 알게 되면 콘스탄틴은 어떤 반응을 보일까? 출장을 취소하고 병원으로 올까, 아니면 빨강머리 계집애가 기어코 사고를 쳤다고 으르렁대면서도 일단은 출장을 강행할까?

각오를 했어도 임신은 역시 그녀에게도 충격이었다. 어느 순간은 한없이 기분이 뜨다가도, 다음 순간에는 우울증 환자처럼 축 가라앉았다. 콘스탄틴의 아이가 뱃속에서 자란다고 생각하면 목이 메며 콧등이 찡하다가도 과연 이 아이를 무사히 낳아 키울 수 있을지를 헤아리면 몸이 떨려오는 것이다.

카렌의 확신과 달리 그가 이 아이는 필요 없다고 하는 게 아닐지 두려웠다.

빅토리아는 그녀의 입이 열리기를 기다리는 두 남자를 보며 차라리 간접적으로 그에게 임신 소식을 알리는 게 낫겠다고 판단했다. 역시 그의 얼굴에 대고 사실을 털어놓는 것은 무서웠다.

"산부인과예요. 좀 정확히 검사해야 할 것 같아 예약을 해놨어요."

"알겠습니다. 차를 대기시키겠습니다."

바투 깎은 머리의 남자는 승강기를 타고 지하로 내려갔고, 아시아계 사내는 그녀의 옆을 지켰다. 남자는 곧 지하에서 차를 갖고 나와 건물 앞에 세웠다.

"가시지요."

아시아계 사내가 정중하게 입을 뗐다.

회전문을 나가자 운전석에 타고 있던 경호원이 차에서 내렸다. 원래부터 정중했지만 두 사람의 태도는 흡사 여왕을 모시듯 극진했다. 하지만 그 이상으로 불안해 보였다.

그녀가 이미 산부인과로 가고 있다는 보고를 콘스탄틴이 받은 듯한 예감이 들었다. 몸을 돌리자 콘스탄틴처럼 그의 회사가 엄하게 내려다보고 있었다.

빅토리아는 의연히 등을 곧추세우며 차에 올랐다.


서류를 놓치자 종이뭉치가 낙엽처럼 흩어졌다. 바닥에 떨어진 계약서 사본들을 주울 생각도 못 하고 콘스탄틴은 생명줄처럼 휴대전화를 움켜쥐었다.

"어딜 간다고?"

그가 잘못 들은 게 아니었다. 다시 확인해도 야니의 대답은 같았다. 빅토리아를 태운 차는 지금 산부인과로 이동 중이었다.

"왜?"

숨을 쉬는 게 고통스러웠지만 그는 나머지 말들을 잇새로 내뱉었다.

"그녀가 쓰러졌어?"

— 아닙니다. 말씀으로는 예약을 했다고 하셨습니다.

콘스탄틴이 말을 잇지 못하자 야니가 대신 침묵을 깼다.

— 아무래도 아이를 가지신 것 같습니다.

그는 수화기를 떨어뜨렸고, 차는 급하게 멈췄다.

"괜찮으십니까?"

운전석의 마르코와 조수석의 칸이 당황하며 그에게 물었다. 콘스탄틴은 여전히 뭐라고 떠드는 전화기에서 앞의 두 사내에게 시선을 옮겼다.

"괜찮아."

가까스로 휴대전화를 집어든 그는 감정을 누르며 지시했다.

"지금 당장 마르코에게 전화해서 병원 주소를 알려줘. 거기로 갈 거야."

그가 전화를 끊는 것과 동시에 카폰이 울렸다. 마르코가 전화를 받았다.

콘스탄틴은 칸에게 시선을 돌렸다.

"홍콩엔 갈 수 없으니 알아서 처리하고 돌아오라고 조나단에게 연락해."

칸이 뭔가를 말하려 했지만 콘스탄틴은 의자 깊숙이 몸을 묻고 눈을 감았다.

비로소 그는 1층 로비에서 왜 그렇게 빅토리아가 태연했는지 이해가 됐다. 이런 멋진 패를 가지고 있는데 굳이 천박하게 소동을 피울 필요가 없는 것이다.

하지만 그가 변한 것처럼 빅토리아도 변했기 때문이라며 대수롭지 않게 넘겼다. 세월 앞에 장사 없다고, 다시 만난 빅토리아는 많은 부분에서 그를 놀라게 했다. 평생을 가도 절대 죽을 것 같지 않던 성미는 수개월 만에 마모되고 무디어져 있었다.

지난 3개월간 빅토리아는 큰소리 한 번 내지 않았다. 그런 그녀가 비명을 지르며 감정을 드러낼 때는 섹스를 하며 절정에 오를 때뿐이었다. 그가 왜 돌아왔는지, 돌아온 그가 어디에서 살고, 이 거대한 도시에서 뭘 하고 있는지 궁금해하지도, 묻지도 않았다. 그의 전화번호를 묻지도 않았고, 떠난 그가 언제 올 것인지도 역시 묻는 법이 없었다.

처음에는 이런 전개가 나쁘지 않았다. 하지만 한 달이 지나고 두 달째로 접어들자 거슬리기 시작했다. 석 달이 지난 지금은 자신이 빅토리아의 욕망만을 채워주는 섹스머신으로 전락한 기분이었다. 그의 바람대로 빅토리아가 옆에 있고, 원할 때면 언제든 안을 수 있는데 뭔가가 부족했다. 빅토리아가 옆에 있지만 가끔씩 그는 지독한 외로움을 느꼈다.

그러다 지난 주 뭔가에 홀린 것처럼 빅토리아의 빌라로 걸음을 되돌렸다. 바로 20분 전에 녹초가 되도록 빅토리아를 안았고, 따라서 더 이상의 용무가 없다는 것을 아는데 몽유병자처럼 다시금 빌라의 문을 열고 들어갔다.

빅토리아는 보이지 않았다. 그는 소리를 죽이며 귀를 기울였다. 침실에 연결된 샤워 룸에서 물이 떨어지는 소리가 들렸다.

거실로 나온 그는 긴장한 표정으로 자신에게는 턱없이 작은 소파에 앉았다. 그러다 초조하게 머리를 쓸어 넘기며 몸을 일으켰다. 빅토리아가 왜 왔냐고 물으면 할 말이 없지만 나가는 것도 내키지 않았다. 그때 선반 위의 전화벨이 울렸다. 전화를 받지 않자 전화기는 자동응답으로 넘어갔다.

상대는 굉장히 흥분한 상태였다.

— 빅토리아. 나야, 가이. 아무래도 지금 당장 만나야 될 것 같아. 도저히 참을 수 없어. 시간이나 장소는 상관없으니 이 메시지를 들으면 바로 연락해줘. 기다릴게, 달링. 사랑해.

그는 얼어붙은 것처럼 꼼짝도 할 수 없었다. 이미 자동 음답기에 녹음된 내용을 토씨 하나 틀리지 않고 기억했지만 그럼에도 전화기 앞으로 다가가 녹음된 내용을 몇 번이고 확인했다.

— 빅토리아. 나야, 가이. 기다릴게, 달링. 사랑해…….

들어 올 때와 마찬가지로 그는 조용히 빌라를 나갔다.

충실한 그의 수족답게 경호원들은 뭔가 일이 벌어졌음을 직감했다. 물론 그 일이 빅토리아 코렌 때문이라는 것도. 하지만 그들에게 이는 놀라운 일이 아니었다. 이미 한계에 다다른 갈등이었기에 두 연인은 폭발만을 남겨두고 있었던 것이다.

콘스탄틴은 최고의 두뇌들에게 소집 명령을 내리고 나서야 자신이 무엇 때문에 기분이 저조했는지 깨달았다. 이놈이나 저놈이나 빅토리아의 주위에 있는 사내들이 마음에 안 들었다. 가이의 자동응답기 음성 사건 이전부터 그는 이미 릭 버몬 라이더 건으로 기분이 상한 상태였다. 그에게 안기면서도 빅토리아는 여전히 릭 버몬 라이더와의 결혼을 진행시키고 있었다.

두 사람의 관계가 끝났다는 소식은 들려오지 않았다. 그런데 여기에 가이 롬 라이언스까지 가세해 그녀에게 사랑한다는 고백을 했다.

콘스탄틴은 빅토리아와 그 주변 사내들에게 그들의 상대가 누구인지 이쯤에서 알려줄 필요성을 절감했다. 그래서 카니발을 벌였는데, 빅토리아는 세 남자를 위해 득달같이 달려왔다. 지난 석 달간 그에 대한 것은 냉담함으로 일관했으면서 세 남자를 위해서는 무슨 짓이라도 할 기세였다. 그것이 또 콘스탄틴은 마음에 안 들었다.

"지금은 당신을 보고 싶지 않아. 부탁이니까 홍콩이든 어디든 가 버려요."

지긋지긋하다는 여자의 반응에 순간적으로 움찔했지만 그는 다행히 냉정을 잃지 않고 건물을 나왔다. 제라르 코렌, 가이 롬 라이언스, 릭 버몬 라이더는 여전히 유죄라고 이를 갈면서.

지금 그는 가죽의자에서 구르는 휴대전화를 귀로 가져가며 지시를 내리고 있었다. JK 주식을 다시 매수할 것, 크리스티나에게는 정중한 사과 편지와 함께 꽃을 보낼 것, 릭 버몬 라이더의 발령도 없던 일로 돌릴 것······.

전화기를 내려놓은 그는 깍지 낀 손을 뚫어지게 응시했다.

산부인과.

어쩌면 빅토리아는 임신하지 않았을지 모른다. 임신은커녕 모든 게 그를 골탕 먹이기 위한 고약한 장난일지도 모른다. 그렇더라도 그는 꿈에서 헤어 나올 수 없었다.

빅토리아가 정말 아이를 가졌다면?

뜨거운 것이 치밀며 말로 형용할 수 없는 감정이 북받쳤다. 아버지가 된다는 상상은 해본 적이 없다. 그렇게 섹스를 하면서도 빅토리아가 그의 아이를 갖는 가능성을 염두에 두지 않았다.

어떻게 이렇게 멍청할 수 있는지 생각할수록 기가 막혔지만 그럼에도 그는 불거져 나오는 웃음을 참을 수 없었다. 병원으로 가는 길이 갑자기 한없이 길게 다가왔다.

"속도를 높여."

그는 깍지 낀 손에 턱을 괴며 지시했다. 그도 체감할 수 있을 만큼 마르코가 속도를 높였다. 그때 차가 급커브를 그리며 기우뚱했다.

욕설을 내뱉으며 중심을 잡는 콘스탄틴의 눈에 창백해진 칸의 얼굴이 들어왔다.

"문제가 생긴 것 같습니다."

콘스탄틴은 고개를 돌렸다. 뒤따라와야 할 경호차 대신 대형 트럭이 바싹 붙고 있었다. 전방으로 시선을 옮기자 역시 괴물 같은 트럭이 가로막고 있었다.

설마 하는 의심이 스치는 것과 동시에 뒤의 트럭이 세단을 들이받았다.

요란한 굉음과 함께 경적이 고막을 찔렀다.

'빅토리아!'

차가 뒤집혔다고 직감한 순간 빛이 쏟아졌다.

콘스탄틴은 의식의 끈을 놓고 말았다.

초음파에 비친 두 개의 아기집을 빅토리아는 황홀하게 바라보았다. 임신 가능성을 기대했고, 병원으로 오는 도중 정말 임신한 것 같다는 확신이 들긴 했지만 쌍둥이를 가졌을 거라는 가능성은 상상도 못 했다. 한데 그녀의 뱃속에는 자그마치 두 개의 소중한 생명이 벌써 5주 전부터 터를 잡고 있었다.

"특별한 이상 징후는 발견되지 않았습니다. 정기 검진은 한 달에 한 번으로 충분하지만 다음 주에 한 번 더 내방해주십시오. 다음 주엔 아기들의 심장 소리도 들으실 수 있을 겁니다.

"고맙습니다. 고맙습니다."

부옇게 젖은 눈으로 화면에 응시하던 빅토리아는 연신 고개를 끄덕였다.

어떤 선물도 이보다 소중할 수는 없다고 소리치지 못하는 게 안타깝기만 했다.

원망, 미움, 불안……. 모든 부정적인 감정이 눈 녹듯 사라지며 평온하고 충만한 감정이 그 자리를 채웠다.

콘스탄틴이 이 아이들을 부정해도 그녀는 견딜 수 있을 것 같았다.

자밀라의 행동은 분명 용서할 수 없었지만 그녀에게 저주를 퍼부으며 비난했던 자신이 이제는 부끄러웠다. 자밀라는 결코 수치심을 모르는 여자가 아니었다. 사랑하는 남자와 자신의 아이를 지키기 위해 어머니로서 모진 수모를 견딘 것이었다.

　침대에서 일어나 옷을 입는데 다급한 노크소리와 함께 문이 열렸다.

　혹시 연락을 받고 온 콘스탄틴이 아닐까 하는 기대에 그녀의 가슴이 심하게 뛰었다. 하지만 문을 열고 나타난 얼굴은 콘스탄틴도, 그녀를 병원으로 데리고 온 경호원들도 아니었다.

　"카렌!"

　평소와 달리 헝클어진 몰골의 카렌이 서 있었다.

　"무슨 일이죠?"

　빅토리아는 카렌의 얼굴에 번진 마스카라와 다 지워진 루즈를 보며 고개를 저었다. 카렌은 이미 꺼진 초음파 기기와 아직 다 채우지 않은 그녀의 블라우스 단추를 번갈아 보며 물었다.

　"검사는 끝났나요?"

　"네."

　뭔가 일이 터졌다는 것을 직감하면서도 두 개의 아기집을 떠올리자 어쩔 수 없이 흥분이 됐다. 그녀는 수줍게 고개를 끄덕이며 자랑스럽게 말했다

　"쌍둥이래요. 벌써 5주 됐대요."

　충격을 받은 듯 석고상처럼 굳은 카렌이 묘하게 입술을 일그러뜨렸다. 충분히 수상한 반응이었지만 이미 자신의 행복에 푹 빠진 빅토리아는 카렌의 변화를 심각하게 감지할 수 없었다.

　"다음 주에 오면 아기들 심장소리도 들을 수 있대요."

"축하드립니다."

"그런데 무슨 일이죠?"

"나가서 말씀드리겠습니다."

다 채우지 못한 그녀의 블라우스 단추를 카렌이 직접 채웠다. 빅토리아는 직접 하겠다는 의사 표시를 했지만 그녀는 듣지 않았다. 진료실에 있던 의사와 간호사가 그들을 의아하게 바라보았다. 하지만 카렌의 강압적인 행동은 변하지 않았다.

어리둥절해하는 그녀가 한심하다는 듯 카렌은 다소 거칠게 일으켜 세우며 진료실의 문을 열었다.

빅토리아는 등 뒤에서 문이 쾅 닫힌 후에야 자신들이 의사와 간호사에게 인사도 하지 않고 나왔음을 깨달았다.

기가 막힌 것은 그럼에도 카렌이 짐짝처럼 그녀를 잡아끈다는 것이었다. 간호사와 의논해서 다음 진료 날짜를 잡아야 하는데 출입구로 향하는 카렌의 행동에는 거침이 없었다.

"멈춰요, 카렌!"

카렌의 손을 뿌리친 빅토리아는 벌겋게 자국이 난 손목을 문지르며 경고했다.

"아무리 당신이라도 날 이렇게 다룰 순 없어요."

카렌이 감정을 읽을 수 없는 표정으로 그녀를 응시했다. 문득 언젠가 느꼈던 감정이 되살아났다. 눈앞의 여자가 다른 존재처럼 낯설게 다가오는 것이다.

"경호원들은 어디 있죠?"

빅토리아는 대기실에서 진료실의 문이 열리기를 기다리는 환자들에게 시선을 돌리며 물었다. 갑자기 카렌이 아프도록 그녀의 어깨를 움켜쥐었다.

"잘 들어요, 빅토리아."

그녀는 발끈해서 카렌을 뿌리치기 위해 다시 손을 올렸다. 하지만 카렌 쪽이 더 빨랐다.

"사고가 났어요."

빅토리아는 그대로 얼어붙었다.

"그분의 차가 전복됐습니다. 전복된 차를 뒤에 오던 대형트럭이 다시 뭉갰어요. 그분은 지금 생사조차 불분명한 상태예요."

정신을 차렸을 때 그녀는 이미 눈물범벅이 되어 카렌에게 매달리고 있었다.

"그는, 그는 무사한가요?"

주위의 시선이 거북한 듯 카렌이 나지막이 속삭였다.

"일단 여길 나가죠."

다리가 후들거렸지만 빅토리아는 이를 악물며 걸음을 재촉했다.

부축을 받고는 있었지만 병원을 나와 카렌이 주차한 스포츠카 앞으로 오기까지 억만 년은 걸린 것 같았다. 뒷좌석에 그녀를 태운 카렌이 문을 닫으려 했다. 빅토리아는 간절하게 카렌을 붙잡았다.

"말해줘요. 그는 무사한 거죠?"

괜찮다는 듯 카렌이 그녀의 손을 잡아주었지만 빅토리아는 그것만으로는 부족했다. 그녀의 눈물이 카렌의 손등으로 후드득 떨어졌다.

"부탁이에요. 날 그에게 데려다 줘요. 그럴 거죠, 카렌?"

"물론이에요."

카렌은 그녀의 손을 힘주어 잡다가 풀며 힘차게 고개를 끄덕였다.

"당신은 도착할 때까지 쉬어요. 뱃속의……, 뱃속의 아이들을 생각해야죠."

아이들!

히스테릭한 비명을 억누르며 빅토리아는 숨을 고르기 위해 안간힘을 썼다.

하지만 아무리 애를 써도 호흡을 가다듬을 수 없었다. 지금이 순간, 자신이 사랑하는 남자에게 무슨 짓을 저질렀는지 소름 끼치도록 실감할 수 있었다. 머리를 감싼 빅토리아는 고통으로 몸부림치며 의자에 쓰러졌다.

'당신도 이렇게 두려웠어요? 이런 두려움을 쉰두 시간이나 견딘 거예요? 미안해! 미안해요! 정말 미안해요!'

얼마나 지났을까?

지독한 두통과 목이 턱턱 막히는 갈증에 헐떡거리며 몸을 일으키자 전방에 못 박힌 것처럼 운전만 하는 카렌이 보였다. 빅토

리아는 비로소 눈에 초점을 맞추며 사방을 살폈다. 차의 지붕은
닫혔고, 차창 밖으로 낯선 건물들이 빠르게 지나가고 있었다.

그들이 달리는 곳은 도심과는 동떨어진 국도였다.

"카렌?"

"깼어요?"

허스키한 그녀의 음성에 카렌은 이상하리만치 들뜬 목소리로
대답했다.

"어딜 가는 거죠?"

"그분한테요."

"하지만 여긴……."

더욱 미심쩍은 얼굴로 차창 밖의 풍경을 보던 빅토리아는 간신
히 입을 움직였다.

"병원 가는 길이 아닌데요?"

카렌이 갑자기 폭소를 터뜨렸다.

"내가 언제 병원에 간다고 했죠?"

힐끗 룸미러로 그녀를 보며 카렌이 놀리듯 말했다. 싫어도 빅
토리아는 뭔가가 잘못됐다는 것을 인정할 수밖에 없었다. 콘스
탄틴의 명을 받은 경호원들이 과연 그녀를 혼자 두고 사라질 사
람들인가? 대답은 '노'였다. 콘스탄틴의 사고 소식에 동요했겠지
만 자리 이탈은 그들답지 않았다.

그녀는 카렌의 뒤통수에 시선을 고정시킨 채 물었다.

"나한테 왜 이래요?"

사랑은
폭풍처럼

미친 것처럼 속도를 높이며 카렌이 웃었다.

"무슨 소리예요?"

"시치미 떼지 말아요. 당신은 내 아기를 죽이려고 했어."

"내가요?"

"아닌데 나한테 콘스탄틴의 사고 소식을 말해줄 리 없죠. 충격을 받은 내가 유산하길 바란 거예요."

카렌은 묵묵부답이었다. 그저 유행이 지난 팝송을 흥얼거릴 뿐이었다.

한계를 느끼며 빅토리아는 경고했다.

"당장 차를 돌려요. 아니면 나도 책임 못 져!"

위협이 아니라 그녀는 정말 카렌의 목을 조를 것처럼 움직였다. 하지만 반쯤 몸을 일으키다 말고 구겨지듯 뒷좌석에 처박혔다. 카렌이 핸들을 난폭하게 조작하자 차체가 심하게 흔들렸던 것이다. 그러더니 이 정도로는 부족하다는 듯 중앙선을 침범했다.

한적한 국도라도 차가 없는 것은 아니었다. 마주 오던 차가 경적을 울리며 경고했지만 카렌은 소름 끼치는 웃음을 터뜨리며 더욱 속도를 높였다.

빅토리아는 비명을 질렀고, 카렌은 아슬아슬한 순간에 핸들을 꺾어 마주 오는 차를 피했다.

"이제 알았어? 죽는 것 따윈 하나도 두렵지 않아!"

카렌이 오디오를 켰다. 준비된 곡처럼 개선행진곡이 웅장하게 울려 퍼졌다. 귀청이 떨어질 정도로 소리가 컸지만 카렌은 볼륨을 더욱 높였다. 그녀가 뭐라고 떠들어도 카렌의 귀에는 들리지 않으리라. 빅토리아는 의자 깊숙이 몸을 묻으며 제정신이 아닌 여자를 응시했다.

정말 콘스탄틴이 사고를 당한 것인지 확인하지 않은 게 후회가 됐다. 그러나 곧 정신을 끌어 모으며 지금 자신이 할 수 있는 게 무엇인지를 생각해내려고 애썼다.

답은 어이없을 정도로 간단하게 나왔다.

그녀와 콘스탄틴의 아이들을 지키는 것.

빅토리아는 보호하듯 양팔로 배를 감쌌다. 카렌이 대체 왜 이런 짓을 저지르는지, 카렌의 말처럼 정말 콘스탄틴이 사고를 당한 것인지 미칠 것처럼 궁금했지만 그녀가 어떻게 할 수 있는 문제가 아니었다. 지금은 살아남는 것. 살아서 이 아이들을 무사히 지키는 것 이상으로 중요한 건 없었다.

하지만 카렌이 차를 세우고, 자신이 지금 어디 있는지를 깨닫자 튀어나올 것처럼 심장이 뛰었다. 스포츠카는 철로 한가운데에 있었다.

오디오의 음악은 이미 장송곡으로 바뀌었다. 볼륨을 줄인 카렌이 뒷좌석으로 상체를 돌린다. 공포로 휘둥그레진 빅토리아의 눈과 시체처럼 창백해진 안색이 마음에 드는 듯 매력적인 미소가 여자의 얼굴 구석구석으로 퍼져 나갔다.

그녀가 격렬하게 고개를 가로저었지만 카렌은 주저하지 않았다.

시동을 끄며 열쇠를 핸드백에 넣더니 들으라는 듯 운전석의
문을 달칵 열었다.

차에서 빠져 나간 카렌이 문을 닫으려 했다.

어쩌면 이게 마지막일지도 모른다는 경고음이 들렸다.

빅토리아는 비명처럼 외쳤다.

"나한테 왜 이러는 거예요!"

카렌은 더 이상 웃지 않았다. 예의 그 무감각한 얼굴로 그녀를
응시하더니, 나지막이 그러나 단호하게 말했다.

"그걸 가르쳐주면 지옥이 아니지. 넌 마지막까지 머리를 쥐어
뜯으며 고민할 테고, 그건 반드시 한으로 남아야 해. 기차가 지
나가려면⋯⋯."

느릿느릿 손목시계를 본 카렌이 히죽 웃었다.

"채 20분도 남지 않았군. 아쉬워. 정말 너무 아쉬워."

문이 닫혔지만 빅토리아는 더 이상 목소리가 나오지 않았다.

살려달라거나 멈추라는 말은 카렌의 즐거움, 위험한 광기에 기
름을 붓기만 할 것 같았다. 불가사의한 일이지만 빅토리아의 눈
에는 웃고 있는 카렌이 오히려 피눈물을 흘리는 것처럼 보였다.
누가 그녀를 이렇게 만들었을까? 그렇게 자신만만하고 완벽했던
여자를 누가 저렇게 파괴했을까?

원래 저런 여자였고, 네가 처음부터 속았을 뿐이라는 목소리
는 설득력을 잃었다. 끔찍했지만 빅토리아는 카렌을 저렇게 만든

것이 자신이라는 가능성을 떨칠 수 없었다.

　폐소 공포증 환자처럼 거칠게 숨을 헐떡이며 끈적끈적해진 머리를 뒤로 넘기는데 '탕!' 소름 끼치는 소리가 들렸다.

　빅토리아는 오열했다. 이건 총소리다.

　그녀는 누가 어떤 목적으로 총을 쏘았는지 알 수 있었다.

　'카렌, 카렌. 대체 왜…….'

　마지막까지 포기해서는 안 된다는 목소리가 들렸지만 살아야 한다는 의지가 빠르게 사라졌다. 멀리서 기적소리가 들렸다.

　빅토리아는 의식을 잃었다.

## Chapter 10.

끝없는 회색 들판을 그녀는 맨발로 달리고 있었다. 아무리 도 망쳐도 추적자를 피할 수 없었다. 차라리 포기하고 이대로 잡히 는 게 낫다는 패배감에 멈추려 했지만 그것도 불가능했다. 심장 이 터져버릴 때까지 달리도록 설정된 듯 멈출 수 없었다.

"빅토리아, 괜찮아. 당신은 살았어. 그냥 꿈을 꾸고 있는 거야. 제 발, 눈을 떠. 당신은 우리 아기를 지켜야 해."

아기!

섬광처럼 스친 단어가 뇌로 전달되자 주위의 풍경이 바뀌었다.

영원할 것 같은 회색 들판에 싱그러운 초록색과 파란색이 덧 입혀지며 작은 호수와 그 주위를 아기자기 에워싼 나무가 보였 다.

그 나무 밑에서 앙증맞은 옷을 똑같이 입은 남자아이와 여자 아이가 흙장난을 하며 놀고 있었다.

처음 보는 얼굴이었지만 빅토리아에게는 이상하리만치 낯설지가 않았다.

좀 더 가까이 가서 얼굴을 확인하고 싶은 욕심에 걸음을 떼는데 아이들이 갑자기 일어섰다. 아이들의 시선을 따라 움직이는 빅토리아의 눈에 눈물이 고였다. 가벼운 차림에 피크닉 가방을 든 남자는 콘스탄틴이었다.

자신을 향해 달려오던 아이들이 와락 뛰어들자 콘스탄틴이 피크닉 가방을 내려놓으며 두 손에 각각 아이들을 껴안았다.

비로소 빅토리아는 아이들이 낯설지 않은 이유를 알았다. 아이들은 바로 그녀의 아이들이었다.

벅찬 감동에 빅토리아는 세 사람을 향해 움직였다. 하지만 아무리 애를 써도 앞으로 나아갈 수 없었다. 손을 뻗으며 여기를 봐달라고 애원해도 세 사람은 멀어질 뿐이었다.

"제발, 콘스탄틴! 안 돼요! 나 여기 있어요! 나 여기 있단 말이에요!"

"그래, 당신 여기 있는 거 알아. 나야! 제발 눈을 떠. 내 사랑."

빅토리아는 무거운 눈꺼풀을 들어 올렸다.

놀랍게도 콘스탄틴이 시야를 가득 채우고 있었다. 하지만 이건 꿈이었다. 지독하게 달콤하지만 허무할 정도로 안타까운 꿈.

아닌데, 그의 머리카락이 금발일 수 없다. 꿈이 아닌데 예전에 그랬던 것처럼 그녀의 머리카락을 귀 뒤로 넘겨주며 부드럽게 이마에 입을 맞출 수 없다.

사랑은
폭풍처럼

그래도 묻고 싶었다. 이건 정말 꿈일 뿐이냐고.

그런데 아무리 쥐어짜도 목소리가 나오지 않았다. 손가락으로
그녀의 눈물을 닦아준 그는 울 것처럼 웃고 있었다. 가슴이 아
려왔지만 빅토리아는 눈을 감지 않으려고 애썼다. 그런 그녀를
바라보던 사내가 크게 숨을 들이켰다 내쉬며 입을 뗐다.

"지금 떠나야 해."

꿈이어도 역시 떠난다는 말은 아팠다.

가능하다면 빅토리아는 눈을 감고 싶었다. 이대로 잠이 들고
싶었다. 그렇게 하면 '떠나야 한다.'는 말을 의식 저편으로 밀어
낼 수 있을 테니까.

하지만 단호한 콘스탄틴의 표정이 도망가려는 그녀를 잡았다.
빅토리아는 가만히 귀를 기울일 수밖에 없었다.

"다른 누군가에게서 듣는 것보다 내가 설명하는 게 나을 것 같
아서 말하기로 했어. 카렌의 일은 충격이었을 거야. 그녀가 왜 그렇
게 변했는지 이해가 안 되지? 사고가 터지고 나서야 알았어. 막스
와…… 그녀가 연인 관계였다는걸. 막 깊어지는 관계였는데 비행기
사고로 막스가 죽은 거야."

"……!"

"결코 당신의 잘못이 아니라는 걸 알지만……, 뱃속의 아이가 그
녀의 이성을 흐리게 한 것 같아. 막스가 죽었다는 충격 때문에 결국
아이를 유산했거든. 그녀는 같은 식으로 당신에게 복수할 생각이었
던 것 같아."

꿈이라고 치부하기에는 너무나도 뜨거운 눈물이 볼을 타고 흘렀다.

자신의 철없는 행동이 얼마나 많은 사람들을 불행하게 했는지 빅토리아는 가슴이 미어지게 실감했다. 시간을 되돌릴 수 있다면 남은 생을 담보로 해도 상관없을 만큼 후회가 되었다.

"괴롭겠지만 날 위해, 우리 아이들을 위해 견뎌줘."

콘스탄틴이 그녀의 손을 잡았다.

빅토리아는 느릿느릿 남자의 말을 곱씹었다.

'우리 아이들을 위해서 견뎌줘.'

그렇다면 아직 아이들이 살아 있나?

답답했다. 입이 움직이지 않는 것처럼 몸도 뻣뻣하게 굳었다. 손을 배에 대서 그녀에게 기쁨을 주었던 존재들을 확인하고 싶었지만 빅토리아는 손가락 하나 까딱할 수 없었다.

"곁에 있고 싶지만 내가 있으면 당신도 위험해질 수 있어. 반드시 돌아올 테니까……."

콘스탄틴이 잡은 손에 힘을 주었다.

"반드시 돌아올 테니까 날 믿고 기다려주겠어?"

빅토리아는 눈을 감았다. 갑자기 어찌할 수 없는 피곤이 몰려왔다.

'얼마든지. 당신이 돌아온다면 영원의 시간도 견딜 수 있어요.'

속으로 되뇌었을 뿐이지만 마치 그녀의 말을 들은 것처럼 이마에 그의 입술이 살짝 닿았다. 하지만 모든 것이 꿈이리라.

눈을 감았다가 다시 뜨면 한숨처럼 사라질 꿈.

그녀가 다시 눈을 떴을 때 콘스탄틴은 없었다.

하지만 꿈이 아닐 수도 있다는 느낌이 들었다.

그녀는 힘겹게 몸을 일으키며 그렁그렁한 눈으로 주위를 둘러보았다.

놀랍게도 누워 있는 곳은 플로리다에 있는 그녀의 침실이었다.

비틀거리면서도 침대를 빠져나와 창가로 걸음을 옮겼다. 아직 늦었을지 모르지만 그래도 방 안에 떠도는 익숙한 체취의 주인공이 정말 그의 것인지 확인하고 싶었다.

거짓말처럼 본가의 정원을 끼고 빠져나가는 리무진이 보였다. 시야에 들어온 순간, 차가 자취를 감췄지만 빅토리아는 기쁨의 눈물을 흘리며 주저앉았다.

꿈이 아니었다. 콘스탄틴은 살아 있고, 그녀에게 약속했다. 반드시 돌아오겠다고.

양손을 겹쳐 배를 감싸며 빅토리아는 강하게 고개를 끄덕였다.

"당신을 믿어요. 아이들은 내가, 반드시 내가 지킬 테니까, 꼭 돌아와야 해요."

누군가가 그녀의 어깨에 손을 올려놓았다. 머리를 들자 사라의 충혈된 눈이 들어왔다.

빅토리아는 의연하게 등을 펴며 미소 지었다.

"축하해줘요. 나, 그 사람의 아기를 가졌어요. 쌍둥이……래
요."

사라가 울다가 웃으며 그녀를 껴안았다.

"잘됐어요, 아가씨. 정말 잘됐어요."

어미 새의 품에 안긴 새끼 새처럼 그녀의 눈에서도 이제 안도
의 눈물이 흘러나왔다.

임신을 축하해준 사람은 사라가 처음이었던 것이다.


"다 잘될 겁니다, 미스 코렌. 당신은 할 수 있어요. 힘들겠지만
날 믿고 따라와주세요."

분만대에 눕자 무영등이 켜지며 빛이 쏟아졌다.

빅토리아는 신들린 것처럼 머리를 끄덕이면서도 일그러진 미소
를 던졌다.

열한 시간의 진통은 상상할 수 없는 고통의 연속이었다. 하지
만 그녀는 끝까지 견딜 터였다. 반드시 살아남아서 사랑하는 남
자에게 건강한 아이들을 안길 것이다. 콘스탄틴. 이것이 그에 대
한 사랑의 증거였다.

"좀 더 힘을 주세요. 머리가 나오고 있습니다! 코렌 양! 자아,
다시 한 번!"

빅토리아는 눈물과 땀범벅이 되어 처절한 비명을 질렀다. 의사
가 뭐라고 외쳤지만 이제는 들리지 않았다. 젠장, 의식이 멀어지
고 있었다. 여전히 의사의 말은 들리지 않았다.

죽는 게 낫다는 생각이 들 정도의 이런 고통만 아니었다면, 빅토리아는 금붕어처럼 입을 뻐끔거리는 의사를 보며 폭소를 터뜨렸을 것이다. 하지만 웃을 상황이 아니었을뿐더러 웃을 기운도 없었다. 들리지 않아도 의사가 뭐라고 외치는지는 알고 있었다.

그래, 아직은 아니다. 이제 와서 정신을 잃을 순 없다.

이를 악물자 비릿한 피 맛이 났다.

확대된 동공 속으로 거짓말처럼 콘스탄틴의 모습이 들어왔다. 세인트 맥 칼리지에서 처음 만났을 때, 그가 본가에 청혼을 하러 왔을 때, 빈에서의 달콤한 시간, 아이반 성에서의 고통스러웠던 이별까지…….

"콘스탄틴! 콘스탄틴!"

어느새 그녀는 울면서 사랑하는 남자의 이름을 외쳤다.

끔찍하게도 그녀는 아직 그의 생사조차 몰랐다. 그녀에 대한 카렌의 모든 것이 거짓이었던 것처럼 콘스탄틴의 사고도 거짓이기를 바랐는데 사고만은 사실이었다.

사고를 가장해 콘스탄틴을 죽이려 했던 자는 무하마드 압둘 사다미아 카딜, 카다파르의 현 국왕이자 자밀라의 아버지였다. 세상에 영원한 비밀은 없다고, 그는 자신의 딸이 저지른 어리석은 짓을 알게 되었다. 자신을 봐주지 않는 서양 남자에게 빠져 가족과 조국과 고귀한 신분을 버린 것부터 모든 게 실패로 돌아간 것까지 전부!

스무 명이 넘는 자식 중 특히 귀여워했던 딸의 배신이기에 국왕의 분노는 가히 상상을 초월했고, 그 분노는 비단 자밀라에게 만 국한되지 않았다. 자식의 눈먼 사랑을 말리지 않고 동조한 아내, 이종사촌의 비뚤어진 사랑을 이용해 자신의 욕망을 채운 무사바 가문의 라몬, 자밀라의 사랑을 외면해 그 사랑스러운 딸을 죽은 존재로 만들어버린 콘스탄틴까지 모두가 대가를 치러야 할 원수였다.

주위의 만류에도 국왕은 결국 대대적인 공세에 나섰다. 왕궁 깊숙한 곳에 아내를 유폐시켰고 라몬에게는 군대를, 콘스탄틴에 게는 암살자를 보냈다. 그녀가 듣기로 라몬은 아슬아슬하게 카 다파르를 빠져나갔지만 자밀라와 아들을 데리고 나가는 데에는 실패했다고 했다. 자밀라와 아이의 행방은 현재 오리무중이었다. 다만 다른 사람들처럼 빅토리아 역시 두 모자를 데리고 있는 것 은 무하마드 국왕일 거라고 추측했다.

라몬이 살아 있는 것처럼 카렌도 살아 있었다. 총소리가 너무 생생해 스스로 목숨을 끊은 거라 믿었는데 그것은 카렌이 쏜 총 소리가 아니었다. 뒤늦게 쫓아온 경호원들이 카렌에게 쏜 것이 었다. 그녀가 중간에 정신을 잃어서 듣지는 못했지만 심한 총격 전이 있었다고 했다. 그리고 카렌은 격전지를 탈출해 무사히 국 외로 빠져나갔다. 콘스탄틴의 측근들은 물론 아버지까지 나서서 카렌을 찾고 있지만 수개월째 그들은 실마리조차 잡지 못하고 있었다.

웬일인지 빅토리아는 그들이 영원히 카렌을 잡지 못할 것 같앴다. 아울러 자신의 본심 한구석에는 카렌이 잡히기를 원치 않는다는 마음이 있다는 것도 인정했다.

그녀의 복수를 납득할 수는 없어도 이해는 하니까.

복수는 실패로 돌아갔지만 빅토리아는 카렌이 슬픔에 함몰되지 않고 어딘가에서 새 삶을 찾기를 진심으로 바랐다. 근거는 없지만 그 장신의 아름다운 여인이라면 그렇게 일어서리라는 확신이 들었다.

하지만 콘스탄틴에 대해서는 어떤 확신도 없었다.

사람들은 그가 무사하고, 그녀의 앞에 나타나지 않는 것은 아직 문제가 해결되지 않아서 그런 것뿐이라고 대답했다. 그가 그녀의 앞에 나타나면 위험해질 수 있다는 판단 때문에 오고 싶어도 참는 것이라 했다. 그러나 어느 날부터인가 빅토리아는 그들의 대답이 모두 짜 맞춘 듯이 어색하다는 것, 그녀의 주위에서 신문, TV, 잡지 중 어느 것도 눈에 띄지 않는다는 것, 그녀가 잠들었을 때 그가 왔다가 떠났다는 것 역시 환상일지도 모른다는 의심이 들었다. 몇 번이나 CCTV를 확인했지만 리무진은 화면에 녹화되어 있지 않았다. 그렇다면 모든 게 꿈이었을까? 카렌에 대한 정보는 결코 틀린 게 아닌데?

생각할수록 의심스러운 것투성이였지만 빅토리아는 가족들에게 진실을 요구하지도 않았다.

콘스탄틴이 무사하다는 어떤 근거도 없지만 그가 반드시 돌아올 거라고, 그녀와 아이들을 두고 떠나는 일은 없을 거라 믿은 것이다.

빅토리아는 다시 번쩍 눈을 떴다.
의사가 감격에 차서 외쳤다.
"아들입니다! 아주 건강한 아들이에요! 코렌 양. 당신은 이제
어머니입니다. 힘들겠지만 조금 더 힘을 내세요. 오늘은 인생에
서 가장 아름다운 날이 될 겁니다."
우렁찬 아이의 울음소리가 들렸다. 울컥, 뜨거운 것이 치밀며
뜨거운 울음이 터졌다.
'내 아이. 내 아들.'
그 아이를 안고 싶었다. 가슴이 으스러지게 끌어안고 울면 그
간의 두려움과 불안감, 몸서리쳐지도록 끔찍했던 고독이 사라질
것 같았다. 콘스탄틴을 기다릴 힘을 다시 얻을 수 있을 것 같았
다.
하지만 아직 모든 것을 내려놓을 때가 아니다. 아기집은 두 개
였고, 그 아이들의 심장 소리는 천둥처럼 우렁찼다.
'콘스탄틴! 제발, 나한테 힘을 줘요. 우리 아이를…… 지켜줘
요!'
두 번째 울음소리는 끝내 들을 수 없었다.
그녀는 의식을 잃었고, 의식의 끈을 놓치는 순간 어쩌면 이렇
게 눈을 뜨지 못하리라는 예감에 사로잡혔다.
아이는 태어났을까?

누군가가 자비를 베풀어 말해주길 바랐지만 어떤 대답도 들을 수 없었다. 오히려 그때까지 움켜쥐고 있던 믿음이 허물어지는 느낌이었다.

어쩌면 콘스탄틴은 이미 죽었을지 모른다고……. 사고로 죽었고, 그 사실을 알면 카렌처럼 충격을 받고 유산을 할지 모른다는 우려에 가족들이 함구하는 것이라고…….

'콘스탄틴, 정말 그런 거예요? 다신 당신을 볼 수 없나요? 안을 수도, 사랑한다는 고백도…… 할 수 없어요?'

허상이라도 나타나길 바랐지만 회색빛 강물만이 눈앞에서 넘실거렸다. 그 강이 자석처럼 그녀를 이끌었다. 한없이 가라앉는 기분을 맛보며 눈을 감는데 작은 목소리가 들렸다.

이제 그만 끝내라고. 이대로 편하게 모든 것을 내려놓으라고.

무의식중에 그녀는 고개를 끄덕이고 있었다.

그리고 그것은……, 진심이었다.

자각하고 있던 것 이상으로 그녀는 많이 지쳐 있었던 것이다.


"도련님보다 아가씨가 더 젖을 많이 먹네요."

빅토리아에게서 엠마를 받아든 유모가 웃으며 말했다.

풀어헤친 블라우스의 단추들을 잠그던 빅토리아는 어깨를 으쓱하며 동의했다.

"내 생각도 그래요. 아무래도 운동선수가 될 것 같아요."

"운동선수라니……."

유모가 난색을 표했다.

"이렇게 예쁜데 운동선수로 끝나면 너무 아깝지요."

픽 웃은 빅토리아는 마지막 단추를 채우며 침대에 누웠다.

"에드워드는요?"

"베스가 지금쯤 재우고 있을 겁니다."

엠마를 직접 아기 방에 데려다 주며 아들에게 입을 맞춰주고 싶었지만 빅토리아는 포기했다. 수유를 위해 잠을 설치는 날이 계속되다 보니 피곤했다. 그녀의 상태를 이해한다는 듯 유모가 엠마를 안고 일어섰다.

"조금 주무세요. 아가씨는 제가 재우겠습니다."

"미안해요."

이미 반쯤 곯아떨어진 그녀는 몽롱한 눈으로 커튼을 내린 유모가 엠마를 안고서 문을 여는 것을 지켜보았다.

달칵, 문이 닫히자 세상과 차단된 것처럼 주위가 고요해졌다.


쌍둥이들이 태어나자 가족들은 그녀의 방을 옮겨주었다. 결혼 전에 쓰던 남향 방과 달리 그녀가 지금 사용하는 방은 동향으로 햇빛도 잘 들지 않을뿐더러 위치도 구석이어서 인적도 드물었다. 하지만 가족들이 이 방을 준 것은 처녀의 몸으로 아이를 낳은 그녀가 수치스러웠기 때문은 아니었다. 수유 때문에 밤낮이 없어진 그녀를 위해 가족이 해준 배려였다. 이 방에 출입하는 사람들은 극히 일부였고, 그들은 또 알아서 발소리를 죽였다.

사랑은
폭풍처럼

고용인들, 아버지와 사라, 섀넌, 심지어 캐서린까지도 예외는 없었다.

늘어지게 하품을 하며 빅토리아는 이불을 머리 위로 끌어당겼다. 지금은 쌍둥이들에게 젖을 먹이고, 키스하며, 사랑스럽다는 듯 그 이름을 부르지만 병원에서는 아니었다.

분만실에서 삶의 의지를 전부 사르고 나온 것처럼 병실로 옮겨졌을 때의 그녀는 어떤 반응도 보이지 않았다. 사랑스러운 쌍둥이들, 가족들의 배려, 의료진들의 격려와 위로도 그녀를 움직일 수 없었다.

콘스탄틴이 죽었다.

누구도 그 사실을 입 밖으로 내지 않았지만 빅토리아는 확신했다.

그가 죽었다고. 벌써 오래전에 차가운 땅속에 묻혀버렸다고.

그녀가 할 일은 가족들에게서 사실을 확인하는 것이다. 그가 묻힌 무덤으로 가서 그의 죽음을 현실로 받아들이고, 편하게 보내주는 것이다. 그가 남긴 분신들을 안고 힘차게 살아가는 것이다.

하지만 아무리 용기를 내려 해도 자신이 없었다. 젖을 달라는 듯 우는 아이들을 보면 이제 현실로 돌아올 때라는 걸 알지만 가슴은 거부했다. 아직 콘스탄틴을 보낼 각오가 서지 않은 것이다.

퇴원을 해 집으로 돌아와도 상태는 나아지지 않았다. 그녀는 하루하루 시들어갔고, 저택에는 또 다른 불행의 그림자가 짙게 내려앉고 있었다.

그때 캐서린이 나타났다.

"아들은 데이비드, 딸은 엠마로 했으면 좋겠다더구나."

빅토리아는 초점 없는 눈으로 한때 시어머니가 될 뻔한 여자를 응시했다. 놀랍게도 캐서린은 마지막으로 보았을 때와 비교해 달라진 점이 없었다. 여전히 꼿꼿하고 강인해 보였다. 큰아들에 이어 둘째아들까지 앞서 보내는 어머니가 되었지만 철의 여인답게 살아남은 것이다.

"어떻게 그렇게 강하실 수 있죠?"

분만실에서 나온 이후 빅토리아는 처음으로 입을 뗐다. 비아냥거릴 목적이 아니라 진심으로 궁금해서 묻는 것이었다. 어떻게 해야 콘스탄틴을 잃은 슬픔을 극복할 수 있는지 알고 싶었다.

그녀의 말에 동요했을 것이 분명한데도 캐서린은 마음에 빗장을 채운 듯 냉정하게 그녀를 바라보기만 했다. 빅토리아는 누르고 눌렀던 감정의 봇물을 터뜨리며 울부짖었다.

"다 절 위해서였다는 건 알아요. 하지만 어떻게 그 사람의 죽음을 함구할 수 있죠? 전 콘스탄틴의 마지막도 보지 못했어요. 그에게 잘 가라는 키스도……."

"지금 무슨 소리를 하는 게냐?"

캐서린이 눈살을 찌푸렸다. 빅토리아는 뚝뚝 떨어지는 눈물을 닦을 생각도 않고 노부인을 응시했다.

"그가 죽었잖아요. 저도 알아요. 모두 저와 아이들을 위해였다는 거. 하지만 이건 아니에요. 전⋯⋯."

말을 잇지 못하고 빅토리아는 침대에 쓰러졌다. 입 밖으로 내뱉자 모든 게 현실이 되었다. 이 넓은 세상에 그녀는 혼자 남았다. 혼자서 수많은 밤을 견뎌야 했고, 두 번 다시 콘스탄틴을 안을 수도, 만질 수도 없었다.

과연 그가 없는 시간을 견딜 수 있을까?

시간이 가면 이 심장의 괴로움이, 산고의 고통과는 비교도 안 되는 아픔이 무디어질까?

두 아이의 엄마라는 것도 잊고서 통곡을 하자 캐서린이 호통을 쳤다.

"그 아인 죽지 않았다!"

빅토리아는 눈물과 콧물로 엉망이 된 얼굴을 들었다. 못 말리겠다는 듯 캐서린이 혀를 차고 있었다.

"정말이세요?"

"넌 내가 내 아들의 목숨을 갖고 농담을 할 사람으로 보이느냐?"

천만에, 캐서린은 그런 경박한 여자가 아니었다. 아니, 절대 그런 인물이 아니길 빌었다.

"근데 왜⋯⋯."

힘겹게 침을 삼키며 빅토리아는 찢을 것처럼 이불을 움켜쥐었다.

"왜 제 앞에 나타나질 않죠? 왜 사람들이 저한테 신문과 잡지를 감추냐고요!"

"그 아이를 만나면 직접 물어보거라. 나도……."

아들을 떠올리자 두통이 몰려오는지 캐서린이 이마에 손을 얹었다.

"내 아들이 그렇게 겁쟁이인 줄 몰랐다."

캐서린이 밖으로 나가려 했다. 비틀거리며 침대에서 내려온 빅토리아는 주름 한 점 없는 여인의 치맛자락을 잡았다.

"이대로 가시면……."

캐서린이 힐끔 눈길을 주었다. 그것만으로도 빅토리아는 흙 묻은 손으로 옷을 잡았다가 책망 어린 시선에 주눅이 든 아이처럼 손을 놓아야 했다.

"쌍둥이들을 돌보기가 힘들면 내가 데려가마."

그 말의 의미를 머리로 이해한 순간 분노가 솟구쳤다.

"아무리 어머님이라도 제 아이들을 데려갈 순 없으세요!"

"그렇다면 내가 걱정하지 않게 돌봐야지!"

들어 올 때처럼 캐서린은 조용히 나갔다. 끝까지 쫓아가 아이들을 데려갈 수 없다는 것을 강조하고 싶었지만 빅토리아는 대신 식당으로 달려갔다.

그녀 스스로 방에서 나온 것은 물론이거니와 먹을 것을 달라는 말에 하인들은 깜짝 놀랐다. 그러나 빅토리아는 3인분이 넘는 음식들을 남김없이 먹어치웠고, 그날 저녁부터 쌍둥이들에게 젖을 먹이기 시작했다.

콘스탄틴이 죽지 않았다!

그 말은 빅토리아를 다시 살게 하는 원동력이었다. 비록 그가 눈앞에 나타나지 않아도 말이다.


아득한 의식 너머에서 헬리콥터의 프로펠러가 돌아가는 소리가 들렸다. 항상 그래왔듯 저절로 주먹에 힘이 들어가며 심장 박동이 빨라졌다. 그러나 빅토리아는 눈을 뜨지 않았다. 저 소리가 이젠 콘스탄틴이 돌아왔다는 소리가 아니라는 것을 알기 때문이다. 혹시나 하는 기대감 때문에 수십 번이나 창가로 달려갔지만 헬기에서 내리는 얼굴은 항상 아버지 아니면 섀넌이었다.

주먹에서 힘이 풀리며 심장 박동이 제자리를 찾았다. 그녀는 더 깊은 수면을 찾아 나른하게 팔다리를 폈다.

그때 거짓말처럼 나지막한 음성이 파고들었다.

"눈을 떠요, 미스 코렌."

빅토리아는 윙윙거리는 파리를 쫓듯 몸을 돌리며 옆으로 누웠다. 더는 혹시나 하는 기대로 실망하고 싶지 않았다.

환청일 뿐이라는 짐작대로 더는 소리가 들리지 않았다. 그럼에도 잠은 이미 달아난 후였다. 눈을 뜬 빅토리아는 천천히 몸을 일으켰다.

방 안에 누군가가 있다는 느낌이 이번에는 빗나가지 않았다.

"당신……."

"오랜만에 뵙습니다. 건강해 보이셔서 다행입니다."

조나단이 정중하게 허리를 조아리고 있었다.

그녀의 가슴이 격렬한 폭풍을 만난 것처럼 뛰었다. 조나단, 그가 여기 있다는 것은 콘스탄틴이 근처에 있다는 의미였다. 아니, 지나친 낙관은 금물이라며 빅토리아는 냉정하게 사태를 판단하려고 애썼다. 콘스탄틴을 대신해 그가 출장을 가는 걸 여러 번 목격하지 않았나. 그렇더라도 상황이 나쁘지는 않았다.

조나단이 그녀의 앞에 나타났다는 것은 적어도 콘스탄틴의 침묵이 깨졌다는 의미였다.

빅토리아는 나이트가운을 집어서 입었다.

"그 사람은요?"

그녀는 단도직입적으로 물었다. 조나단의 갈색 눈에 그늘이 졌다. 가슴을 파고드는 불안에 빅토리아는 결국 남자의 팔을 잡고 매달렸다.

"당신이 날 탐탁지 않아 하는 거 알아요. 왜 아니겠어요. 날 사랑하지만 않았어도 콘스탄틴이 그렇게 상처 받는 일은 없었을 거예요. 그래도 이건 아니죠. 제발, 무릎이라도 꿇으라면 꿇을 테니 가르쳐줘요. 그는 어디에 있죠? 왜 내 앞에 나타나지 않는 거예요?"

"진정하세요, 미스 코렌."

"제발, 조나단! 난 그를 만나야 해요!"

조나단이 침착하게 그녀를 달랬다.

"처음엔 그랬을지 몰라도 지금은 아닙니다."

믿을 수 없다는 표정에 그는 그녀의 기억에 없던 부드러운 미소를 머금었다.

"총명하고 예쁜 아이들이더군요. 축하드립니다, 어머니가 되신 거."

"아이들을…… 봤군요."

더욱 짙어진 조나단의 미소에 빅토리아는 확신을 갖고 물었다.

"콘스탄틴도 봤죠?"

"네."

"내가, 내가 출산을 할 때에도 옆에 있었어요, 그는!"

"많이 고통스러워하셨습니다."

"근데 왜죠? 왜 내 앞에 나타나지 않는 거예요?"

"모두 설명해드릴 테니 제 말부터 들어주십시오."

당신도 똑같다는 비난이 입 안에서 맴돌았지만 빅토리아는 초인적인 인내심을 발휘했다. 그를 다그쳤다가 사라지기라도 하면 그녀는 미쳐버릴지도 모른다.

"이렇게 당신을 만나고 있는 걸 아시면 전 해고당할 겁니다."

일그러지는 조나단의 얼굴을 보며 빅토리아는 괴로웠던 게 자신만은 아니었음을 확신했다. 서로의 마음을 읽는 일란성 쌍둥이처럼 조나단도 그녀 이상으로 힘든 시간을 보냈다는 게 전해졌다.

"사고는 심각했습니다. 갈비뼈가 일곱 개 부러졌고, 주요 내장
도 파열됐습니다. 다행히 뇌는 무사했지만……"

터져 나오는 비명을 입 안으로 삼키며 빅토리아는 쓰러지지 않
으려고 전력을 다했다.

보기 흉한 꼴을 보이면 그는 분명 입을 다물 테지.

고통스러워도 빅토리아는 진실을 알고 싶었다.

"차가 폭발하면서 심한 화상을 입으셨습니다. 얼굴 왼쪽이 일
그러지고, 시력도…… 당장 각막 이식 수술을 받지 않으면 실명
도 각오해야 하는 상황이었습니다."

그녀에게 괜찮느냐고 묻는 대신 조나단은 숨을 고르듯 입을
다물었다.

침착하게 고개를 끄덕이는 것과 달리 빅토리아는 신경질적으
로 손을 비틀었다.

"그래서요?"

조나단의 얼굴이 딱딱하게 굳었다.

"그래서요, 조나단!"

그녀는 결국 그를 재촉하고 말았다.

"갈비뼈가 붙고, 손상된 내장은 회복됐지만 피부와 시력은 쉽
지 않았습니다. 겨우 각막 제공자를 찾아 실명만은 면했지만 다
섯 번의 성형 수술에도……"

원래의 모습을 되찾을 수는 없었다?

얘기가 끝났다는 듯 조나단은 잠자코 그녀를 바라보았다. 그러

나 빅토리아는 여전히 이해할 수 없었다. 그녀가 중간에 뭔가를 놓친 게 아닌가 하는 의심까지 들었다.

콘스탄틴이 사고를 당했다. 그런데 왜 그녀를 부르지 않았지? 그가 다쳤다면 더더욱 불렀어야 하지 않을까? 아, 혹시 뱃속의 아이들이 걱정돼서?

하지만 그건 아닐 거라고 생각한 빅토리아는 이를 악물며 주먹을 움켜쥐었다. 그 외에, 분명 다른 이유가 있었다.

"난 정말 모르겠어요."

그녀는 솔직하게 털어놓았다.

조나단의 눈빛이 흔들렸지만 그녀는 고집스럽게 목소리에 힘을 주었다.

"날 멀리하는 것과 사고가 무슨 관계죠? 그렇게 끔찍한 사고였다면 날 더 불렀어야 하지 않아요?"

"그런 모습으로 당신 앞에 나타날 자신이 없으셨던 겁니다."

"……!"

"당신이 혐오감을 드러내며 떠날까 봐……."

"당신도 그렇게 생각해요?"

빅토리아는 차갑게 반문했다. 그들의 이별이 그런 말 같지 않은 이유 때문이라는 게 믿어지지 않았다. 그런 이유로 여전히 모습을 드러내지 않는 남자가 미웠고 동시에 겁을 집어먹은 남자가 오랫동안 혼자서 그 고독을 견뎌냈을 거라 상상하자 가슴이 아팠다.

하지만 역시 안쓰러움보다는 분노의 감정이 더 컸다.

"그래서 그 빌어먹을 성형은 얼마나 해야 하는데요?"

핼쑥해진 조나단의 안색에도 좋은 말이 나오지 않았다.

그러다 문득 뇌리를 스친 가능성에 벼락을 맞은 것처럼 얼어붙었다.

"그 사람, 지금 여기 있죠?"

대답을 듣지 못했지만 빅토리아는 그 망할 남자가 저택에 있음을 확신했다.

"미스 코렌!"

그녀를 잡으려는 조나단의 손을 사납게 뿌리치며 빅토리아는 침실을 나왔다.

콘스탄틴이 어디 있는지는 짐작이 갔다. '내가 만약 그 남자였다면?' 그의 입장이 되어 자문하자 어이없을 정도로 간단히 답이 나왔다.

그녀는 아이들의 방으로 달려갔다. 중간에 그녀를 발견한 고용인들의 눈이 휘둥그레졌지만 누구도 막지 않았다. 조나단처럼 이제는 그녀를 막는 게 불가능하다고 체념한 얼굴이었다.

숨도 쉬지 않고 달려온 기세가 무색하게, 문 앞에서 잠시 걸음을 멈춘 빅토리아는 조심스럽게 문을 열었다. 짐작대로 유모는 없었다. 대신 이쪽에 등을 보이고 서 있는 장신의 남자가 있었다.

얼굴을 확인하지 않아도 그녀는 사내가 콘스탄틴이라는 것을

알고 있었다. 한 공간에 있는 것만으로도 이렇게 가슴을 뛰게 만
드는 사람은 세상에서 콘스탄틴뿐인 것이다. 쌍둥이들에게 정신
이 팔린 듯 그는 등 뒤에서 문이 닫힐 때까지 그녀가 들어온 것
을 인식하지 못했다.

"콘스탄틴."

평생의 용기를 끌어 모아 빅토리아는 침묵을 깼다. 육안으로
도 알 수 있을 만큼 그의 어깨가 딱딱하게 굳었다.

끔찍한 상상이지만 그가 아이들을 안고 있었다면 분명 놓쳤을
것이다.

그는 대답하지 않았다. 고개를 돌려 그녀를 바라보지도 않았
다. 여전히 못 박힌 것처럼 이쪽을 등진 채 서 있었다. 한 공간
에 있었지만 빅토리아는 수천만 광년은 떨어진 듯한 거리감을 느
꼈다. 어떤 방법으로도 뚫을 수 없는 절망의 벽이 그들 사이를
가로막은 느낌이었다.

하지만……, 이를 악문 빅토리아는 남자의 등을 쏘아보며 전신
의 힘을 끌어 모았다.

결코 이 상태를 좌시하지 않을 것이다.

말도 안 되는 이유로 떨어져 있는 건 지금까지로도 충분했다.

"조나단에게서 얘기 들었어요."

콘스탄틴이 험악하게 주먹을 틀어쥐었다. 조나단이 앞에 있었
다면 살인이라도 저지를 것처럼 내뿜는 분위기가 험악했다. 두렵
지 않은 건 아니지만 빅토리아는 약해지는 마음을 고쳐먹었다.

어떤 두려움도 콘스탄틴이 떠나는 두려움에 비할 수 없는 것이다.

그래, 이거면 충분해.

이 두려움을 잊지 않는다면 그녀는 이제부터 시작할 콘스탄틴과의 협상에서 우위를 점령할 것이다.

"다친 게 당신이 아니라 나라고 쳐요. 당신은 날 버릴 건가요? 혐오스럽다며 떠날 거예요?"

콘스탄틴은 대답하지 않았다.

그의 등을 끌어안고 싶은 충동을 누르며 빅토리아는 재촉했다.

"콘스탄틴?"

"그럴 리 없다는 거 알잖아."

그의 대답에도 그녀의 가슴은 미어졌다. 그의 음성에 밴 것은 깊은 슬픔이었다.

"근데 왜 내가 당신을 떠날 거라 생각하죠?"

"당신은 아름다워. 예전과는 비교가 안 되게 아름다워서, 너무…… 아름다워서……."

"난 당신을 사랑해요."

그가 마지막처럼 길게 숨을 들이켰다.

"사랑해요, 콘스탄틴."

들이켠 숨을 조심스럽게 내쉬는 그를 응시하며 그녀는 거리를 좁혔다.

"과거와 마찬가지로 앞으로도 내 인생에서 남자는 당신뿐이에요. 사랑해요, 콘스탄틴. 날 혼자 두지 말아요."

가만히 등 뒤에서 남자를 껴안으며 빅토리아는 얼굴을 묻었다.

"아무도 당신에 대해 말해주지 않았죠. 그래서 난……."

목이 졸린 것처럼 답답했지만 빅토리아는 수개월간 자신을 괴롭혔던 악몽을 고백했다.

"난 당신이 죽은 줄 알았어요. 하지만 우리 애들을 낳았죠. 당신을 사랑하니까. 당신이 나한테 준 선물이니까. 그것만으로도 다시 살아갈 수 있을 것 같았어요."

그의 몸이 부들부들 떨렸다.

빅토리아는 더욱 힘주어 남자를 안았다.

"사랑해요, 콘스탄틴. 제발 날 떠나지 말아요. 어떤 모습이든 난 당신을……."

모든 것이 너무나도 갑작스럽게 일어났다. 그가 그녀를 완강히 뿌리치자 빅토리아는 내동댕이쳐지듯 바닥에 쓰러지고 말았다. 정신을 수습한 그녀가 그를 잡으려 했지만 콘스탄틴은 벌써 방을 나간 후였다.

"안 돼요, 콘스탄틴! 제발 가지 말아요!"

빅토리아는 울부짖으며 일어났다. 부모의 갈등에 겁을 집어먹은 쌍둥이들이 요란하게 울기 시작했지만 콘스탄틴은 걸음을 멈추지 않았고 그녀가 아이들의 방을 나왔을 때에는 현관을 나서고 있었다.

"콘스탄틴!"

끔찍한 공포를 느끼며 그녀는 떨어지지 않는 걸음을 재촉했다. 하지만 현관 앞에서 가로막히고 말았다.

"죄송합니다, 미스 코렌."

검은 양복에 검은 선글라스 차림의 사내들이 벽처럼 그녀를 막아섰다.

"저리 비켜, 머저리들아! 비키란 말이야!"

그녀가 때리고, 꼬집고, 발길질을 해도 그들은 꼼짝도 하지 않았다.

여기는 그녀의 집이건만 약속이라도 한 것처럼 아무도 그녀를 도우러 나오지 않았다. 고개를 들자 계단을 내려오는 조나단이 보였다. 빅토리아는 반색하며 입술을 움쩍거렸다. 하지만 그의 표정에서 도움을 구하는 것은 시간낭비라는 것을 깨달았다. 그녀처럼 그도 주인에게 버림받은 얼굴이었다.

경호원들이 길을 터준 것은 헬리콥터의 프로펠러 돌아가는 소리가 멀어진 후였다.

"콘스탄틴! 제발, 콘스탄틴……!"

소용없다는 것을 알면서도 빅토리아는 정원으로 뛰쳐나갔다. 하지만 그가 왔다 갔다는 흔적조차 찾을 수 없었다. 사위는 적막했고, 밤하늘의 별들은 얄미울 정도로 무심하게 그녀를 지켜볼 뿐이었다.

그녀는 무너지듯 풀밭에 주저앉았다. 그가 떠났을 방향을 한동안 노려보다 빅토리아는 진심으로 외쳤다.

"얼굴에 화상 좀 있음 어때서! 그게 그렇게 신경 쓰여? 좋아! 그럼 내가 눈이 멀면 되겠네! 내가 아무것도 못 보면 당신도 돌아오겠지? 그럼 차라리 눈을 버릴게. 같이 있을 수 있다면 눈 아니라 팔다리도 다 버릴 수 있어. 난 당신을 사랑한다고!"

통곡을 하며 손에 잡히는 잔디를 신경질적으로 쥐어뜯는데 심각한 음성이 파고들었다.

"그건 안 돼."

빅토리아는 번쩍 고개를 들었다. 커다란 나무 뒤에서 검은 실루엣이 걸어 나오고 있었다. 벌떡 일어난 빅토리아는 한달음에 달려가 남자의 품으로 뛰어들었다.

"콘스탄틴! 콘스탄틴!"

원망스럽게도 그는 그녀를 안아주지 않았다. 그녀의 허리에 살짝 손을 걸쳤을 뿐이다. 하지만 빅토리아는 실망하지 않았다.

그가 떠나지 않았다. 그것이 돌아왔다는 의미는 아니지만 그를 설득할 자신은 있었다. '내가 만약 이 남자였다면?' 앞서 했던 것처럼 콘스탄틴이 되어 자문하자 자연스럽게 입이 움직였다.

"절대로 당신을 놔주지 않아! 보고 싶어 미치는 줄 알았어요. 사랑해! 사랑해요, 콘스탄틴!"

한참을 머뭇거렸지만 그는 결국 그녀의 허리에 팔을 감으며 끌어당겼다. 갈비뼈를 뚫고 나올 것처럼 그의 심장이 격렬하게 뛰었다. 고개를 든 빅토리아는 대담하게 손을 뻗어 그의 뺨을 감쌌다. 오른쪽과는 다른 손바닥의 감촉에 순간적으로 흠칫했지만 콘스탄틴의 긴장이 전해지자 남자의 얼굴을 끌어당겨 열정적으로 키스를 퍼부었다. 눈, 코, 입, 뺨. 하나도 빠짐없이 입술과 혀로 애무했고, 그러면서도 쉬지 않고 출산으로 한층 더 풍만해진 가슴을 밀어붙였다.

"안 돼, 빅토리아. 안 돼……."

콘스탄틴이 문득 억눌린 음성으로 그녀를 떼어내려 했다. 한기가 가슴 한켠을 스치고 지나갔다. 빅토리아는 필사적으로 남자의 넥타이를 움켜쥐며 속삭였다.

"난 당신 거예요, 영원히. 날 갖고 싶지 않아요?"

그때 무대의 조명이 켜지듯 창문의 불들이 하나 둘 켜졌다.

불빛이 끔찍한지 이번에는 그가 진심으로 그녀를 밀어내며 고개를 돌렸다.

끓는 속을 누르며 빅토리아는 도전적으로 나이트가운의 끈을 풀어 벗었다. 여전히 그의 행동이 상처가 됐지만 아이들의 방에서 밀어낼 때와는 손에 힘이 덜 실렸다는 것, 당장이라도 떠날 수 있는데 자리를 지키는 것에 승부를 걸었다.

걸어 나왔던, 어두운 나무 뒤로 그가 뒷걸음질치고 있었다. 콘스탄틴의 얼굴에 시선을 고정시킨 채 빅토리아는 능숙하게 잠옷의 가슴 단추를 풀어헤쳤다. 젖을 한가득 담은 둔덕이 출렁거리며 비옥한 자태를 드러냈다. 그가 얼어붙은 것처럼 동작을 멈췄다. 그녀는 꿀꺽 침을 삼켰다. 그는 젖이 흘러내리는 가슴을 탐욕스럽게 응시하고 있었다. 온몸의 피가 빠르게 줄달음치며 욕망을 호소하고 있었지만 남은 인내심을 끌어 모아 빅토리아는 잠옷의 어깨끈을 풀어 내렸다. 헐렁한 잠옷이 몸의 곡선을 따라 그대로 미끄러졌다.

이제 그녀가 몸에 걸치고 있는 것은 팬티 한 장뿐이었다. 빅토리아는 이미 욕망으로 축축해진 팬티를 벗었다.

그는 여전히 못 박힌 것처럼 움직이지 않았다. 그녀가 거리를 좁혀도 숨을 죽인 채 바라보기만 했다.

그의 눈앞에서 걸음을 멈춘 빅토리아는 남자의 손을 가져와 가슴을 감싸게 하는 대신 직접 젖이 흐르는 가슴을 애무했다. 그가 크게 어깨를 들썩였다. 빅토리아는 더 빠르고, 강하게 짓이기듯 젖을 애무했다. 복부를 타고 흘러내린 액체가 허벅지를 따라 미끄러졌다. 참을 수 없는 흥분에 신음을 흘리며 고개를 젖힌 순간 콘스탄틴이 손을 뻗어 가슴을 움켜쥐었다.

젖이 손가락을 적시자 그의 이성이 날아갔다.

콘스탄틴이 가슴을 입 안에 집어넣으며 격렬하게 유두를 빨기 시작했다.

녹아내릴 것 같은 감각에 빅토리아는 남자의 머리카락을 헝클어뜨리며 숨을 헐떡였다.

"콘스탄틴! 콘스탄틴!"

오른쪽을 머금고 흡입하던 남자가 왼쪽으로 입술을 움직였다.

쌍둥이들을 생각하면 그를 밀어내는 게 옳았지만 빅토리아는 더욱 강하게 그를 끌어안았다.

꿀꺽, 꿀꺽 목젖을 울려대는 소리가 잦아들기 시작했다. 눈에 초점을 맞추자 어느새 고개를 든 그가 그녀를 응시하고 있었다. 빅토리아는 콘스탄틴의 손을 잡았다. 잠시 망설였지만 그도 으스러뜨릴 것처럼 그녀의 손을 마주 잡았다.

불이란 불을 모두 켰는지 저택은 불야성을 이루었다.

저택에서 시선을 거둔 빅토리아는 반대로 움직이기 시작했다. 그가 재킷을 벗어 어깨에 걸쳐주려 했지만 빅토리아는 거부하며 달렸다. 그가 처음 그녀에게 사랑을 고백했던 곳, 그녀에게 청혼하고 키스하며 심장을 훔쳤던 곳. 폭풍 같은 사랑이 시작된 곳. 그곳에서 다시 시작한다는 희망으로 가슴이 부풀었다.

그녀의 걸음이 어디로 향하는지 콘스탄탄도 눈치 챈 듯 속도를 높였다.

낙원으로 숨어드는 연인들처럼 그들은 어둠 속으로 사라졌다.

*Epilogue*

희미해도 분명 헬리콥터의 프로펠러 돌아가는 소리였다.

"데이비드! 엠마!"

아차 싶어 빅토리아가 소리쳤지만 너무 늦었다.

응접실에서 아빠가 돌아오기를 기다리던 이란성 쌍둥이들은 제트기처럼 튀어 나가고 있었다. 빅토리아가 무거운 몸을 이끌고 현관으로 나갔을 때에는 벌써 헬리콥터에서 내리는 콘스탄틴을 향해 아이들이 다이빙을 하고 있었다. 위험하니 헬기가 떠날 때까지 얌전히 있어야 한다는 그녀의 당부를 아이들은 이번에도 깨끗이 무시했다.

그럼에도 빅토리아는 계속해서 화난 척 얼굴을 찌푸릴 수 없었다.

이젠 익숙해질 법도 한데 뉘엿뉘엿 저무는 석양을 뒤로한 채 두 팔에 쌍둥이들을 안은 콘스탄틴을 보면 어쩔 수 없이 마음이 따뜻해지며 웃음이 나왔다.

약간의 흉터가 남았지만 여전히 그녀의 세계를 지배하는 남편을 빅토리아는 황홀한 눈으로 응시했다.

"아버지. 저랑 체스 두기로 한 거 잊지 않으셨죠?"

"아빠, 할머님이 파리에서 제 드레스와 모자를 사 오셨어요. 꼭 봐주셔야 해요?"

아이들은 콘스탄틴을 독점하기 위해 총력전을 펼치고 있었다.

"체스가 먼저야."

"할머님이 하신 말씀 벌써 잊었어? 오빠 동생한테 양보하는 거야."

"그래봤자 너보다 딱 5분……."

설레설레 고개를 흔든 빅토리아는 부푼 배를 안고 남편에게 다가갔다.

다투는 것마저 사랑스러워 죽겠다는 듯 아이들을 지켜보던 콘스탄틴이 고개를 들었다.

그들의 눈이 마주쳤다.

순식간에 분위기가 변하며 그녀의 의식이 아득해졌다.

벌써 쌍둥이들은 네 살이고, 이제 넉 달 후면 그들의 셋째 아이가 태어날 예정이었다.

그러나 빅토리아는 여전히 남편의 눈빛 하나에도 가슴이 떨리며 몸이 오그라들었다.

아이들의 얼굴에 낭패감이 서렸다. 이러다가는 아빠를 엄마에게 빼앗길 수 있다는 것을 경험으로 터득했던 것.

언제 아빠를 두고 경쟁을 벌였냐는 듯 아이들은 협공을 펼쳤다. 제 아빠가 걷지 못하게 엠마는 손으로 콘스탄틴의 눈을 가렸다. 데이비드는 폴짝 뛰어내려 그녀의 손을 잡고 저택으로 이끌었다.

"어머니는 아직 나오면 안 돼요."

비어져 나오는 웃음을 억누르며 빅토리아는 순진하게 물었다.

"왜?"

"아버지와 얘기가 안 돼요."

"그래?"

"아버지는 어머니만 본단 말이에요!"

하지만 쌍둥이들의 작전은 수포로 돌아갔다.

"약속은 지키마. 데이비드."

어느새 아들 옆에 선 콘스탄틴은 진지하게 자신과 똑같은 색의 눈동자를 응시했다.

"그러니 엄마한테 다녀왔다는 인사를 하게 해주겠니?"

주저했지만 엠마는 결국 아빠의 품에서 내려왔고, 데이비드도 그녀의 손을 놓았다.

"다녀오셨어요?"

그녀가 콘스탄틴의 목에 매달리며 속삭이자 그가 그녀를 끌어안으며 뜨거운 시선을 던졌다.

"다녀왔어."

그녀의 숨결이 거칠어지며 다리에서 힘이 빠졌다.

빅토리아는 남편의 시선이 무엇을 의미하는지 알고 있었다.

은밀하고 유혹적인 그 무엇. 그는 이미 그녀의 옷을 벗기고 있었다.

"저녁은?"

"당신이 늦는다고 해서……."

격렬하게 뛰는 가슴을 진정시키며 그녀는 겨우 속삭였다.

"애들하고 먼저 먹었어요."

"그럼 잠시 산책을 해도 되겠군."

그녀의 대답도 기다리지 않고 그가 아이들에게 눈길을 돌렸다.

"데이비드, 엠마. 잠시 엄마랑 산책을 해도 될까?"

아이들의 얼굴에 다시 낭패감이 어렸지만 숭배해 마지않는 영웅이 환하게 웃자 둘 다 그대로 함락당했다.

"네."

"대신 일찍 오셔야 해요!"

여부가 있냐는 듯 콘스탄틴은 고개를 끄덕이며 아이들의 머리카락을 친근하게 헝클어뜨렸다. 하지만 빅토리아는 마구간 뒤의 오두막으로 그녀를 데리고 간 남편이 열정적인 사랑을 나누리라는 것을 알고 있었다.

그들이 저택으로 돌아올 즈음이면 아이들은 꿈나라를 여행하고 있을 것이다. 매번 속으면서도 아이들은 아빠 말이라면 꼼짝도 못 했다.

빅토리아가 한숨을 내쉬자 콘스탄틴이 문득 걸음을 멈췄다. 그녀는 어깨를 으쓱했다.

"데이비드하고 엠마 말이에요. 진짜 내 속으로 낳은 애들인가 싶어서요."

"무슨 뜻이지?"

"어떻게 저렇게 매번 당신한테 속을 수 있죠? 난 어렸을 때 저렇지 않았어요."

콘스탄틴이 크게 웃으며 다시 걸음을 재촉했다.

"정말 모르겠어?"

빅토리아는 고개를 갸웃했다.

"너무 사랑하니까 다 믿는 거야. 당신과 나도 그렇잖아. 아니야?"

그녀는 못 말리겠다는 듯 웃었고, 그는 그런 그녀에게 키스했다.

은밀한 밤을 약속하듯 붉은 석양이 그들을 감싸고 있었다.

— fin.

처음 '셀러브리티'의 기획을 설명했을 때 주위의 반응은 짜 맞춘 것처럼 똑같았다.

"그걸 왜 써?"

'셀러브리티' 시리즈의 첫 이야기인 '사랑은 폭풍처럼'을 쓰기 시작했다고 했을 때도 반응은 한결같았다.

"그러니까 그걸 왜 쓰냐고!"

원고를 끝내고 투고할 거라는 말에는 반응이 조금 갈렸던 걸로 기억한다.

"당신 마음대로 하쇼!"

다른 하나는 침묵.

9대 1의 비율이었을 것이다.

그 원고가 작년 봄, 이북으로 출간이 되었고, 이제 종이책 출간을 앞두고 있다.

사랑은
폭풍처럼

지인들의 우려가 무엇인지는 나도 안다. 빨갛고 노란 머리 색깔의 주인공들은 먹히지 않는다는 것. 예외도 있지만 대부분 책이 팔리지 않는다는 게 골자다. 그거 쓸 정력과 시간이 있으면 새로운 걸 쓰거나, 쓰려고 벌려놓은 것들을 정리하라는 충고다.

이해는 가는데 사실, '빨강머리'와 '노랑머리'의 사랑이 내게는 참 의미가 크다.

학창 시절, 나는 '검은머리'들이 하는 사랑보다 빨강, 노랑, 갈색머리가 하는 사랑에 더 관심이 많았고, 그들의 사랑에 열광했다. 내가 지금 이렇게 로맨스를 쓸 수 있는 것도 그들의 사랑에 가슴이 설레었고, 그 행복감이 지속적으로 이어졌기 때문이다.

'사랑은 폭풍처럼'을 쓰면서 나는 오래전, 내가 읽었던 사랑 이야기들, 좀 더 정확히 말하면 그들의 사랑을 읽으며 느꼈던 행복, 순수함을 떠올릴 수 있었다. 그리고 시놉시스를 짤 때 종종 사랑 이야기임에도 경악스러울 만큼 설레지 않았던 이유를 알았다. 모두 초심을 잃은 까닭이다. 현재에 쫓겨 앞만 보고 달리다가 이야기를 위한 이야기에 갇혔던 것이다.

그런 의미에서 이번 작업은 분명 의미가 있었다. 하지만 독자님들의 기대에 얼마만큼 부응할 수 있는지 자문해보면 자신이 없다.

그럼에도 출간 기회를 주신 도서출판 가하에 진심으로 감사드린다.

좀 더 나은 작품으로 인사드리겠다고 매번 작품 끝자락에 적지만 역시나 또 매번 약속을 지키지 못하는 것도 같아 독자님들께도 죄송스럽다.

  하지만 이제 2012년 막이 올랐다. 달력이 12장이나 남았으니 더 나은 결과를 낼 기회도 많지 않을까, 희망을 걸어보며 후기를 마칠까 한다.

  모두에게 축복과 행복이 깃들기를.

2012년. 임진년, 출발선에서

이상원

사랑은
폭풍처럼